BAKOS PATRÍCIA

Babiloni mesék

Az iraki háború
kitalált története

novum pro

© 2023 novum publishing

Minden jog fenntartva,
beleértve a mű film,
rádió és televízió, fotómechanikai
kiadását, hanghordozón és elektronikus
adathordozón való forgalmazását, vala-
mint kivonat megjelentetését, illetve az
utánnyomását is.

Nyomtatva az Európai Unióban környe-
zetbarát, klór- és savmentes, fehérített
papírra.

ISBN 978-3-99131-639-8
Lektor: Varga Mónika
Borítókép: Bleier Barnabás
Borító, tördelés & nyomda:
novum publishing

www.novumpublishing.hu

Előszó

A cím ne tévessze meg a kedves olvasót, ez a könyv felnőtteknek szól. Műfaját tekintve politikai fikció és társadalmi szatíra, amit nem kell teljesen komolyan venni, már csak a benne található természetfeletti elemek miatt sem. A történetet valós események ihlették, időbeli és térbeli csúszások vannak ugyan (noha csak néhány évről van szó), de ezek szándékoltak. A szereplők kitaláltak, kivétel Abdullah Öcalan, a Kurd Munkáspárt (PKK) alapítója, aki jelenleg török börtönben ül, és említés szintjén megjelenik a regényben, csakúgy, mint Musztafa Barzáni molla és fia, utóbbi 2005 óta Iraki Kurdisztán vezetője. Ami a jelenkor és a közelmúlt politikai szereplőit illeti, ők névtelenek maradnak, de tetteikről beazonosíthatók.

A 2003-tól 2011-ig tartó iraki háborúról nem sokat tudunk az amerikai felső vezetés ködösítései, illetve hazugságai miatt. A félresikerült amerikai beavatkozás és Szaddám Husszein diktátor bukása után Irak káoszba fulladt, ami a mai napig tart, eredménye egy állandósult társadalmi vita az amerikai „demokráciaexport" kudarcáról. A könyv a háborút egy alternatív szemszögből láttatja, felelevenítve a legfontosabb történéseket, mint amilyen Bagdad bombázása volt. Az eseményekhez mondvacsinált magyarázatokat fűztem. Az érzékeny témákat nem lehet tárgyilagosan kezelni, a fiktív műfaj keretein belül viszont minden elmondható. A regényben „mindenes" katonák szerepelnek, ami nem felel meg a valóságnak (az iraki missziók során a katonák egy adott szerepkörben – pl.: mesterlövész, gyalogos stb. teljesítettek szolgálatot), viszont megkönnyíti az ábrázolást.

A női főszereplő, Mara valósághű figura, ugyanis a kurdok lakta területeken valóban volt genderforradalom a kilencvenes évektől, elsősorban Szíriában, és a kurdok az egyetlen olyan nép a régióban, ahol a nők nemcsak egyenjogúak, hanem önálló katonai alakulatokkal (női önvédelmi erők – kurd rövidítéssel YPJ) részt vesznek a szélsőségesek elleni harcban. Az iraki háború kitörése óta eltelt közel húsz év, és sok minden változott azóta a Közel-Keleten, egy dolog azonban nem: a kurdok helyzete szinte semmi figyelmet nem kap a nyugati médiában, pedig lenne mit tanulni tőlük a demokráciához való viszonyukról.

Mara a képzeletem szüleménye, a feminista mozgalom közel-keleti kifejeződése. A könyv megírását kutatómunka előzte meg, a kurd női önvédelmi erők eredetéről és a közel-keleti helyzetről Jászberényi Sándor újságíró, haditudósító írásaiból tájékozódtam, valamint Meredith Tax *Magányos háború – Kurd nők az Iszlám Állam ellen* című könyvéből. Jómagam újságírást tanultam, de hadszíntéren nem jártam, így nem áll módomban tűpontosan megrajzolni egy fegyveres kurd nő profilját (nem is ez volt a könyv megírásának célja), de Mara olyan közel áll a valósághoz, amilyen közel csak lehet. Minél többet olvastam a harcoló kurd nőkről, annál inkább megdöbbentem attól, amit megtudtam róluk, a történetük ugyanakkor lelkesítő volt számomra.

Arra kérem az olvasót, vegye annak az iróniával teli történetet, aminek szántam – fricska az iraki háborúnak, ami napjainkig hatással van a közel-keleti régióban élőkre. Ugyanakkor álljunk meg egy pillanatra, és emlékezzünk meg a valódi iraki háború áldozatairól, legyenek azok amerikaiak, irakiak, kurdok vagy civilek.

ELSŐ RÉSZ

Forrongás

ELSŐ FEJEZET

Menedék

Kirkuk, Irak, 1999.

Későre járt. Mara, a húszéves lány a szülői ház hálószobájában ült az ágyon, beletúrt rövid, fekete hajába, és a tenyerébe temette az arcát. Ilyenkor, mikor egyedül volt, újra és újra visszatértek az emlékei. A katonai gyakorlat csak a testét edzette, az elméjét nem fárasztotta ki eléggé ahhoz, hogy aludni tudjon, az agya tovább zakatolt. Hogy esténként kikapcsolódjon, elvette a kedvenc könyvét az éjjeliszekrényről, és fellapozta. Színes, gazdagon illusztrált mesekötet volt. Minden egyes nap így tett, mármár szertartásosan csinálta. Mindig ugyanannál a történetnél nyitotta ki. A könyvből az anyja olvasott neki kislány korában, még a halála előtt. Marának volt egy kedvenc meséje, gyakran kérte a szüleit annak idején, hogy olvassák fel neki, és most is annyira szerette, mint hatéves korában. Rá sem kellett néznie a szövegre, mert már kívülről tudta a történetet. Az volt a címe, hogy *A szultán és a farkas*.

A Mehmed szultán idejéből való történet egy vadállatról szól. Mikor az uralkodó leigázta a keresztényeket Konstantinápolyban, a XV. században, egy farkaskölyköt talált a lerombolt városban. Akkoriban a farkasoknak rettenetes hírük volt, emberevő bestiáknak mondták őket az emberek, amiket le kell vadászni mind az utolsó szálig. Hogy megmutassa könyörületességét az alattvalóinak, a szultán azt állította, nem pusztítja el, hanem megszelídíti és a szolgájává teszi a farkast. Az emberek kacagtak rajta, hiszen egy farkast nem lehet megszelídíteni, vad a szíve!

Az állat nem közönséges kutyaféle volt, hanem igazi bestia; a szultán látta, hogy napról-napra nő benne az erő, és lassan legyőzhetetlenné válik. Képes volt emberalakot ölteni; janicsár lett belőle, aki az uralkodó parancsára a birodalmat járta, és arra kényszerítette a pogányokat, hogy fejet hajtsanak az Oszmán Birodalomnak.

A szultán elbízta magát, mikor látta, hogyan növekszik behódoltjainak száma. Hamarosan már nem megszelídíteni, hanem uralni akarta a bestiát, aki ezt megelégelte, és egy teliholdas éjszakán megszökött gazdája elől. Az uralkodó hatalmas sereget küldött a nyomába, hogy átkutassák az egész birodalmat. Kerül, amibe kerül, de találják meg a fenevadat!

A farkast azonban soha többé nem látták. Aki utoljára látni vélte, néhány magyar paraszt, aki a nyáját őrizte azon az estén, és a kutyák ugatására figyelt fel. Ők állították, hogy a vadállat beleugrott a Szamos folyóba, és senki nem tudja, mi történt vele ezután.

Marának ez a mese többet jelentett most, húszévesen, mint gyerekkorában. Mélyen átérezte a tanulságát, mert kurd lány volt, akit az apja nevelt fel. Hajdan az Oszmán Birodalomban mindenki egyenlő volt az elnyomásban, a kurdok is, de aztán jött a nagy háború, amely felbomlasztotta a Birodalmat, és a népeknek elhozta a felszabadulást. A kurdoknak viszont nem osztottak lapot a történelem térképén, azóta sem sikerült kitörniük az örök vesztes szerepkörből.

Maráék Törökországban laktak akkoriban, a lány ott járt iskolába, miután ő és az apja elmenekültek Irakból a lány nyolcéves korában. Dyjarbakirba költöztek, Délkelet-Törökországba, ahol nehéz életük volt, mert az apja keveset keresett mezőgazdasági munkásként, de a kevés pénzt a lánya oktatására költötte. Úgy tartja a régi mondás, hogy a kurdoknak nincsenek barátai, csak a hegyek. És a könyvek. Az oktatás nem volt fontos a kurdoknak, különösen, ha lánygyermekről volt szó, de Mara apja nem értett ezzel egyet.

Mara tehát más volt, mint a legtöbb kurd lány. Szerencsés volt, mert az apja taníttatta. Visszaemlékezett gyerekkori pajtására, mikor még Irakban laktak, a szomszéd kislányra, akire a kutya se nézett rá, pontosabban *csak* a szomszéd kutyája nézett rá. Az nevelte, mert a szülei nem törődtek vele, ez nem gyerek, csak lány, mondták. Sokszor játszottak együtt, Mara, a szomszéd kislány, meg a kutya, de aztán a környékbeliek feljelentették a gazdát, mert sokat ugatott az állat, egy nap jöttek a pártkatonák, és lelőtték az ebet. Mara és az apja Törökországba mentek, nem tudták, mi lett aztán a kislánnyal.

Annak, hogy nemrég mégis visszatért Irakba, nyomós oka volt. A józan ész azt diktálta volna, hogy maradjon Törökországban, őt mégis visszahúzta valami rejtélyes erő. Arra vágyott, hogy bosszút állhasson azért, ami az anyjával történt.

A török gyerekek is ismerték a farkas meséjét, és Mara nevetett rajtuk, mert úgy hitték, ha a szultán, vagyis, ahogy ők gondolták, a török elnök újra megtalálja a farkast, és az behódol neki, akkor újjászületik az Oszmán Birodalom. A törökök ostobák, gondolta a lány, hiszen a farkasok nem élnek sokáig, de iskolatársai állították, hogy egy alakváltó több száz, vagy akár ezer évig is elél, így van még remény.

Mara irigyelte a mesebeli vadállatot, mert arra emlékeztette, hogy nincs olyan zsarnoki rendszer, amit ne lehetne megdönteni, nincs olyan iga, amibe egy szabad ember belehajtja a fejét, és hogy mindig érdemes tovább küzdeni. A törökök és az iraki diktátor is megkopott húrokat pengetnek, amik előbb-utóbb el fognak szakadni. Ebben biztos volt. Kislányként arról álmodozott, hogy mi lenne, ha valóra válna a mese. Mi történne, ha egyszer megtalálnák a farkast? Ostobaság volt, persze, eljön az idő, mikor a gyermek kilép a fantázia világából, és belép a rideg valóságba, hátrahagyva a gyermekkor bolond elképzeléseit.

Végigsimított a könyv lapjain, és a színes illusztráción, amit a meséhez rajzoltak, és visszatette a könyvet az éjjeliszekrényre. Az emlékezés nem tette boldogabbá, de megnyugtatta kissé, hiszen az apja még élt, és biztonságban volt Törökországban. Nehezen engedett, mikor a lány elmondta neki, hogy visszatér Irakba, ahol született. Érthető módon vonakodott, hiszen Marának nem voltak testvérei, akik enyhítették volna a gyászt, ha ő neadj'isten meghalna a háborúban. Az volt a szándéka, hogy beáll a pesmergákhoz harcolni a zsarnok uralma ellen, és ez az álma úgy tűnt, valóra válik.

Hátradőlt az ágyon, kezét az arcához emelte, és ekkor vette észre, hogy a nagy álmodozás közepette elfelejtett átöltözni; még mindig a zöld katonai gyakorlóruháját viselte. Az ágya végébe nyúlt a hálóingéért, de ekkor kaparászást hallott az ajtó felől. Akkor jutott eszébe, hogy nem adott vacsorát a kóbor kutyának, aki a kirkuki bázis környékén csavargott már egy hete. A konyhába indult, és a hűtőből kivette a háromnapos kecskepörkölt-maradékot, a kiéhezett kutya, úgy tűnt, minden falatnak örül.

A kaparászás egyre erősödött, és Mara kinyitotta a bejárati ajtót. Belebámult a vaksötétbe, de nem látott semmit. Az állat csak éjszaka mutatkozott, és a lány csak annyit tudott róla, hogy hatalmas és éhes. Az éjjeliőrök a bázison azt állították, hogy bárányhúst eszik és néha embereket, de Mara nem adott nekik igazat, ugyanis még senki nem tűnt el Kirkukból gyanús körülmények között, farkastámadások pedig máshol is érték a birkákat. A kutya barátságosnak mutatkozott vele, és nem csak akkor, ha ételt kapott, de azzal lehetett a legkönnyebben előcsalogatni.

– Vizir! – Mara belekiáltott a sötétségbe. – Vizir, hol vagy? Gyere ide! – A pesmergák Vizirnek nevezték el a kutyát, ami vezért jelent. Mara nem értette, miért nem állnak elő valami rendes kurd névvel, de a többiek úgy voltak vele, hogy ez csak egy állat.

Mara a karórájára nézett. Elmúlt tizenegy, neki pedig reggel korán kell kelnie.

– Vizir, nem várlak meg! – Letette a földre az ételes tányért, és visszament a házba. A karóráját a könyvre tette, a telefonja ott volt mellette az ágyon. Néha az apja lehetetlen időpontokban hívta fel, hogy érdeklődjön, megvan-e még. A lány levette a katonaruháját, hálóingbe öltözött, magára húzta a takarót, és hamarosan álomba merült.

***

Másnap reggel Mara a bázison várta, hogy elkezdődjön a katonai gyakorlat. Mint mindig, most is pontosan érkezett, sőt, tizenöt perccel idő előtt, mert a katonaságnál rendkívül fontos a pontosság.

Nem az első alkalom volt, hogy Mara úgy érezte, valaki figyeli. Sem fejkendőt, sem nikábot nem viselt, ahogy az az arab nőknél szokás, illetve egyes helyeken kötelező. A haladó szellemiségű kurd nőknél, mint amilyen Mara is volt, a fejkendő és a burka a nők elnyomását jelentette egy férfiak által uralt társadalomban, bár tudta, hogy vannak olyan lányok, akik neveltetésük okán elfogadják, hogy eltakarják a hajukat és az arcukat, sőt, olyanokat is ismert, akiknek ez tetszett.

Marát tehát nem zavarta, hogy az újonnan jött menekült férfi őt nézi, hosszú percek óta és kitartóan. Sokkal inkább kényelmetlenül érintette, hogy a férfi, aki nemrég érkezett Kirkukba, török állampolgárságú volt, ezt mindenki tudta róla a bázison. Mara már az iskolában sem volt hajlandó ismerkedni török fiúkkal, legfeljebb szóba állt velük, mert ő még az udvarlásból is elvi kérdést csinált. Nem akart belépni a Kurd Munkáspártba, másik nevén a PKK-ba, és nem is utálta a törököket annyira, mint amennyire a nacionalista törökök utálták a kurdokat, na de egy török férj! El sem tudta képzelni. Inkább kurd férfit választott volna magának, lehetőleg pesmerga harcost, a katonaság körein belül. A másik lehetőség az volt, hogy egyáltalán nem megy férjhez. Ez az ötlet imponált neki, de aztán elképzelte magát öregen és magányosan, és ez a gondolat már sokkal kevésbé volt vonzó. Eltűnődött, vajon mi oka lehet egy török férfinak Irakba jönni? Menekülni a másik irányba szoktak az emberek, tehát csakis kém lehet a jövevény.

Az idegen férfi felé indult, hogy finoman tudassa vele, a bámulásnak is van határa. Mikor közelebb ért, találkozott a tekintetük, és Mara megállapította, hogy ez másfajta nézés volt, nem volt benne az a mohóság, ahogy a férfiak őt nézni szokták, inkább őszinte kíváncsiság és érdeklődés tükröződött a férfi szürke szemében. Mara végigmérte az idegent, és megállapította, hogy bár negyven év körülinek néz ki, valahogy egyszerre tűnt fiatalabbnak és idősebbnek a koránál. A haja szürke volt, akárcsak a szeme, és égési seb borította a bal arcát, de kisugárzása fiatalságot sugallt, csak a tekintetében látott a lány valami olyan bölcsességet, ami az idős emberek sajátja. Nem tudta mire vélni a dolgot, de titokzatosnak találta, és ez felkeltette az érdeklődését. Odasétált hozzá, és törökül megszólította.

– Jó reggelt!

A férfi megrezzent, mert rajtakapták a bámuláson, de gyorsan visszaköszönt.

– Jó reggelt, hölgyem!

Ez már rosszul kezdődik, gondolta Mara. Sóhajtott, mert nem akarta a kikosarazást még kioktatással is megtoldani. A tőle telhető legnagyobb udvariassággal felelt.

– Ön kétségkívül nagyon tisztelettudó, de a kurd katonaságnál a nőket nem szólítják hölgyemnek. Ugyanakkor, mivelhogy legjobb tudomásom szerint ön török, az elvtárs megszólítás sem lenne teljesen pontos, mert a csatabárdot még nem ástuk el, ha érti, mire gondolok. Javaslom, hogy tegeződjünk inkább, és szólítson a nevemen. – Kezet nyújtott. – Mara vagyok.

Ati kezet rázott vele.

– Az én nevem Attila, de szólíts egyszerűen Atinak.

Mara kissé meglepődött.

– Ez nem egy török név...

– Nem, ez a név hun eredetű. Hallottál már Attiláról, a hunok királyáról? Az apám sokat olvasott róla, és nagy rajongója volt. Róla nevezett el.

Ati nem akart beszélni a múltjáról, mert bár menedékért jött iraki Kurdisztánba, azért nem bízott teljesen a kurdokban, mint ahogy senkiben sem bízott igazán. Nem csak azért nézte olyan sokáig a lányt, mert elbűvölően szépnek találta, hanem mert nem látott még nőt fegyverben. Marát a hátán hordott Kalasnyikov kétségtelenül egyedivé tette, mert Ati nem látott más nőt a kirkuki katonai bázison. A háborút a férfiak uralták, bár Ati tudta, hogy néha a nők is segítenek a katonai feladatokban. De harcolni! Az teljesen más kérdés.

– Igen, hallottam Attiláról – felelte Mara. – A történelem az erősségem és az iskolai tankönyvem megemlíti, mint a rómaiak egyik rettegett ellenségét, de nem tudok róla sokat.

– Én sem – mondta Ati, ami nem volt igaz, mert igazából jól ismerte névadója történetét, ezt azonban nem akarta a lány orrára kötni.

Azon tűnődött, mit mondjon, hogy megőrizze a felületes beszélgetés látszatát. Szerette volna jobban megismerni Marát, de félt, nehogy túl sokat eláruljon magáról. Nem akarta, hogy a lány megtudja, kicsoda ő... vagy pontosabban *micsoda*. Nem mondhatta el neki, miért menekül a törököktől, de nem is kérdezték tőle. A kurdok és a törökök örök ellenségeskedésben éltek, nem volt illendő dolog kényes kérdésekről beszélni, és a másképp gondolkodók rendszeresen bajba kerültek. Nekik a kurdok kérdés nélkül menedéket és segítséget nyújtottak. Akárcsak Ati, ők is utálták a török elnököt, aki úgy gondolta, hogy a modern Törökország pártrendszere neki még mindig túl demokratikus, ő szultanátust akart. Ellenzék és főleg kurdok nélkül...

Az ellenségem ellensége a barátom, gondolta Ati. *Ha már feltétlenül dolgozni kell valakinek, akkor a kurdoknak fogok dolgozni, már amennyiben megkérnek erre, de a feltételeket én fogom megszabni.*

Nőkkel azonban Ati nem számolt. Nem gondolta, hogy Kurdisztánban nők is teljesítenek aktív szolgálatot, arra pedig végképp nem gondolt, hogy esetleg megtetszik neki egy lány, esetleg még bele is szeret. Ati nem volt szoknyavadász, bár megnézte a szép nőket, de csak rövid ideig, és hamar elvesztette az érdeklődését. Ő ezt azzal magyarázta, hogy a muzulmán társadalom túlságosan konzervatív, nem enged teret a csapongásnak és a nyílt udvarlásnak, ráadásul a nők burkában járnak, ő pedig áttérített muzulmánként nem akart megházasodni. Nem igazán gyakorolta a vallását, néha eljárt a mecsetbe és böjtölt ramadán idején, de egy cseppet sem volt elvakult, sem bigott, és nem tudott volna elképzelni olyan esküvőt, ahol egy imám előtt kell kimondani a boldogító igent. Az iszlám elhagyása nem lett volna jó választás, mert az ilyeneket kiveti a muszlim társadalom, sőt, meg is ölhetik érte, hiszen ez halálos bűnnek számít. Ati nem akart kockáztatni.

Nyugtalanul nézett a katonanőre.

– Nem vagy túl bőbeszédű – szólalt meg Mara. – Így nem fogunk sokat megtudni rólad, pedig bizony már egy ideje itt vagy és a vendéglátásunkat élvezed, amit egyébként nagyra tartanak az irakiak és a külföldiek egyaránt. Népünk jóindulatú az idegenekkel, ha azok sem rosszindulatúak. Ha nem szeretnél beszélni, ne beszélj, de szeretnénk megismerni.

– Tudtok rólam mindent, amit kell. Menekült vagyok. Üldöznek a törökök. Te miért hordasz fegyvert? Sohasem láttam még nőt fegyverben.

A lány a fejét csóválta.

– Bizonyosan nem éltél még Kurdisztánban. Azért van fegyverem, mert katonanő vagyok. Azt hittem, ez nyilvánvaló. Errefelé nem annyira ritka jelenség ez.

– De miért nem viselsz fejkendőt? A muzulmán országokban ez a szokás...

– Mert a kurdoknál nem kötelező, én pedig nem szeretek *hidzsábot* viselni. És mert vallásszabadság van. Vagyis hivatalosan nincs, mert Irak jelenleg szekuláris állam, valójában abszolút semmilyen szabadság nincs, mert most éppen diktatúra van, mint azt látod. Ami minket, kurdokat illet, állam vagyunk az államban, hontalan, de barátságos nép. Vannak barátaink a Szindzsár-hegyen, akik a zoroasztrizmust[1] gyakorolják. De vannak keresztények Moszulban és szúfik, és őket sem bántjuk. Itt mindenki menedékre lel, csak a terroristákat és a török kormánytagokat zárjuk ki. De te nem vagy egyik sem.

– Rendben, értem – felelte Ati. – De akkor is fura látvány vagy errefelé, mert belőled csak egy van.

A lány összeráncolta a homlokát.

– Lehet. Illetve itt és most és még igen. Kirkukban jelenleg egyedül vagyok, de más bázison vannak még nők. Meggyőztem az apámat, hogy csatlakozhassak a hadsereghez. Igaz, hogy az engedélye nélkül is csatlakoztam volna, mert nagykorú vagyok, és nálunk a nőknek nem kell külön engedélyt kérni mindenre, mint például Szaúd-Arábiában. Ott egy nő még egy traktort se vezethet, én meg Humvee terepjáróval furikázok. Furcsa, igaz? – Kis szüne-

---

1 A zoroasztrizmus óperzsa eredetű vallás, a szúfizmus pedig az iszlám misztikus ága. A radikális iszlamisták eretneknek tartják ezen vallások híveit.

tet tartott. – Az apám nem akart elengedni ide, miután az anyám meghalt, és nincs testvérem. Törökországban éltünk egy ideig, de két éve befejeztem az ottani iskolát, és visszajöttem Irakba. Ha megkapom a kiképzést, más nőket fogok képezni a harcra. Megalakítjuk a saját csapatunkat és segítünk eltávolítani ezt a... tetűt.

Ati elkomorodott.

– Az nem a te feladatod – mormolta, inkább csak magának, de a lány meghallotta. A titokzatos felelet meglepte, és sértődöttnek tűnt.

– Nem az én feladatom? – Felvonta a szemöldökét? – Te most arra célzol, hogy nő vagyok?

Ati visszakozott.

– A világért sem – mondta. Nem akartalak megsérteni. Másról van szó, de erről nem beszélhetek, mert titok. Arról van szó, hogy a zsarnok meg fog bukni. Nem mondhatok többet.

– Tényleg? – Mara arca felderült. – Lesz valaki, aki kinyírja?

– Elvileg – felelte Ati.

– Óóó... – Mara szélesen mosolygott. – Szerintem te titokban arra készülsz, hogy megbuktasd a diktátort! – Közelebb hajolt. – Nem fogunk ám elárulni, de emlékeztetlek, hogy errefelé a falnak is füle van, úgyhogy... ssshh! – Színpadiasan a szája elé emelte a mutatóujját, és csendre intette Atit.

– Remélem, gyakorlatilag is kinyírja valaki végre. Már ha nem te személyesen akarod lelőni, ami kicsit vakmerő vállalkozás lenne. – folytatta Mara a könnyednek tűnő csevegést. – Az a mocsok megölte az anyámat, mikor nyolcéves voltam. Mert egy szadista.

– Értem. Nagyon sajnálom, részvétem. – Ati szomorúan nézett rá.

Éles sípszó hallatszott, és Mara megnézte az óráját. *Te jó ég, el fogok késni a gyakorlatról,* gondolta. A nadrágzsebébe nyúlt, előkapart egy papírfecnit és a felső zsebéből elővett egy tollat. Gyorsan lefirkantotta a telefonszámát a cetlire.

– A sípszó után kérem, hagyjon üzenetet – mondta rejtélyesen, majd elviharzott.

***

Ati úgy érezte, hogy a dolgok kezdenek komolyra fordulni. A lány őszinte, ez kétségtelen, de neki túl sok rejtegetnivalója van. Nem akart hazudni Marának, de az igazat sem akarta elmondani. Hogy ő igazából nem török. Hogy az a dolog, ami miatt menekülni kényszerül, veszélybe sodorná a kapcsolatukat, ami igazából még létre sem jött. Mara eleve veszélyben van, mert olyan munkát választott, melynek során akár meg is halhat, ha a dolgok rossz fordulatot vesznek, és ő nem akarta ezt a helyzetet tovább bonyolítani. Inkább elmegy innen. Kereshetne egy másik várost, egy másik bázist, Tikrítben vagy akárhol, ahol nincsenek katonanők. Bár az alapján, amit Mara mondott, mindenhol lehetnek, de ilyen szép, mint ő, biztosan nincs még egy.

Másnap hajnalban összecsomagolt, és megpróbált észrevétlenül kisurranni a bázisról.

– Te meg hová mész?!

Ati megfordult, és a hang irányába nézett. Mara ott állt mögötte.

– Szia! – Ati köszönt neki. – Látom, korán keltél. Most el kell mennem.

– Mégis hová? – Mara elképedve nézett rá. – Te megőrültél! Nem mászkálhatsz csak úgy a sivatagban! A Halál fekete csillaga mindenkit magába szippant, aki elhagyja a bázist. – Ati nem tudta, hogy Mara azért beszél-e rébuszokban, mert fél, hogy lehallgatják, vagy csak viccelődik. Nem látott semmi olyasmit a bázison, ami arra utalt volna, hogy lehallgatják őket.

– Itt biztonságban vagyunk... vagy legalábbis *nagyobb* biztonságban, mint másutt. – folytatta a lány. – Körbe kéne bástyáznunk ezt a helyet, meghúzni magunkat, lapítani, amíg elég erősek nem leszünk. Aztán kifüstölni ezt az Izét a palotájából, vagy csak simán elpályázhatunk innét. Kinek hogy tetszik.

Kérdőn nézett Atira.

– Szóval hova is indultál?

Ati zavarában nem tudta, hogy mit mondjon. Igazából maga sem tudta, hova akar menni.

– Tikrítbe – felelte végül, hogy mondjon valamit. Úgy tűnt, Mara átlát rajta.

– Már mondtam, hogy nem mehetsz sehova – felelte Mara szigorúan. Tikrít messze van, sok-sok kilométer sivatag, és mindenhol katonák vannak. Nem a mieink. Mustárgázt kapsz az arcodba, ha kimész innen! Aggódom érted! Még csak nemrég jöttél, ráadásul fegyvertelen civil vagy. A kormánykatonák nem kegyesek, még a civilekkel sem.

– Nagyon kedves vagy, de nem kell aggódnod. Tudok vigyázni magamra. Feladatom van, amit teljesítenem kell.

– Figyelj, most dolgom van, de este ráérek. Tíz percre lakom innen, meghívlak vacsorára. Mit szólsz?

– Végül is, miért ne...

– Akkor itt várlak hatkor. Majd mutatom az utat. – Mara nem szólt többet, megfordult, és elment.

Na, tessék, egy percig nem figyel az ember és meghívják találkára, gondolta Ati.

Aznap este Mara zöldséglevest készített, marhasültet és salátát. A felkínált forró teához süteményt is hozott.

– A gyertyafényes vacsorákhoz máshol bort is hoznak, de ez mégiscsak egy muzulmán ház. Nem árt, ha betartjuk az előírásokat, mert elég, ha az ember iszik egy kis alkoholt, és máris félrehord az a fránya puska. Ez akár életveszélyes is lehet. – A lány kérdően nézett Atira, majd folytatta. – Mint mondtam, nem gond, ha nem szeretnél magadról mondani semmit. Ha valaki bujkál, annak megvan az oka, és a legtöbben, akik Irakban most bujkálnak, nem bűnözők.

Mara hozzáfogott a marhasülthöz, és más témára tért.

– A katonák közül én lakom a legközelebb a bázishoz, ezért esténként hazajárok, noha nem túl biztonságos, még ez a rövid út sem. Arra gondoltam, talán kellene vennem egy motort, hogy hamarabb hazaérjek, és ne támadjon meg senki útközben.

Ati végre megszólalt.

– Mik a hosszabb távú céljaid a katonaságban? – kérdezte.

– Nos, a kirkuki bázison én vagyok az egyetlen nő, és a női harcosok szét vannak szórva egész Kurdisztánban. Az apámtól hallottam, hogy Szíriában megkezdték a női erők összevonását. Jó lenne, ha ez Irakban is megtörténne, de nincs sok moz-

gástér. Ez egy önszerveződő dolog... a javaslatot azzal utasítot-
ták el, hogy nincs mit összevonni, mert nincs elég női katona
Észak-Irakban. Ezzel a kérdést lezártnak tekintik. Egyértelmű,
hogy toborozni kell.

– Értem. – Ati nem fűzött megjegyzést a dologhoz. Mikor
Mara felállt, hogy eltegye a levest, a férfi azon gondolkodott,
milyen fura, hogy a lány a vacsorához is a terepszínű gyakorló-
ruháját viselte. Mikor ennek okáról érdeklődött, Mara hango-
san felnevetett.

– El sem tudod képzelni, hogy egyes muzulmán nők hogy
kiöltöznek... a burka alatt! Én sem a csadorral, sem a kiöltözés-
sel nem bajlódok, mert jelen helyzetben nem ez az elsődleges
probléma. Remélem, ízlik a vacsora. Ha akarod, megkóstolha-
tod a süteményt, noha azt nem én készítettem. Katonai ellát-
mányból van.

Ati, bár jóllakott, udvariasságból megkóstolta. *Nem is rossz,
ahhoz képest, hogy a katonaság ellátmánya*, gondolta.

Még egy darabig beszélgettek a világ dolgairól, aztán fél tíz
körül Ati elment. Mara elmosogatott, majd átöltözött, és lefe-
küdt. Később jutott csak eszébe, hogy a maradékot nem adta oda
Vizirnek, ahogy szokta. Hálóingben kiment, hogy megnézze, hol
van a kutya. Az állat az ajtó előtt feküdt, a kiszűrődő fényben
Mara alaposan szemügyre vette. A kutya hatalmas volt, mint
egy farkasagár, és hasonlított is arra, amit a lány gyerekkorá-
ban egy kutyákról szóló könyvben látott. Az ír farkasagár a vi-
lágon az egyik legnagyobb kutyafajta, akkora, mint egy borjú,
szürke színű, karcsú és magas. Ilyen volt Vizir is, de az ő fülei
nem bicsaklottak, mint az agáré, hanem hegyesen álltak, ahogy
a lányra figyelt. Nem érdekelte az elé rakott étel.

– Vizir, miért nem eszel? Máskor bezzeg habzsolsz, valami
bajod van? Csak nem vagy beteg? Vagy talán csak a szomszéd
bárányát etted meg, na, annak nem fog örülni... – Mara becsa-
logatta a kutyát a folyosóra, és észrevette, hogy a bal pofáján és
a mellkasán hiányzik a szőr.

– Talán állatorvoshoz kellene, hogy vigyelek, lehet, hogy rü-
hes vagy... – Odanyúlt, hogy jobban megnézze, de a kutya elhú-

zódott előle. – Nem mintha engednéd, hogy megérintselek, és különben sem tudnálak egyedül betenni a kocsiba. Na, gyere, ne bóklássz kint egyedül. – Becsukta a bejárati ajtót, és visszament a hálószobába, Vizir a nyomában. Lefeküdt, a kutya a szoba másik sarkába húzódott, és onnan figyelte, amíg a lány elaludt.

Másnap Mara felkelt, és Vizir nem volt sehol.

***

Ati nem értett kurdul, neki a török volt a rákényszerített nyelve. Bár értett más nyelveket, például az angolt vagy az arabot, élt egy ideig Erdélyben is, ahol valamennyire megtanult magyarul, de írni és olvasni csak törökül tudott. A kurdok mindig törökül beszéltek hozzá. Nem tudták, hogy most hallgatózik, de nem volt jelentősége, hiszen nem értette, mit mondanak. Mara hangját hallotta, ahogy egy másik katonával beszélget.

– A törökök tettek nekünk egy ajánlatot. Megkaphatjuk a délkelet-törökországi kurd területeket, ha átadjuk nekik Vizirt.

– Micsoda? – Mara megdöbbent. – Ne röhögtessenek, ez ostobaság, hiszen Vizir csak egy közönséges kóbor kutya! A törökök már megint hülyére vesznek minket, csak nem gondolják, hogy elhisszük ezt a badarságot?

– A török kormány szerint nem egy kóbor ebről van szó. Meg vannak róla győződve, hogy ő a szultán farkasa… a meséből…

– A bolondok! – Mara elhűlt, és alig bírta visszafojtani a nevetését. – Ennyire a török elnök sem ostoba. Szerintem inkább minket néz annak. – Csóválta a fejét. – Én amondó vagyok, hogy ez csak egy olcsó trükk, egy rossz vicc. Nyilván rájönnek majd, hogy Vizir csak egy kutya, nem pedig holmi vérfarkas, mert azok csak a könyvekben léteznek. És természetesen utána mindenfélének elmondják a kurdokat, ahogy eddig is, és kiforgatják majd ezt az egész ügyet. Azt mondják majd, hogy az egész nevetséges cirkuszt csak mi találtuk ki. Lejáratás, hecckampány… ugyan már, ez az egész történet csak dajkamese. Bár nekem továbbra is a személyes kedvencem, de mégsem igaz.

– De a törökök hisznek benne!

– És akkor mi van? – Mara felvonta a szemöldökét. – Ők rettentő babonásak, gyerekkoromban hallottam egy történetet az Oszmán Birodalom alatti Magyarországról, a tizenhatodik századból. A történelemtanárom mesélte. Szinán pasa elfoglalta Győr városát, és kirakott a kapura egy szélkakast, megmondta, hogy csak akkor megy el onnét, ha majd a kakas megszólal! Erre nem megszólalt, mikor a magyarok visszavették a várost? Persze nem magától – nevetett Mara – hanem mert valaki belemászott a vaskakasba, és kukorékolt nekik! Erre iszkiri, megiramodtak, úgy pánikba estek, hogy beteljesedik a jóslat, hogy könnyű volt őket szétverni. Vicces, ugye? Naná, hogy ez a sztori nem került bele az iskolai tankönyvekbe, a tanáromat pedig kirúgták, mert olyanról beszélt, ami nem volt benne a tantervben. Márpedig a törökök szeretnek nem emlékezni a szégyenletes vereségekre. Mi, kurdok, persze belekapaszkodunk minden apró kis történetbe, ha lehetőséget ad, hogy élcelődjünk rajtuk. Ez a szultán farkasa is csak egy legenda, mint a szélkakas, de hatással van rájuk, érted? Erősítsük meg a kollektív tudatukat azzal, hogy átadunk nekik egy szerencsétlen állatot, akinek valamiféle nekik kedvező jóslatot tulajdonítanak? Hogy egy talált kutya legyen a kabalájuk? Ugyan már! Vizirnek orvos kellene, talán rühes, és az ételét sem ette meg tegnap. Elég sovány...

Mara fel volt háborodva.

– Vicc ez az egész... – dohogott.

– Azt majd a felsővezetés eldönti, hogy komolyan kell-e venni egy ilyen komolytalan ajánlatot – felelte a katona.

A lány elfordult tőle, és beleütközött Atiba. Neki is elmondta az iménti dolgot törökül, hogy a férfi is megértse.

– Biztosan te is ismered ez a török népmesét! Nevetséges, hogy a török elnök egy ilyen ajánlattal akar...

Nem tudta befejezni a mondatot, mert Ati hátat fordított neki, és elsietett.

– Ati! Ati, hova mész? Gyere vissza! – kiáltott utána.

***

Ati gondolkodott egy kicsit. Ha nyugat felé indul, akkor eléri a Tigris mellékfolyóját, délnek halad, ahol a folyó a Tigrisbe torkollik. Mindenképpen a víz mellett kell haladnia, mert szomjan nem tudja átszelni a sivatagot. Ha a katonák üldözik, beleugrik a folyóba és felúszik rajta. Ati jó úszó volt, ez már egyszer megmentette az életét. Egy pillanatra eszébe jutott a mondás, mely szerint az ember nem léphet kétszer ugyanabba a folyóba és ez talán szó szerint is igaz. De ez nem ugyanaz a folyó, mert most Irakban volt, nem Magyarországon. Különben is, a világ változik, de Babilon örök. Az erős áramlat délre sodorja majd, és Tikrítben ér partot, de a katonák nem kapják el, hacsak nem ugranak utána a vízbe. Ez volt az egyetlen esélye. Poroszkálva elindult a sivatagban, hogy takarékoskodjon az erejével. Hamarosan elveszett a porviharban.

A háború nyomait mindenhol látta, harckocsik, fegyverek és a kormányhadsereg, amely a lakosságot zaklatta. Fülsiketítő volt a zaj. Úgy számolta, hogy körülbelül negyven-ötven kilométert kell gyalogolnia a folyóig. Jó erőben volt, nem tűnt soknak a távolság. Csak ennyit kell kibírnia anélkül, hogy rálépne valamire. Ha szerencséje van, akkor megússza.

Aztán mégis rálépett.

***

Ati egy tábori ágyon tért magához a kirkuki bázison, és ahogy eszméletére ébredt, iszonyú fájdalmat érzett a bal lábában. Lenézett és látta, hogy be van kötözve. Körülötte néhány katona kiabált valamit kurd nyelven, alighanem ők hozták vissza. Aztán látta, hogy Mara is ott van.

– Nem tudom elképzelni, honnan jött ez a parancs! – morgott az egyik férfi. – Kinek az elfuserált ötlete volt, hogy kimenjünk a sivatagi viharba a gránátok közé és szagoljunk mérgesgázt? Csak azért, mert egy civilnek az az őrült ötlete támadt, hogy elmegy sétálni egy kicsit...

– Humanitárius okokból vállalnunk kellett a kockázatot. De az is lehet, hogy más miatt. – A férfi megvonta a vállát. – Szeretném tudni, ki volt az ötletgazda, mert ha ez a mérgesgáz tüdőrákot okoz, akkor ő fogja fizetni a kezelésemet. Elmebeteg!

A férfiak elmentek, és Ati egyedül maradt Marával, aki odalépett hozzá.

– Lehetett volna rosszabb is – szólalt meg. – Az az izé levihette volna a lábad!

Ati nem felelt.

– Nem fogsz még egyszer meglépni, mert bezárlak ide, te bolond!

– Mégis hogy képzeled...?!

– A saját érdekedben.

– Figyelj, egy vak hangot se értek kurdul, de megvan a magamhoz való eszem. Nem azért hoztak vissza a bázisra, mert annyira szeretnek. Ez politikai húzás, és te is belekeveredtél! Azt gyanítom, hogy a törökök megtudták, hogy itt vagyok, és most vadásznak rám.

– Én tényleg aggódom érted!

– Miért higgyek neked egy hét ismeretség után?

Mara nyugtalan volt.

– Megvannak a magam politikai elképzelései, de azt kell csinálnom, amit mondanak, mert ez itt a katonaság. A katonák nem politizálhatnak. Most az a fontos, hogy meggyógyulj, aztán felőlem leléphetsz! – Jobban megszemlélte a férfi sérüléseit.

– Hát... nem könnygáz volt, amit kaptál, az biztos. De a lábad jobban aggaszt. Át kell kötöznöm, de félek, hogy leharapod a fejem. Olyan mogorva vagy!

– Nem harapok. – Ati visszahanyatlott az ágyra. – Téged nem, megígérem.

Mara átkötözte a sebet és elindult az ajtó felé.

– Még valami – mondta. – Csak hogy tudd, rám támaszkodhatsz. Szó szerint is.

– Tényleg? Nem tűnsz olyan erősnek. – Végignézett Marán. Ebben a nőben van spiritusz, de legfeljebb hatvan kiló lehet. Elég gyenge, még akkor is, ha katona.

– Erősebb vagyok, mint hinnéd. Bocsánat, de most be kell, hogy zárjalak ide. Később visszajövök. – Kiment és elfordította a kulcsot a zárban.

A következő napokban Ati lába szépen gyógyult és hamarosan lábra tudott állni, Mara segített neki. A mindennapos sebkötözésnél a lány észrevette, hogy Ati sérülése valamivel gyorsabban gyógyul, mint amit a sérülése indokolt.

– Elég kivételes regeneráló képességekkel rendelkezel. Nem tudom, tudsz-e róla...

– Úgy gondolod?

– Ahhoz képest, hogy majdnem letépte a lábad az akna, úgy látom, elég gyorsan fel fogsz épülni. – Elgondolkodott. Valami nem stimmelt, próbálta összerakni a képet. A törökök Vizirt akarják, a kutyát, mert úgy gondolják, különleges képességekkel bíró vérfarkas. Ati titkolózik, nem mondja meg, miért üldözik. Mikor néhány napja elmondta neki, hogy a török elnök megkereste őket a farkasos mesével, Ati se szó, se beszéd elrohant. Legutóbb, mikor vacsoráztak, Vizir nem ette meg a maradékot, reggelre pedig eltűnt, holott az ajtó zárva volt. Talán ismeri a kutya a kilincset? És most itt van ez a különös, gyanúsan gyorsan gyógyuló sérülés... Az egész nagyon bizarr, de nem lehetséges az, amire ő gondol. *Az nem lehet!*

Legalább annyira nem lehetséges, mint ahogy nincsenek kukorékoló szélkakasok – gondolta.

Másnap, amikor bejött Atihoz, Mara borús képet vágott.

– Mi van? – kérdezte a férfi. – Miért vágsz ilyen képet?

– Nagyon nem tetszik, amit most kell csinálnom – felelte Mara. – Parancsot kaptam, hogy zárjam be Vizirt a fegyverraktárba. Tudod, Vizir a kóbor kutya a bázison. Nem tudom, hogy mi van, tanácskozni fognak, talán szavazás lesz a felső politikai körökben arról a dologról, amiről beszéltem neked, és amire azt mondtam, hogy ostobaság, de én nem vehetek részt benne. Mármint a szavazásban. Szerintem a törökökkel kapcsolatos, megpróbálok többet megtudni. Azt hiszem, az autonómiáról szavaznak. – Szünetet tartott. – A baj csak az, hogy Vizirt sehol sem találom. Nem mintha át akarnék adni a törököknek egy szegény kutyát...

– Sajnálom, hogy emiatt bajba kerülhetsz. Mármint akkor, ha nem tudod teljesíteni az utasítást. Kedves vagy, hogy kiállsz Vizir mellett, de ő nincs itt.

Ati szomorúan nézett rá.

– Mara… Vizir nem kutya.

– Hogy mi…? – A lány most jobban megnézte Ati arcán a sebhelyet, aminek eddig nem tulajdonított jelentőséget. Eszébe jutott a kutya, akinek hiányzott a pofáján a szőre.

– Ati! – Mara komoran nézett rá. – Ne mondd, hogy… *Mégis ki vagy te?*

A férfi megadta magát. Nem tudott tovább titkolózni, ezért, mivel csak ketten voltak a szobában, megmutatta másik alakját, és farkassá változott. Mara a döbbenettől a szája elé kapta a kezét.

– Ati… azaz… Vizir…

– A nevem most már Vizir Attila – felelte a farkas. – Azt jelenti, Attila vezér.

Marával megfordult a világ, percekig nem jutott szóhoz. Szédült, és meg kellett kapaszkodnia az ágy szélében, hogy ne essen el. Azt hitte, hogy képzelődik. Megdörzsölte a szemét, de a farkas még mindig ott volt.

Ha kiderül, hogy ez valami elmebaj, akkor kicsapnak a katonaságtól. Most mi az ördögöt csináljak?

– Azt, amit mondtak. Bezársz a raktárba. – Ati visszaváltozott emberré. – Remélem, megérted, miért nem mondtam el az igazat. Mert az igazság elég ijesztő…

Mara hátraugrott rémületében.

– A… a vérfarkasok tudnak beszélni? És… és gondolatot olvasni is… – hebegett.

– Túl hangosan gondolkodtál – felelte Ati. – Egyébként pedig nem vagyok valódi vérfarkas, mert nem hat rám a telihold, és nincs ezüstallergiám. Ételallergiám sincs, amúgy jól főzöl, ízlett a vacsora. Jól regenerálódom, de ha rossz helyen ér a lövés, attól még elvérezhetek…

Lesújtva nézett a lányra.

– Ne nézz így rám! – védekezett Mara. – Nem tehetek az egészről, én végig csak segíteni akartam neked. Most ne ellenkezz, mert mind a ketten bajba kerülünk. A parancs az parancs. Ez az ára, hogy beálltam katonának. De kitalálok valamit, csak hagyj időt. Megértheted, hogy eléggé sokkos állapotban vagyok…

Talpra állította Atit, átkarolta, a férfi bal karját a vállára tette. Elindultak, Ati erősen sántított és a fegyverraktár messzebb volt, mint a konyha vagy a fürdőszoba. Át kellett menniük egy másik épülethez. Odakint találkoztak a két katonával, akik Atit visszahozták a bázisra. A pesmergák úgy néztek rájuk, mint két földönkívülire.

– Ne segítsek? – kérdezte az egyik.

– Fogd be – förmedt rá Mara kurd nyelven, hogy Ati ne értse. A jólnevelt nők nem beszélnek csúnyán, de muszáj tekintélyt szereznie. – Ha nem látnád, elboldogulok magam is!

– Te tudod – hagyta rá a katona.

A raktárhoz értek, Mara kinyitotta az ajtót. Volt ott egy ócska matrac, lőszeres rekeszek, fegyverek, egy felmosóvödör, egy régi szekrény pár még régibb könyvvel és néhány rekesz tele vizesüvegekkel. A raktár sötét volt, csak egy apró ablakon szűrődött be némi fény. Ati leroskadt a matracra, Mara kissé zihált az erőlködéstől.

– Mit beszéltél a katonákkal? – kérdezte Ati.

– Semmi érdekes – felelte a lány. – Ha a muzulmánok innának alkoholt, ezek ketten fogadtak volna egy sörbe, hogy össze fogok esni. – Nevetett. – Pedig nagyjából annyira volt nehéz téged vonszolni, mint a kiképzésen homokzsákokat cipelni.

Visszafordult az ajtóhoz.

– Most itt kell, hogy hagyjalak. Nem engedték meg, hogy hozzak neked enni. Állítólag ez a törökök kérése. De ha bárki jönne rajtam kívül… ha kattan a kulcs a zárban, át kell változnod, hiszen Vizirt keresik. Ne aggódj, nem foglak kiadni, csak bízz bennem!

Valószínűleg amúgy is meg tudnék szökni innen, gondolta Ati. *Az más kérdés, hogy éhen hogy bírnám átszelni a sivatagot, mert ahhoz erőnlét kell. Ráadásul nem akarnám még egyszer a sérülést kockáztatni…*

– Mindegy, megvárlak itt. Ennyit megtehetek, ha már ilyen sokat tettél értem.

Mara rázárta a raktár ajtaját és elment. Három nap múlva jött vissza, és nagyon fel volt dúlva. Leroskadt az ócska matracra, Ati farkasként odasántikált, mert még mindig nem tudott két lábon járni. Még szerencse, hogy alakváltó. Az orrát Mara arcához érintette, és a fülébe súgta:

– Csak meg akartam köszönni, amit eddig tettél értem. Igazán kedves vagy.

– El kell menned – mondta Mara. – Most rögtön. Megmondtam, hogy nem adlak ki. Azért jöttem, hogy megszöktesselek!

– Most valahogy nagyon fontosnak érzem magam... – Ati nem tűnt idegesnek. – A törökök azóta kergetnek, mióta elszöktem tőlük. Az Oszmán Birodalom megszűnt, de én még mindig itt vagyok! Nem nagyszerű? A török elnök egóját fényezné, ha én lennék a személyes pincsikutyája, ahogy annak idején a szultánt kellett, hogy szolgáljam! És ezért adnak nektek egy darab földet. Az ő szemszögükből nézve ez nem rossz ajánlat.

– Tehát igaz! A török mese... tényleg igaz! A farkas létezett... létezik... te vagy az... vagy pedig én bolondultam meg, ami valószínűbb... édes istenem! – Mara elsírta magát. Ez volt az első alkalom, hogy Ati gyengének látta.

– Ez megalázó! Nem taszíthatnak ismét szolgasorba, nem ezt érdemled! Senki nem érdemli meg! Arról nem is beszélve, hogy nem fogunk téged elcserélni olyan földért, amely jog szerint minket illet. Csak nem fogunk megvenni valamit, ami a miénk?! Különben is, a törökök csalók, csak át akarnak verni! Már oly sokszor megtették...

– Felőlem lebonyolíthatjátok a cserét – vonta meg a vállát Ati színlelt könnyedséggel. – Majd megszököm ismét. Megtalálom a módját. Van más választásom?

– Van – felelte Mara. – Holnap szavaznak a kérdésről, azt mondták, addig tartsalak itt. Ha a kurdok elfogadják az ajánlatot, és te nem leszel itt, hogy kiadjanak, akkor engem kitesznek a katonaságból, amiért megszöktettelek, te viszont szabad lehetsz, mint a madár. Egy éjszaka alatt messzire juthatsz.

– De veled mi lesz? Úgy értem, a terveiddel?

– Eltakarodok Szíriába, ahol vannak női milíciák. Azt akartam volna, hogy itt is legyenek, de mindegy. Az itteni helyzet még nem érett meg erre. Remélem, hogy nem büntetnek meg a szöktetésed miatt, de nem tudom biztosan. Az sem biztos, hogy megszavazzák az ajánlatot. Van néhány barátom a Munkáspártban, akik nem rossz emberek, csak rossz útra tévedtek. Illetve nem, csak… ideológiai ellentéteim vannak velük, ha érted, mire célzok. Ők civileket is bántanak, amit nem tartok elfogadhatónak. Távol kell tartanod magad tőlük, mert lehetséges, hogy ők is fegyvert akarnak csinálni belőled. Még ha látszólag nem is akarnak téged kiadni, lehetnek politikai céljaik veled, és ez nem válik a javadra. Most pedig menj el!

– Ezek szerint, ha elmegyek… akkor téged megbüntetnek… – felelte Ati halkan.

Mara átkarolta és szorosan magához ölelte. Beletemette az arcát a farkas szőrébe és arra gondolt, ha a mesében a királylány megcsókol egy békát, akkor az királyfivá változik, de ő nem királylány, és Ati egy farkas, nem béka. De azért megcsókolta a fejét.

Ati tényleg visszaváltozott emberré, talán azért, mert meglepődött. Feltérdelt a puha matracon, és próbálta a testsúlyát az ép lábára helyezni. Kényelmetlen volt, de nem fájt annyira, mintha a kemény padlón térdelt volna. Csodálkozva nézett a lányra.

– Lemondanál a terveidről, mindenről, amin eddig dolgoztál? Csak azért, hogy nekem segíts?

Ekkora áldozatot legfeljebb az apja lett volna hajlandó meghozni érte. Vagy még ő sem.

– Katonának lenni egy dolog, de nem árt, ha az embernek vannak elvei. Mara könnyes szemmel ismét átölelte Atit és megcsókolta. Igazán, emberként. Ati viszonozta, majd letörölte a lány arcáról a könnyeket.

– Bocsánat – mondta Mara. – Kissé elragadtattam magam… ez a hír… ez az egész történet… eléggé megrázott…

– Itt maradok – jelentette ki Ati. – Neked küldetésed van, Mara. Nagy dolgokat vihetsz véghez és nem akarom, hogy miattam most bajod legyen! Lehetséges, hogy mégsem fognak kiadni, hiszen te mondtad. Várjuk ki a végét. Zárd rám az ajtót, nehogy azt gondolják, szándékodban állt elengedni.

Szünetet tartott.

– Egyébként meg tudnék szökni, ha akarnék. Nem túl vastag az ajtó egy farkasnak, valószínűleg sérülten is be tudnám törni, bár fájdalmas lenne a sebem miatt. – Szemügyre vette a zárat. – Javaslom, hogy erősítsd meg, mert hamarosan jönni fog valaki, aki ellenőrizni fogja, nem rejtegeted-e a nagyvezért a kamrádban.

Mara sóhajtott.

– Ez most valami újabb titok? Egy újabb utalás, amiről beszélnünk kéne, de nem akarsz?

– Meglehet. Többet is elmondok, ha egyszer kijutok innen. De csak veled osztom meg a titkaimat, ugye tudod?

– Legyen, ahogy akarod. De előbb adok neked valamit. – Előhúzott a zsebéből egy zacskó *beef jerky*-t és Ati felé nyújtotta. – Ez csak egy kis szárított marhahús... ha megúszod ezt az egész ügyet, akkor ígérem, holnap készítek neked valami rendes ételt. De most nem tehetek többet.

– Köszönöm. Már így is épp eleget tettél.

Mara elment és elfordította a kulcsot a zárban. Legnagyobb meglepetésére Ati másnap reggel még mindig ott volt. A javaslat végül elbukott.

– Mi győztünk – ujjongott Mara. Elgondolkodott, majd kis szünet után így szólt. – Úgy gondolom, az lenne a legjobb, ha a többiek a bázison azt hinnék, Vizir csak egy kutya. Nem mondjuk meg nekik az igazat. Egyébként sem hinnék el, azt hiszem.

– Szóval... azt mondod, hogy éljek kettős életet?

– Te is beláthatod, hogy egyelőre ez a legjobb megoldás.

Atinak el kellett ismernie, hogy Marának igaza van.

– Ne szomorkodj! Csak akkor kell megjátszanod magad, ha más katonák jelen vannak. Szabadidőmben taníthatnék neked dolgokat, mondjuk... Megtaníthatlak terepjárót vezetni. Kurd nyelvleckékhez mit szólnál? Ha annyira utálod a törököket, nem kellene a nyelvüket használnod. Gyere, meghívlak reggelire. El tudsz sántikálni odáig! Vizirként vagy Atiként... – Mosolygott. – Választhatsz!

Ati másodszorra járt Mara házában, ami tulajdonképpen az apjáé volt, de legutóbb, a vacsora alkalmával nem nézte meg jobban. Egy könyvtárszobának berendezett nappali, konyha, egy fürdőszoba, hálószoba és egy vendégszoba is tartozott hozzá. A lány itt nőtt fel, az apja ritkán járt haza.

– A vendégszoba a tiéd lehet. Sőt, az egész ház a tiéd, amíg én kiképzésen vagyok. Mégiscsak jobb egy ekkora házban, mint egy raktárban, nem? Mindjárt hozok valamit enni.

Ati leült az ágyra a vendégszobában.

– Nem félsz tőlem? – kérdezte. – Hiszen bestia vagyok! Most már tudod...

– Nem, nem félek tőled, hiszen ismerlek. És igen, az vagy. Bestiális kegyetlenséggel csókolsz!

Mara vigyorgott és kiment, majd egy tál étellel tért vissza.

– Hogy mondják kurd nyelven azt, hogy Törökország? – kérdezte elgondolkodva Ati.

– Ó, már megint azok a negatív gondolatok! – csóválta a fejét Mara. – Úgy mondják, Tirkiye. De mi lenne, ha mással kezdenénk? – A húsra mutatott a tányéron. – Ez itt bárány. *Pez*. Tegnap sütöttem, de finom.

– Pez – ismételte Ati. – Ahol bárány van, ott farkasnak is kell lennie!

– *Gûr* – mondta Mara. – *Gûr* azt jelenti, farkas. *Gûr pez dixwe.* A farkas megeszi a bárányt. Ennyi elég is mára. Jó étvágyat!

– Köszönöm.

– *Sipas ji were* – felelte Mara. – Így mondják.

Ati nekifogott az evésnek, mert szó szerint farkaséhes volt. Aztán arra gondolt, ha Mara igazi katona akar lenni nőként, akkor tanulhatna tőle pár dolgot.

Marának sok könyve volt, egy egész könyvespolcnyi, ahogy ő mondta, az „ideológiai képzéshez”. Ati már hallotta néhányszor az ideológia szót nem túl pozitív megközelítésben, és szerette volna tudni, titkol-e valamit előle a lány. A könyvespolc szemlézését olyankorra időzítette, mikor Mara nem volt otthon.

Félretolta a Korán egy porosodó példányát. Nem feltűnő jelenség erre, mindenkinek van. Neki meg kellett tanulnia a janicsáriskolában, és azóta sem tudta elfelejteni, bár szerette volna.

Mindegy, egy Korán még nem bizonyít semmit, de akkor milyen ideológiai képzésről beszélt Mara?

Talált néhány könyvet arabul, de nem igazán tudott arabul írni-olvasni, legfeljebb értette a nyelvet valamennyire. Török nyelvű könyveket keresett. Miután félretett néhány kiadványt, ami többé-kevésbé érdekes lehetett, talált egy újnak látszó kötetet, és szemügyre vette. Az volt a címe, hogy *Az élet felszabadítása: a nők forradalma.*[2] Belelapozott. Az egyik bekezdés Istárról, a szexualitás és a háború ókori istennőjéről szólt, és arról, mi volt a szerepe a nomád emberek letelepedésében, a mezőgazdaságban, és hogyan járultak hozzá mindehhez a nők.

Ati becsukta a könyvet, és lehunyta a szemét. Eszébe jutott egy nagyon régi emlék, még gyerekkorából, mikor még boldogan éltek az anyjával és az apjával az akkori Konstantinápolyban. A sumérokról és az emberi kultúra eredetéről még az apja mesélt neki, bár akkoriban Ati még túl kicsi volt ahhoz, hogy megértse. A mezopotámiakról szóló történeteket kitalációnak gondolta, ezek voltak a Babiloni mesék.

Az írott történelem előtti időkben az ember még nem emelkedett ki az állatok sorából és nem volt hatalma sem a maga fajtája, sem más teremtmények felett. A nomád életmód elhagyása, a letelepedés, a földművelés és az állatok háziasítása elhozta a felemelkedést számára, hogy aztán ő legyen a nagybetűs Teremtmény. Azonban az emberi uralom olyan, mint az emberélet, nem tart örökké.

Az ereklyeként tisztelt Kardot Mezopotámia területén találta meg emberek egy kis csoportja sok évezreddel ezelőtt, mikor a letelepedett emberek megalapították az első városokat. Az égi fegyvert később az ókori görögök elnevezték Árész Kardjának, mert úgy hitték, hogy a hadak istene küldte, és ez a hiedelem nem volt alaptalan.

---

2 Abdullah Öcalan, a Kurd Munkáspárt – PKK alapítójának könyve, aki 1999 óta török börtönben ül, kiszabadítására nemzetközi mozgalom is indult.

Lehet, hogy a hadak istene valójában istennő volt? – gondolta Ati. Ez eddig eszébe sem jutott.

A sumérok hitték, hogy a Kard fakasztott vizet a sivatagban és belőle eredt a Tigris és az Eufrátesz folyó, hogy létrehozza a termékeny félholdat, mely életet adott a mezőgazdaságnak. Úgy tartották, hogy az írást is a Kard hozta el az emberiségnek, ez a másik olyan tudomány a tűzcsiholás mellett, amivel az állatok nem rendelkeznek. De az égi fegyver magával hozott mást is – az emberek királyságokat és birodalmakat hoztak létre általa, és mindenki egy törvényt ismert el az emberi törvények felett: aki a Kardot viseli, azé a hatalom, ő hozhat törvényeket mindenki felett, és kizárólag ő alapíthat birodalmat Mezopotámia területén. Így aztán nem csak bőség volt, hanem ínség is, ugyanis viszályok törtek ki. Az első háborúkat a Kard birtoklásáért vívták.

Ati feleszmélt a merengésből, és ismért kinyitotta a könyvet azon az oldalon, ahol abbahagyta az olvasást. A szerző, Abdullah Öcalan szerint azért törtek ki az első háborúk, és azért született meg a rabszolgaság intézménye, mert a férfiak átvették az irányítást a nők felett, szolgaságba vetették őket, és kialakult a patriarchátus. Ati arra is emlékezett, mint mondott a rabszolgaságról az apja. Hogy azóta van rabszolgaság, amióta Nebukadnezár király elhurcolta az izraelitákat Babilonba. Az apja azt is elmagyarázta neki, hogy az ókori Egyiptom hatalmas piramisait fizetett munkások építették, és hogy a piramisok egy romlatlan és technológiailag fejlett társadalom alkotásai. Egyiptom volt az első birodalom, mely a Kard által uralkodott.

Ati ismét elmerengett, és azon gondolkodott, beszélgessen-e ezekről a dolgokról Marával. Nagyon szeretett volna vele eszmét cserélni olyan dolgokról, amik mindkettejüket érdeklik, ugyanakkor nem akart a lánnyal vitatkozni. Igen, gondolta, egészen biztosan elő fog hozakodni a témával, de nem most. Majd máskor, ha jobban megismerte. Nem akart ideológiai vitákba bocsátkozni azzal, akihez ennyire kötődött, mert most már önmaga előtt sem tagadhatta le, hogy szerelmes Marába, de nem tudta, hogy a másik hogyan érez iránta ilyen rövid ismeretség után.

– Te meg mit csinálsz itt?

Mara korábban jött haza, mint szokott, és kérdően nézett Atira.

– Cenzúrázom az olvasmányaidat – felelte Ati. – Csak a biztonság kedvéért.

– *Te* akarod megmondani *nekem*, hogy mit olvassak és mit ne? Csak nem nézel engem terroristának? Az ég szerelmére, Ati, most mentettelek meg! Nem várok köszönetet, vagy ilyesmi, de kérlek, ne gyanúsíts meg! – Mara sértve érezte magát. – A kurdok nem állnak szóba terroristákkal, a szélsőséges iszlamisták esküdt ellenségeink, és úgy hírlik, a mi híres Napkirályunk se kedveli őket, mert ragaszkodik a szekuláris államhoz. Így aztán jelenleg rövid pórázon vannak kedves fundamentalista barátaink. – Mara gúnyosan ejtette ki a *kedves* és a *barátaink* szavakat, remélve, hogy Ati érzi az iróniát a hangjában. – Sajnos ez a mi életünket nem teszi jobbá. Akit a terroristák nem gyötörnek, azokat a vezér úgyis elintézi. Kicsinálja, mondhatnám.

– Ez azért van, mert a Vezért megszállva tartja egy rossz szellem – közölte Ati, mintha a rossz szellemek létezése a világon a legtermészetesebb dolog lenne. – Egy démon!

– Hagyjuk ezt a témát, mert nem értek belőle semmit! – Mara felhorkant. – Egyszer majd meggondolod magad és mesélsz nekem a világnézetedről. Senkit nem vetünk meg azért, amiben hisz, hiszen például a szúfik vagy a zoroasztriánusok is a miszticizmust gyakorolják. Lehet, hogy igazad van, és tényleg megszállta az ördög a diktátort, de szerintem csak született szadista.

– Térjünk vissza az eredeti témához. Mi van a PKK-val, akiknek a gerilláira azt mondtad, hogy kihasználhatnak engem? Feltéve, ha megtudják, ki vagyok valójában. Vannak köztük barátnőid?

– Barátaim vannak. Fiúk és lányok, férfiak és nők. A barátnő romantikus kapcsolatra vonatkozik. – Hozzávágott Atihoz egy angol nyelvkönyvet. – Mint az angolban. Csak alapszinten beszélem, de szeretem benne, hogy nincsenek nemek és nem magázódnak, mert mindenki egyenlő. – Sokatmondóan nézett Atira, majd hozzátette. – A PKK nem terroristák gyülevész hada, ha tudni akarod, bár szeparatisták, ez tény. Egyébként pedig ez csak az egyszerű munkásemberek pártja, akik elleneznek bármiféle kizsákmányolást és elnyomást. A Kurd Munkáspárt a népet képviseli, és véd az elnyomástól. Ha ehhez fegyveres harcot kell vívni, a gerillák megteszik.

– Egyébként bocsánatot kérek, nem akartam átrendezni a könyveidet, csak érdekelt, hogy miket olvasol – vágott közbe Ati.

– Olvasni nem tilos – felelte Mara békülékenyen. – De, ami a terrorizmust illeti, megillet az ártatlanság vélelme. Vannak ideológiai különbségek kedves munkáspárti barátaimmal, de ettől még ők a barátaim. Most tessék, lehet kommunistázni, nem fogok megsértődni! A török nacionalisták állandóan ezt harsogják. Micsoda ostobaság! – megrázta a fejét, és sóhajtott.

Ati hallgatott, mert nem akart rosszat mondani, még véletlenül se. Még elszúrná az udvarlást.

– Hálásnak kellene lenned nekem, mert megmentettelek a kiadatástól – tette hozzá Mara. A PKK gerillái az egyetlenek, akiktől félned kell, mert ők bármit hajlandóak feláldozni bármiért. Ők lehet, hogy eladnának téged Kurdisztánért, mert akik civileket bántanak, azoknak nincsenek elveik. De a munkáspártiak nagy része rendes ember. Te pedig, ha nem vetted volna észre, fontos vagy nekem. Most pedig kérlek, hagyj magamra egy kis időre.

Legalább fontos vagyok, hát ez is valami… – vigasztalta magát Ati.

A férfi szégyenkezett, mert jogosnak érezte a kritikát. Arra gondolt, hogy nem hagyhatja annyiban a dolgot, Mara nyilvánvalóan megsértődött, ő pedig ki akarta békíteni. De a helyzet nem volt alkalmas arra, hogy képletesen szólva, elszívják a békepipát, így mást kellett kitalálnia. Be kellett látnia, hogy nem egyszerű dolog kurd feministának udvarolni, de támadt egy ötlete. Egy ilyen nő szívéhez az elvein keresztül vezet az út, ezt ösztönösen megérezte. A téma, amit felvet, talán éppen alkalmas lesz arra, hogy újból megindítsák az elakadt beszélgetést.

– Még valamit akartam mondani… – kezdte Ati.

– Mi lenne az? – Mara kérdően nézett rá.

– Azt olvastam az egyik könyvedben, hogy a fontos mozgalmak vezetői, a nőjogi mozgalmat kivéve, szinte mind férfiak voltak. Valamint, hogy a tudományban szinte nem is említik meg a nőket. Ez nem igaz... legalábbis az a *szinte* igen fontos nőket takar.

– Mint például?

– Ami a tudományt illeti, ott van a Nobel-díjas Marie Curie...

– Őt hagyjuk ki – fintorgott Mara. – Fogadjunk, hogy a férje pártfogolta...

– És ott van Jeanne d'Arc, az Orléans-i szűz. Hallottál már róla?

– Hát persze!

– És mit tudsz róla? – kérdezte Ati.

Mara egy darabig gondolkodott. Ati diadalittasan mosolyogva nézett rá. Sarokba szorított egy feministát!

– Nem sokat – vallotta be. – Annyit tudok, hogy máglyán elégették. Törökországban, ahol iskolába jártam, nem tanítják részletesen a keresztény Európa történelmét. Ez az oktatási rendszer hibája! – védekezett, mert érezte, hogy Ati fölénybe került, de restellte is, hogy ilyen jelentős hiányosságok vannak a tudásában.

– Ő volt Jeanne D'Arc, aki megmentette a francia trónörököst, a *dauphin*-t az ellenségeitől! Látomása volt, miszerint a dauphin-t nagy vész fenyegeti. Elzarándokolt a királyi udvarba, amely nagyon messze volt a szülői házától. – Ati igyekezett színpadiasan előadni a történetet. – Viszont a hatalmasok nem hittek neki, megalázták, szüzességi vizsgálatnak vetették alá, és hazazavarták. De Jeanne d'Arc visszatért, és a trónörökös kénytelen volt hinni neki!

Mara érdeklődve hallgatta a történetet, arcán látszott a megbotránkozás, mikor a férfi a szüzességi vizsgálatot említette.

– Nem fogod kitalálni, mi történt ezután! – folytatta Ati, és látta, hogy sikerült teljesen magára vonnia a lány figyelmét, akinek úgy tűnt, elpárolgott a haragja. Talán már el is felejtette, hogy Ati az előbb burkoltan meggyanúsította azzal, hogy terrorista propagandát olvas. A férfi folytatta.

– Képzeld, Jeanne d'Arc háborút viselt az angolok ellen, akik a francia király életére törtek!

– Mármint igazi, véres háborút? – csodálkozott Mara.

– Igen, és úgy hírlik, ő maga vezette a férfiakat a harcba, ő maga is csatázott, lóháton és nehéz fegyverzetben, és végül győzelmet aratott! Egy tizenéves lány!

– Nahát… ez csodálatos! Nem gondoltam volna, hogy Európa történelmében voltak ilyen bátor nők! – A lány láthatóan le volt nyűgözve. Ati közelebb hajolt hozzá.

– És tudod, mi ebben a történetben a legmegdöbbentőbb?

– Na, mi? – Mara is közelebb hajolt, mert nagyon kíváncsi volt a csattanóra. Ati a fülébe súgta:

– Az, hogy a rossz nyelvek azt beszélik róla, hogy az orléans-i szűz egy szegény, ostoba kecskepásztorlány volt! Ez hazugság, az igazság az, hogy Jeanne d'Arc apja művelt ember volt, akárcsak a lánya. Olyan, mint te. – Ati finoman arcon csókolta a lányt, aztán kisietett a szobából, mert egy feministánál sosem lehet tudni…

***

Ati úgy követte Marát a bázison, mint egy farkas-árnyék. Mara szerette volna jobban megismerni a férfit, és ezt meg is mondta neki, de Ati azzal rázta le, hogy Irakban vannak, egy muszlim országban soha nem lesz belőle senki, ha egy férfi kísérgeti, és ezzel Mara kénytelen-kelletlen egyetértett. Ha Mara durván beszélt, Ati közölte vele, hogy ez a viselkedés nem illik egy lányhoz, mire Mara rávágta, hogy ő nem egyszerű lány, hanem egy katonanő, akinek a kiképzését Atinak távolról kell néznie. Emberalakban nem mutatkozott, csak akkor, ha a katonák épp a török menekült hogyléte felől érdeklődtek, vagy ha Mara a kiképzés után vezetni tanította a Humvee-ban vagy nyelvleckéket adott neki. Este is ember volt, amikor csak ketten tartózkodtak a házban, Mara közeledett hozzá, mert kíváncsi volt és rámenős, meg persze nagyon akaratos.

Ati elmagyarázta neki, kik azok a katonanők, akik propagandacélból vannak a hadseregben, mert mindig van valaki, akinek megéri meglovagolni a nemek közötti egyenlőség kérdését, és hogy mindig vannak olyanok, akik szerint a férfiak és nők nem egyenlők, és hogy soha nem lesz igazi katona azokból a nőkből, akik többször fognak péniszt, mint fegyvert. Mara ezt hallva kissé megsértődött, ezt neki nem kellett magyarázni, nem volt az az olcsó nőtípus, mint sok nyugati feminista cicababa, akikről rosszakat hallott, ő inkább karrierista, ráadásul még erkölcsei is vannak. Nem kirakat-katonanő akart lenni, hanem igazi, aki elképzelte, hogy az első sorban fog állni puskával a kezében, mikor végre a Vezért fehér fal és golyószóró elé állítják, de Ati ilyenkor emlékeztette, hogy ez nem az ő dolga lesz.

Marát furdalta a kíváncsiság, mert nem tudta, hogy a másik mire akar kilyukadni ezzel. Elhatározta, hogy kiszedi a férfiból az igazságot. Ha nem is az egészet, talán csak egy részét.

– Tudnod kell, hogy a hozzám hasonló alakváltók, mint én, látók – felelte Ati. – Mi megéltük a múltat, mert hosszú életűek vagyunk, és a múlt ismerete képessé tesz minket arra, hogy lássuk a jövőt. Lássuk és érezzük… Nem apró dolgokat, hanem nagy eseményeket. De az álmok és látomások, amik éjjel jönnek elő, rövidek. A múltkor álmot láttam… te voltál benne, és a ház, vagy egy épület, ami hozzád tartozik, és egy katona, aki betöri az ajtót. Máskor a Vezér bukását látom, de abban a látomásban nem vagy benne… vagyis igen, de… nem látok se fehér falat, sem pedig golyószórót.

– Akkor mit látsz?

Ati sóhajtott.

– Nem én vagyok a legjobb látó… és nem én vagyok az egyetlen. A legidősebb orákulum az apám, de vele elvesztettem a kapcsolatot, még gyerekkoromban, mikor elvittek a törökök. Most nem tudom, hol él. Biztos vagyok benne, hogy él, mert az álmainkon keresztül kapcsolódunk egymáshoz. Abban reménykedek, hogy egyszer megtaláljuk egymást, mert érzem, hogy itt van valahol Irakban, de elég nagy ez az ország. Ha megtalálom, ő elmondhatja neked, mit tud az eljövendő időkről.

Ati elfordult a lánytól, és merengve nézett maga elé.

– Ha egyszer találkozom az apámmal, remélem, megbocsát valaha. Félek, nagyon félek, hogy kitagad, mert janicsár koromban szörnyű dolgokat tettem…

Mara a vállára tette a kezét, és mikor a férfi ismét ránézett, látta, hogy a lány elérzékenyült.

MÁSODIK FEJEZET

Megérzés

Bagdad, Irak, 1999.

A gesztenyebarna hajú, titokzatos férfi a nagy ház dolgozószobájában ült az íróasztalnál, és a levélpostát nézegette. Hajába itt-ott ősz szálak vegyültek, de kortalannak nézett ki, amihez az is hozzájárult, hogy nem viselt szakállat. Meghallgatta a telefonja hangüzeneteit, megnézte az elektronikus postát és próbálta rangsorolni a segélykéréseket aszerint, hogy ki mennyire van életveszélyben, és mennyit tud fizetni azért, amit ő legális embercsempészetnek hívott. A vállalkozás, amit üzemeltetett, a Wolf Security nevet viselte, és kielégítette a keresletet, amit a diktátor félelemkeltésen alapuló uralma hívott létre.

A helyzet az utóbbi években eléggé elfajult, így az árai is emelkedtek, bár őt nem igazán érdekelte a pénz. Szeretett segíteni az embereken, ez igaz, de elsősorban azért dolgozott, hogy elfoglalja magát. Azonban tisztában volt vele, hogy nem menthet meg mindenkit a Vezértől. Az országban bábeli állapotok voltak. A Vezér az utóbbi években teljesen megőrült, és meggyőződése volt, hogy ő Nebukadnezár király utódja.

Az embercsempész, aki a Hasszán Türk álnevet viselte – legalábbis ez állt a cég tulajdonosi papírjain – ismerte a valódi Nebukadnezárt. Nem személyesen, persze, de álmában sokszor látta. Újabban egyre többször, és tudta, hogy ez jelent valamit. Újra és újra megjelent neki az a bölcs király, akit Isten megbüntetett a kevélységéért és bestiává változtatott, hogy aztán az emberek közé visszatérve profetikus jelenésben legyen része az utolsó időkről.

Hasszán nem volt vallásos; sem a keresztény, sem az iszlám nem állt közel hozzá, sem bármely más hit, noha ateistának sem vallotta magát. Ő mindig a racionalitás talaján mozgott, nem érdekelték az előző életről szóló teóriák és a reinkarnáció – ami egyesek szerint megmagyarázhatta a diktátor és Nebukadnezár különös kapcsolatát – de ösztönösen érezte, hogy amit álmában lát, annak jelentősége van. A látomásai megsúgták neki, hogy Nebukadnezár igazi utódja nem a Vezér. Az utód olyasvalaki, aki később jön el, egy férfi, akinek két országa van, igen, így látta álmában, két ország és egy kard, amit kiás a földből, világhódító nemzet fia, aki Babilon földjére lép, hogy háborút indítson a gonosz ellen.

Próbálta megfejteni, mit jelent az álom, de nem tudott rájönni. Könyvek hevertek egymáson az íróasztal másik végében. Rengeteg kötet, mindegyik az ókori történelemmel, legfőképpen Babilonnal és Rómával foglalkozott.

Hasszán nem haladt az olvasással, mert túl sok dolga volt. Azt sem tudta, vajon érdemes-e ilyenekkel foglalkozni, hiszen már évek óta látta ezeket a képeket álmában, és mégsem jött még el az a bizonyos uralkodó. Talán az egésznek nincs akkora jelentősége, mint amekkorát tulajdonít neki. Lehet, hogy tényleg csak álom az egész, és neki ezzel nincsen teendője. Hagynia kéne a látomásokat, és értelmes dolgokkal foglalkozni. Mégis ragaszkodott a látomásához, szeretett volna hinni benne, akármennyire irracionális.

Csengett a telefon, Hasszán felvette.

– Sajnálom, nem tudok segíteni – felelte némi hallgatás után. – Allergiás vagyok a mustárgázra.

Tenyerébe temette az arcát. Fáradt volt és magányos.

A házban egyedül lakott, a szegényesen berendezett épületben elég tágas volt a tér. Néhány egyszerű, fából készült bútor és pár dekoráció alkotta a berendezést, amelyek között voltak muzeális értékű darabok is. Hasszánnak nem a pénzbeli érték volt fontos, a római kori tárgyak emlékeket őriztek számára. Olyan emlékeket, melyek mintha egy előző életéből származtak volna. De az érzés, hogy ő valaki más, ott motoszkált benne, és sehogyan sem bírt tőle megszabadulni.

Volt egy szobor, nem igazi ugyan, csak egy másolat, amely különös jelentőséggel bírt a férfi számára, mégpedig Nebukadnezár király húsz centiméter magas szobra, a feje aranyból, teste és karjai ezüstből, törzse bronzból volt, a lábait pedig vasból öntötték. Eme tárgyat Hasszán a ház díszének tekintette.

Az épület mögött jókora udvar terült el, ahol Hasszán a fogyasztásra nevelt tyúkjait tartotta. A legértékesebb jószág az istállóban lakott, egy ötéves fekete arab telivér kanca, aki a Villám névre hallgatott és Hasszán egyetlen társa volt.

A férfi azon tűnődött, hogy életben van-e még a fia, akit elraboltak tőle a gyermek hatéves korában. Még mindig reménykedett benne, hogy egyszer meg fogja keresni. Legalább most, az utolsó időkben, hiszen, ha minden igaz, nagy háború készül. Talán a fia még emlékszik a múltjára, és valószínűleg megtudta, hogy a nevelői nem a vér szerinti szülei. Lehet, hogy látni akarja az igazi apját, mielőtt eljön az apokalipszis.

Hasszán emlékezetkiesésben szenvedett, mióta a diktátor elkapta, elvitette a börtönbe és megkínozta. Később elengedte, de a kínzás teljesen elvette Hasszán eszét, napokig nem tért magához, és utána azt se tudta, hogy fiú-e vagy lány, hány éves, sőt, az sem rémlett neki, mikor köszöntött rá özvegysége. A fia és a néhai felesége voltak az egyetlenek, akikre emlékezett, a hozzájuk fűződő emlékeinek köszönhetően önmaga maradhatott. Nem akart ismét megházasodni, és nem is volt senkije. Úgy érezte, az élete sivár gyötrődés, és ennek csak kevés köze volt a diktatúrához, amelyben élt.

Szeretett volna még egy gyereket. Az elsőt, az elraboltat nem pótolhatja senki, de talán egy új utód enyhítené a magányát. Arra gondolt, hogy milyen könnyű dolga van mostanság az egyedülálló nyugati nőknek, akik csak bemennek egy spermabankba, és megoldják ezt az égető gondot. Hasszán helyzete kicsit bajosabb. Ismerte Flavius Aethius római parancsnok és lánya történetét, aki igazából nem is az övé volt, hanem kiskorában elrabolta az apjától.

Ez a lehetőség Hasszán számára kiesett. Rómában persze mindent meg lehetett tenni nagyjából büntetlenül, ha valakinek megvolt a rangja hozzá, de Róma nem csak azért bukott meg, mert túl nagyra nőtt, és irányíthatatlan lett, hanem a közerkölcsök romlása miatt is. Talán mégsem tökéletes társadalom az, ahol szinte mindent szabad. Hasszán nem akart gyereket rabolni, Aethius tettét is elítélte. Nem akart olyanná válni, mint azok, akik elvették tőle a fiát. Ha valaha ismét gyereke lesz, akkor az a saját vére lesz.

Mivel nem foglalkozott vallási kérdésekkel, így az sem érdekelte túlzottan, ha házasságon kívül születik gyermeke. Nem akart nőkkel foglalkozni az elfoglaltságai miatt, de a gyerekhez nő is kell.

Aznap nemigen fűlött a foga a munkához, noha hétköznap lévén dolgoznia kellett volna. Nem akart telefonokra és segélykérésekre válaszolni. Ez egy olyan kivételes nap lesz, amikor nem ment meg senkit. A szabadnapján elmehetne lovagolni; a történelemkönyvek olvasgatása mellett a lovaglás volt a hobbija.

Kiment a hátsó udvarba az istállóhoz. Kinyitotta az ajtót, Villám megfordult, és barátságosan horkantott.

– Szia, kedves. – Hasszán végigsimított a ló homlokán, megpaskolta a nyakát. – Nincs kedved sétálni egyet?

Megkereste a lószerszámot és felnyergelte a kancát. Mikor az állat megérezte a szabad levegőt, láthatóan megörült, és izgatott lett. Arra termett, hogy a sivatagot szelje, nem arra, hogy egy bagdadi külvárosi ház hátsó udvarának istállójában álldogáljon, a mozgáshiány különben sem tett jót az ízületeinek. Mikor Hasszán kivezette, a ló fel akart ágaskodni, de a férfi visszahúzta.

– Sajnálom – mondta neki. – Tudom, hogy nem jó neked itt, de az élet senkinek sem tökéletes. – Kimentek a kapun, Hasszán felült a ló hátára. – Inkább gondolj arra, hány kutyát tartanak kis lakásban. Ahhoz képest neked aranyéleted van! – Nevetve megpaskolta az állat nyakát.

Visszafogta a lovat, ahogy Villám próbált előretörni a széles utcán.

– Nem engedhetlek szabadjára. A Vezér mindent lát, és ha össze-vissza vágtatsz, belénk köthet, és ha a mustárgáz kimarja az orrodat, beteg leszel! – Nagy nehezen poroszkálásra bírta Villámot. – Most érd be ennyivel. Ha a diktátor elrabol téged és elad versenylónak, akkor rosszul jársz, hidd el! – tréfálkozott, mintha a ló értette volna, amit mond.

Kis idő múlva az állat megnyugodott, de továbbra is fújtatott, amit Hasszán a sivatagi viharnak tulajdonított. Lassan mentek a kihalt városban, Villám patái porfelhőt kavartak. A szél szembe fújta a homokot, alig láttak néhány méternél távolabb. Villám egyszer csak oldalra fordította a fülét, majd a fejét, felfigyelt a zajra, és már Hasszán is hallotta a messziről jövő kiabálás hangját. Követte a zajokat, megkerült néhány házat, végül kiért egy romos területre, amit építési törmelék borított. Látott egy betonfalat, feltehetően egy telket zárt körbe, de túl magas volt ahhoz, hogy a lóval átugorja.

A betonfal tövéhez ment, és bár még mindig nem látott semmit, már értette a kiabálást. Férfiak ordítoztak, ami elnyomta egy nő hangját.

– Megbűnhődsz azért, amiért megsértetted a családunk becsületét! – kiabálta az egyik férfi, aki magas volt, negyven év körüli, szakállas, a fején turbánt viselt.

– Nem tettem semmit! – A fiatal nő hangja kétségbeesettnek tűnt. A korát Hasszán nem tudta megállapítani, mert fejkendőt és fátylat viselt. – Nem vagyok a feleséged, Sandjar! És nem fogok hozzád menni!

– A menyasszonyom vagy! – dühöngött a férfi. – Az apád nekem ígért, te pedig másnak adtad oda magad! Elvesztetted a szüzességed!

– Ugye tudod, hogy a Korán mivel bünteti a paráznaságot? – szólalt meg most a másik, aki fiatalabb volt, huszonéves lehetett.

– Ne, bátyám, kérlek! Nem teheted ezt velem! – A nő könyörgése sírásba fulladt.

Hasszán messziről látta, hogy a Sandjar nevű férfi lehajol és felvesz valamit a földről. Körülöttük betondarabok hevertek, építkezés nyomai. Aztán letette a követ.

– De előtte még a magamévá teszem ezt a szajhát. Enyém lesz az utolsó szó!

Megragadta a sikoltozó nőt, a másik férfi szintén, és leszaggatták róla a ruhát. Hasszán egy fél percig döbbenten nézte, aztán elfelejtette, hogy aznap senkit nem akart megmenteni, pláne nem olyasvalakit, akinek nem áll módjában védelmi pénzt fizetni. Odaállt a lóval a betonkerítéshez, felállt az állat hátára, és átlendült a falon.

– Na, ebből elég!

Odarohant, megragadta a Sandjar nevű fickót, és lerángatta a nőről. A férfi megfordult és rábámult, mintha nem hinne a szemének. Nem látott semmit a porviharban, úgy tűnt, mintha Hasszán a semmiből tűnt volna fel.

– Nahát, te ismerős vagy nekem – mondta Sandjar. – Te vagy az, akinek a védelmi szolgáltatásait mindenki ismeri Bagdadban és azon kívül. – Mosolyra húzta a száját. – Sajnos nem mindenki teheti meg, hogy pénzért megváltsa az életét... ugye? – gúnyos mosolyra húzta a száját.

– Nem csak a pénz létezik a világon – felelte Hasszán türelmetlenül és megragadta a férfit a nyakánál fogva. – Szállj le a nőről!

– Ez családi vita, ne szólj bele – hörögte Sandjar. – A menyasszonyom szégyent hozott a családra, ezért megkövezzük! És nem tud fizetni.

Hasszán pofon vágta Sandjart, és felsegítette a nőt, aki a porban feküdt.

– Gyere, menjünk innen! – mondta neki, és el akarta vonszolni onnan, de a Sandjar nevű pasas haverja eléjük ugrott.

– Nem viszed sehova a nőt! Nem tud fizetni, és nem lesz a prostid!

– Nem foglalkozom örömlányokkal – felelte Hasszán kurtán. – Tudod, ki vagyok, akkor állj félre! Nagyobbat is tudok ütni! – morogta, és figyelmeztetően felemelte az öklét. – Nem tréfálok!

Sandjar tehetetlen dühvel nézte, ahogy Hasszán eltűnik a nővel a porfelhőben.

– Ezt még megbánod – sziszegte utána.

Hasszán felugrott a keskeny betonfal tetejére, és felhúzta a nőt.

– Mi a neved? – kérdezte.

– Chahinez – felelte a megkérdezett, aki nagyon fiatalnak tűnt, szinte még gyereknek.

– Hány éves vagy?

– Tizennyolc... illetve, már majdnem tizenkilenc.

Szóval már nagykorú, gondolta Hasszán. Felült Villám hátára, és maga mellé segítette Chahinezt.

– Oldalt ülj – mondta. – Ez nem női nyereg, nem kellemes rajta ülni, miután épp megerőszakoltak.

– Honnan tudod, milyen nyeregben ülni, miután megerőszakoltak? – érdeklődött Chahinez, de a férfi nem válaszolt.

– Kapaszkodj, mert most gyorsan el kell tűnnünk innen! A családod kihívhatja a rendőrséget, és akkor bajban leszünk. Ne aggódj, erősen foglak!

Vágtára fogta a lovat, és szélsebesen eltűntek a sivatagi viharban.

Hasszán hazavitte magával Chahinezt, de nem mondta el a lánynak, hogy mi jár a fejében. A reggeli gondolatai most nem foglalkoztatták. Úgy adódott, hogy valakinek ma segítségre van szüksége, és neki most segítenie kell. Megkereste az elsősegélydobozt. Fertőtlenítő, kötszer és aszpirin volt benne. A lány vérzett, de nem tudta, miért. A férfi adott neki egy tiszta törölközőt. Levette a lányról a kendőt és a fátylat. Fekete haja és barna szeme volt, amivel szomorúan nézett Hasszánra.

– Ez ugye nem a rendszeres vérzésed? – kérdezte a férfi. Chahinez a fejét rázta.

– Tegnap együtt voltam a szerelmemmel – felelte. – Akkor vérzett, de az más volt. Mára elmúlt, de most újra vérzik. – A tenyerébe temette az arcát. – Az apám meg akar ölni, amiért ez történt! Eltitkoltam, de megtudta! Azt, hogy... hogy mást szeretek...

– Megsérültél – állapította meg Hasszán. *Azért, mert én fél percig csak álltam ott bambán, és nem csináltam semmit*, tette hozzá magában. – Neked most orvosra van szükséged. – Bement a dolgozószobába, és a fiókban megkereste a jegyzetfüzetét. A diktátor áldozatai között, akiken segített, voltak megerőszakolt nők, és a füzetében volt az orvosi klinika címe és telefonszáma, ahova elvitte őket.

– Nem mehetek orvoshoz! – zokogta Chahinez. – Már így is épp elég szégyent hoztam a családomra!

– Ez nem szégyellnivaló, nem tehetsz róla. Elmegyünk az orvoshoz – mondta határozottan Hasszán, és a lánynak adott egy aszpirint. – Ezt vedd be, jó a fájdalomra. Majd a dokinál eldöntöd, hogy kérsz-e segítséget, vagy csadorban akarsz elvérezni. De itt nálam ne szenvedj!

Megkereste a kocsikulcsait. Az autót csak arra használta, hogy a menekülő ügyfeleket fuvarozza, mert egyébként nem szeretett vezetni. Szívesebben járt a városban gyalog, vagy lóháton, mint aznap. Eszébe jutott, hogy a lánynak nincs tiszta holmija, és valószínűleg nem akar a megszaggatott ruhájában orvoshoz menni. Elővett a szekrényből egy vászonnadrágot és egy felsőrészt.

– Tessék. – Átnyújtotta a ruhákat Chahineznek. – Férfiruha, de legalább eltakar. Vedd fel, és ülj be a kocsiba!

Amikor visszajöttek az orvostól, Chahinez még mindig zaklatott volt. Először járt a nőgyógyászaton, mert az ő családjában a nők nem jártak nőorvoshoz. Egy vallásos családban, mint amilyen az övé, legfeljebb a férfirokonok vizsgálták a lányokat. A rendelőben nehezen lehetett rávenni, hogy hagyja magát megnézni.

– Fájt? – kérdezte Hasszán. – Mármint a vizsgálat, úgy értem.

–Nem, csak... szégyellem magam.

– Nem neked kellene szégyellni magad, hanem azoknak, akik ezt tették veled. A családodnak.

Bevitte a lányt a vendégszobába.

– Ki kellene pihenned magad.

– Még mindig nem értem, miért mentettél meg – mondta Chahinez. – Hiszen tudtad, hogy nem tudok fizetni a védelemért!

A férfi sóhajtott.

– Nekem most másra van szükségem – felelte. – Nem tudsz rólam semmit. Azt sem, miért én vagyok a legjobb őrző-védő Bagdadban. Ezekről nem mondhatok neked semmit, mert titok. Azt hiszem, ha kiderülnének ezek a dolgok, én is a diktátor célpontja lennék, és akkor nem tudnék többé embereket menteni. A Vezér egyszer elvitt a börtönbe és megkínzott, de szerencsére utána leszállt rólam. Igaz, előtte kiverte belőlem a lelket is. De azóta elnézi nekem, hogy embereket csempészek Törökországba.

– Mi lenne az, amire szükséged van? – kérdezte végül a lány néhány percnyi csend után.

– Volt egy fiam… de elrabolták tőlem, még nagyon régen, és azóta sem találtam meg. Azt sem tudom, él-e még. Babilon sivár és kietlen pusztaság lett, én pedig nagyon magányos vagyok.

Hasszán szünetet tartott.

– Szeretném, ha szülnél nekem egy gyereket.

Chahinez meglepődött, majd egy percnyi szünet után, melyet a meghökkenés okozott, megkérdezte:

– És akkor… megmentesz az apámtól és a kényszerházasságtól?

– Kössünk alkut. Megígérem, hogy elmehetsz a szerelmeddel biztonságos helyre. Törökországba vagy máshova, ahova csak akarod. Nem kell fizetned, hiszen a gyermek a fizetség.

A lány elgondolkodott.

– Azt hiszem, ez egy jó ajánlat. Nem akarok meghalni. Azzal akarok élni, akit szeretek. Bármit megteszek annak, aki ezt megadja. Igen – mondta határozottan –, bármit megteszek, amit kérsz tőlem!

– Merre van most a szerelmed?

– Miután apám megtudta, hogy együtt voltunk, kértem, hogy meneküljön el. Törökországba ment, remélem, biztonságban megérkezett, és jól van.

– Én pedig azt remélem, bízol abban, akinek odaadtad magad! Hívd fel, és mondd meg neki, mi a helyzet! Ha beleegyezel az alkuba, és bízom benne, hogy így lesz, a gyereknek szüksége lesz majd az anyjára egy darabig, ezért nálam fogsz lakni két évig. Azután visszamehetsz a szerelmedhez, de ha nem vesz feleségül, én nem tartalak itt. Viszont utcára sem foglak dobni, ezért visszaküldelek az apádhoz!

– Aziz szeret engem – mondta Chahinez. – Bízom benne, hogy megértő lesz.

Hasszán bólintott.

– Nos, érezd magad otthon. – Hasszán körbemutatott a tágas vendégszobán. – És mielőtt elfelejtem, vedd be ezt. – Tablettát adott neki, amit a nőorvos írt fel, és hozott egy pohár vizet. – Ez megelőzi, hogy terhes legyél a szerelmedtől vagy az erőszaktól. A többiről beszélünk, ha meggyógyultál.

A férfi kiment a szobából és magára hagyta Chahinezt a gondolataival.

***

Chahinez néhány hónapja lakott Hasszánnál, és kezdte otthonosan érezni magát, leszámítva a zaklatásokat, amiket kapott a családjától. Hasszán azt mondta, hogy nem áll módjában kihúzni a telefont, mert az szükséges a munkájához, így el kellett viselniük a Hasszán által csak telefonbetyárnak titulált hőzöngő családtagokat. A nő kiheverte az erőszakot, de a lelki sebek nehezebben gyógyultak. Félt, hogy visszakerül a családjához, főleg azért, mert Hasszán közölte vele, hogy márpedig ő csak egyszer fog a gyerekkel próbálkozni. *Mi van, ha meddő vagyok*, tűnődött Chahinez, noha semmi oka nem volt ezt gondolni, hiszen rendszeres volt a ciklusa, és a nőorvos is megmondta, hogy egészséges, nincs jele termékenységi gondoknak. Aggodalmait megosztotta a férfival, mikor az egyik este megkörnyékezte.

– Megmondtam, hogy csak *egyszer* – Hasszán szúrósan nézett a lányra, aki levette az alsóneműjét és az ágyra feküdt. – Egyébként is már kaptál egy esélyt az élettől, mikor megmentettelek, második esély már nem jár! Most ellenőriznem kell az alkalmasságodat.

Hasszán egy ujjal Chahinez hüvelyébe nyúlt, és bár nem volt nőgyógyász, megállapította, hogy nincs nyoma sérülésnek, nedves volt és nem vérzett.

– Meggyógyultál – közölte szűkszavúan. – Na és azt tudod-e, hogy mi a különbség a szeretkezés és a szex között?

– Nem – felelte a lány.

– Az a különbség, hogy a szeretkezéshez általában szerelem is kell, mert abban benne van a *szeret* szó, és azt az emberek élvezni szokták. A szex pedig csak gyereknemzésre szolgál, és nem feltétele a romantika. – Hasszán ráfeküdt Chahinezre. – Én éle-

48

temben csak egy nőt szerettem, a feleségemet, elveszett fiam anyját, de ő rég meghalt. Na, vele szeretkeztem, de veled csak szexelni fogok. Én a feleségemre gondolok, te pedig gondolj a szerelmedre. Úgy talán elviselhetőbb lesz mindkettőnknek.

– De biztos, hogy teherbe fogok esni?

– Miért ne lenne így? Ha a szeretkezés egész estés film, akkor a szex olyan, mint a filmelőzetes. Mire felkelti az érdeklődésedet, már vége is van. Persze a nyugati emberek másképp csinálják, de mi Irakban vagyunk.

– De azért átölelhetlek...? – kérdezte a lány bizonytalanul, bár maga sem értette, miért vágyik rá, hiszen nem volt szerelmes Hasszánba. Most mégis késztetést érzett rá, hogy átkarolja.

– Meg akarod csalni a szerelmedet? Csak rajta! De nehogy azt mondd utána, hogy én voltam, aki erre rávett! A nők olykor csalafinták!

Hasszán nem akart zordnak tűnni, de ez túl nyersen hangzott. – Ismerem ezt a női trükköt, évezredes szokás.

Kis szünetet tartott és egészen közel hajolt a lány arcához. Chahinez szorosan átölelte, majd Hasszán a fülébe súgta: – Az elélvezéshez élvezet is kéne, úgyhogy hívjuk inkább orgazmusnak. Mindjárt elmegyek, utána szó szerint is, és te itt maradsz a szobában tökegyedül, és reggelre elfelejtjük, hogy valaha is együtt voltunk.

– Ne, kérlek, Hasszán, ne menj el... úgy értem, ne hagyj egyedül! Szeretném, ha velem aludnál!

Miután befejezték, a férfi kelletlenül bár, de engedett Chahineznek és bár szentül megfogadta, hogy ez nem így lesz, végül mégis vele aludt és átkarolta. Az az este volt az első alkalom, hogy nem úgy tekintett a lányra, mint egy két lábon járó inkubátorra.

***

Egy nyári reggelen megszólalt a telefon, de Hasszán nem vette fel. Hétvégén nem szokott válaszolni a hívásokra, mert akkor nem foglalkozott a menekülni vágyók segélykéréseivel, de Chahinez családját még mindig nem sikerült leráznia. Sokszor hívogatták, ilyenkor egyszerűen válasz nélkül letette a kagylót. Hamarosan elviszi a lányt Törökországba, a szerelméhez, aki feleségül fogja venni, élhetik az életüket, ahogyan szeretnék, a fia pedig nála marad. Ha Chahinez már nem lakik nála, a zaklatói is elmaradnak majd, gondolta.

A lány vegyes érzésekkel viszonyult a dologhoz, mert ugyan alig várta, hogy végre együtt lehessen azzal, akit szeret, de húzta az időt, hogy ne kelljen elválnia szeretett fiától. Rory egyéves volt, és Hasszán nem mondta a lánynak, miért választott idegen nevet, csak annyit közölt vele, hogy sem arab, sem török eredetű nevet nem fog adni a gyerekének. Ő sem Hasszán néven született, csak felvette ezt a nevet ebben az istenverte országban. Akármi jó, csak ne úgy hangozzék, mint Ali Baba. A Rory név nem idegen a tengerentúlon.

Végül Hasszán és Chahinez megegyeztek abban, hogy elválnak útjaik, ha Rory szobatiszta lesz, mert valamiben meg kellett egyezni. Ez már a második ilyen alku volt, mert Hasszán azt szerette volna, ha a nő elmegy, miután a kisfiúnak nincs szüksége anyatejre, de nem tudtak megegyezni abban, hogy ez egészen pontosan mikor van. A magukat hozzáértőnek vallók egymásnak ellentmondó dolgokat hordtak össze a témában, a szobatisztaságot viszont jobban körül lehetett határolni.

Chahinez amiatt is aggódott, mit kezd Hasszán a gyerekkel, ha dolgozik, hiszen nem foglalkoztattak bébiszittert, de ez sem tűnt megoldhatatlan problémának. Hasszán néha magával vitte Roryt, főleg akkor, amikor családos embereket szállított, mert azt tapasztalta, hogy Rory elszórakoztatja őket, és ilyenkor az emberek elfelejtkeztek az erőszakról, a mérgesgáz-támadásokról és egyáltalán arról, hogy nekik most éppen rettegniük kéne. Hihetetlen, mikre képes egy kisgyerek. A legjobb nyugtató, már amikor éppen nem sír, mert olyankor viszont a csillagos egekbe repíti az ember vérnyomását. Rory vidám kisfiú volt és sokat nevetgélt, mit sem törődve az őt körülvevő elnyomó rendszerrel.

Mikor a telefon harmadszor is csengett, Hasszán kelletlenül felvette.

– Wolf Security biztonsági szolgálat – szólt bele kedvetlenül.

– Szeretném a segítségét kérni – szólt bele a telefonba egy ideges női hang.

– Kérem, hívjon vissza hétfőn, ma nem dolgozom – Hasszán megpróbálta lerázni az ügyfelet.

– Kérem, hallgasson meg, sürgős ügyről van szó! A vőlegényemmel Kirkukba szeretnénk menni. Többet nem mondhatok a telefonba, de egy bizonyos magas rangú személy zaklat engem, és halálos fenyegetéseket kapunk!

– Rendben, ha visszahív hétfőn, megoldom. Annyira nem lehet sürgős! – A férfi letette a kagylót, és gondolkodott. Az ügyfelei általában Törökországba és Iránba menekülnek, de néha előfordul, hogy valaki Kirkukba akar menni, mert a várost a kurdok őrzik, és úgy tartják, hogy a kirkuki bázis egy erődítmény, amely, mint valami mágikus fal, megvédi őket a zsarnoktól. Hasszán nem adott túl sok hitelt ennek az elképzelésnek, főleg, mióta a fülébe jutott, mit művelt a diktátor a kurdokkal több, mint tíz évvel azelőtt. Több ezer embert ölt meg vegyifegyverrel, százezrek menekültek el, és vannak, akik ezek után még mindig azt hiszik, hogy Irak északi része biztonságosabb, mint a Bagdadtól délre eső részek? De az ügyfél kérésére nem mondhatott nemet. Ha így akarják, hát legyen így.

Hasszán sejtette, hogy Chahineznek hamarabb kell elválnia a gyermekétől, mint amit megbeszéltek, és felkészült rá, hogy rosszul fogadja majd. Aznap elmondta neki, amit gondolt.

– Figyelj – kezdte – ez az ügy, amire felkértek, elég kényes. Nem akarnám, hogy belekeveredj, mert néha rosszul végződnek ezek a történetek, és akkor te esetleg a diktátor vagy valamelyik rokonának a háremében kötsz ki. Ha rosszul alakulnak a dolgok...

– Értem, szóval le akarsz rázni. – Chahinez szomorúan nézett rá.

– Nem, komolyan mondom. – Hasszán gyengéden átkarolta a nőt. – Még én sem vállalok százszázalékos garanciát a sikerre, és sajnos volt ilyen esetem is. Mármint, ami rosszul végződött...

– Tehát azt akarod mondani, hogy el kellene utaznom Törökországba – vonta le a következtetést Chahinez.

– Holnap elindulunk, és vissza sem nézel, rendben? – Hasszán felsóhajtott. – Értsd meg, dolgom van, és nem tudok többé rád vigyázni. A török határon túl nagyobb biztonságban vagy. Tudok adni új útlevelet, személyazonosságot, bármit, ami ahhoz kell, hogy a családod ne bukkanjon a nyomodra. Itt amúgy is csak zaklatnak.

– Rendben. – Chahinez sóhajtott, és letörölt egy könnycseppet az arcáról. – Nagyon fog hiányozni a kisfiam...

– Vigyázni fogok rá, megígérem. Még az sem kizárt, hogy látod még valaha az életben. – Hasszán szorosan magához ölelte. – Most pedig menj, és pakolj össze.

Azon a teliholdas éjszakán Hasszánnak minden addiginál élesebb látomása volt. Álmában Nebukadnezár király szólt hozzá, ahogy az már sokszor megtörtént. Ezúttal azonban farkasnak látta magát.

Emlékezz rá, hogy ki vagy, Remus – szólt a nagy király. Most először Remusnak szólította Hasszánt.

A fiad Kirkukban van, menj el hozzá! Közeleg az idő... ő felfedi előtted az elfeledett múltadat! Hamarosan megérkezik az utódom Babilonba, aki az elveszett Kardot keresi. A Hetedik Birodalom királya a két torony városából jön, hogy megdöntse Nimród uralmát. Mondd el a népemnek, hogy készüljenek...

Mikor másnap Hasszán felébredt, próbálta értelmezni az álmában látottakat – nem értette, hogyan lehetséges, hogy egy rég halott uralkodó tudja, hogy őt, Hasszánt valójában Remus néven anyakönyvezték. *Persze, hogy tudja*, gondolta aztán, *hiszen ez az én álmom, és én természetesen tudom a saját nevem...*

Bár sok minden még homályos volt előtte, a dolgok még nem nyertek értelmet számára, azt tudta, érezte, hogy az élete hamarosan megváltozik.

*****

Hasszán Kirkukba tartott a menekülő párral, akik a hátsó ülésen ültek. A nő az ölében tartotta Roryt, aki kifelé nézett az ablakon. Chahinez elment, és Hasszán azon gondolkodott, hogy mihez kezd majd. Valóban Kirkukban van a fia, ahogy azt Nebukadnezár mondta neki álmában? Vagy az egész csak képzelgés, és nem is kellene ezzel foglalkoznia? Ha valóban itt van, hogyan találja meg a városban? Vajon még mindig ugyanaz a neve? Hogy nézhet ki?

Ezernyi kérdés cikázott a fejében, ahogy próbálta elképzelni a találkozást. Meg kell tudakolnia valakitől, hallottak-e az itteniek a fiáról. Az lesz a legjobb, ha megkérdezi a kurdokat. Egy próbát megér.

Mikor megérkeztek a bázishoz, a pár kiszállt az autóból, a férfi egy fémdobozban készpénzt adott át neki, mert a legtöbb menekült így fizetett. Hasszán a kocsi hátsó ülésére ült, kinyitotta a dobozt, és megszámolta a pénzt. Miután végzett, becsukta a fémládát, lehajolt, és az egészet elrejtette egy titkos rekeszben, ami az ülés alatt volt. Az egész hátsó ülést takaró fedte, mely eltakart mindent a kíváncsi szemek elől, és Hasszán remélte, hogy a pénz biztonságban lesz a tolvajoktól. Átvette a nőtől Roryt, és intett a kurd őröknek.

– Jónapot – köszönt az idősebbnek. – Ezeket az ifjú menekülőket ajándékba hoztam, bár nem mondták el nekem, pontosan mi a szándékuk Kirkukban. Azon kívül, hogy bujkálnak, természetesen. – Végül kibökte a nagy kérdést.

– Mondja csak, nem ismer, csak úgy egészen véletlenül egy Attila vagy Ati nevű illetőt errefelé?

Hasszán szólni sem tudott a meglepetéstől, mert a válasz egyáltalán nem az volt, amire számított.

– Dehogynem. Arra – mutatott az őr a háta mögé, egy másik épületre.

***

– Ati, ez az ember itt Hasszán Türk, és téged keres.

Ati felváltva nézett az őrre és az előtte álló férfira, aki valahogy ismerős volt neki, úgy tűnt, mintha nagyon régen lát-

53

ta volna, de nem tudta, hol. Egy pillanatig nem jutott szóhoz a döbbenettől, majd hátrafordult, és maga felé intett.

– Mara! Gyere ide, kérlek!

A katonai egyenruhás, fegyveres nő odasietett, és Hasszán csodálattal vegyes meglepetéssel nézett rá; nem mindennapi látvány volt.

– Vigyáznál a gyerekre, amíg én négyszemközt beszélek a látogatóval? Engem keres – mondta Ati. Mara beletörődően bólintott, és készségesen átvette a kisfiút Hasszántól. Ati megeresztett a lány felé egy mosolyt. Ha van meglepőbb látvány egy Kalasnyikovot viselő katonanőnél, az a Kalasnyikovot viselő katonanő *gyerekkel*. Mara nem értékelte a férfi mosolyát, szúrósan, de komoly tekintettel nézett vissza rá. Ati és Hasszán beléptek az épületbe, és becsukták az ajtót maguk mögött.

Ati egy percig meg sem tudott szólalni. Szinte kővé dermedt, és úgy nézett a másikra, mint aki földönkívülit lát.

– Gondolom, nem ismersz meg – kezdte Hasszán. – Hasszán Türk az álnevem, csempész vagyok, de valójában Remusnak hívnak... azt hiszem, a csempészettel nem mondtam újat, mert elég sokan ismerik a szolgáltatásaimat Irakban. Hoztam a bázisra két menekültet, de nem ez a lényeg. – Szünetet tartott. – Keresek valakit.

– És... ki lenne az? – kérdezte Ati bizonytalanul, még mindig azon töprengve, mitől olyan ismerős az előtte álló férfi.

– Nagyon régen, a törökök elrabolták a fiamat, de nem emlékszem, mikor vagy hogyan történt. Nem tudom, hogy él-e még, és utána nyomozok. Attilának hívják.

– Engem is... – Ati még mindig nem tudta, hogy reagáljon. Vajon ez az ember tényleg az, akinek gondolja?

– Van tudomásod arról, hogy elraboltak gyerekkorodban? Vagy, hogy nem a vér szerinti szüleid neveltek fel?

– Én... nem is tudom, hogy kezdjem – felelte Ati. – Igen, elraboltak, de furcsa körülmények között... néha álmodom ezzel. Mintha egy régi életemben történt volna... egy előző életben. De megtörtént. A szüleim keresztények voltak, de az elrablóim iszlám hitre térítettek és muzulmán iskolába járattak. Olyan dolgokat is tettem, amikről nem akarok beszélni. Borzalmas dolgokat cselekedtem... – szégyenében elfordította a fejét. Soha senkinek nem beszélt erről, még Marának sem.

– Nem ez a lényeg. – Hasszán türelmetlen volt. – El kell mesélned nekem, hogy miről álmodtál, mert ha hiszed, ha nem, nem te vagy az egyetlen, aki az előző életéről álmodik. Ez velem is rendszeresen megtörténik! Furcsa, igaz?

– Valóban ilyeneket álmodsz? – Ati érdeklődve nézett az ismeretlen, de mégis ismerős csempészre. – Nos, rendben, elmesélem... szóval, néha azt álmodom, hogy farkaskölyök vagyok egy ostromlott városban. Ostoba álom, tudom, de így van... a városba betörtek a törökök és vérfürdőt rendeztek, egy lovas sereg volt, tisztán látom magam előtt éjszakánként. Lovasok voltak szablyával, és mindenkit legyilkoltak a városban, de a keresztény fiúgyerekeket elvitték, és engem is, aki farkasnak látom magam. Így raboltak el. Az apámnak nyoma veszett, az anyám meghalt a mészárlásban.

Ati várta, hogy Hasszán kineveti, de a férfi elgondolkodott.

– Ez döbbenetes – felelte. – A farkas az álmomban... Ő az én... hogy is mondjam, látó énem. Tudom, azt hiszed, bolondságokat beszélek. Lehetséges ez? – Hasszán nem akarta elhinni, hogy az álom valóban igaz. – Ha te farkas vagy, és elraboltak, akkor... Te lennél a fiam? Nem, ez nem lehet... túl szép ahhoz, hogy igaz legyen!

– Nem szívesen mondom ezt, de én más vagyok, mint te. – Ati farkassá változott, majd hátat fordított Hasszánnak, és várta a reakciót, azt, hogy a férfi felkiált a döbbenettől, hogy el fog rohanni, és becsapja maga után az ajtót. Hasszán felkiáltása viszont másról árulkodott.

– Te vagy az! Te vagy a szürke farkas az álmaimból! – Hasszán meglepett volt, az arca felragyogott az örömtől.

Nebukadnezár igazat beszélt!

– Az én apámat is Remusnak hívták – felelte Ati, most már Hasszán felé fordulva. – Véletlen volna csupán?

– Nem, nem véletlen – mosolygott Hasszán. – Remus én vagyok! És, már ne is haragudj, hogy megkérdezem, de régóta izgat ez a kérdés. Szóval, szerinted normális dolog Nebukadnezár királlyal beszélgetni álmomban?

– Nebukadnezár? – Atinak leesett az álla meglepetésében. – *Te Nebukadnezár királlyal szoktál álmodni?*

– Többnyire – felelte Hasszán, miközben igyekezett úgy tenni, mintha ókori királyokkal álmodni teljesen hétköznapi dolog lenne. – Sőt, időnként Nagy Kürosszal is látomásom van.

– Nekem… nekem is. Mmindenféle látomásom van… – Ati hangja elcsuklott, mert most már biztos volt benne.

Megtalálta az apját!

– Akkor… akkor te is át tudsz változni farkassá – tűnődött Ati. – Ez egyedi képesség, nem kell hozzá telihold, vagy ilyesmi. És ne aggódj, ha megharapsz valakit, az illető nem fog vadállattá változni, mert az alakváltók csak nemzéssel szaporodnak.

– Hát persze, tudom – mosolygott Remus. Lehunyta a szemét, mikor újra kinyitotta, már egy gesztenyebarna szőrű farkasként állt a fia előtt, aki mélyen belenézett a borostyánsárgává változott szemekbe.

Ati mosolygott, és Remus vállára hajtotta a fejét.

– Te vagy az, apa – mondta, és ragyogott az örömtől – Viszszajöttél…

Hasszán, azaz Remus kérdően nézett a fiára.

– Mesélsz nekem a múltadról? Mi történt veled?

– Megszöktem a törököktől, amikor Konstantinápoly ostrom alá került. Mikor menekültem, fáklyákkal felgyújtottak, akkor szereztem ezt az égési sebet az arcomon és a mellkasomon. Beleugrottam a Szamos folyóba, és Magyarországról eljutottam Erdélybe. Aztán… aztán idejöttem Irakba, néhány éve… de valójában már vagy ötszáz éve bujkálok. Többet nem mondhatok. Janicsárként súlyos bűnöket követtem el, de ha eljön az idő, vezekelni fogok mindenért. A saját módszereikkel fogom elintézni a terroristákat, csak várják ki a végét… – Atit hirtelen elöntötte a düh, ahogy a régi sérelmek emléke elárasztotta, de uralkodott magán. – Most te jössz. Mesélj magadról!

– Mivel rövid voltál, én is az leszek – felelte Hasszán. – Nincs senkim rajtad kívül, csak egy kisfiam, Rory, aki házasságon kívül született. – Szünetet tartott. – Az elhunyt feleségemmel is szoktam álmodni, még mindig kísért az emléke. Leannának hívták.

– Igen, ő az anyám volt – felelte Ati, és Hasszán látta, hogy a farkas sír. Ő erre felöltötte emberalakját, átölelte Atit, hogy megvigasztalja. – Gondolj úgy Roryra, mint az édestestvéredre... hiszen édesanyádra gondoltam, mikor nemzettem! – Mosolygott, és kedvesen nézett a fiára.

– Most miért sírsz?

– A janicsáriskola miatt. Megérdemelném, hogy kitagadj!

– Ugyan már! Hiszen nem a te hibád, hogy megtérítettek. Minden gyerek muzulmán lett, akit elvittek a *devsirme*[3] miatt. Vagy azt hitted, te vagy az egyetlen, aki átnevelő táborba került?

– Szörnyű dolgokat tettem, amiket nem lehet meg nem történtté tenni. – Ati szomorúan nézett az apjára. – Végtelenül sajnálom...

– Mindez réges-régen volt, és már megbántad. Nem számít, mert az a lényeg, hogy most mit teszel. Ha belesüllyedsz az önutálatba, az előbb-utóbb megőrjít. Számtalan mód van arra, hogy jóvátedd a bűneidet, legyenek akármilyen súlyosak.

– Szóval nem tagadsz ki?

Hasszán, valódi nevén Remus, olyan szorosan ölelte a fiát, hogy Ati alig kapott levegőt.

– Kitagadni? Ugyan már! Tudod, mit? Szerintem a legnagyobb sebhely neked nem az arcodon, hanem a lelkeden éktelenkedik. De talán egyszer begyógyul.

Végre elengedte Atit, aki próbálta elrejteni a könnyeit.

– Nem tagadlak ki, mert a fiam vagy, és szeretlek. Bármit tettél is, már a múlté és én megbocsátok neked.

– Köszönöm. – Ati visszaváltozott emberré, és próbálta öszszeszedni magát. Kinyitotta az ajtót.

– Bemutatlak valakinek. Ő olyasvalaki, akiben bízhatsz, és elmondhatod neki a titkaidat. De az őröknek ne szólj. Ne fe-

---

3 A devsirme az ún. gyerekadó, amit az Oszmán Birodalomban a keresztényekkel fizettettek, mikor elvitték a fiaikat janicsárnak.

ledd, nekik még mindig Hasszán Türk vagy, az emberkereskedő. A többiről majd később beszélünk.

– Hát persze.

Kiléptek az épületből, és Remus átvette a katonanőtől Roryt. Jobb karjában a kisfiúval, a balját kézfogásra nyújtotta.

– Üdvözlöm, hö… – ebben a pillanatban Ati kissé oldalba lökte a könyökével, majd Remus újrakezdte a mondatot, bár nem egészen tudta, minek szól a bökés.

– Jónapot, Hasszán Türk vagyok.

– Üdv. Mara vagyok, a kurd katonaságnál szolgálok. A pesmergáknál, ha úgy tetszik.

Hasszán furcsán nézett rá, de a lány nem fűzött több magyarázatot a mondandójához.

– Mara, meg kell beszélnünk valamit hármasban, de nem a bázison. Ez egy nagyon bizalmas beszélgetés lesz. Jó lenne, ha Hasszán este eljönne hozzánk.

Ati az apja felé fordult.

– Mara a barátnőm – mondta. – Nagyon kedves lány, de határozott nézetei vannak. Ha este eljössz hozzánk, talán majd erről is beszélünk, de most mennünk kell.

Ati a lánnyal a nyomában elsietett.

***

Aznap este Hasszán mindent elmondott Marának, és látta, hogy a lány nagyon nehezen tudja feldolgozni a történteket. Ez nem volt meglepő, hiszen két éven belül Hasszán volt a második alakváltó farkas, akit megismert, és ez nyilvánvalóan nehezen megemészthető információ egy ember számára; de Atinak az volt az érzése, hogy Mara más miatt zaklatott.

A nagy ház könyvtárszobájában ültek mind a hárman, egy kanapén, és Mara maga elé meredt. Láthatóan valami nagyon foglalkoztatta.

– Mióta foglalkozol embercsempészettel? – kérdezte végül Hasszántól.

– Körülbelül huszonöt éve – felelte a férfi. – Miért kérdezed?

Mara Ati felé fordult.

– Nem beszéltem a múltamról, mert te sem beszéltél a tiéd-
ről... engem egy embercsempész mentett meg, miután meghalt az
anyám. Nyolcéves voltam. – A lány még mindig a szemközti falat
bámulta üres tekintettel. – Az apámmal menekültünk... neki tö-
rök útlevele van, mert török állampolgár, de én Irakban szület-
tem, és nem voltak papírjaim a vízumhoz. A törökök nem akarták
beengedni a menekülő irakiakat, és én egy csempész autójának
csomagtartójában jutottam át a határon... háború volt... – Mara
könnyes szemmel nézett maga elé, és tenyerébe temette az arcát.

Ati nem látta őt sírni azóta, hogy a lány két éve megmentet-
te őt a kiadatástól.

– Mikor történt ez? – kérdezte Hasszán.

– Nyolcvanhétben – felelte Mara, és már patakzottak a köny-
nyei. – Anyám nem élte túl a nagy mészárlást. Sok ezer kurd halt
meg akkor... – Elakadt a szava, nehezen tudott beszélni. – Apám
és én sokáig voltunk kórházban a... a... vegyifegyverek miatt,
és... és végül sikerült megszöknünk... – A lány a fejét csóvál-
ta, és megtörölte a szemét egy papírzsebkendővel. – Hideg tél
volt... apám mesélte, hogy a határon feltartóztatták a fegyve-
res katonák... feltartott kézzel, törökül könyörgött, hogy ne lő-
jék le, miközben az útlevelét lóbálta. A katonák egy óráig fag-
gatták kint a hidegben, mire elhitték, hogy az útlevél valódi, én
pedig napokig vártam rá a csempész autójában, aki kedves volt,
adott enni, és meleg ruhát is kaptam.

Marának továbbra sem sikerült uralkodnia az érzelmein.

– Abban az időben nem igazán volt más embercsempész raj-
tam kívül – mondta Hasszán tétován. – A török kormány megtil-
totta, hogy csempészek dolgozzanak a határon, és elég nehéz volt
így működni. Gyakran előfordult, hogy csomagtartóban szállítot-
tam embereket Törökországba... gyerekeket is. Ami azt illeti, nem
sok ember volt, akit akkoriban átvittem a határon, mert nagyon
problémás volt. Természetesen nem emlékszem minden ügyfel-
emre, de a megmentettek általában hálás szívvel emlékeznek rám.

Ati ledöbbent, mert nem akarta elhinni, amit hall.

– Lehetséges ez? – kérdezte. – Mármint hogy...

– Elképzelhető. – Hasszán bólintott, mintegy felelt a kimondatlan kérdésre, és szomorúan nézett a lányra. – Igazad van, Mara. Valószínűleg én voltam az, aki annak idején átvitt téged Törökországba.

A lány még mindig beszűkült tudatállapotban volt, és úgy tűnt, mindjárt összeomlik a rá zúduló szörnyű emlékek súlya alatt. Hasszán megkockáztatott egy óvatos kérdést.

– Nem értem, hogy a viharba kerültél megint a határ innenső oldalára, ha egyszer annyit fáradtam, hogy átvigyelek? Az apád nem kis pénzt fizetett nekem érte, gondolom, az összes megtakarított vagyona volt.

– A bosszú hozott ide – felelte Mara kurtán. – Néhány évvel ezelőtt jöttem vissza Irakba.

– Milyen bosszú? – kérdezett vissza Hasszán.

– Sajnálom, de ez katonai titok, nem mondhatok többet. Nem én vagyok az egyetlen vérszomjas kurd Kirkukban és Észak-Irakban. A Vezér sokat tett azért, hogy magára haragítson minket, és jelenleg egy puskaporos hordón ülünk…

– Az apád is visszajött?

– Nem – felelte Mara, és igyekezett uralkodni magán, de nehezen tudta magába fojtani a sírást. – Az apám jelenleg Törökországban lakik. Néha hazajön, de nem sokszor látjuk egymást. Én pedig nem megyek Törökországba, bár az oda menekülésem után sikerült vízumot szerezni. Gyűlölöm, ami ott folyik! Kínszenvedés volt iskolába járni, pedig jó tanuló voltam. Sokat bántott a többi gyerek… és gyűlölöm azt is, ami Irakban van! Erről nem akarok többet mondani. Sajnálom…

A lány ismét a tenyerébe temette az arcát, és utat engedett a könnyeinek. Csendesen zokogott, miközben Ati átölelte, hogy vigasztalja.

– Sajnálom, hogy kellemetlen dolgokat idéztem fel benned – mondta Hasszán bűnbánóan. – Holnap visszajövök, és elmondom, amit szerettem volna. Meg kell hallgatnod, mert nagyon fontos, mindnyájunkra nézve.

***

Másnap este megint a könyvtárszobában ültek, és Hasszán ellentmondást nem tűrően nézett Marára és Atira.

– Van egy jóslat… illetve pontosabban látomás, amit meg akarok veletek osztani. Sajnos azonban van a jóslatoknak egy rossz tulajdonságuk, az, hogy önbeteljesítőek lehetnek, ha nem bánunk jól velük. Ezért biztosítékokat kérek.

– Apa! – kezdte Ati. – Egyikünk sem terrorista. Lehet, hogy még mindig haragszol rám, amiért janicsár voltam, de megesküszöm, hogy semmi közöm sincs…

– Nem erről van szó – vágott közbe Hasszán, és Marára nézett. – Minden közel-keleti nép szeret a zavarosban halászni. A kurdok is, tudom én! *Te* kinek a pártján állsz?

A lány felállt, és állta a férfi pillantását.

– Remus, el akartam mondani… el akartam mondani tegnap. – Most először az igazi nevén szólította Hasszánt, hogy nyomatékosítsa mondandóját.

– Mit?

– El akartam mondani neked, hogy szerelmes vagyok Atiba, és meg akarom kérni a kezét.

Hasszán elhűlt.

– A *fiam* kezét? Tőlem?

– Igen – felelte Mara határozottan. Hasszán bizonytalan volt. *Ha ez a feminista forradalom, akkor nagyon le vagyok maradva*, gondolta.

– Ezt nem fordítva szokták? – tette fel az óvatos kérdést.

Ati úgy döntött, hogy közbelép, nehogy az apja megbántsa Marát, de még mindig kétségek gyötörték. Vajon az apja komolyan gondolta, hogy nem fogja kitagadni? Ha ki akarja tagadni, akkor eljött a pillanat. Ati és Mara muszlimok voltak, noha mind a ketten szilárdan hittek a világi államban, az emberi jogokban, a nemek egyenlőségében, és elítélték az iszlám törvénykezést, a saríát. De maga a szó, *muzulmán*, képes volt egyes emberekből kezelhetetlenül erős, negatív érzelmeket kiváltani. *Vajon az apám is ilyen?* – gondolta Ati. *Talán engem szeret, de Marát is szeretni fogja?*

– Nem, ez így teljesen megfelel – felelte Ati. – Igazából nekem kellett volna megkérnem a kezét, de gondoltam… nos, gondoltam, meghagyom Marának a lehetőséget. Az apja egyébként még nem tud a dologról. Úgy értem, ismer engem, de nem tud a szándékainkról. Vele majd később tudatjuk a hírt.

Hasszán vállat vont. – Igent mondok a legénykérésre – mondta végül, és igyekezett úgy tenni, mint aki nincs nagyon meglepve.

Mara Ati felé fordult, és komolyan nézett rá. – Ati, leszel a férjem? – kérdezte a világ legtermészetesebb hangján. Ati mosolyogva bólintott.

– Igen!

– Ez nagyszerű! – Mara repesett az örömtől, Ati nyakába ugrott és megcsókolta.

– Megadtam a biztosítékot, amit kértél – mondta a lány Hasszánnak, még mindig komoly arckifejezéssel. – Mostantól a családodhoz tartozom. De ha ez nem lenne elég, én is elmondok neked egy bizalmas értesülést, ha már jósolsz nekem. Bár tudnod kell, hogy nem hiszek a próféciákban...

– És mi lenne az?

– Mint mondtam, puskaporos hordón ülünk, mert a kurdok el akarják távolítani a zsarnokot.

Hasszán elborzadva nézett rá.

– Megőrültél? Tudod, hogy ez lehetetlen! – A fejét csóválta és hitetlenkedett. *Bolond ez a lány!*

– Tudod, ugye – folytatta – hogy az anyád is amiatt halt meg, mert a kurdok az oroszlán bajszát rángatták! És természetesen vesztettek... –Mara haragos pillantást vetett rá, de Hasszán folytatta. – Minden egyes elfuserált magánakció után több ezer, sőt százezer kurd megy a levesbe! Ez nektek megéri?

– Nem – felelte Mara –, de van más választásunk?

– Van – mondta Hasszán. – Jól figyelj, megmagyarázom. De az, amit mondok, hétpecsétes titok. Szó szerint. Ismered Dániel könyvét?[4]

---

4 A hétpecsétes titok onnan ered, hogy Dániel próféta a Bibliában, a Jelenések Könyvében hét pecsétet tört fel, amiben Isten feltárta előtte a jövőt.

– Mármint a Bibliából? – Mara hosszan és mélyen felsóhajtott. – Jaj, Remus, ne haragudj, de muzulmán vagyok, nem olvasom a Bibliát. Egyébként nem vagyok megrögzötten vallásos, és bármilyen kisebbséggel jól kijövök. Szívesen beszélgetek veled a Bibliáról, egészen addig, amíg nem kell komolyan venni. Mert persze nem adok sok hitelt a történetnek...

Most Hasszánon volt a sor, hogy sóhajtson.

– Azért elmondom, jó? Egyébként én sem vagyok vallásos, a történelem szempontjából közelítek a Bibliához, de az eddigi próféciák, úgy tűnik, már a történelem lapjain szerepelnek, szóval talán érdemes tudnod erről.

– Rendben. – Mara megadta magát, és hátradőlt a kanapén. – Hogy őszinte legyek, kétkedve hallgatom...

– Szóval, a történet úgy kezdődik, hogy... uralkodásának második évében Nebukadnezár király álmot látott, melyet nem tudott megfejteni. Mágusokat, kuruzslókat és mindenféle csillagjósokat hívott, hogy fedjék fel előtte a jelentését, de senki sem tudta, mit jelent az álomkép. A király nem árulta el, mit látott éjszaka, úgy gondolta, hogy egy igazi látó ezt anélkül is tudja, hogy megmondaná neki. Nebukadnezár megfenyegette a mágusokat, hogy elpusztítja őket, ha az álmot és jelentését nem mondják el neki. Ha viszont megfejtik, jutalomban és dicsőségben lesz részük. A csillagjósok azt mondták: amit a király kér, lehetetlen! Tehát... Nebukadnezár dühös lett, és minden bölcset kivégeztetett. Dánielt is hívatta, hogy megölesse, de Dániel időt kért az uralkodótól, hogy az álmot megfejthesse. A próféta végül elmondta a királynak, hogy álmában az eljövendő idők történéseit látta.

– És mi volt az az álom? – Mara érdeklődőbb lett.

– Őfelsége egy hatalmas, fényes szobrot látott, amelynek a feje aranyból van, a karok és a mellkas ezüstből, a hasa és combjai bronzból, a lábai vasból készültek. A szobor lábfeje pedig vasból és égetett agyag keverékéből van. Majd egy szikla, amit nem emberi kéz faragott, jön az égből, összetöri a lábfejet, nagy heggyé lesz, amely betölti a Földet. Ez utóbbi jóslat még nem teljesedett be, későbbre vonatkozik. Nem erről, hanem a lábfejről akartam beszélni, de előbb elmondom, mit tudunk a többi részről. Dániel elmondta a királynak, hogy Isten az ő kezébe adta a hatalmat az emberek felett, ő a szobor arany feje. Ezután másik birodalom fog felemelkedni, ami gyengébb, mint az övé, emezt az ezüst karok szemléltetik. A következő királyságot a bronz jelképezi, mely jelentéktelenebb, mint az arany és az ezüst. Végül egy negyedik birodalom jön, mely erős lesz, mint a vas. Miképpen a vas összetöri a gyengébb anyagokat, a vaskirályság is öszszezúzza a többi királyságot.

– És a következő? A vas és agyag…

– A lábfej és az ujjak, igen. Ez egy megosztott királyság lesz, mely a vas tulajdonságait tartalmazza, de gyengébb. Erős, de töredezett királyság lesz ez. Az emberek, akik ott élnek, keverednek, és nem egyesülnek, mivel a vas sem egyesül az agyaggal. A prófécia többi részéről nem beszélek, mert semmi kedvem teológiai vitába keveredni egy muzulmánnal. De elmondom, mit jelentenek ezek a királyságok. Ez pedig bizony már történelem.

– Ha Nebukadnezáré az aranykor, akkor kié az ezüst?

– Nebukadnezár és dinasztiája bukása után Nagy Kürosz vette át Babilon felett az uralmat. Kürosz a Perzsa Birodalom királya volt az időszámításunk előtti hatodik században. Meghódította a médeket, valamint többek között Mezopotámiát és Szíriát is, tágabb értelemben pedig a Tigris és az Eufrátesz közötti területet, még tágabb értelemben nagyjából azt a helyet, ahol most vagyunk. Képzeld, egyetlen éjszaka alatt megdöntötte a nagy Babiloni Birodalmat, és bevette a várost! A várost, ami Bagdad alatt van eltemetve… Ami a szobor lábfejét illeti, nos, nem kizárt, hogy meg tudja törni Bagdad uralmát…

Mara a fejét csóválta.

– Ez az egész csak egy legenda – vágott közbe. – És különben is, mire vonatkozik a lábfej? A Bibliában minden olyan többértelmű és ködös!

– Ott még nem tartunk – intette le Hasszán. – Nagy Küroszt nagylelkű és kegyes királynak ismerték, aki eltörölte a rabszolgaságot, vagyis felszabadította a népeket, akiket Nebukadnezár fogságba vetett. Bölcsességéről még ma is legendákat zengenek. Birodalma Kürosz halála után még kétszáz évig fennállt, míg Nagy Sándor, a makedón hódító el nem érkezett Babilonba.

– Azt akarod mondani, hogy ő jelképezte a bronz királyságot? Ő volt a törzse a szobornak?

– Igen, ő volt. Nagy Sándor egyesítette Makedóniát és a görög törzseket, hogy lerohanja a Perzsa Birodalmat. Ez az időszámításunk előtti negyedik században történt. Gondolom, kitaláltad, hogy melyik birodalom jön a görög után...

– A Római Birodalom – felelte Mara. – De nem egyértelmű számomra, hogy mi közük van Babilonhoz!

– A rómaiak többször próbálkoztak a Pártus Birodalom elfoglalásával, ami ugye, mondanom sem kell, szintén a Tigris és az Eufrátesz vidékén volt... de nem sikerült nekik, pedig több hadjáratot is indítottak. A legnagyobb vereséget Crassus szenvedte el az időszámításunk szerinti első században. A vesztesége legalább húszezer katona volt, és tízezer római esett fogságba. Történelmi jelentőségű bukta volt...

– Tehát, ha valaki, akár egy birodalom élén, Babilonba jön, az nem feltétlenül jelent győzelmet, ugye?

– Nem – felelte Hasszán. – Csupán hódító hadjáratot jelent, függetlenül a végkimeneteltől.

– Ami azt illeti, itt elakad a történet, mert ami utána következik, számomra egyáltalán nem logikus. – Mara úgy érezte, hogy fölénybe került. – Róma bukása után nem volt semmi, csak a sötét középkor. Senki nem uralkodott Babilonban a középkorban!

– Ez számomra sem teljesen világos – ismerte el Hasszán –, de mi jött Róma után? Úgy értem, mikor a középkor véget ért. Gondolkodj csak! A lábfej és az ujjak egy kettős birodalomra utal, de melyik lehet az?

– Európára illik a leírás, mert megosztott volt, ráadásul a jóslat utalhat a kettészakadt Római Birodalomra, nem? – Mara eltűnődött. – Iskolás szintű történelemtudással is kitalálható! Róma utóda... vagy talán a hidegháborús Európa? Kelet- és Nyugat-Németország?

Hasszán a fejét rázta.

– Nem, ennek nincs semmi értelme. Európának nincs egyesült hadserege, és semmilyen módon nem tudom kapcsolatba hozni Babilonnal. Valamilyen módon azonban mégis összefüggnek. Egy erős, de töredezett királyság, mely Rómára hasonlít. Az új birodalomban van egy rész Rómából. Britanniába a rómaiak hódító hadjáratokat vezettek az első században, de a helyi törzsek heves ellenállásába ütköztek. A törzsek élén egyébként egy nő állt, akit Boudicának, vagyis Győzelemhozónak neveztek, és a rómaiak rettegtek tőle. – Hasszán sokatmondóan nézett Marára. – Ha példaképre van szükséged, akkor csak szólj. Igen sokat tudnék róla beszélni, mert könyveket lehetne megtölteni a róla szóló regékkel. De ez egy másik téma. Térjünk vissza a tárgyhoz. Tehát Britannia... Britannia a modern korban gyarmatbirodalom volt, a gyarmatai azonban függetlenedtek. – Ismét Marára nézett.

A lány gondolkodott egy kicsit.

– Várjunk csak... ha jól tudom, a tizennyolcadik század végén Nagy-Britannia tengerentúli gyarmatai függetlenedtek... az évszámokra nem emlékszem.

– Ezerhétszázhetvenhat – felelte Hasszán. – Az amerikai függetlenségi nyilatkozat. A tizenhárom gyarmat, mely a világon elsőként mondta ki a függetlenségét. India például csak a második világháború után függetlenedett. És most találd ki, melyik ország volt a britek fennhatósága alatt az első világháború után!

Mara egy pillanatig csak nézett maga elé, és Hasszán látta, hogy leesik a tantusz.

– Óóó... Irak. Hogy ez miért nem jutott eszembe! Hiszen Irakot lényegében a britek hozták létre... felosztották Babilont!

– A prófécia szerint az emberek, akik ott élnek, keverednek, és nem egyesülnek, mivel a vas sem egyesül az agyaggal. Nagy-Britannia nem keveredik Amerikával. Vagyis kettős királyság...

– És mit akarsz ezzel mondani? – kérdezte Mara, bár tudta a választ.

– Ez számomra teljesen egyértelmű. A világon eddig hat nagy birodalom uralkodott, a hetedik még nem jött el. Nebukadnezár óta, és vele együtt négyen voltak, akik egymást követően bevonultak Babilonba. Ki győztesen, ki vesztesen. Csak a középkorban nem próbálták uralni ezt a földet, mely az emberi kultúra bölcsője. Bár, ahogy a dolgok állnak, úgy látom, hogy lassan a sírja is lesz…

– De a középkor véget ért, mikor is? – szólt közbe Ati.

– Mikor felfedezték Amerikát – tűnődött Mara.

– Most már talán látod az összefüggést a Római Birodalom, Nagy-Britannia, Amerika és Babilon között. Levonhatod a logikus következtetést…

Mara hosszan nézett Hasszánra, de nem akarta kimondani, ami a száján volt, így Hasszán mondta ki helyette.

– Brit és amerikai barátaink meg fognak látogatni minket.

Marával megfordult a világ, hitetlenkedve csóválta a fejét.

– És ezt te a Bibliából vezetted le nekem?! *Nem mondod…*

– Nem is madárbélből jósoltam! – nevetett Hasszán. – Nem, ez történelem. – Elnézően nézett a lányra. – Most kicsit mintha kibillentettelek volna a lelki egyensúlyodból…

– Most jól megforgattad bennem a kardot! Azt hiszem, a bennem élő muzulmán súlyosan megsérült… – Mara próbálta megemészteni a hallottakat. *Ez őrület,* gondolta. *Egyszerűen nem hiszem el, hogy idejön egy alakváltó farkas, sőt kettő, és jósolgatnak nekem!*

– Ahogy én a muzulmánokat ismerem, túl fogja élni, csak átmenetileg ki van ütve – felelte Hasszán.

– Ha ez a jóslat bejön, akkor jobb vagy, mint Nostradamus – nevetett Mara.

Hasszán Kirkukba költözött Roryval, a lovát, Villámot az egyik szomszédnál helyezték el bértartásba. Úgy döntött, nem fedi fel valódi kilétét a pesmergák előtt. Álnéven a csempésztevékenységet továbbra is művelte, úgy tűnt, hogy a szolgáltatásaira még mindig szükség van…

HARMADIK FEJEZET

A lázadó

2002, Észak-Afganisztán, törzsi terület

A napok egyhangúan teltek a három civilbe öltözött katona számára. A rejtőzködő férfiak afgánoknak álcázták magukat. Egyikük most letekerte a fejéről a turbánt, láthatóvá téve vörös haját. A rangban felette lévő ezt rosszallással nézte.

– Vedd vissza azt az izét, Rusty – szólt neki. – Láttál te már vörös hajú afgánt? Mert én bizony nem...

Hagyd már, Keith – morgott a megszólított. – Te is levehetnéd az álszakállt, szerintem már mindenki tudja errefelé, hogy kik vagyunk...

– Kétlem, mert akkor már nem élnénk – szólt közbe a harmadik férfi. – Miattad fogunk lebukni egyszer, Rusty... hacsak nem növesztesz szakállt, mert ez itt elvárás, tudod!

– Még mit nem! – fintorgott az őrmester. – Akkor én lennék a Rőtszakáll, mi? Még a másnapos borostát is utálom. Ezek az afgánok igénytelenek – csóválta a fejét. – Amúgy csak addig nem jönnek rá, hogy inkognitóban vagyunk, amíg meg nem szólalunk. Mert akkor kiderül, hogy bizony még tájszólásban se beszéljük a pashtut...

– A tárgyalás a CIA dolga, nem a mienk. Mi csak fedezzük őket, ha kitör a balhé. És előbb-utóbb ki fog... – vonta meg a vállát Brian, aki közlegény volt, és szintén nem viselt szakállat.

Rusty még mindig nem értette, mit keresnek két társával együtt ezen az isten háta mögötti vidéken, és ha már itt vannak, a CIA miért nem küldött ide egy egész kommandót, ha azt akarják, hogy fedezzék őket, mert ugye, mindössze három magasan kiképzett katona édeskevés, ha valami esetleg rosszul sül el. Ugyan mind a hárman SEAL-kommandósok voltak, de csonka különítményt alkottak. Különben is, a beépített ügynökök a tűzzel játszanak, miközben a vidéki talibán kecskepásztorokat faggatják, ha valamit akarnak, miért nem rohanják le Kabult, vagy valami ilyesmi. Vajon miért lett ilyen előzékeny a titkosszolgálat?

De ami Rustyt igazán foglalkoztatta, az az, hogy mi történt vele, mielőtt tíz évvel azelőtt túlélt egy potenciálosan halálos merényletet az Öböl-háborúban. Mert őt, társaival ellentétben, úgymond a különleges regenerációs képességei miatt alkalmazták. Nem mintha rosszul teljesített volna a SEAL kommandó erőnléti tesztjein, de a vizes feladat megoldásánál majdnem megfulladt, és ezért igazság szerint meg kellett volna buknia, mégis átment, és ez már két gyanús körülmény volt. A körülmények úgy alakultak, hogy a merényletet követte a tréning, és csak azért jelentkezett az osztagba, mert jobb dolga nem volt. A felettesei szerint olyan képességei vannak, amik senki másnak nincsenek. Csak az volt a gond, hogy ő maga sem volt tisztában azzal, hogy ez mit takar, azon kívül, hogy az átlagnál erősebb, és gyorsabban gyógyul. Mit tudhat róla az amerikai kormány, amit ő nem tud magáról? És egyáltalán, honnan tudja? Mit várnak el tőle? Miért nem buktatták meg a vizsgán?

Ezen tűnődött napok óta, amióta csak itt voltak, de nem tudott rájönni az okára.

Egy barlang szájánál ült a társaival, és merengett az összefüggéseken. Volt nála egy napló, amiben az elmúlt néhány év főbb történéseit rögzítette, valamint az álmait. Úgy gondolta, hogy közelebb került a megoldáshoz. A nyakához nyúlt, és kezével végigsimított a tarkóján lévő tetováláson, amely egy kétfejű sast ábrázolt. Nem emlékezett rá, hogy ilyen tetoválást csináltatott volna, ráadásul azon a helyen volt, ahol a golyó átszakította az ütőerét, ő csodával határos módon mégsem vérzett el. Ilyen orvosi csodát előtte még soha nem jegyeztek fel a katonaság történetében.

Más dolga nem lévén, kinyitotta naplóját és olvasni kezdte. Esteledett. Majd ha a többiek elvonulnak aludni, előveszi a fejlámpáját, és hozzáír néhány megjegyzést. Ezt a barlangot is átnézték, de most sem találtak senkit. Valószínűleg több száz kilométernyi járat lehet még hátra. Mekkora ostobaság, gondolta Rusty, miért nem küldtek inkább ide barlangászokat... ő a SEAL kommandós elit egység tagja, a legjobbak legjobbja, nem üregi bagoly!

Elolvasta az egyik, évekkel korábbi bejegyzését, immár sokadszorra. Ezt az álmot, amiről a bejegyzés íródott, nemrég újra látta.

Mikor egyik nap kilovagoltam, a lovam megbotlott valamiben. Nem sántult le, de leestem róla. Ekkor láttam meg a sáros göröngyöt, és bosszúsan belerúgtam. Valami fényesen csillant, alaposabban megnéztem és letöröltem róla a földet. Egy penge volt. Hazamentem, és megmutattam apámnak a kardot, mert ő értett a fegyverekhez, igaz, az ókori kardok nem az ő szakterülete volt. Inkább olyasfajta lőfegyverekkel foglalkozott, amivel a britek a telepeseket zaklatták az óceán túloldalán, élezve a feszültségeket. Az apám fegyvereket adott el a briteknek és néha a franciáknak is, mert nem voltak elvei és nem politizált. Azt mondta, hogy adjam el a pengét, mert másra úgyse jó, hiszen rozsdásabb, mint a hajam. Én mégis megtartottam, mert többre tartottam a kincset, mint a pénzt, amit kapnék érte. A kard nyilván az ókorból származik, tehát nagyon régi, én pedig büszke voltam rá, hogy megtaláltam.

– Mutasd, mit olvasol! – Brian Finlay közlegény hirtelen Rusty mellett termett, aki gyorsan becsukta a naplót.

– Ez titok – mondta, és igyekezett eldugni a füzetet.

– Biztosan nem nagyobb titok, mint az, hogy miért vagyunk itt – felelte Brian egykedvűen. – Ha engem kérdezel, szerintem még a CIA sem tudja...

– A barlangok miatt – felelte Keith Donovan őrnagy. – Mondd csak, hogy állunk?

Brian a papírjaira pillantott.

– A Tora Borának úgy körülbelül a tíz százaléka van feltérképezve. Ha így folytatjuk, sacc per kábé tíz vagy tizenöt éven belül a végére érünk. De komolyan, akkor mit fogunk csinálni? Ha lennének itt cseppkövek, lehetne turisztikai látványosság, de itt csak denevérek vannak és guánó. Na meg pókok, rovarok és egyéb ízeltlábúak, gusztustalan jószágok. A múltkor egy vak gőtét is találtam. Még csak térerő sincs. Nem tudom, miért van róla meggyőződve a CIA, hogy itt van, akit keresünk. Vagy, hogy egyáltalán van itt bárki is. Csak nézz körül, lehetetlen, hogy valaki itt éljen! Vagy ha igen, akkor igénytelen, mint egy disznó.

Keith nem figyelt Brian morgolódására. Rusty felé fordult.

– Még mindig szoktad látni azt a madarat?

– Melyiket? – kérdezett vissza az őrmester. – A fekete sasra gondolsz?

– Igen. Azt mondod, minden nap üzeneteket hoz neked.

– Igen, szoktam látni. Miért kérdezed?

– Sem én, sem Brian nem látjuk… vagyis azt akarom mondani, hogy hallucinálsz, talán a sérülésed miatt, de…

– Már megmondtam, hogy mentálisan mindent rendben talált nálam a katonaorvos. Nincs jele sem poszttraumának, sem más olyan dolognak, ami megakadályozna a munkavégzésben. Nem vagyok őrült!

– De… – kezdte Brian, de Rusty leintette.

– Nézzétek, ezt a nagy halom postát egy hét alatt hordta össze nekem a madárka! Minden nap dob nekem valami olvasnivalót. Igaz, nem értem, mit kezdjek vele. Ezek az adatok semmire nem jók, de úgy gondolom, erősen sértik az afgánok magánszféráját. – Belelapozott az iratokba. – Nem mintha ez őket különösebben érdekelné…

– Na, lássuk, mi van itt… – Keith beleolvasott a titkosnak minősített iratokba. – Ez itt például Afganisztán törzsi térképe. Pontosan leírja a helyi viszonyokat, kié egy adott föld, melyik hadúr kivel áll harcban és kivel szövetséges… ki kinek tartozik pénzzel vagy egyébbel, satöbbi, satöbbi, na, lássuk csak… X hadúr megkérte Y hadúr lánya kezét, és ajánlott érte egy egész kecskenyájat, nahát, milyen vagyonos emberek vannak errefelé! Szép kis hozomány… Ez pedig itt – vett a kezébe egy másik lapot, – egy törvénytervezet, mely arról szól, hogy továbbengedjék-e a kislányokat az óvodából. Vannak itt még adatok az éves máktermésről, drogcsempész-útvonalak… Nem látok semmi olyasmit, ami minket érintene.

– Itt van valami, ami minket érint – mondta Rusty. – Ezt a dossziét tegnap kaptam a madárkától.

Keith és Brian megnézték.

– Ez már valami! De ennek semmi köze az afgánokhoz. Ezek itt...

– ...amerikai nagyvállalatok és iraki olajkutak koncessziós jogairól szóló dokumentumok – fejezte be a mondatot Rusty.

– Aztamindenit! – Brian körülnézett, hogy hallottae őket valaki, mert rájött, hogy túl hangosan beszélt. – És ezek hogy kerülnek hozzád?

– Nem tudom. De nézd meg, ez volt az iratok között.

Meglobogtatott egy elsárgult képeslapot, amely a babiloni romokat ábrázolta – rá is volt írva, hogy Babilon, olyasmi lehetett, amit a turisták szívesen küldözgetnek ismerőseiknek, ha idegen és egzotikus országokban járnak. Rusty megfordította a lapot, ami réginek tűnt, rajta kézírásos üzenet állt angol nyelven.

– Valamilyen Barzáni küldte Irakból. – Rusty elolvasta az írást. – Szívélyes üdvözletét küldi az amerikaiaknak. Aszongya, hogy szívesen csatlakozna az Egyesült Államokhoz az ötvenegyedik államként, ha adunk neki segélyt. Még az iraki olajkutak feletti ellenőrzést is odaadná.

Megmutatta a kép hátoldalán, az aláírás alatt a színes ceruzával rajzolt USA-zászlót, melyet piros szív keretezett. Brian színpadiasan a szívéhez kapott.

– Ilyen nincs, és mégis van! – lelkendezett. – Létezik ez? Valaki *szeret* minket!

– Milyen megható – tűnődött Keith.

– Megtarthatom? – kérdezte Brian a képeslapot lobogtatva.

– Felőlem... – felelte Rusty egykedvűen.

Éjszaka a lámpafénynél ismét elővette a naplót, és tovább olvasott. Az volt az érzése, mintha a bejegyzést nem is ő írta volna, noha a füzet elején jól láthatóan az ő neve szerepelt, a saját kézírásával: Rusty McArthur. Csak arra tudott gondolni, hogy az a bizonyos, majdnem halálos lövés és az utána következő kóma emlékezet-kiesést okozott nála. Minél többet olvasta a régi feljegyzéseit, annál inkább kezdett tudatára ébredni, hogy ki ő valójában.

Nem dicsekedtem senkinek a szerzeményemmel, jobbnak láttam, ha titokban marad. Mikor nem sokkal később brit katonák ránk törték az ajtót, azt gondoltam, hogy az apám miatt volt, mégse kellett volna fegyvereket eladnia a franciáknak, az uralkodó most biztos megtudta, ezért vagyunk bajban. Aztán rájöttem, hogy a katonák engem keresnek. Berontottak a szobámba és pisztolyt szegeztek a fejemhez. Azt akarták, hogy adjam oda nekik a kardot. Nem akartam odaadni, de féltem és nem akartam, hogy lelőjenek. Az apám rohant, hogy megvédjen, pisztolyt fogott a britekre. Több lövés dörrent mindkét oldalról, egyik sem talált. Az egyik a fejem mellett csapódott a falba. Ha az apám lelő egy katonát, akkor elviszik, és nem csak az üzelmeiért fog börtönbüntetést kapni. A következő lövés súrolta apám vállát. Megszorítottam a régi kardot, ránéztem. Már egyáltalán nem tűnt rozsdásnak. Átdöftem a brit katonát és néztem, ahogy a vértócsa szétterül a padlón. A pisztoly kiesett a katona kezéből, és a férfi holtan rogyott össze. Most már tényleg bajban vagyunk, gondoltam. A többi katona megfenyegetett minket, majd sietve távoztak. Egy darabig meredten néztem a földön fekvő holttestet, majd az apámhoz rohantam, hogy ellássam a sebét, ami nem volt súlyos. Megígértettem vele, hogy ezentúl csak a franciáknak ad el fegyvert, majd felnyergeltem a lovam, és elvágtattam Aberdeen felé.

Rusty másnap reggel arra ébredt, hogy Keith olvassa a naplóját.

– Kérlek, add vissza a füzetem, ez magánügy – mondta mogorván az őrnagynak.

– Ez a *te* naplód? – Keith sötétkék szemével kíváncsian nézett Rustyra, és tovább forgatta a füzetet. – Nekem elég réginek tűnik, bár valóban a te neved szerepel rajta. A lapjai megsárgultak, és bár vannak új bejegyzések, úgy tűnik nekem, hogy a legtöbb a függetlenségi háborúból származik. Ezt olyasvalaki írhatta, aki ott volt. Ha pedig így van – folytatta –, ha valóban az alapító atyák egyike írta a naplót, akkor nagyon értékes darab. Nem firkálhatod össze!

Az őrnagy rosszallóan nézett Rustyra.

– Nem firkáltam össze – mondta Rusty. Ez az én naplóm, a legutóbbi bejegyzések az álmaimról szólnak.

– Ezek nem álmok, hanem emlékek. – Keith tovább olvasott. – Pontos történelmi beszámolók, kizárt, hogy valaki ilyeneket lásson álmában.

Elmélyülten tanulmányozta az egyik bejegyzést.

Nem tudtam, hogy hova menjek. Ha a kikötő felé indulok, akkor talán eljuthatok a gyarmatokra. Nem tudtam, mikor indulnak odaátra hajók. Talán elhajózhatok egy déli kikötőbe, ahonnan megszökhetek. Talán nem fognak addig megtalálni a britek. Nem akartam embert ölni, de muszáj volt, és most menekülnöm kell. Nem volt sok kedvem beállni a nehézfiúkhoz a telepesek közé, nem akartam belekerülni a konfliktusba, de a kocka el volt vetve. Ha nem szállok szembe a brit koronával, akkor idehaza börtönre vagy halálra ítélhetnek. Ha beállok harcolni, és az amerikaiak győznek, akkor viszont valószínűleg nem kell tovább bujkálnom. Arra gondoltam, hogy miért kellett kiásnom ezt az átkozott kardot. Már sejtettem, hogy a kard nem ócskavas, és kell a briteknek. Ez alkupozíciót jelentett, bíztam benne, hogy feltételeket szabhatok, és akkor elengedik a büntetést.

Hetekig bujkáltam, mire találtam egy hajót a gyarmatokra. A lovamat szélnek eresztettem, és útra keltem.

Nem sokkal érkezésem után a telepesek között találkoztam egy orákulummal, a férfi azt jósolta, hogy az amerikaiak meg fogják nyerni a függetlenségi háborút. Mindig is úgy gondoltam, hogy a jósok azért népszerűek, mert mindenkinek azt jósolják, amit hallani szeretnének, de jómagam nem hittem a próféciákban. Csak azért álltam be harcolni, hogy megússzam a büntetést. Nem csak én küzdöttem önös érdekből, hanem a feketék is, mert a leharcolt feketéket elengedték a szolgasorból. Én csak egy brit vagyok, aki rosszkor volt rossz helyen. Az orákulum azt mondta, hogy a kardot nem szabad a briteknek adni, akárhogy kérik, mert a kard azé, aki megtalálta. Azt is mondta, hogy a Kard viselője jogosult arra, hogy bevonuljon Babilon földjére, és uralkodjon. Ez utóbbi állítást tényleg nem tudtam komolyan venni, így nem is foglalkoztam vele.

– Nem tudom, miért történik mindez. – Rusty a homlokát dörzsölte. – Tíz évvel ezelőtt elvesztettem az emlékeimet, és most ezek a gondolatok jönnek vissza. Úgy tűnik, mintha nem az enyémek lennének, de mégis...

– A legutóbbi bejegyzéseket golyóstollal írták... – tűnődött az őrnagy. – A tizennyolcadik században nem használtak golyóstollat...

– Már mondtam, hogy én írtam. – Rusty elővett egy tollat a zsebéből. Ezzel a golyóstollal.

– Én ezt nem értem. – Keith a fejét csóválta. – A kézírás egyezik! A szöveg pedig egységes...

– Nem tudok magyarázatot adni erre a rejtélyre – ismételte Rusty. – Mint mondtam, amnéziás vagyok.

– Én azt mondom, hogy a naplót meg kell mutatni szakértőknek – felelte Keith. – El kell koboznom!

Ebben a pillanatban ismét megjelent a fekete sas, és elhúzott a fejük felett.

– Már megint a madár – mormolta Rusty.

– Javaslom, hogy ismét vesd alá magad elmeorvosi vizsgálatnak – mondta Keith, és szúrósan nézett az őrmesterre. – Mert nincs itt semmiféle madár!

Ekkor meglátott valamit a földön, ami felkeltette a figyelmét. A naplót zsebre tette, és lehajolt. Egy vörös dosszié volt az, Szabadkőművesek felirattal.

– Ez meg hogy kerül ide? – kérdezte, inkább magától, mint két társától. – Egy titkos dosszié! Szó szerint égből pottyant, és csak arra vár, hogy beleolvassunk!

Felvette a mappát, és belelapozott. Először elkomorult, aztán megdöbbent attól, amit benne talált.

– Ez a néhány oldal – kezdte –, ahhoz a titkos dossziéhoz tartozik, aminek a létezését eddig csak rebesgették. Az Egyesült Államok titkos dossziéja! Pontosabban annak egy részlete. Csak nem azt akarod mondani – nézett Rustyra – hogy ezt is a sasmadár hozta nekünk?

– Alighanem – felelte az őrmester. – Más nem lehetett...

– Ez itt – mutatott Keith egy képre – egy vérfarkast ábrázol, amely a szabadkőművesekkel harcol. Úgy tűnik nekem, hogy a képen George Washington látható, de nem értem, mi ez a farkas...

– A szabadkőműves páholyokban mindenféle titkokról beszéltek – vetette közbe Brian. – Olyan dolgokról, amiket el se tudunk képzelni. Ami engem illet, nem tartom túl érdekesnek ezt a dossziét. Vérfarkasok? Én azt hittem, megtudunk belőle valamit a földönkívüliek létezéséről, a gyíkemberekről, vagy, hogy mi közük az amerikai kormányhoz. Erre kiderül, hogy a *vérfarkasokat* komálták? Na ne... – Most ő is kezébe vette a vö-

rös dossziét, hogy alaposabban szemügyre vehesse. – Valóban
igaz lenne, hogy a szabadkőművesek el akarták venni ezt a bi-
zonyos kardot a farkastól? És vajon ez ugyanaz a kard, amelyik
a naplóban van leírva, vagy pusztán egybeesés?

– Ez a farkas, aki a dossziéban szerepel, kardot tart a szájá-
ban. A szabadkőművesek jele is rajta van a lapon. Az egydollá-
ros! Mármint, az USA-dolláron is lehet látni ezt a jelet. A három-
szög és a mindent látó szem. Szabadkőműves jelkép. – Tovább
lapozott. – A farkas nyakörvén egy kétfejű sast ábrázoló pecsét
van. A sasról tudjuk, hogy birodalmi jelkép…

– Ez érdekes – mondta Brian. – Rustynak van egy kétfejű sast
ábrázoló tetoválása a nyakán. – Az őrmesterhez fordult. – Nyil-
ván véletlen egybeesés, de lehet, hogy te nem most látod először
ezt a dossziét, igaz? – kérdően nézett Rustyra.

– Esküszöm, hogy most látom először – felelte az őrmes-
ter. – Ami a tetoválást illeti, nem tudom, hogy került a nyakam-
ra, mert nem én csináltattam. Illetve, lehet, hogy én csináltat-
tam, de nem emlékszem, mert emlékezetkiesésem van. Hányszor
kell még elmondanom? Még azt sem tudom, mikor születtem,
bár az okmányaim szerint harminc éves vagyok.

– Ha hazamegyünk, megosztjuk a napló és a dosszié tartal-
mát az amerikai néppel – mondta Keith ellentmondást nem
tűrő hangon. – Joguk van tudni ezekről a dolgokról, hiszen ezt
a dossziét évtizedek óta úgy kutatják, mint a Szent Grált. Mi
pedig most véletlenül megtaláltuk egy részét! Vajon mit rejt-
het még? – Szünetet tartott, és Rustyra nézett. – Abban biztos
vagyok, hogy neked mindehhez közöd van, méghozzá nagyon
is sok. És én ki fogom deríteni, hogy micsoda!

2003, New York, USA

Rusty manhattani lakásának erkélyén állt azon a tavaszi alko-
nyon, és nézte a naplementét. Az utóbbi hetekben keveset aludt,
amikor nem voltak álmatlan éjszakái, akkor rémálmok gyötör-
ték. Sokszor álmodott egy Nimród nevű vadászkirállyal. Farkas

volt Babilonban, látta az embereket, akik Bábel tornyát építik, próbálta elmondani mindenkinek, hogy a torony nem épülhet fel, mert az iszonyat és szentségtörés, de csak vonyítani tudott, és nem értette senki. Nimród ekkor érte jött, megkínozta és bezárta a toronyba, amely ráomlott és ekkor mindig verejtékezve ébredt, csak hogy kinézzen az ablakon, és azt lássa, hogy nincs ott semmiféle torony, talán nem is volt soha.

Megpróbálta felidézni az álmot, amit előző éjszaka látott, mert úgy érezte, ennek nagy jelentősége van.

Farkasként látta önmagát, egy fekete színű állatként, melynek pofája és haja cserszínű, lábai rőtbarnák. Egy hatalmas palota csarnokában állt, a falak, a mennyezet és minden színarannyal volt bevonva, embereket és szárnyas oroszlánokat ábrázoló szobrok és királyhoz méltó díszek voltak a helyiségben, a függönyök élénk bíbor színben pompáztak. Előtte ült arany trónon Nimród, a vadászkirály. Az uralkodó lassan felemelkedett a trónjáról, arca eltorzult, sűrű fekete köd vette körül, és ahogy a farkas felé közelített, és a szemébe nézett, az állat minden porcikáját átjárta a jeges rémület. Érezte, hogy a sötétség lassan körbefonja, behatol a szívébe, és mindenét felemészti.

– Enyém vagy – susogta Nimród a fülébe. – Most már az enyém vagy...

A látomás itt megszakadt, és Rusty verejtékben úszva felébredt.

Elmesélte az álmait Keith-nek és Briannak tornyostul, Nimródostul, de ők azt mondták, hogy ebben semmi különös nincs, mert az utóbbi időben minden amerikai tornyokkal álmodik, és rémeket lát, bár Rusty fogadott volna velük, hogy nem Bábel tornyát látják éjszakánként, és fogalmuk sincs róla, ki az a Nimród.

Tátongó űr volt Rusty lelkében, szakadék. Ravine, így hívták angolul, és így nevezte el a madarat is, ami hozzá repült a leszálló estében. Az a sas volt, mellyel Afganisztánban találkozott először. Nem közönséges madár, hanem égi hírnök. Minden birodalomnak megvolt a maga hírvivője. Egyiptomnak Ozirisz, a sólyom, a görögöknek Kerylos, a fecske. A sas már a római időkben is tisztelt madár volt.

A fekete sas most nem hozott levelet. A csőrében egy hosszú bőrtokot tartott, amit az őrmester lába elé dobott. A férfi felvette, megvizsgálta, majd egy rövid római kardot, gladiust húzott ki belőle. Csalódottan nézett a madárra.

– Azt hittem, az álmomban szereplő kardot hozod el nekem. Ezzel a rozsdás pengével nem megyek sokra!

Ravine, a sas csak a fejét forgatta, úgy nézett Rustyra.

– Értem, szóval azt akarod mondani, hogy a kardot nekem kell megtalálnom, igaz? Feltételezem, hogy valahol Babilonban van…

Vajon meddig fog futni a végzete elől, míg az utoléri? Keith elvette tőle a naplót, de Rusty emlékei lassan kezdtek viszszatérni, és minél többet tudott meg régi önmagáról, annál inkább aggódott. A régi élete, vagy talán az előző, minden ott van a naplóban. Az utolsó tíz év, a valóság, amit emlékezetkiesésben töltött, most csak álomnak tűnt. Tíz év katonai szolgálat, ebből öt a SEAL-kommandóban, és mindez ostobaságok miatt. Mert a titkos dosszié felfedezése mindent megváltoztatott.

A dokumentumról továbbra is csak hárman tudtak. Csak ő, Keith és Brian közlegény. Rusty úgy ítélte meg, és ebben a többiek igazat adtak neki, hogy az iratokat nem szabad nyilvánosságra hozni. Ám ott és akkor Afganisztánban valami meghasadt, és Amerika varrás mentén kettévált. Éppen csak nem tudtak róla.

Rusty értesült a CIA terveiről, hála az égi sasmadárnak, de a CIA ügynökei nem tudtak az övéről. Azon gondolkodott, hogy az elnöknek valóban köze lehet-e a szabadkőművesekhez és a háttérhatalomhoz. A szabadkőművesek és az olajvállalatok kapcsolatát viszont már kezdte kapizsgálni…

Kirkuk, Irak, 2003.

Roryt megviselte, hogy el kellett válnia az anyjától, és Hasszán meg tudta érteni. Bár már két év eltelt, így is nehéz volt, és Hasszán egyre inkább arra gondolt, hogy Rory érez valamit, amit ők nem. Nem tudott nem arra gondolni, hogy talán nem is az anyjától való elválás okozza a nyugtalanságát. Talán érzi a háború szelét? Hamarosan beteljesedik a prófécia?

Mara mindent megtett, hogy vigasztalja a gyereket, még a fegyverkezést is felfüggesztette, igaz, hogy nem a gyerek miatt. Hasszán óva intette őt és a kurdokat, hogy kikezdjenek a zsarnokkal, és a lány megértette az okát. Mivel több időt töltött otthon, egyre inkább magáénak érezte fogadott fiát. A törődés ellenére Rory magába fordult, keveset beszélt, keveset játszott, alig evett, és a szobatisztaság terén sem fejlődött tovább. Láthatóan nagyon érzékeny gyerek volt.

Hasszán megtanulta az együttélés alapvető szabályait Marával, akit Béta parancsnoknak nevezett el. Hiszen farkasok közt él, ahol a vezért alfának hívják, a rangsorban másodikat viszont bétának.

A férfi megértette, hogy bár Mara nagyon jól főz, de csak azért van a konyhában, mert érdekli a gasztronómia, nem pedig azért, mert ott van a helye. Megértette azt is, hogy a kuliáris élvezetek nem vonják magukkal a mosogatás élvezetét, ezért az többnyire rá, Hasszánra és Atira marad; hogy a lány azért játszik a gyerekkel, mert szereti Roryt és ez kölcsönös; és hogy nem azért kell felkelni hajnali ötkor, mert akkor szól a müezzin, hanem mert a katonai gyakorlat az első, amire mindig készen kell állni. Hasszán minden nehézség ellenére megkedvelte a fia feleségét.

Mégis voltak dolgok, amik nem mentek gördülékenyen, de a nézeteltérések nem voltak komolyak. Mara viszont látszólag apró dolgokon is meg tudott sértődni. A lány például három teljes napig nem szólt hozzá, mikor azt mondta a füle hallatára, hogy kell egy asszony a háznál, és a férfi hiába kért tőle többször is bocsánatot az udvariatlanságáért, úgy tűnt, Mara engesztelhetetlen. Végül, mikor újra szóba állt az apósával, közölte vele, hogy csak akkor fog kibékülni, ha leírja százszor kézírással, hogy „Nincsenek hagyományos nemi szerepek". Hasszán a fejét csóválta, hiszen ő mégsem kisiskolás, hogy ilyeneket csináljon, az egész ostobaság, a lány kedvéért mégis belement a játékba.

Aznap kora délután éppen ezt csinálta, és már a nyolcvan-
ötödik mondatnál tartott, mikor belépett a szobába a fia.

– Van egy rossz hírem – mondta. – Bagdadot megtámadták!
Hasszán felállt az asztaltól, és nagyot sóhajtott.

– Éppen, ahogy gondoltam. A jóslat valódi… Rory tudta, meg-
érezte a háborút. – Felsóhajtott. – Megjöttek az amerikaiak!

– Mitévők legyünk most? – kérdezte Ati.

– Minden kurd maradjon veszteg – felelte Hasszán. – Mondd
meg nekik, hogy ne keveredjenek bele a balhéba. Nekem viszont
el kell mennem Bagdadba. A menekültek miatt.

– Ha elmész, én is veled megyek – felelte Ati határozottan.

– Te itt maradsz Kirkukban! – Hasszán szigorúan nézett a
fiára. – A legutolsó, amit szeretnék, hogy megöljön téged egy
kóbor bomba vagy ilyesmi.

– Én viszont láttam valamit álmomban, ami nem hagy nyu-
godni – szólt Ati aggódva.

– Mi volt az?

– Babilon következő uralkodóját láttam. A Hetediket, de azt
hiszem, jelenleg fogalma sincs, kicsoda ő. Feltétlenül meg kell
találnunk, és segítenünk kell neki, különben nem lesz képes se-
gíteni nekünk…

Hasszán hajthatatlan maradt. – Szükségem van valakire, aki
vigyáz Roryra. Ő a te öcséd, nem Maráé, bár tudom, hogy máris
úgy szereti, mint a saját fiát. De nem hagyhatod rá ezt a terhet.

Ati kelletlenül, de egyetértett az apjával. Hasszán elgon-
dolkodott egy pillanatra. – Ami azt illeti, mégis jobb lenne, ha
velem jönnél. Bagdadból nagyon sokan fognak elmenekülni,
és kellene még egy ember és még egy autó. Valószínűleg több
kört is tudunk futni a menekülőkkel. Az eseményekbe mi nem
avatkozhatunk bele, a prófécia megjövendölte, és íme, itt van…

***

Rusty többedmagával ült egy harcjármű tetején és a távoli romo-
kat kémlelte. Nem tudta, hogyan szabaduljon el észrevétlenül
a társaitól, hiszen a kilétét még mindig jótékony homály fedte.

Vele volt Keith és Brian, de rajtuk kívül nem tudta senki, hogy kicsoda ő valójában. Az őrmester a Kardot kereste, ami az álmaiban és a naplóban szerepelt, és tudta, hogy csak egyetlen ember van egész Irakban, aki meg tudja mondani, hol van ez a fegyver.

A zsarnok Babilon teljhatalmú ura, gondolta, *az az ember, aki volt olyan pofátlan, hogy háromezer éves téglákba vésesse a saját nevét, biztosan eleget tud ahhoz, hogy a Kard rejtekhelyét megossza velem. Persze csak alapos vallatás után. A vallatás nem az én asztalom, de át kell vennem a kezdeményezést, nem hagyhatom a kormányra. A titkos dossziét, aminek egy részét megkaparintottam, az amerikai kormány őrzi, ezért ők egészen biztosan tudnak a Kardról, hiszen a dokumentumok szerint tőlem lopták el az alapító atyák még a függetlenségi háborúban, az előző életemben, de később elveszett. A farkas azon a képen a dossziéban én vagyok, ez biztos, ezért van rajtam a tetoválás, amely kétfejű sast ábrázol...*

Ezért voltak naplóbejegyzések a tizennyolcadik századból! A feljegyzések arról tanúskodnak, hogy az Öböl-háborúban újra előkerült a Kard, az idő tájt, mikor súlyosan megsebesültem. Talán a kettőnek köze lehet egymáshoz...

Közeledtek az elnöki palotához. Rusty felegyenesedett, megmarkolta gépfegyverét, és inogva megállt; érezte lábai alatt a 60 tonnás Abrams tank dübörgését.

– Te meg mi a fenét csinálsz?! Le fogsz esni – sziszegte Keith, aki a felettesét játszotta ebben az eszement játékban, ami vérre ment.

Fogd be a szád, akarta mondani Rusty, de nem szólt semmit.

Rusty már látta a pálmafákkal övezett romokat és a palotát; megérkezett.

– Nemsokára visszajövök – mondta, és leugrott a harckocsiról. Keith döbbenten nézett utána, a felkavart homoktól semmit sem látott.

Rusty felnézett az égre, ahol helikopterek köröztek az elnöki palota fölött. *Megelőztek,* gondolta.

Egy pillanatra elgondolkozott azon, amit tenni készült. Van egyáltalán értelme? Rustynál gépfegyver volt, de nem akarta lelőni a zsarnokot, amíg el nem árulja, hova tűnt a Kard az Öböl-háborúban. Különben magával viszi a titkot a sírba, és akkor mindennek lőttek. Sebesen gondolkodott, mit tegyen.

Na, lássuk csak, van nálam egy gladius, amit a madárkától kaptam. Betörhetnék a palotába, de feltételezhetően testőrséggel találkoznék. Még egy SEAL-kommandósnak is necces ilyesmire egyedül vállalkozni, mert mindig kell egy hátvéd. Vagy kettő. De legjobb, ha van egy tucat. Vajon hány testőrt kellene elintéznem? Jó, persze, az oké, hogy gyorsan gyógyulok, na meg emberfeletti reflexekkel rendelkezem. Bejutni nem lehetetlen, de más problémák is vannak. Ha elkapnám ezt a gecit, és a torkához szorítanám a gladiust, még az sem lenne biztosíték arra, hogy elárulja nekem, hol van a Kard. Már ha tudja egyáltalán...

Ha viszont az amerikai kormány megelőz, akkor ők lesznek azok, akik kiszedik a zsarnokból ezt az információt. Ha egyáltalán kiszedik. Ez hónapokba is telhet, ki tudja, mi mindent fognak bevetni az elnök emberei. Vízbe fojtás, éheztetés, szomjaztatás, cserébe álló- és ülősztrájk és duzzogás. Ezalatt én időt nyerhetek és megtalálhatom a Kardot, de hol kezdjem a keresést? Az idő szorít, nekem kell gyorsabbnak lennem. Nem fogom elszalasztani a lehetőséget, akkor sem, ha kevés esélyem van a sikerre.

Az Abrams harckocsi közben utolérte.

– Na végre, hát itt vagy! – Keith dühös volt rá. – Óvatlan vagy! Le is lőhettek volna!

– Várjatok meg itt. Be fogok törni az elnöki palotába.

– *Te teljesen megőrültél?* – ordította Keith, hogy túlharsogja a harckocsi dübörgését. – Erre nem kaptunk parancsot! Az a feladat, hogy megakadályozzuk az iraki kormánytagok elmenekülését a városból! Le kell tartóztatnunk néhány embert, ha szükséges, akkor civileket is, de más feladatunk nincs!

Az őrnagy a mellette ülő, megkötözött fogolyra mutatott.

– Ő itt ugyan nem iraki kormánytag, hanem csak egy embercsempész, de még szükség lehet rá. Elvisszük kihallgatni. Mindenesetre most, hogy itt vagyunk, vége a seftelésnek és a piszkos üzleteknek! Megy a sittre, a diktátor emberei mellé.

– Ó szegény – sóhajtotta Brian. – Isten óvja a lelkét...

***

82

Elkéstem, gondolta Rusty. *Hiába, megelőztek, a diktátort már el-kapták…*

Megpróbálta elérni az egyik helikopter pilótáját, amely az elnöki palota felett körözött.

– Halló, itt Rusty McArthur őrmester – szólt bele a recsegő adóvevőbe. – Hallotok engem?

– Itt Alfa 03 – A pilóta kódnévvel felelt.

– Azonnal tegyék le a vezért, találkoznom kell vele.

A vonal túlsó végén csend lett. Keith arca falfehérre változott.

– Őrmester, maga titkos információk birtokában van, és fennáll a szivárogtatás veszélye – válaszolt a pilóta. A kihangosított adóvevőt mindenki hallotta. – Felhívom a figyelmét a hadseregben érvényes titoktartási nyilatkozatra, melynek megszegése hadbírósági eljárást vonhat maga után! A célszemély eltávolítása az elnök parancsa. A beszélgetést megszakítom a maga érdekében, őrmester!

– Várjon! – kiáltotta Rusty, de az adás megszakadt.

– Basszameg! – Rusty teljes erőből földhöz vágta a készüléket. Hallotta a ropogást, ahogy a tank átment rajta. Levette a válláról a gépfegyvert, és Keith-hez fordult. – Őrizd meg, kérlek, míg visszajövök. Egy ideig nem lesz rá szükségem.

***

A fekete farkas nem vette észre a szürke árnyékot, amely követi. Túlságosan elmerült a gondolataiban, ahogy a lehetséges döntéseket mérlegelte.

Négy lábon hamarabb utolérhetem a helikoptert, de gyanítom, hogy messze földön fog leszállni, nyugatra, távol az iraki határtól. Ha átlépi a határt, vége, lehetetlen lesz megtalálni a zsarnokot, és vele együtt elszáll a lehetőség, hogy kiszedjem belőle a Kard hollétének titkát. A Kard vélhetően Babilonban van, de ez nem feltétlenül Irak területét jelenti.

Abban sem vagyok teljesen biztos, hol vannak az országhatárok, azok, melyek fontossággal bírnak, hiszen hiába vannak Irakban Babilon romjai, ez csak egy kreált ország, a nyugati felét még a britek húzták meg évtizedekkel korábban. Irak csak egy része a történelmi Babiloni Birodalomnak, de jó okom van feltételezni, hogy a fegyver visszakerült oda, ahol évezredekkel ezelőtt eredetileg megtalálták...

Jobban kellett volna figyelnem történelemórán, bár hiába is figyeltem volna, mert az amerikai iskolákban csak Amerika térképét tanítják, és alig esik szó az egyetemes történelemről. A katonák nem ismerik az országokat, amelyeket megszállnak, és Róma földrajzi adottságaival is csak azok vannak tisztában, akik turistáskodnak Olaszországban. Ők is csak a turistairodákban található brosúrákból tájékozódnak. Irakban viszont nem jellemző a turizmus, csak a babiloni romokat látogatják néhányan, amit a csapataink most épp gőzerővel igyekeznek eltüntetni, úgyhogy az iraki idegenvezetők hamarosan kénytelek lesznek más meló után nézni.

Rusty kétségbeesetten töprengett.

Hány kilométer az ókori Babilon határa? Túl van Irakon, ez biztos. Vajon Szíriában van? Esetleg Kuvaitban? Hány százezer, vagy millió négyzetkilométer sivatag lehet potenciális kutatási terület? Nem tétovázhatok, az egyetlen esélyem, ha követem a zsarnokot, bárhová is viszik.

Nyugat felé rohant, és követte a Tigris folyót felfelé. Ha szerencséje van, találhat egy hidat, amit még nem bombáztak le. A helikopter alacsonyan szállt a víz felett, rotorja hullámokat keltett a felszínen, aztán váratlanul megállt a levegőben, nem messze a parttól. Rusty egy furcsa fekete árnyékot látott a helikopter ajtajának résében, sziluettje kirajzolódott a lemenő nap fényében. Az őrmesternek bizarr gondolata támadt. *Úgy fest, mint egy démon*, gondolta.

Rusty gondolkodott és a távolságokat méregette.

A helikopter túl messze van, az emberi testet nem az előrefelé ugrásra tervezték, a kutyafélékkel ellentétben. A macskák a testhosszuk többszörösét képesek megugrani, de a farkasok nem ilyen ügyesek. Ám ahhoz elég az állati test, hogy leküzdje a föld és a katonai jármű közötti távolságot. Éppen csak a levegőben kell visszaváltoznom emberré, még időben, hogy a kezemmel elkapjam a helikopter leszállótalpát. Már ha lesz elég erőm hozzá...

Rusty megtett néhány métert az ellenkező irányba, majd megfordult, hogy lendületet vegyen. Nekifutott, összpontosított és ugrott. Egy pillanatig volt a levegőben, és egy párduc kecsességével nyúlt meg, ahogy a mozdulat végigfutott rajta az orrától a farka végéig. A mancsai néhány centiméterre voltak a helikoptertől, ő pedig épp időben változott vissza ahhoz, hogy ujjaival elérje a talapzatot, és megragadja, így ötvözve az emberi és az állati test legcsodálatosabb képességeit.

– Fantasztikus – susogta egy hang a fülébe, és hirtelen metsző hideget érzett. Azelőtt sosem tapasztalt ilyesmit, de az odahaza népszerű, kísértetvadász tévésorozatokban hallotta, hogy azok, akik szellemekkel találkoznak, éppen ilyesmit élnek át. Rusty érezte Nimród, a szellemkirály jeges leheletét. A földöntúli hang folytatta.

– Azért jöttél, hogy legyőzz, de még nem állsz készen rá. Mindössze ezt a testet, ezt a halandó földi porhüvelyt győzted le, aki már most majdnem halott.

Ez az izé tényleg egy démon, gondolta Rusty. *Egy démon, aki megszállva tartotta a zsarnokot, és most távozni készül!*

Úgy tűnt neki, hogy a kísértet hallja a gondolatait, elméjük összekapcsolódott.

– El nem tudod képzelni, milyen kivételes test volt ez... – folytatta a hang –, és milyen kivételes lélek! Sokszor újraszülettem már, de az előző királyok küzdöttek velem lelkük üdvéért, tiltakoztak, mikor fel akartam falni őket belülről, ágáltak a megszállásom ellen, és eddig soha, senki, *senki* nem hitte el, hogy ő Nebukadnezár utódja! De ez a bolond, ez a fényestekintetű diktátor tényleg elhitte! Őt az egek is uralkodónak teremtették, nem úgy, mint téged!

Nem a bukott vezér Nebukadnezár utódja – gondolta Rusty, miközben még erősebben kapaszkodott, nehogy elengedje a helikopter talpát. – *Hanem az, akinél a Kard van, de a Kard elveszett...*

– Azt gondolod, hogy te vagy az utód? – A démon a fülébe nevetett. – Te, akire a saját katonái sem hallgatnak? Aki őrmesteri rangban szolgálja a pórnépet, ahelyett, hogy az országát vezetné? Te, akitől ellopták a kardját, mely téged illet, aki találta? Vagy tán hanyagságból hagytad el? – Sziszegve súgta a fülébe: – Te csak egy lecsúszott, száműzött király vagy! Most nézd meg, mit tettél, alig jöttél meg, és máris disznóólat csináltál az országomból, te mocsok, ilyen nem volt, mióta a görögök feltalálták az átkos demokráciát! Ha tudni akarod, nekem és a Vezérnek nagyratörő terveink voltak, szó szerint nagyratörő! Nem lerombolni Bábelt, hanem újjáépíteni, Bábel tornyával együtt! Most te nyertél, tessék, itt van, nézd csak, folytasd, amit a görögök elkezdtek, építs demokráciát, de sose feledd, csapnivaló király lesz belőled!

Rusty érezte, hogy izzad a tenyere, és a szorítása gyengül.

A Kard nélkül nem tudom elpusztítani ezt a nyavalyást, gondolta.

– Mit akarsz te – folytatta Nimród – itt vagyok egy karnyújtásnyira, és hozzám sem tudsz érni! Semmi vagy hozzám képest! Ha megéred a holnapot, még találkozunk! – nevetett.

A fekete árny elsuhant és eltűnt a napnyugtában, éppen, mikor a nap lebukott a láthatáron.

Rusty próbált felkapaszkodni a helikopterre, amely még mindig állt és körözött a Tigris vize fölött. Az ajtó félig kinyílt. A pilóta és a fedélzeten lévő katonák nem látták az őrmestert, de ő hallotta minden szavukat.

– Van itt egy medikus? – kérdezte az egyikük. – A fogoly nem érzi jól magát. Úgy látom, kidobta a taccsot.

Hát igen, nem lehetett könnyű lábon kihordani egy démont, gondolta Rusty. *Tényleg gusztustalan alak!*

– Orvos Kuvaitban van – felelte szűkszavúan a pilóta.

Súrlódás hangja hallatszott, mintha egy testet vonszolnának a helikopter padlóján.

– Fújj – mondta valaki. – Na, ültessük fel ezt a trógert. Azt üzeni, szeretné utoljára látni kedves városát.

– Ennyit még megtehetünk – felelte a pilóta. – Valaki takarítsa fel a hányást, idáig bűzlik.

Rusty nem hallgatta tovább a beszélgetést. Lenézett az alatta fodrozódó vízre.

Most még nem engedhetem el a talpat, gondolta. *Túl alacsonyan vagyok, az egy helyben köröző helikopter rotorja hullámokat kelt… Ha beleesem a vízbe, nem fogok tudni a felszínre jutni, mert a rotor által keltett légnyomás és a hullámok lenyomnak a víz alá. A fuldoklók is így járhatnak, ha a vízimentők nem elég óvatosak, ezért a kiképzésen arra tanítják őket, hogy távolodjanak el a vízben lévő embertől, vízimentő kutyákat is alkalmaznak. Ezek a jól képzett állatok nem félnek a víztől, sőt, bátrak, igen magasról képesek kiugrani a helikopterből, és elúszni a messzebb lévő fuldoklóig, aki a hámot viselő kutyába vagy a kutya által vontatott mentőövbe kapaszkodik, így ér biztonságos helyre...*

Rusty várt egy fél percet, majd a helikopter lassan felemelkedett és elindult. Mikor már elég magasan járt, olyan magasságban, amelyből a mentőkutyák is ugranak, Rusty izzadságtól nedves kezei végleg elengedték a talpat, és ő hangos csobbanással a vízbe zuhant.

***

A sodrás erős volt, és Rusty nem volt kiemelkedően jó úszó, inkább csak átlagos. Nehezen találta a kiutat az áramlatból. A démonnal való találkozás óta valamilyen furcsa kábulatban volt, a végtagjai elnehezültek, ami megnehezítette az úszást. A part nem volt messze, de katonai bakancsos lábai még mindig nem érintették a folyómedret. Ráadásul a bakancsát nem vizes környezetre, dzsungel-missziókra, hanem sivatagi hadműveletekre találták ki, így könnyen átázott, Rusty pedig merült, menthetetlenül. Ekkor hatalmas robbanás rázta meg az eget, ahogy egy eltévedt bomba fülsiketítő csattanással a vízbe csapódott, Rustytól nem messze. Érezte, ahogy a lökéshullám keltette szökőár elsodorja, a magasba emeli, majd a folyó örvényei lehúzták a mélybe.

***

A szürke farkas nem volt a közelben, amikor a robbanás történt. Lejjebb állt, a Tigris alsó szakaszán, de több kilométerről is látta, ahogy a fekete árny nyugat felé suhan, majd eltűnik. Szeme éles volt, mint a sasé; látta a helikoptert és a zuhanó testet, majd a levegőbe emelkedő vízoszlopot, és összerakta magában a képet. A megérzése hozta ide Bagdadba, és lám, nem volt csalóka.

Az apját nem találta, érezte, hogy valami baj van. Talán elfogták. De ő most másra összpontosított. Egy katonát keresett. Messziről látta az ugró farkast, és akkor már tudta, hogy megtalálta. Ezért ugrott a folyóba, és úszni kezdett a sodrás ellenében, ahogy Magyarországról menekülése napján tette. Állat alakjában biztos mancsokkal taposta a vizet. A farkas szaglása kiváló. Hirtelen szagot fogott, egy emberét, érezte a víz felszínén. Valakiét, aki nem halt meg, mert az élő ember szaga más, mint a halotté. Nagy levegőt vett, és lebukott a mélybe. A Tigris azon a ponton nem volt túl mély. Néhány méter, és elérte a feneket. Megragadta a katonát a gallérjánál fogva, és húzta a felszín felé, majd a part felé úszott. Kirángatta az eszméletlen férfit a homokos fövenyre, és a leszálló éj leple alatt visszaváltozott emberré. Nyomkodta a katona mellkasát, hogy kipréselje belőle a vizet, és ellenőrizte az életjeleit. Az őrmester most már lélegzett, de továbbra sem tért magához. Kimerült volt.

Ati átkutatta a katona zsebeit, zseblámpát vagy effélét keresve. Tudta, mi minden használható tárgyat hordanak maguknál a hadsereg tagjai, szükség esetére, mert sokszor a túlélésük múlik ezen. Miután megtalálta a zseblámpát, kitapogatta a katona nyakában a dögcédulát, és az apró fénycsóvával rávilágított. *Rex Novum Imperium Romanum*, ez volt a patinás fémlapra vésve, és a másik oldalán a dátum: *1755*. Megtalálta, akit keresett. A hátára vette a férfit, és elindult vele az éjszakában a közelben álló autója felé.

Holdtalan éjszaka volt, a csillagok sem világítottak azon az estén, csak a felrobbanó bombák fénye világította meg a várost. Ati visszaindult az ájult Rustyval Kirkukba.

***

Rusty másnap délben tért magához. Lassan kinyitotta a szemét az ágyon, és kábán nézett a fölé hajoló Atira.

– Üdv, római. – Ati csevegő hangon beszélt, de az őrmester kihallotta a hangjából, hogy dühös. – Látom, ezt elpuskáztad.

Rusty hirtelen azt sem tudta, hol van.

– Te meg ki az ördög vagy?

– Valaki, aki megmentette az életedet. De ugye, te tudod, hogy ki vagy?

Az őrmesternek eszébe jutott a titkos dosszié, de ez nem a megfelelő időpont, hogy felfedje a tartalmát.

Ezek az emberek ismeretlenek, nem amerikaiak, akkor sem szednek ki belőlem semmit, ha történetesen megmentették az életemet. És milyen érdekes, ez a nő a fickó mellett katonai egyenruhát visel… ez fura, azt hittem, errefelé minden nő csadorban jár!

– Fontos dolgokról szeretnék veled beszélni – folytatta Ati. – De először is szeretném megkérdezni tőled, hogy hol van az apám, akit Hasszán Türk néven ismernek, de Remus a valódi neve. Eltűnt, pedig ő nem az iraki kormány tagja!

– Börtönbe vitték – felelte rekedten Rusty. – Ki fogják hallgatni…

– De miről?

– Nem tudom. – Rusty fáradtan visszahanyatlott az ágyra, de Ati felrázta.

– Hogyhogy nem tudod?! Te vagy az új Római Birodalom királya! Ez van ráírva a dögcéduládra!

Hogy mi van? Először a démon, most meg ez…

– Már megbocsáss, de fogalmam sincs, hogy miről beszélsz! – Rusty furcsán nézett Atira. Mi az, hogy az új Római Birodalom királya?

– *Rex Novum Imperium Romanum.* Ez áll a dögcéduládon. Tudsz róla?

– Nem tudom elolvasni a latin nyelvű írást, és nem tudom, miért van ilyesmi felírva a dögcédulámra! Amikor elindultam Amerikából, akkor még nem volt rajta. Teljesen össze vagyok zavarodva… mintha valaki vagy valami ördögi játékot űzne velem! – Az őrmester zavartan pislogott.

– Majd mi rendet teszünk a fejedben. Azért hoztalak Kirkukba, mert az irakiak nincsenek elragadtatva tőled, nekünk viszont szükségünk van a segítségedre, itt kurdföldön.

– Miért, ti nem vagytok irakiak? – kérdezte Rusty kissé értetlenül.

– Iraki kurdok vagyunk – felelte a férfi. – Az egy kicsit más. Engem Attilának hívnak, de ha jobban összebarátkozunk, akkor szólíthatsz Atinak.

Most a nő lépett oda az ágyhoz.

– Mara vagyok – közölte szűkszavúan. – Ati pedig a férjem.

Rusty nagy nehezen felült, és keresztbe fonta a karját, mintegy mutatva, hogy elzárkózik a beszélgetéstől.

Na, jó, úgy tűnik, ezeknek nincs szándékukban kinyírni engem, legalábbis egyelőre. De ez a nő félelmetes!

– Örülök, hogy megmentettél – mondta Atinak – de nem hinném, hogy itt a sivatag közepén, többezer mérföldre Amerikától, bíznom kéne körülbelül akárkiben...

– Nos, ez talán majd idővel kialakul. Mármint a bizalom – szólt Mara. – Személy szerint örülök, amiért a katonáid eltakarították a zsarnokot. Kinyírta az anyámat gyerekkoromban. Ha kicsit késtél volna, még a végén bemocskoltam volna a kezem a diktátor vérével, az pedig nem lett volna jó ötlet. Ebben a játszmában sajnos mindig a kurdok húzzák a rövidebbet, de talán veled ez megváltozhat. – Szünetet tartott, majd folytatta. – Felülkerekedhetünk a rosszon, de ehhez szükségünk van arra, aki... aki egy bizonyos kardot hordoz. Arra gondoltunk, hogy te vagy az a valaki, persze lehet, hogy tévedünk.

Rusty érdeklődőbb lett.

Ha ezek az emberek tudnak a Kardról, akkor lehetséges, hogy tudják, hol van a fegyver...

– Hallottam egy bizonyos kardról, de sajnos nincs nálam – mondta. – Amennyit én tudok róla, eltűnt az Öböl-háború során. Már ha egyáltalán ugyanarról beszélünk.

– Az a bizonyos Kard lehetővé teszi a Babilont elfoglaló hatalomnak, hogy új birodalmat alapítson Irakban. Ha a kurdok szert tennének rá, akkor létrehozhatnának egy független Kurdisztánt. Egy erős és demokratikus országot szeretnénk, de ha a kard ellenségeink kezébe kerül, olyan államot alapítanak, amely a háború és terror országa lesz. Ezt meg kell akadályoznunk! – Ati kérdően nézett Rustyra.

– Már mondtam, hogy fogalmam sincs, hol van ez a bizonyos fegyver – rázta meg a fejét. – Feltehetően az ókori Babiloni Birodalom területén. Ennél többet én sem tudok.

– Segíts nekünk megtalálni! – kérte Mara. – Hadsereget is biztosítunk neked.

Rusty a fejét csóválta.

– Talán először mégiscsak meg kéne barátkoznunk egymással, nem?

***

Az őrmester néhány napig Maráék házában vendégeskedett, és némi információcsere után Rusty nagyjából hajlandó volt bizalmat szavazni nekik.

Nem beszélhetek a titkos dossziéról, gondolta, *annyira nem vagyunk haverok… de el kell mondanom a kurdoknak, hogy nem bízhatnak feltétlenül az amerikaiakban. Bennem igen, de másokban nem. De vajon hogy adjam be nekik, hogy épp én vagyok a jófiú?*

– Van valami, amit el kell mondanom – kezdte. – Vannak olyan katonák, akik nem megbízhatóak, mert az amerikai kormány sem az. Találtam súlyosan kompromittáló információkat, de ezeket nem fogom megosztani, hacsak nem kerültök súlyos veszélybe. Csak annyit akartam ezzel mondani, hogy jelen helyzetben nem tudunk az amerikai hadseregre támaszkodni. Bocsika ezért…

– Nem lesz szükséged a katonáidra – vágott közbe Mara. – Ne aggódj, szervezünk egy új hadsereget, csak neked. Van elég katonánk Kurdisztánban, én személyesen létrehozom az első női kurd hadosztályt Irakban. Azaz létrehoznám, de sajnos, azt csicseregték a madarak, hogy valaki ráült az olajkészletekre Kirkukban, és kicsit pénzszűkében vagyunk, hogy finoman fogalmazzak. Kevésbé finoman fogalmazva, csődbe fog menni a város. Nem csak a hadseregre, de hamarosan az alapvető szolgáltatásokra sem lesz pénz.

– Nagyon sajnálom. – Rusty bűnbánóan nézett Atira és Marára. – Találtam olyan dokumentumokat, amelyek arra utalnak, hogy bizonyos amerikai vállalatok ki akarják sajátítani az itteni olajat.

Enyhe kifejezés, mondhatnám azt is, hogy lenyúlják… – gondolta, de nem mondta ki hangosan.

– És egy bizonyos Barzáni, egy itteni fószer, segítene nekik – tette hozzá. Mara szeme tágra nyílt.

– Az a dinka Kurdisztán fõmuftija – motyogta.

– Ami azt illeti, ha adtok egy kis idõt, akkor el tudom simítani ezeket a kényes ügyeket, és megakadályozni, hogy az olajvállalatok igazgatói megtollasodjanak a kurdok kárára. De ebben a helyzetben az az elsõ, hogy megtaláljuk a Kardot – közölte az õrmester, majd kis szünetet tartott.

– Lenne még egy-két kérdésem. – Rusty elgondolkodott.

– És mi lenne az? – kérdezte Ati.

– Amerikában a demokrácia exportcikk. Szeretném tudni, hogy erre itt mennyire van igény?

– Ami azt illeti, az irakiak igénytelenek – felelte Mara. – Bagdadban és úgy általában délen az emberek elvannak a politikai mocsárban. Itt, Kurdisztánban nincs szükség demokráciára, mivel már van.

– Igazán?

– Mi kurdok, itt Észak-Irakban a demokrácia legõsibb és letisztult formáját építettük ki – mondta Mara. – Olyan ez, mint az ókori görögöknél. Vannak városállamok, mint Kirkuk meg Erbíl, ami kicsit olyan, mint Athén meg Spárta volt, ahol törzsek laknak és demokratikusan szavaznak mindenrõl. Ezek a törzsek folyton kakaskodnak egymással, aztán, ha jön az ellenség, például a perzsák, akkor vagy összefognak, vagy nem. – Mara széttárta a karját. – Szerintem ez mûködõképes. Nem éppen olyan, mint nyugaton, de mi így szeretjük.

– És mi a helyzet a tömegpusztító fegyverekkel? – érdeklõdött Rusty.

– Ha az olajra gondolsz, az elég veszélyes. Ha a kirkuki olajkészleteket teljes egészében kitermelik, a fosszilis üzemanyagok elégetése egy fokkal is növelheti a globális hõmérsékletet, ami a század közepére klímakatasztrófát okozhat, ami tömegek halálához vezethet. Legalábbis én ezt hallottam. Tehát elég veszélyes, de nekünk ez az egyetlen jövedelemforrásunk.

– Nem az olajra gondoltam – vágott közbe Rusty –, hanem a vegyifegyverekre!

Mara arca elborult.

– A diktátor a kurdokra pazarolta az egész mustárgáz-készletet. Kétlem, hogy maradt volna belőle.

– Értem. – Rusty elgondolkodott. – Nos, ami az olajat illeti…

Reccs.

Az őrmester nem tudta befejezni a mondatot. Az ajtó óriási robajjal betört, majd a folyosó szemközti falának csapódott, mikor a deszkát az ajtónyíláshoz rögzítő fém részek kilazultak, és a földre hullottak. A bent lévők hallották, ahogy a katonák vaskos lépteitől döngött a padló. A léptek zajából ítélve öten lehettek.

Rusty úgy pattant fel az ágyról, mint akit megcsíptek, de abban a pillanatban már benn is voltak a szobában a renitens jenkik. Rusty érezte, hogy megfagy körülötte a levegő, mint amikor Nimróddal találkozott.

– Hello, Rusty, jöttünk kiszabadítani téged – közölte az egyik bőrnyakú, aki a legmagasabb volt köztük. A fegyvert a döbbent kurdokra szegezte. – Mé'ket lőjem le előbb?

– Ki a fene mondta neked, hogy elraboltak? – kérdezte Rusty mogorván.

– Aszonta az elnök – felelte a másik, aki szintén a fegyverét élesítette.

Rusty egyre kényelmetlenebbül érezte magát. *Hogy ezeknek miért kell mindenbe belekontárkodni…*

– Üzenem annak az olajfúró ganajtúrónak, hogy kopjon le rólam – morogta, mert eszébe jutottak azok az iratok, amiket Afganisztánban kaparintott meg, és az Amerika volt, jelenlegi, sőt talán eljövendő elnökeit is erősen kompromittáló iratok miatt erősen megcsappant a bizalma az amerikai kormányban.

– Na nem kell azé' ilyen mogorvának lenni – vont vállat a magasabb katona. – Gyere, menjünk haza, most már szabad vagy!

– Nem vagyok fogságban, te barom! – mordult rá az őrmester, de a másik rá se hederített. – Nem látod, hogy éppen beszélgetünk?

A katona odafordult az egyik társához.

– Te figyelj, szegény azt se tudja, hogy fogságban van! Lehet, hogy Stockholm-szindrómás, és kedveli a fogvatartóit. – Atira nézett, majd a sarokban álló Marára, majd néhány pillanat mérlegelés után Ati fejére szegezte a fegyvert, most már egészen közelről. Először a férfiakat kell elintézni, a nőkkel később foglalkoznak. Ez volt a menetrend.

Ahogy a gépkarabély Ati fejéhez nyomódott, Mara már fel is vette saját, megtöltött gépfegyverét, amit eddig a háta mögé rejtett. A katona nyakára célzott vele, ahol nem védte sem sisak, sem golyóálló mellény.

– Tegye le a fegyvert! – kiáltott rá kurd nyelven. Az amerikai nem értette, és Marának pontosan ez volt a célja. Megdöbbenteni, összezavarni, megfélemlíteni az ellenfelet. Ugyanez a mondat tört angolsággal sokkal kevésbé hatásos. A másik fél feléje fordította a fejét, és nem jutott szóhoz a döbbenettől. Iraki nő fegyverben, az ész megáll! Aztán hirtelen észbe kapott, és Marára szegezte a fegyverét, őt ítélve fenyegetőbbnek.

Rusty megkísérelte oldani a feszültséget, és lassan a bőrnyakúhoz lépett.

– Tedd le a fegyvert – mondta neki angolul. A másik nem reagált. – Tedd. Le. A. Fegyvert – mondta lassan, mintha egy gyerekhez beszélne. – A nő csak védekezik, a társát védi! Nem terroristák!

Mara lassan leengedte a Kalasnyikovot, de az amerikai nem engedett a felszólításnak, a feszültség egyre nőtt, ahogy teltek a másodpercek. Rusty kezdett kétségbeesni.

Ha vérfürdő lesz, a törékeny amerikai-kurd barátságnak már azelőtt vége lehet, hogy igazán megszilárdult volna. Nem kétséges, hogy, hogy a másik katona lőni fog, ha kell. Most mit tegyek?

Eközben Ati agyában is cikáztak a gondolatok. Nem akarta megtámadni az amerikait, ráadásul fegyvere sem volt. Mérlegelte a lehetőségeket. A katonát nézve semmi kétsége nem volt afelől, hogy nem blöfföl. Ha nem tesz semmit, tényleg lelövi Marát…

Nem volt választása. Babilonban már kitört a háború, és Amerikában is ki fog törni, ha nem is egészen így. A tengerentúlon nőni fog a belső feszültség, be kell majd látniuk, hogy aki nincs a kurdokkal és Rustyval, az ellenük van. És ezt a saját kárukon fogják megtanulni.

Feszülten figyelt, minden porcikájával készen állt, próbált a fegyvert Marára szegező katona gondolataiban olvasni. Most egyetlen ugrással farkassá változott és támadott, fogait a tetovált katona nyakába mélyesztve. Egy percig így volt, síri csend támadt a szobában. A többi katona nem akarta elhinni, amit lát. Iraki fegyveres nő, vérfarkas, mindez sok volt nekik egyszerre, még az olyan fickóknak is, akik gyerekkoruk óta hallgatták a földönkívüliekről szóló meséket, hittek a gyíkemberekben és a Nagylábú jetiben, na de egy vérfarkas az iraki sivatagban, erre nem számítottak. Ati gondolkodott, hogy eleressze-e az áldozatot, aki még nem halt meg. Kicsit vérzett, ha elereszti, akkor elvérzik, és az nagyon csúnya látvány lesz, mert pont a nyaki verőérben van a foga. Nem akart nagyobb vörös tócsát a padlón, ezért inkább a nőstény oroszlán módszerével ölt. Ráharapni a légcsőre, és addig szorítani, míg az áldozat meg nem fullad. Ati számolta a katona légzését, aztán egyszer csak megszűnt. Vége volt.

Régóta ez volt az első alkalom, hogy Ati embert ölt. Nem várta ezt a pillanatot, de tudta, hogy eljön, bár ő nem állt rá készen. Nem akarta, hogy így jöjjön el ez a perc, hiszen ő terroristákat akart ölni, nem amerikai katonákat. Most mégis ő rúgta az első gólt ezen a meccsen. Babilon kontra szabadkőművesek egy-nulla.

Mielőtt a többiek felocsúdtak volna, Ati és Mara behúzódtak a könyvtárszobába, és a falhoz lapultak. Az ajtót nem csukták be teljesen, hallgatóztak.

Rusty csak állt némán, lélegzetvisszafojtva. Nem akarta, hogy Ati megölje a katonát, de védenie kellett magát és a szövetségeseit, védeni Babilont, és minden, ami itt történik, már az ő felelőssége.

A másik négy katona csak állt döbbenten, majd az egyik megtörte a csendet.

– Mégis mi a fészkes fene folyik itt?! – kérdezte az egyik, szinte sírva. – Az ég szerelmére, Rusty, mégis kinek az oldalán állsz?! Te bolond! Le kellett volna lőnöd az irakiakat! Miért bíztál meg bennük, és különben is, hogy az ördögbe kerül ide a farkas?! Ufót már láttam egyszer Arizonában, de ilyet nem!

– Igyekszem a *jó* oldalon állni, bármit jelentsen is ez. – Rusty igyekezett higgadt maradni. – A ti hibátok volt. Le kellett volna tenni a fegyvert!

Az őrmester a földön fekvő testre mutatott.

– Őt vigyétek el. – Ezzel a kettővel még elbeszélgetek.

– Elbeszélgetni?! – A katona, aki a holttest másik végét fogva, teljesen megrökönyödött. – Elment az eszed? Falhoz állítani, lelőni őket, ezt kell tenni! Ezt is *fogjuk* tenni! Ha nem segítesz, hadbíróság előtt felelsz majd hazaárulásért, meglátod!

Egy másik katonával együtt fogta a holttestet és vércsíkot húzva kivonszolták, mikor kinyílt a másik szoba ajtaja. Rory lépett ki rajta, a gyerek a fürdőszoba felé indult, de mikor meglátta jelenetet, a fegyveres katonákat, a halottat, a vért, elfojtott egy sikítást és összepisilte magát.

Mara nem tudott haragudni rá, mikor meglátta szegényt. *Ez a legutolsó dolog, amit szeretnék, hogy lásson a gyerekem,* gondolta, *ettől még én is összecsinálnám magam...*

Rusty kikergette a katonákat, és megvizsgálta az ajtót, de úgy tűnt, hogy a házba egy darabig be fog fújni a lágy sivatagi szellő és a homok.

– Visszajövök, és megcsinálom az ajtót – mondta Marának, aki ölbe kapta a rémült Roryt és felmérte a károkat. – Sebaj – jegyezte meg a lány, – végül is betörő nem jár erre, ha a katonákat leszámítjuk... a pénzt biztosabb helyen tartjuk, olajkút nincs a ház alatt, ami igazán értékes, azok a könyveim. Na de az embereid nem írnak, és nem olvasnak, angolul sem, nemhogy kurdul!

– A gyerekpszichológust te fizeted – tette hozzá. – De a szállás ingyen van! – Szünetet tartott. – Menj haza, szedj össze néhány nem kormányhű katonát, és füstöld ki az árulókat Kirkukból. Az életünk függ tőle!

– Úgy lesz – mondta Rusty. – Most azonban szeretnék elbeszélgetni Atival.

Mara fejcsóválva nézett a férjére, aki most ismét emberként állt előtte. Ati arca még mindig véres volt.

– Sajnálom, hogy ezt kellett tenned – mondta bánatosan Mara. A vércsíkra bökött, ahol az imént a holttest feküdt.

– Hát még én! – Ati az ajtóból intett Rustynak, hogy menjen be vele a szobába. Óvatosan behúzta az ajtót, de előtte még visszafordult, és remélte, hogy a mondandója nem vált ki Maránál háromnapos adásszünetet. Ha a lány megbántódott, ő mindig igyekezett kibékíteni.

– Mara, kérlek... felmosnád...? Légy szíves. – A vércsíkra mutatott. – Köszönöm.

– Átkozott női munka! – sóhajtott Mara, és keresett egy felmosóvödröt, hogy eltakarítsa a vért és a pisit.

Rusty meredten bámult Atira.

– Mit jelentsen ez, *farkas*? – kérdezte.

– Nem én vagyok az egyetlen – felelte Ati szűkszavúan. – Ha valóban te vagy a kiválasztott, akit keresünk, akkor valószínűleg már ráébredtél a képességeidre... igaz?

– Hát... – Rusty tétovázott. – Valóban, én is *olyan* vagyok, de fogalmam sincs, hogy ez mit jelent, és teljesen össze vagyok zavarodva. Nem tudom, *miért* lettem ilyen... Egy baleset után amnéziás voltam, de egy éve kezdtek visszatérni az emlékek. Nem igazán tudok velük mit kezdeni, de úgy látom, te segíthetsz, hogy megtaláljam régi önmagam.

– Magadnak kell rájönnöd, hogy ki vagy valójában – felelte Ati. – Ebben nem segíthetek. Viszont a Kardra van szükségünk, anélkül nem tudjuk legyőzni a gonoszt. Az apám azt mondta, nálad van ez az ősi fegyver. Mi, kurdok segítünk neked visszaszerezni, mielőtt ellenségeink szerzik meg előlünk. Szövetségeseinknek, és csak nekik, cserébe olajat biztosítunk. De az idő szorít, mert ellenségeink, a szélsőséges iszlamisták is keresik a Kardot, és ha megszerzik, a legenda szerint legyőzhetetlenek lesznek. Ezt nem hagyhatjuk!

– Örömmel segítek – felelte Rusty – de, mint már elmondtam, halvány lila fogalmam sincs, hol található ez a fegyver...

– A legjobb, amit most tehetsz, hogy szövetségeseket toborzol. Az amerikai elnök el akarja venni az olajunkat, ami az egyetlen kincsünk. Márpedig tudhatnád, hogy többre mész, ha megkérsz minket, hogy adjunk. De ehhez fel kell tartóztatnod a terroristákat, legalább addig, amíg a Kard a kezünkben nem lesz.

– Megígérem, hogy segítek, amiben tudok – felelte Rusty. – Sajnálom, hogy a katonáim betörték az ajtót. Ne haragudj, de most el kell mennem, mielőtt még visszajönnek bosszút állni. Vigyázzatok magatokra, remélem, nem fog újra megtörténni az előbbi eset.

– Valószínűleg nem – vont vállat Ati. – Ezt az ajtót már nem lehet még egyszer betörni...

– Ha kiszivárogtatom a birtokomban lévő dokumentumokat, az amerikaiak talán megértik a szándékaimat és az én oldalamra állnak – mondta az őrmester. – Ami az elnököt illeti, neki már amúgy is a bögyében vagyok...

– Remélem, így lesz – felelte Ati. – De még valamit tudnod kell.

– Mi lenne az?

– Az apámtól hallottam egy történetet... Kétezer évvel ezelőtt, mikor a rómaiak el akarták foglalni a Pártus Birodalmat, ami akkor ezen a földön létezett, nos, hatalmas vereséget szenvedtek. Nem kevesebb, mint húszezer katonájuk veszett oda. A vereség annyira megviselte a római hadsereget, hogy a vezetőknek ki kellett találniuk, hogy mivel állíthatnák vissza a harci morált. Ezért történt, hogy áldozatot mutattak be Sol Invictusnak, a legyőzhetetlen Napistennek, hogy tegye lehetővé számukra, hogy bosszút állhassanak a pártusokon. Noha ez csak legenda, semmi nem zárja ki, hogy a bosszú-átok, a *Vindicata Vitalis* valaha beteljesedjen. Hasonlatosképpen Nimródhoz, a holtak szelleme megszállja az élőket, hogy uralja őket.

Tudnak Nimródról, gondolta az őrmester, *és ez némileg megnyugtatta. Ezek szerint mégsem vagyok teljesen bolond...*

– Én nem hiszek az ilyesmiben –zárta le a beszélgetést Rusty, bár a kijelentése nem tükrözte az igazságot. Egészen addig nem hitt a szellemekben, amíg nem találkozott Nimróddal. – Most mennem kell, fontos dolgom van. Később találkozunk, ha bármi információd van, közöld velem.

Rusty kisétált a tönkretett nyílászáró helyén tátongó résen, és elhagyta a házat.

***

Az amerikai katonákat hazaszállító repülőgép döcögve fékezett a kifutópályán. Rusty Keith mellett ült, de vele ellentétben nem érdekelte a kint várakozó izgatott tömeg, mert őt nem várta senki. Most is el volt foglalva a gondolataival. Akárhogy is nem hitt az átkokban, nem bírta kiverni a fejéből azt, amit Ati a *vindicata vitalisról* mondott neki.

A pártusok nem akartak behódolni, és a rómaiak így büntették őket a rájuk mért szégyenletes vereségért. A bosszú lehetőségével, ami bármikor eljöhet. A rómaiak visszajöhetnek. Persze mindez csak elmélet, egy legenda. Mindössze annyi kell, hogy valakiknek a testében térjenek vissza Párthiába, és ők elintézik, amivel ellenségeiknek tartoznak. A Pártus Birodalom egy része ma Irak területén van. Rengeteg római katona lelte halálát az ottani hadjáratok során. Ha az átok beteljesül, és feltámadnak, akkor egy bosszúszomjas halott sereg lesz új testbe zárva. Veszélyes üzlet. Még szerencse, hogy csak kitaláció...

Fejben megpróbálta kiszámolni, hány katonát tud maga mellé toborozni az elnök ellenében. Ha a teljes hadsereg egymillió fő, akkor ebből jó, ha néhány tízezer mellé áll, de ez is komoly belső feszültségeket okoz majd. Mara hadsereget ígért neki, ott vannak a pesmergák, igen, rájuk számíthat. Neki csak az dolga, hogy megpuccsolja a Fehér Házat, de erre még ráér.

Rusty tovább elmélkedett a bosszú-átkon.

A római katona nevelhető és fegyelmezett, ha ügyesen bánnak vele, és elfogadja a vezetőjét. Megy, amerre mondják neki, és csak azt öli, akire a vezetője azt mondja, ölheti. Parancsra megbonthatatlan csatasorba rendeződik, nyílt terepen majdnem legyőzhetetlen. Ha egy ilyen sereget vezethetnék... lehet, hogy mégsem véletlenül van a dögcédulámra vésve a Rex Novum Imperium Romanum felirat. Persze miért is agyalok egy nemlétező átkon, hiszen ostobaság az egész? A rómaiak kétezer évvel ezelőtt kihaltak!

Az őrmester csak nemrég óta ismerte Marát, mert el kellett mennie, mikor ezek a *barmok* megjöttek és mindent elrontottak, pedig ő tovább beszélgetett volna vele, de míg feleszmélt a vizes kalandból, rájött, hogy Mara nagyon okos.

Ennek a nőnek több esze van, mint az egész szakaszomnak együttvéve, mind, akikkel együtt utaztam. Hogy ezek nem írnak, és nem olvasnak! Történelmet főleg nem. Tudásuk olyan töredezett, mintha az iskolában történelemórán az ókorról szóló fejezetek lapjait egyesével tépdesték volna ki a leckekönyvből, és iratmegsemmisítővel ledarálták volna. Szörnyű, fájó, szívet tépő hiány, űr, üresség. Hiába próbálta volna valaki nekik elmagyarázni a római jogot, ha egyszer azt sem tudják, hol van Róma, és latinul csak két szót tudtak, azt, hogy semper fidelis, de azt is úgy mondták röviden, hogy semper fi. De még abban sem vagyok biztos, hogy egyáltalán értik, hogy mit jelent az a semper fidelis. Ha értik egyáltalán, akkor a kérdés, hogy kihez lesznek hűségesek? Hozzám vagy az elnökhöz? Rávehető-e a tengerészgyalogos a lázadásra?

Az incidensnek, ami Atiék házában történt, persze hamar híre ment, és azt híresztelték, hogy polgárháborút akarok kirobbantani Amerikában, pedig nem ezt akartam, de csak ezt harsogta a kormánymédia, a Róka Csatorna. Nem ez a becsületes neve, de így hívom, mert rókáznom kell, ha nézem a sok hazugságot, amit a tévé napi szinten ont magából. Tehetetlen vagyok, nincs más hírműsor, csak ez a baromság, az ellenzéki hangok eltűntek, mint szürke szamár a ködben. Szinte az összes amerikai újság hamisan számolt be az incidensről, ami annyit jelent, hogy SEAL-kommandós pályafutásomnak nagyjából és egészében lőttek...

Rusty a mellette ülő Keith-re pillantott, aki a telefonját nyomkodta, és üzeneteket írogatott.

Keith és Brian tudnak a naplóról és a dossziéról, gondolta. Vélhetően ki fognak állni mellettem, ha a kedves vezérünk hazaárulási pert akaszt a nyakamba. Az amerikai elnök a gatyát is leperelné rólam, ha nem akarná annyira a Kardot, amiről azt gondolja, hogy én tudom, hogy hol van. Börtönből pedig nem tudok neki segíteni megszerezni, úgyhogy játszom egy kicsit a kettős ügynököt. Célzok majd rá, hogy tartom a számat az iraki olajkutak lenyúlását érintő iratokkal kapcsolatban. Feltéve, ha nem citál hadbíróság elé. Ha megtalálom a Kardot, kinyírom azt a rohadék démont, ezt a Nimródot vagy kit, és a terroristáknak befellegzett. Addig pedig marad a vádalku...

***

100

Keith még soha életében nem hallucinált. A katonaorvosi vizsgálat soha semmilyen mentális zavart nem mutatott ki nála, nem nyúlt kábítószerhez, nem ivott és nem dohányzott. Ezért nem is értette, hogy most miért káprázik a szeme. Egy díszesen felszerszámozott fehér ló hátán ült, és a menet elején lovagolt. Végignézett magán; vért volt rajta és bíbor köpeny, a legértékesebb fajta, aminek színanyagát ritka kagylóból vonták ki bonyolult eljárással. Maga előtt látta Róma városának kapuját, az állat patái alatt kopogtak a Via Appia kövei. A kapu kinyílt, és a hadsereg bevonult rajta, élén a lovakkal, utánuk a gyalogos légiók.

Hatalmas ceremónia volt; a plebs az utcára vonult, és hamarosan minden tele lett éljenző emberekkel, a légiósok zászlókat lobogtattak, és magasba emelték a sasmadárral ékesített totemet. Ő ült a gyönyörű lovon, és integetett, a tömeg kiabált és virágszirmokat szórt eléjük. Eufórikus érzés töltötte el, győzelmi mámor. Fel akart kiáltani örömében, de megbotlott valamiben, és feleszmélt. Hirtelen eltűnt a ló, a városkapu, a Via Appia, igen, most már látta a reptéri aszfaltot és a csarnok küszöbét, amiben majdnem elesett, és a vörös zászlókat, nem, most jobban megnézte, nem vörösek voltak, hanem vörös-fehér csíkos lobogók, és konfettivé változtak az iménti virágszirmok. Az ünneplő plebsz még mindig ott volt, és a katonák is, csak más ruhában, és hirtelen minden olyan érdektelen és unalmas volt, még az óriási, színes *Welcome Home* táblák is, amire gyerekek zsírkrétával rajzoltak kriksz-krakszokat. Keith nem akart felébredni, tovább akarta élni ezt az álmot, folytatni... Nem tudta, álom-e vagy valóság, de legbelül érezte, hogy ez megtörtént, hogy ő ott volt, mikor ez megtörtént, hogy ez egy valódi emlék. Ez volt élete legszebb hazaérkezése!

NEGYEDIK FEJEZET

Vindicata Vitalis

Kirkuk, Irak, 2004.

A Rustynak adott ultimátum déli tizenkettőkor járt le. Mara az óráját nézte. Tíz perccel múlt tizenegy.

A kirkuki bázis tövében ültek a kerítésen kívül, Mara, Ati és egy fiatal pesmerga férfi. Azon a júliusi napon a hőmérséklet a negyven fokot is meghaladta a sivatagban. Mara arra gondolt, mi fog történni, ha Rusty mégsem jön meg. Az utóbbi időben, amióta kiszorultak a bázisról, úgy érezték magukat, mint az a háztulajdonos, aki éppen végignézi, ahogy a betörő kirámolja az otthonát, de kedvesen kell mosolyognia közben, mert más választása nincs. Vagy mosoly, vagy fejlövés. De Rusty itt lesz, biztosan itt lesz, mert nem akar bajt. Nem akar nagyobb bajt, mint amekkora baj van. Az amerikai média már túlcsordult a babiloni hírektől, de minden nap cikkeztek az őrmester „polgárháborús" készülődéséről, és ez nagyon aggasztotta Marát. Most a fiatal pesmerga felé fordult, hogy vele ossza meg kételyeit.

– Szerinted is veszélyesen ostobák az amerikaiak? – kérdezte halkan.

– Tennék rá tízezer dollárt, hogy nem tudják, kik azok a kurdok – felelte a katona. – De az ég szerelmére, a saját katonáikat csak felismerik! És nem csak az egyenruháról...

– Jó, de mi van, ha mégsem? – folytatta az aggódást Mara. – Az amerikai hadsereg varrás mentén reped, sőt, lehet, hogy nem csak a hadsereg, hanem egész Amerika. Rusty egy órán belül ideér a lázadó katonáival, és visszafoglaljuk a bázist. Ha szerencsénk van, nem fog vér folyni, de mi van akkor, ha ezek *tényleg* egymásnak esnek? Rustyék és azok, akik most a bázisunkon és az olajunkon ücsörögnek?

– Lősz, mielőtt megtörténne. Már megbeszéltük. Azért képeztek ki téged katonának, hogy egyszer elsüljön az a rohadt puska! – A katona Mara felé sandított. – Vagy az éles bevetés már nem annyira izgi?

– Ó, dehogynem, alig várom! – Mara az égre nézett, mintha onnan várna segítséget. – De a szélsőségeseket akarom legéppuskázni, nem az amerikaiakat... Ha mégis megtörténne az, ami remélem, hogy nem fog, legalább kapok egy kis reklámot. Képzeld el, milyen szalagcímmel hozná a hírt a Rókacsatorna! – Mara megtanulta Rustytól a csatorna nevét, és már ő is így hívta. – *Kurd feminista gerilla lőtt le egy amerikai katonát Irakban.* Jól hangzik! Az amerikai jobboldal biztos sokáig rágná ezt a gumicsontot! – Mara elfintorodott. – Így jár, aki ígérget fűt-fát a kurdoknak, de nem ad semmit, viszont szaporán nyalja a török elnök hátsóját...

A lány most Atihoz fordult, még mindig halkan beszélt, bár kicsit lassabban, mert Ati nem értette a kurdot, ha Mara hadart. Viszont nem volt szüksége arra sem, hogy Mara lassan beszéljen vele, mert már három éve vele volt és tanulta a nyelvet. Majdnem mindent megértett, csak kicsit lassú volt a válaszra.

– Jól figyelj – mondta Mara, és figyelmeztetőleg felemelte a mutatóujját. – Most nem játszunk farkasost, mint a múltkor, rendben? Úgyis be vannak pörögve a katonák, egy tomboló vérfarkas nem hiányzik ide. Te leszel a testőr, kivéded a támadást, ha kell, de nem változol át. Van rajtad golyóálló mellény. Én leszek a támadó, most az egyszer és utoljára ebben az átkozott polgárháborúsdiban. Nem sok esély van rá, de bízzunk benne, hogy a józan ész győz! Visszavesszük a bázist!

***

A felmentő sereg fél óra múlva érkezett meg. Rusty azzal a pofátlan magabiztossággal sétált be a bázisra, amit már számtalanszor eljátszott előtte. A lázadó katonák és a kurdok követték, az élen Marával. Remélte, hogy a hadnagyot jó kedvében találja.

– Helló – köszönt Rusty, szélesen mosolygott és körbenézett. Egy századnyi tengerészgyalogos ült a földön, szemben a hadnagy egy asztalnál, aki most felnézett rá.

– Hogy kerülsz te ide? Te áruló! – A hadnagy felpattant és üvöltött. – Te szarcsimbók! Mégis mit képzelsz magadról?! Hogy csak úgy idejössz és besétálsz ide, és hozol egy rakás terroristát, akiket jó ég tudja, hol szedtél össze? Most lett ebből elegem! Le vagy tartóztatva, Rusty McArthur, a hadbírósággal kekeckedj! – Szándékosan kihangsúlyozta Rusty skótosan hangzó brit vezetéknevét, amit sosem használt, utalva az őrmester idegen származására. Nem mintha Amerikában ez bármit számított volna, mert ott az emberek nagy része bevándorlóktól származott vagy maga is bevándorolt, hogy a mindenható amerikai álmot kergesse. A hadnagy szavai így nem váltottak ki különösebb visszhangot vagy szimpátiát a katonái körében, akik inkább érdeklődve figyelték a kibontakozó színjátékot. A hadnagy kotorászott az asztalfiókban, és elővett egy bilincset, amit szükség esetére tartott. Az asztalra csapta, majd ráordított a katonákra.

– Fegyverbe, emberek! Lelőni a retkes terroristákat!

A bázison felpattantak a tengerészgyalogosok, és a fegyverükhöz kaptak, de Rusty csettintett az ujjával, és a katonái átrendeződtek, elöl az amerikaiak, hátul a kurdok. Elöl volt úgymond a lovasság, hátul a gyalogsági támadók és a védők. Ezt így kell csinálni! Csak Mara, Ati és az iménti fiatal pesmerga katona maradt a frontvonalban. A tengerészgyalogosok leengedték a fegyvert. Úgy tűnt, ma nincs kedvük honfitársakra lőni.

– Ne olyan gyorsan, emberek – kezdte Rusty derűsen –, még a végén kiderülne, hogy nem *én* kezdtem a polgárháborút! Az ugye rosszul jönne le a sajtóban, ugyebár? – A saját katonáira nézett. A lázadók nem emelték fel a gépkarabélyukat, csak Mara tartotta az ujját a fegyvere ravaszán. Ati teste megfeszült, koncentrált, érezni lehetett a feszültséget a levegőben.

– Nem ér a kurd katonáimra lőni, nem bizony, az sem ér! – Rusty mosolygott. – Bocsánat, nem kurdok, hanem irakiak, hiszen nincs is olyan nép, hogy kurd, nem igaz?

Rusty a török elnök állandóan szajkózott lózungjaira utalt, miszerint nem létezik kurd nép, de ha mégis beszélni kellett róluk, akkor hegyi törököknek nevezte őket. Az őrmester szerette a törökökön köszörülni a nyelvét, nem csak azért, hogy Marát és a barátait szórakoztassa, hanem mert az amerikai elnök a török elnök jóbarátja volt.

– Na, mi van, nem szól senki? Ha lőni kell, hát lőni kell, ki akadályoz meg benne! – Rusty folytatta a provokációt. – Amcsik, lőjetek csak amcsikra! Majd rinyáltok egy sort a médiában, hogy mekkora hatalmas veszteség érte megint a hazát, lesz csili-vili csillagos-sávos zászlós érckoporsós temetés, meg annyi könny, amitől megárad a Potomac folyó! Lesz kire ráfogni az ügyet! Itt ez a három, önként jelentkező terrorista, aki magára vállalja a merényletet, csak itt, csak most, csak nektek, értetek! Kihagyhatatlan akció!

– Amerikaiak nem ölnek amerikaiakat – szólalt meg az egyik tengerészgyalogos. Rusty felnevetett.

– Amerikaiak nem ölnek amerikaiakat! – ismételte gúnyosan. – Az év vicce! – Rusty a fejét csóválta. – Igen, öregem, Irakban nem ölnek, csak otthon… mikor a szomszéd gyereknek átgurul a kertedbe a labdája, és te M16-os karabéllyal locscsantod szét a fejét, mert azt hiszed, betörő… és a szánalmas bíróság még el is hiszi! Te nem ölsz amerikaiakat? Te paraszt, ha farmod van, fogadok, hogy még a disznóólban is aknavetőt rejtegetsz! Ez az a híres agyameldobom-alkotmánykiegészítés! – röhögte.

Most elért a sorok között az asztalig, majd színpadiasan a hadnagy felé nyújtotta a kezét, mint aki feladja magát, majd mikor az meg akarta bilincselni, egy villámgyors szökkenéssel felugrott az asztalra, majd a másik oldalon le, és hátulról, bal karral elkapta a hadnagy torkát, míg a jobb kezével előrántotta az övén hordott bőrtokból a *gladiust*. A férfi torkának szegezte, majd végighúzta a bőrén a rozsdás pengét, úgy, hogy vérzett.

– Remélem, van érvényes tetanuszoltásod, haver. – A katonákhoz fordult, és a tekintetével jelezte, hogy mondandója minden amerikainak szól, és nagyon komolyan kell venni.

– Emberek, azt javaslom, tartsunk egy népszavazást erről a kérdésről, mégiscsak tudnom kellene, hányadán állunk. – Hatásszünetet tartott. – A népszavazás témája a következő: szabad Irak, vagy szabadrablás? Akinek az első verzió tetszik, az álljon a bal oldalra, akinek inkább a második jön be, az a jobb oldalra megy! Na, gyerünk, rendeződni, egy-kettő-három!

A tengerészgyalogosok most a terem bal felére húzódtak, volt, aki egészen a falhoz állt, és behúzták a nyakukat. Néhányan konokul a terem jobb felében maradtak – vagy csak nem akartak mozdulni. Rusty elismerően bólintott. – Jó válasz! – Azzal egy mozdulattal elvágta a hadnagy torkát, aki a földre zuhant. – A kérdést demokratikusan megszavaztuk. Vége a vadkapitalizmusnak, pajtás! – A lábával elrugdosta magától az élettelen testet. – Látom, van egy tartózkodó szavazó.

A katonára nézett, aki még mindig a terem jobb oldalán állt, szemben Marával, Atival és a pesmerga férfival, tanakodva, hogy kit lőjön le először. Rusty egyik lázadó katonája, aki mellettük állt, most eléjük lépett, és szembenézett a puskacsővel.

Bumm.

A golyó gyorsan jött, de Ati reflexei gyorsabbak voltak, mint a gondolat, és megelőzték. Az amerikai katona, akit majdnem eltalált a lövedék, félreugrott, Ati vállát súrolta a golyó, ahogy előrevetődött. Mara célba vette a támadót, és habozás nélkül nyakon lőtte. A katona egy percen belül elvérzett. *Ennyi*, gondolta Mara. *Két halott, és nincs polgárháború. Egyelőre.*

Rusty most az asztal mögé állt, és a karjait kissé széttárva rátámaszkodott a falapra.

– Szóval, mostantól én vagyok itt a csapatkapitány, világos? Első szabály: a kirkuki olaj a kurdoké, nem birizgáljuk! Mindenki üljön vissza helyére, mindjárt elmondom, hogyan folytatjuk tovább ezt a műsort! – Marára nézett, aki még mindig a fegyverét szorongatta.

– Béta parancsnok, üzenem, hogy további utasításig senkit nem kell tökön rúgni. Addig kérlek, takarítsd fel ezt a két hulát! – mondta, és Mara nem tudta, sírjon-e vagy nevessen, amiért rajta ragadt a Remustól kapott kódnév. Végül is, a gúnynév gyakori a katonaságban, ráadásul az övé nem is hangzik komolytalanul.

Gyilkos pillantást vetett az őrmesterre, mert utálta, hogy mindig rá marad a piszkos aljamunka, de gondolta, hogy amíg Rusty nem szólítja *asszonyom*-nak, addig kegyesen megbocsát…

***

Hasszán visszahanyatlott a matracra, ahonnan az imént felkelt. Ez az egész csak egy rossz álom. Egy rémálom, amiből fel fog ébredni, nem valóság. A sötétben nem látott semmit, de mikor az őrök felkapcsolták a villanyt, látta a falakon a málló vakolatot és a penészt, érezte a nedvesség bűzét, ami nem az ő tömlöcéből jött. A zárkája a folyosó végén volt, leghátul, ahol nem látta, mi történik a túlfélen – szemben ugyanis nem volt más cella, a rácsokon keresztül csak a csupasz falakat láthatta, de mindent hallott. Sejtette, hogy a többi cella is olyan lehet, mint az övé, egy matrac és egy vödör, hasonlított azokra a római börtönökre, amiket álmában már annyiszor látott, különösen az utóbbi hetekben. Olyan élesen látta ezeket a képeket, mintha maga is ott lett volna, a szagok emléke is bevillant. A szag itt más volt, ez most máshogyan volt bűzös hely, és persze villany volt az olajlámpák helyett. Hasszánnak volt egy takarója is, de nem volt benne biztos, hogy a többieknek van-e; az őrök kiabálásából a nagy hangzavarban is megértette, hogy másoktól alkalomadtán elvették.

Hónapok óta gyötörték a furcsa emlékek. Mintha egy másik életből, másik valóságból származtak volna. Hogy honnan, azt Hasszán nem tudta. Ebben az előző életben katonaként szolgált a római hadseregben, Flavius Aethius seregében. Akkor fordult elő utoljára, hogy zaklatták. És most.

Nem volt ereje semmire. Olyan átkozott hely volt ez, ami kiszívja az energiát az emberből. Talán az egyetlen hely Babilonban, ahol Nimród úgy elbújhat, hogy sem ő, sem Rusty nem fogják megtalálni. Márpedig pontosan azért volt Rusty Irakban, hogy Nimródot megtalálja, vagyis azt az embert, akiben a

107

démon elbújt. Hol is rejtőzhetne el egy újjászülető gonosz lélek, mint itt, egy isten háta mögötti börtönben? Meghúzódik ebben a posványban, amíg elég erős nem lesz ahhoz, hogy előbújjon. De addigra már tudni fogják, ki az, aki a vadászkirály szellemét hordozza. El fogja szólni magát, mert az őrök olyan állapotba juttatnak itt mindenkit, ahol a tudat megszűnik az élet és halál határán. Ilyenkor a tudatalattiból olyan szavak törnek majd fel, mely elárulja Nimródot, mert van az a pont, ahol már nem lehet tovább hazudni, titkolózni. A haldoklók mindig őszinték.

Az őröknek csak egyetlen cél lebegett a szemük előtt: kínvallatással kicsikarni a rabokból, hol található az elveszett Kard, mely Babilon törvényes uralkodójává teszi azt, aki megtalálja.

Hasszán érezte, hogy valami nincs rendjén. Néhány hete kezdődött, mikor észrevette, hogy az egyik amerikai börtönőr furcsán viselkedik. Akkor jött rá, hogy ő ezt már látta valahol. A szikrát a villámló tekintetben, a *spiritust*. A szemen keresztül lehet látni a lelket. Így egy amerikai nem tud nézni, ez római nézés volt, római lélek. Olyan, akinek már nincs mit veszítenie, hiszen már halott. Akit legyőztek a csatában, akinek a csontjai valahol itt hevernek a sivatag homokja alatt, akit már csak a bosszú hajt tovább.

A *spiritus*, a halott római katona szelleme lassan emészti fel az ember lelkét, hetek-hónapok alatt mérgez, visszafordíthatatlan károkat okozva. Pusztít és rombol, végső esetben pedig a halálba hajszolja a gazdatestet. Ez a bosszú-átok igazi arca.

Hasszán eddig úgy hitte, hogy a tudathasadásos embert könnyű felismerni, mert látszik rajta, hogy elmebeteg. Hallucinál, rémeket lát, félrebeszél, és nincs tisztában azzal, hogy ki ő. Gyógyszerrel kordában tartható a betegség, pszichiátriai kezelést igényel a skizofrén páciens, de a közhiedelemmel ellentétben a legtöbb skizofrén ember nem közveszélyes. Más a helyzet, ha az illető azt gondolja magáról, hogy római katona. Még roszszabb, ha nem csak gondolja, hanem érzi, *tudja*, hogy ő tényleg római katona, nyeregben érzi magát, és hatalma tudatában teljesen átengedi az irányítást ennek az új, római *ego*-nak. Mert a spiritusszal fertőzött ember nem beteg, nem skizofrén, teljesen normális, vagy annak látszik. És isten őrizzen meg mindenkit attól, hogy az ilyen ember kezébe hatalmat adjanak.

Hasszán felült a matracon, és benyúlt az ágy alá. Előkotorta az ostort, amit előző nap vett el a zaklatójától, miután annak rövid filmszakadása volt. Megforgatta a kezében, nézte a végét, a bőrcsíkokat, amit arra terveztek, hogy az élő húsba hasítson és darabokat tépjen ki belőle. Nem hitte el, amit lát. Az ostor igazi volt, nem másolat, hanem eredeti, római kori tárgy, ami isten tudja, honnan kerülhetett ide, és hogyan őrizte meg az idő, melynek vasfoga mindent megrág. A földdel és homokkal szennyezett muzeális darabot most áshatták ki. De a legijesztőbb, hogy véres volt. Friss vér volt rajta.

A rómaiak sosem adják fel. Sokáig küzdöttek Britanniáért, mikor az már régen elveszett. Igen, Britannia meghódítása éppen olyan nehéz és fájdalmas volt, mint az elvesztése. De ami még ennél is fontosabb volt, hogy a rómaiak soha, soha nem adták fel, hogy meghódítsák a Pártus Birodalmat. Még most sem. A pártusok földje pedig itt van Irakban. A hódítás mindig ugyanúgy történt, ugyanazok a módszerek, ugyanaz a kegyetlenség, előbb támadni, mint ahogy az ellenfél támadhatna, mindig egy lépéssel előrébb járni, hogy a meghódított már csak védekezni tudjon. Ezt üzente az a tekintet, amit a börtönőr szemében látott. *Pártusok, rettegjetek, most nyekkentek! Nincs menekvés! Vae victis!* Jaj a legyőzöttnek!

Hasszán elvesztette az időérzékét a börtönben, fogalma sem volt róla, hogy mennyi ideje lehet már ott. Órája nem volt, a világítást véletlenszerűen kapcsolták fel és le, semmi nem adott neki támpontot, hogy éjjel van-e vagy nappal. Egyvalamit kivéve.

A *spiritust* nem mindig érzékelte – ugyanis nem csak látta az őrök szemében, hanem hallotta is, és észrevette, hogy az őrök máshogy lépnek a nap bizonyos óráiban. Máshogy lépnek, máshogy néznek, és máshogy szólnak. Latinul!

A menetrendet könnyű volt követni. Az alap zajszint mindig ugyanakkora volt, kellően magas ahhoz, hogy egy erős idegzetű ember idegei is kirojtosodjanak tőle, hosszú távon halláskárosodást okozva a fülben, de Hasszán megjegyezte, hogy tizenkét óra angol nyelvű károgást körülbelül ugyanennyi latin nyelvű kiabálás követett. Mintha az őrök sosem aludnának! Ördög az, aki sohasem alszik!

A káromkodásokat is értette, most már emlékezett a latinra is, régről jött elő ez a mélyen eltemetett tudás, mikor az emlékezés gátjai átszakadtak benne. Az előző élete utat tört, helyet követelt magának: itt és most nem Hasszán volt, az elítélt embercsempész, hanem Remus, a római légiós.

Tudta, mikor változnak a napszakok, mert a *spiritus* legtöbbször éjjel tevékeny, amikor a gazdalélek alszik, és ebben a mély hipnotikus állapotban könnyű átvenni az uralmat fölötte. Az amerikaiak éjjel alszanak – de csak a lelkük, mert a testük tevékeny, mint egy alvajáróé. A nap tehát akkor megy le, amikor elkezdenek latinul beszélni.

Hasszán, azaz Remus most már kezdte érteni a furcsa dolgokat, amik megestek vele, a zaklatást is. Az egyik őr ugyanis rendszeresen megjelent a cellájában, hogy vele hetyegjen, és bezárta az ajtót belülről, Remus pedig alig tudott mozogni a szűk helyen. Amikor Remus – most már tisztán emlékezett rá – katona korában a rangban fölötte álló légiósok kikezdtek vele, volt helye kitérni, még az amúgy szűkös barakkok hálókörletében is, mégis előfordult, hogy a prefektusok győztek, igaz, hogy többen is voltak. De hiába volt ez a mostani egy-egy elleni játszma, a légióban Remus nem volt lekötözve, mint a börtönben. Az őr csak akkor hagyta abba az őrült játékot, ha a *spiritus* hajnalban elhagyta. Ilyenkor eszméletre tért, és angolul kezdett szitkozódni, szidta őt és az irakiakat – nem használta rájuk a pártus elnevezést, perverz istenbarmainak nevezte őket, hát mit képzelnek, mégis? Nem azért őrzik a rabokat, hogy még dzsigolók is legyenek a kedvükért, az ember csak kihallgatja őket, és máris rámásznak! Az őr ilyenkor percekig üvöltözött vele, mindig máshogyan cifrázta a káromkodásokat, de aztán pár nap múlva, ha a római szellem úgy kívánta, elfelejtette az egészet, és ismét visszajött romantikázni.

Ez az őr hagyta ott a korbácsot, nyilvánvalóan teljesen véletlenül.

– Most azonnal tedd le az ostort!

Remus megfordult az idegen hangra. Nem az udvarlója volt, hanem egy másik amerikai, aki magasabb rangban szolgált.

– Fogvatartottaknál nem lehet semmilyen fegyver – tette hozzá parancsolóan. Remus végignézett rajta és most már felismerte; ő volt az, aki elvitette a börtönbe. Valószínűleg többet tud arról, hogy mi történik odakint, mint amennyit elárul. Remus, kezében a fegyverrel, ismét magabiztos római légiósnak érezte magát, és fölényeskedve felelt.

– Figyelj, haver, most az én kezemben van a korbács, szóval én kérdezek. Mi történt a vezérrel? Tudom, hogy nem halt meg, ne is próbálj átverni.

Keith igyekezett semmitmondó válaszokat adni.

– A vezért elvitték, és nemsokára halott lesz. Az embereit elfogtuk, és itt tartjuk őket még egy darabig. Vannak... *bizonyos* dolgok, amiket meg kell tudnunk.

Remus tudta, hogy többet nem fog neki elárulni a katona, ő pedig nem fogja megmondani az őrnek, amit az tudni szeretne. Ha nem működik vele együtt, akkor biztos nem. Most nála van az ostor, ki kell használnia.

Lássuk, van-e benned spiritusz, gondolta Remus.

Hatalmasat pattintott az ostorral, úgy, hogy ne találja el az őrt – bár nehéz volt bánni az eszközzel a szűk cella kínálta csekély mozgástérben –, csak a hangja visszhangzott a szűk folyosókon, dobhártyaszaggató erővel, ami azonnal véget vetett az alapzajnak. A szomszéd cellákban a foglyok mind visszahúzódtak a sarokba, mert nem tudták, hogy nekik szól-e az ostorcsapás.

Ez hatott, mert Keith most kizökkent. Megszűnt az árnyékkormány, a háttérhatalom, minden, ami addig fogva tartotta az elméjét, és már csak Remusra figyelt. Az ő oldalára állt és önkéntelenül latinul válaszolt Remus kérdésére, egészen más hangnemben, mint ahogy előtte beszélt vele.

– Ezt az ostort egy őrtől vettem el, aki alattad szolgál – mondta Remus. – Ókori tárgy, tudod, honnan kerülhetett ide?

– Nem, de ásatások vannak a környéken. Valaki bizonyára a régészektől szerezte.

– Régészeti ásatások, ugye? – folytatta Remus. – Tudom, hogy egy kardot kerestek, ami itt van elásva Babilonban. Nem tudom, merre található ez az ereklye, de egyvalamit elmondhatok. A mudzsahedek már a nyomában vannak.

Keith meghökkent.

– Hogy érted ezt?

– Elmondom neked, amit tudok, vallatnod sem kell. Mindannyiunk érdeke, hogy megtaláljuk a Kardot, és ne kerüljön a terroristák kezére. Mert azt ugye már kitaláltad, hogy én csak egy egyszerű embercsempész vagyok, akit érdekelnek a régiségek. Nem érdekelnek a terroristák. Viszont sajnos ez utóbbiak komoly bizniszbe kezdtek, ami a műkincsrablást illeti.

– Térj a lényegre – vágott közbe Keith. – Mit tudsz a Kardról?

Remus belekezdett a hosszú történetbe.

– Erről a fegyverről nem tudjuk, hol volt a Római Birodalom tündöklése idején, de a legenda szerint Julius Caesar a segítségével hódította meg Britanniát. Ezután a kard hosszú ideig hevert elrejtve, valahol Európában. Attila, a hunok királya találta meg az ötödik században, és ez kétségbe ejtette a rómaiakat. Aethius, aki kegyvesztett volt a császárnál, parancsot kapott, hogy szerezze vissza. A rómaiak nem ismerték el Attilát, mint a Kard törvényes birtokosát, mert nem Babilonban szerezte meg, vagy, ahogy a rómaiak mondták, ellopta tőlük és így vissza kellett lopni. Viszont a hunok törvényesnek tartották Attila uralmát, és nem akartak Babilonba járulni, hogy rendezzék a jogvitát. A rómaiakat pedig még mindig kísértette a pártusok emléke és nem akartak az Eufrátesznek még a környékére sem menni. A Pártus Birodalmat nem tudták elfoglalni, bár többször próbálták.

– És mi történt ezután?

– A rómaiak megtámadták Attilát Flavius Aethius vezetésével, a hun vezér pedig visszavonult – folytatta Remus a beszámolót. – A császár dühöngött, amiért Attilát nem sikerült megölni, de a Kardot visszaszerezték. Később állítólag egy lovag őrizte, de az ő halála után a középkorban ismét nyoma veszett a tárgynak. Aethiust a császár megölte, miután végzett Attilával, bár talán nem is ő ölte meg. Ezt sohasem fogjuk megtudni.

Mindenesetre Attila halála után nem sokkal a hun birodalom szétesett, és a Nyugat-Római Birodalom is követte.

– Lehet tudni bármit arról, hol lehet most a Kard? – faggatózott tovább az őrnagy.

– Erről csak annyit tudok, hogy az Öböl-háborúban látták utoljára, a zsarnok kezében. Feltételeztem, hogy az amerikaiaknál van most, de ezek szerint tévedtem. Nem sikerült megszerezniük a Hatalom Fegyverét, különben nem tartanánk itt...

– Nos, már így is sokkal többet tudok. Értesíteni fogom erről a feletteseimet – zárta le a témát Keith.

Remus más témára váltott.

– Van egyéb dolog is, amiről beszélnünk kell. Éjszaka furcsa zajokat hallok a folyosókon, kopogásokat, korbácsolást, kiabálásokat, és olyan lábdobogást, ami a római gyalogos katonákra jellemző. Olyan, mintha kísértetek lennének. Nem találod furcsának?

– Hetek óta nem alszom ettől, de nem tudok vele mit kezdeni.

Képzelheted, én mennyit alszom mostanság, gondolta Remus, de nem mondta ki.

– Amikor alszom, furcsa álmokat látok Rómáról – folytatta Keith még mindig latinul. – Parancsnok vagyok egy légió élén. Furcsa, ugye? Nem mondtam el sem a feletteseimnek, sem az alattam lévő katonáknak. A börtönőr-szolgálathoz alkalmassági vizsgálat kell, megbuknék rajta, ha azt hinnék, megőrültem. Még szerencse, hogy a katonaorvos és a pszichiáter még nem szagolták ki, lehet, hogy kezdődő tudathasadásom van... – tűnődött.

Parancsnok! – gondolta Remus, és most már tényleg kezdett félni. Ez az ember nagyon veszélyes!

– Le tudod állítani? A furcsa jelenségeket? – kérdezte Remus.

– Nem, először is azért, mert a többi katona azt állítja, ő nem tapasztal semmi furcsát. Hogyan állítsak le olyasvalamit, ami nincs? Este, mikor az őrök megérkeznek a szolgálatba, mindent rendben találnak, reggelre pedig minden tiszta mocsok lesz. A rabok kialvatlanságra panaszkodnak, némelyikük csuklóján összevérzett vászonkötés és vasbilincs, korbácsolás nyomai a hátukon... Kihallgattam az alattam szolgáló őröket, és egybehangzóan állítják, hogy nem verték bilincsbe a foglyokat, és más egyéb tiltott dolgot sem tettek, ami a genfi egyezménybe ütközik. Mármint ami a foglyokkal való bánásmódot illeti. Nem emlékeznek semmire, reggelre mégis ott vannak a nyomok mindenhol. Szerintük kísértetek járnak a börtönben.

Remus gondolatai vadul cikáztak. Lehet, hogy a bosszú-átok beteljesül, vagy tényleg pusztán emlékezetkiesésről van szó. Hallott már testen kívüli élményekről és más megmagyarázhatatlan jelenségekről, de ez nem illett abba a képbe, ahogy Keith magyarázta a történteket. Hiszen akkor látniuk kellett volna magukat kívülről, és arra emlékeznének! A kísértetjáráson nem lepődött meg, hihető magyarázatnak tűnt a katonák szemében; a rómaiak nagyon babonásak, és az amerikaiak is hisznek a szellemekben, a kísértetekre fognak bármit, amit nem tudnak megmagyarázni. Ki kellett deríteni, hogy ez az éjszakai őrület a kollektív elméjük játéka, vagy valami nagyon sötét dolog van a háttérben.

– Holnap napnyugta előtt ki kell engedned innen – szólt komoran Remus. – Látnom kell, mi történik éjszaka. Furcsának találom, hogy nem jöttél megnézni, noha már hetek óta érzékeled a jelenségeket. Furcsa álmaid vannak a múltból, lehet, hogy te is alvajáró vagy, mint a többiek.

– Megtiltották, hogy kiengedjelek – jelentette ki határozottan Keith.

– Ez most sokkal fontosabb dolog, ami felülírja a tiltást. Különben is, már elmondtam mindent, amit tudtam, nincs értelme fogva tartanod. Hacsak nem ragaszkodsz az embercsempészettel összefüggő vádakhoz, de belátható, hogy emberiességi okok vezényeltek, hiszen menekülőket segítettem. Ami viszont a szellemjárást illeti, valami nagyon nincs rendben, és nekem tudnom kell, mert a lelked van veszélyben. Illetve nagyon sokak lelke veszélyben lehet! Többet nem mondhatok.

Remus várakozóan nézett a katonára.

– Minden rendben? – kérdezte most angolul. Keith visszazökkent és zavartan bámult vissza rá.

– Igen, illetve… nem. Az előbb olyan dolgokról beszéltem neked, amiről nem kellett volna, olyan nyelven, amiről nem tudtam, hogy értem... sőt, nemcsak értem, hanem beszélem is! Elképesztő, nem?

– Legyél itt holnap napnyugtakor. – Remus hangja nem tűrt ellentmondást. – Az ostor nálam marad, még szükség lehet rá.

Elrejtette a korbácsot a matrac alatt, és lefeküdt.

Keith másnap pontosan naplemente előtt jelent meg a földalatti börtönfolyosó ajtajánál. A vastag acélajtó kulcsa nála volt, mégis habozott. Nem várhat tovább, mondta magának. Ha lemegy a nap, ismét jönnek a képzelgések, lázálmok, látomások, szellemek, akármik, a parancsnok, akivel olyan jó volt hazaérkezni Amerikába, de mióta visszajöttek, megmutatta igazi, zsarnoki természetét, és rajta akart uralkodni.

Vajon tényleg kísértetek vannak az ajtón túl? Vagy valami sokkal rosszabb? Keith nem félt a szellemektől, csak azoktól, amik éjszakánként őt kísértették. Most eljött az idő, hogy szembenézzen a rémálmaival. Erre gondolt, mikor elfordította a kulcsot a zárban, és benyitott a börtönhelyiségbe.

Sötét volt, a folyosó mélyéről ütemes kopogás hallatszott, de az őrnagy egyelőre nem akarta megnézni, mi vagy ki okozza a zajt. Ehelyett felkapcsolta a világítást az első cellában – szabályozható falilámpa volt, amivel tompa homályt, de akár éles, vakító fényességet is elő lehetett idézni. Megdöbbent az elé táruló látványtól.

A cellában minden bűzlött az alkoholtól, néhány törött borosüveg hevert szerteszét és szilánkok mindenfelé. Az eszméletlen rab a cella végében térdelt, kezeit a háta mögött összekötözték, a feje a vödörben volt, melyből bor és hányás keserű szaga áradt. Úgy tűnt, mintha az illető szó szerint alkoholba fojtotta volna a bánatát, de muzulmán volt, azok pedig nem isznak alkoholt. Legalábbis nem jószántukból.

Átkozott rómaiak...

Ez jutott Keith eszébe, mert most fájni kezdett a feje, és a hangok, mint minden éjjel, megszólaltak a fejében. Utasították, hogy mit műveljen a rabokkal, a parancsnok megint uralkodni akart fölötte, de nem... ezúttal nem fog! Nem engedi meg!

– Keith! Keith, engedj ki, segíteni akarok!

Remus kiabálását távolról hallotta, a férfi latinul és angolul próbálta megszólítani, miközben ő még mindig azzal küzdött, hogy elnyomja a fejében az ördögi hangokat, amik arra utasították, hogy üsse meg a foglyot. Minden akaraterejét összeszedte és visszazárta a rabot a cellába, a kulcsot pedig a zsebébe rejtette. Felkapcsolta a folyosón a villanyt, és ekkor látta meg a másik őrt. A kopogót!

Éppen egy deszkakeresztet próbált összeszerelni a földön, abba verte bele a szögeket kalapáccsal. A kereszten egy meztelen fogoly feküdt, az őr pedig fölé hajolt. Keith-nek az volt az első gondolata, hogy a világ utoljára a Názáretit látta ebben a helyzetben. Az őrnagy elfutott a folyosón a kopogó mellett, aki rá sem nézett, csak folytatta a munkát.

Keith a folyosó végén előhalászta a kulcsot a zsebéből, és kinyitotta Remus zárkáját. Szinte könyörögve nézett a férfira.

– Ha van bármi mód arra, hogy megszüntessük ezt az őrületet, áruld el – kérlelte. – Esküszöm, most már kezdek félni!

Remus elővette a matrac alól a korbácsot, és a kopogó felé lépett.

– Hé, te – szólította meg latinul, és mikor az felnézett, Remus felismerte benne azt az őrt, aki esténként meglátogatta. Odavágott az ostorral, mire az őr rámeredt, és elindult felé.

– Gyere, te átkozott – morogta Remus, és újra meg újra lesújtott a korbáccsal. Az ostorcsapások felszaggatták az őr katonai egyenruháját, és a húsába vájtak. A fájdalomtól felkiáltott, többszöri csapás után magához tért a kábulatból, és immár angolul ordítozott.

Keith megragadta a gallérjánál fogva.

– Te barom – üvöltötte –, ezt nagyon meg fogjuk szívni, érted? Most sértetted meg a genfi egyezményt, és nem egy pontban! Ráadásul úgy sejtem, nem te vagy az egyetlen bűnös ebben a történetben!

– Én nem csináltam semmit – nyöszörgött az őr, mire Keith elengedte.

– Dehogynem, nézd meg ezt, te vadállat! Nézd, mit műveltél! – Keith a földre lökte a férfit, és Remushoz fordult, aki éppen megszabadította a foglyot a szoros béklyóktól.

– Ez bizony a rómaiak munkája – mondta a kötelekre mutatva a fickó kezén. – Nem sokan tudják ilyen szépen összecsomózni, ehhez gyakorlat kell. És persze a kicsomózáshoz is...

Miután nagy nehezen eloldozta a köteleket, talpra állította a rabot.

– Hozzatok valami ruhát a názáreti dublőrjének – mondta Remus a két amerikai katonának. – Rossz ránézni... – Visszakísérte a férfit a cellájába. Keith-re nézett, aki még mindig döbbenten állt, nem akarta elhinni, hogy mindez vele történik meg.

– Én nem... nem tudom, mitévő legyek... – kezdte, de a hangja elakadt.

Remus komor arccal nézett rá, a szeme szikrákat szórt.

– Én viszont, tudom, parancsnok. – Szünetet tartott, és a következő mondatot már sziszegve súgta Keith fülébe.

– Tartsd féken a bosszúvágyadat!

MÁSODIK RÉSZ

A szultán és a farkas

„*Amint a Bosporus Európát mossa,*
Másfelől Ázsia partjait csapdossa,
Itt büszke habjai dicsekedve folynak
Kevély fala alatt Konstancinápolynak,
E másik Rómának pompás düledéki
Borzasztó árnyékot bocsátanak néki."

(Csokonai Vitéz Mihály – Konstancinápoly)

ÖTÖDIK FEJEZET

Sub rosa

Dyjarbakir, Törökország, 2005.

Omar Murat a polgármesteri hivatalban ült, és az asztalán lévő iratokat rendezgette. A középkorú férfi beletúrt őszülő hajába, néhány szál a papírokra hullott. Este hat óra volt. Megint vége egy átkozottul nehéz napnak, illetve vége lenne, ha átlagos munkakörben dolgozna, mondjuk, beosztott lenne egy cégnél. De ő nem céges alkalmazott volt, hanem a város polgármestere, és Dyjarbakir polgármesterének lenni egésznapos munka, három műszakban, mert itt mindig történik, történhet valami. Ez az istenverte város egy háborús övezetben fekszik, és minden tele van szakadárokkal. A velük való harcot Omar úgy jellemezte magában, mint a kertész munkája, aki szép és rendezett kertet szeretne, de mikor már éppen jutna valamire, jönnek a vakondok, és mindent tönkretesznek. A föld alatt szervezkednek, alulról bomlasztanak, aztán mikor úgy adódik, feljönnek a felszínre, ronda túrásokat hagyva maguk után. Mikor az ember eltakarítja az egyik túrást, egy másik helyen tűnnek fel, és nincs olyan irtószer vagy riasztó, ami használna ellenük.

A kurd gerillák is pont ilyenek. Mint a vakondok! Legalábbis Omar így gondolta. Végigsimított borostás állán, és a további teendőkön gondolkodott.

A török miniszterelnök a legutóbbi győztes választáson úgy döntött, hogy a gerillaharcot a délkelet-törökországi városok polgármestereire bízza, mivel a helyzet központilag kormányozhatatlan volt. Helyi szinten kellett elintézni a kérdést, de a török kormány biztosította ehhez az összes anyagi forrást, valamint azt, hogy kurd polgármester semmi esetre se kerüljön a hivatalok élére. Ehhez persze csalni kellett, nem is kicsit. Kurd választókörzeteket elcsalni, na, az az igazán nehéz munka! A létező összes trükköt be kellett vetni az ügy érdekében, és át kellett írni az egész török választási rendszert. Csak a kurdok miatt. Kész kabaré!

Az egész a választókerületek újrarajzolásával kezdődött, annak érdekében, hogy Délkelet-Törökország minden választókerületében a török kormánypárt szavazói kerüljenek többségbe. A régiót nagyrészt kurdok lakják, vagyis igazából hegyi törökök, mert a kormány megtiltotta a *kurd* kifejezés bárminemű használatát. Egyszóval, piszkosul nehéz munka volt a délkeleti régióban a nyolcvan százalék kurd-húsz százalék török arányt az országos norma szerint megfordítani, hogy a választókerületekben nyolcvan százalék török és húsz százalék kurd szavazó legyen, de a török miniszterelnök becsületére legyen mondva, hogy neki még ez is sikerült. Igaz, hogy a győzelemhez a legutóbbi választásokon a kormánynak be kellett vetni kamupártok kamujelöltjeit, és belengetni, hogy engedélyezik a betiltott kurd pártok működését, persze csak a kampányidőszakra, mert az utolsó előtti pillanatban újra betiltják őket, így érvénytelen a jelöltjeikre leadott szavazat is. Mindezek ellenére az első forduló után, érthetetlen módon, még mindig nyerésre álltak, ezért be kellett vetni a nagy tili-tolit, és a választások előtt megint és ismét áttelepíteni több millió kurd szavazót, csak hogy konform módon tudjanak szavazni, vagy inkább sehogy. Mert a börtönökbe és az idősekhez nem vitték ki a mozgóurnát, hogyisne, még csak az kellett volna! Arról is gondoskodni kellett, hogy a peremvidéken élő falusi parasztoknak jó sokat kelljen utazniuk a legközelebbi szavazóhelyiségig, mert levélben szavazni nem ér, és különben is, hogy szavazhattak volna levélben, ha a saját nevüket se tudják leírni! Azt bezzeg tudják ezek az írástudatlan idióta kecskepásztorok is, hogy hova kell tenni az ikszet, gondolta Omar.

Az egész szervezés borzasztóan nehézkes és izzasztó munka volt, nem beszélve a beépített szavazatszámláló ügynökökről, akik elsuvasztottak néhány kellemetlen voksot, vagy az elpárolgó tintájú tollról, ami az egészhez képest csak kisberuházás volt. Azt viszont a miniszterelnök eldöntötte, hogy a következő parlamenti, illetve önkormányzati választáson csak egyfordulós szavazás lesz, mert a kurd helyzet tarthatatlan.

Ugyanis Omarnak minden erőfeszítés ellenére is csak nagyon kevés szavazatkülönbséggel sikerült nyernie a PKK-gyanús demokrata Kemal Imran ellen, aki tagadja, hogy a vakondoknak dolgozna, de mindenesetre a demokrata jelölt lányát a hírek szerint sikerült eltüntetni néhány évvel ezelőtt egy razzia során. Eggyel kevesebb probléma, de volt több is. Például biztosítani a város hírhedt börtönének folyamatos, napi huszonnégy órás működését az őrök létszámingadozása ellenére, mert a börtönőri munkakörben nehéz volt sokáig megmaradni. Akárcsak a vágóhídi munkásoké, az ő életük is fárasztó volt, mert három műszakban kínozták a rabokat, a kurd nőket pedig rendszeresen megerőszakolták. A börtönőrök felvételének feltétele volt az erő, egészség és virilitás, bár néha rájuk fért a potencianövelés. Nem csoda, hogy az őrök megviseltek voltak, elvégre a nácik is azért találták ki a végső megoldást a zsidókérdésre, mert túlságosan kellemetlen volt szembesülni a népirtás és a kínzások nyomasztó valóságával.

A börtönön kívül Dyjarbakir nyomornegyede is elhíresült volt, Omar ezt csak a patkányok kerületének nevezte. Persze voltak ott igazi patkányok is, de Omar a kurdokat nevezte így. Eltervezte, hogy a következő választások idejére befejezi a megkezdett gettófal építését, ezzel is közelebb jut a céljához. A gettófalra a lakók kurd nyelven felfestettek egy fekete-fehér graffitit „Az elnök mondjon le” felirattal, amit legutóbb Omar rendeletére leszedettek a hatóságok, de újra felkerült a falra, ezúttal színesben.

Omar célja persze az volt, hogy beválasztják a parlamentbe, a török kormányba, sőt, ő lesz a miniszterelnök második embere. Akkor nem kellene egész nap a fülledt irodában piti kérdésekkel foglalkoznia, és a lányával együtt elköltözhetne ebből a koszos városból Ankarába. Amúgy sem tesz jót a gyereknek, ha kurdok között jár iskolába, már így is megfertőzték a baloldali eszmék. A polgármester remélte, hogy ez nem visszafordíthatatlan, hogy még ki tudja mosni a lánya agyából a szocializmus szennyét, és ha elköltöznek a fővárosba, ha ő miniszter lesz, akkor hozzáadja majd Aysant egy kormánytaghoz, miniszterhez, oligarchához vagy egyáltalán egy valamirevaló törökhöz, és elfelejtik ezt a koszfészket.

Ilyen ambíciókat sokan tápláltak a délkelet-törökországi polgármesterek közül, a nagyratörő álmok eléréséhez viszont teljesítményt kellett felmutatni. A régió polgármesterei között valóságos versengés folyt a miniszterelnök kegyeiért és a lehetséges, jövőbeni kormánypozíciókért, és bár még évek voltak hátra a következő választásokig – mert nemrégiben voltak a parlamenti választások is – már igyekeztek helyezkedni, és előre leosztani a lapokat. Omar is jó esélyekkel indult ebben a versenyben, a győzelemhez pedig legfőképpen egy dolgot kellett megtenniük.

Szét kellett verniük a PKK-t. A gerilla-vakondokat, ezeket a marxista-leninista, feminista, szociálliberális, agresszív csótányokat, a Kurdisztán függetlenségéért harcolókat, ezeket a terroristákat, a baloldal szennyesét. Ez a szervezet olyan volt, mint a mesebeli hidra, hiába vágták le a sok fejéből az egyiket, rögtön kettő nőtt helyette, így növekedtek évről-évre és napról napra, és a helyzet kezdett kicsúszni az irányítás alól. A Partiya Karkeren Kurdistan, vagyis a Kurd Munkáspárt úgy terjeszkedett a föld alatt, mint a gyom, és a gyökerei egyre mélyebbre nyúltak, egyre több vizet szívtak fel, egyre többen és szélesebb körben támogatták őket. A szervezet mindinkább veszélyeztette a régió területi egységét, feltétlenül véget kellett vetni az évtizedek óta tartó és most újra kiújuló török-kurd konfliktusnak.

Egyszer és mindenkorra. Örökre. Úgy kell elintézni ezeket az átkozott kommunistákat, hogy még a történelem margójára se kerüljenek fel, úgy bizony! Széttépni, feldarabolni, megosztani, felszalámizni a vakondokat, ezt kell tennie.

Omar eldöntötte, hogy addig ő fel nem áll a polgármesteri székből, amíg a PKK létezik.

***

Aysan a könyökére támaszkodott az iskolapadon, és unottan bámulta a tankönyvét, ami az első világháborúról szóló feje-

124

zetnél volt kinyitva, a lapon vastag betűkkel a cím: az Oszmán Birodalom szétesése. A tizenhat éves, hosszú sötétbarna hajú lány unottan lapozott tovább, markolta a vastag könyvet, végigpörgette az ujjai között a lapokat, és azon tűnődött, hogy vajon hány történelemórát kellene ellógnia ahhoz, hogy ne kelljen elmerülnie Musztafa Kemál Atatürk intézkedéseinek tanulmányozásában, mert, ahogy számolta, ez alsó hangon is legalább ötven oldal. Ő ezt inkább kihagyná, bár a lógás feltűnő, az apja nem értékelné, biztos kapna tőle rendesen. Tehát ez a lehetőség kiesett, nincs mese, végig kell ülnie az órát. Nem mintha nem szeretett volna tanulni. Aysan valósággal falta a könyveket, de csak azokat, amik őt érdekelték. Olykor a szünetekben is olvasott, már amikor nem a nagyon kevés barátjával időzött az iskolaudvaron.

Gondolkodott, hogy mivel üthetné el az időt, mert ennél az Atatürknél biztosan van izgalmasabb dolog is. Akármi. Rajzolhatna például kismacskákat a füzete margójára. Esetleg kiskutyákat.

Lehajolt, hogy a táskájából elővegyen egy üres lapot, amikor hátulról fejbe találta valami. Az összegyűrt papírlap a feje tetejéről lepattanva a könyv tetején landolt, és Aysan tétován fordult hátra. A barátnőjére nézett, Jamirára; a rövid, szőkésbarna hajú, sötét szemű lány alig egy évvel idősebb volt nála, iraki menekültként kapott ideiglenes tartózkodási engedélyt, és részt vett az integrált oktatásban, noha kicsit más feltételekkel, mint ő vagy a kurd iskolatársai. A gyorstalpaló török nyelvi tanfolyamot az állam biztosította a kemálizmus és az integráció jegyében, ami miatt Jamira egy évet veszített az iskolában, segítségre volt szüksége, hogy ne maradjon le a tanulásban, és láthatóan Aysan volt az egyetlen az egész osztályban, sőt talán az egész tanintézményben, aki kiállt érte, mindig kész volt kihúzni a bajból, és mindig ott termett mellette, ha a többiek bántották.

A két lány sokatmondó pillantást váltott egymással. Jamirának nem volt érdekében, hogy csinálja a balhét, az órákon is csendben ült, inkább Aysan volt az, aki néha levelezést indított, de ő sem ennyire feltűnően, mert annál több esze volt.

Tehát nem Jamira küldte az üzenetet. A lány óvatosan kihajtogatta a papírt, de így is hangosan zizegett a csöndben, és a tanár felfigyelt rájuk. Aysan megtekintette a kurd nyelven lefirkantott, számára érthetetlen üzenetet, és értette a zörgést. Már megint elcímezték!

A tanár gyorsan közeledett a padsorok között. A lány tudta, hogy kezelje a vészhelyzetet: fogott egy fekete tollat, és átsatírozta az üzenetet, majd szétfolyatta a tintát, hogy az írás biztosan olvashatatlan legyen. *Legalább ne kurdul irkálnának ezek a dinkák,* gondolta. Tudhatnák, hogy milyen súlyos büntetés jár érte! Majd egy rövid üdvözletet írt a papírra törökül, mert ha török nyelven van, az ugye enyhítő körülmény a bűntényben, de ebben a pillanatban a zord képű tanár kitépte a kezéből a papírfecnit.

– Tilos órán levelezni – közölte ellentmondást nem tűrő hangon, és elolvasta a semmitmondó török nyelvű üzenetet. – Még egyszer meg ne lássam, mert még büntetés lehet a vége!

Aysan alig hallhatóan felsóhajtott, és ebben a pillanatban megszólalt a csengő. Miután a történelemprofesszor kivonult a teremből, a lány rosszalló pillantást vetett a hátsó padsorban kuporgó kurd suhancokra. Közülük volt, akinek a töröknyelv-tudása még Jamiráét is alulmúlta, legalábbis ami az olvasást illeti, többen közülük funkcionális analfabéták voltak. Így nevezik azokat az embereket, akik el tudják olvasni a szavakat, de értelmet nem tulajdonítanak az olvasottaknak, a betűvetést pedig éppenhogy csak kapizsgálják. Aysan a tekintetével azt üzente, hogy most már tényleg elég, ő ezennel kiszáll, többet nem falaz nekik. Ez volt az utolsó eset, hogy elkente az ügyeiket, másként már rég kicsapták volna őket, annyi stikli volt a rovásukon. A jegyeik átlagáról már nem is beszélve. Inkább szervez nekik különórát a szertárban, csak ezt hagyják abba.

Aysan tanítás után keresett egy üres tantermet, ahol egyórás kiselőadást tartott a kurd suhancoknak az iskola házirendjéből, történelemből és egyebekből, bár sejtette, hogy fejmosást fog kapni az apjától, ha későn ér haza. A kurd srácokat semmiképpen nem említhette neki, mert már így is elég feszült volt a viszony kettőjük között. Az apja nem ütötte meg a lányt, amíg az anyja élt, de miután néhány évvel ezelőtt a nő meghalt egy sajnálatos balesetben, ez többször is előfordult. Aysan akkor fordult a baloldali eszmék felé, ilyen hatással volt rá a családon belüli erőszak. Sok könyvet olvasott a kommunista ideológiákról, és az iskolai barátaitól hallott róla, hogy Kurdisztánban a nők megvédik egymást. Egyébiránt csak kevés kurd lány járt az osztályba, mert a kurdok nagyrészt tanulatlanok voltak, még a férfiak is, ritkán sikerült elvégezniük a középiskolát, sokak megrekedtek az általános iskolában, és aztán háztartásbeliek maradtak. Akinek sikerült elvergődni a középiskoláig, ritkán jutott el az érettségi vizsgáig. Aysan úgy gondolta, hogy ezen változtatni kell.

Miután a srácok elmentek, sóhajtva lehuppant Jamira mellé a padra, aki szintén jelen volt, de nem szólt egyetlen szót sem.

– Nem tudom, mit tehetnék ezekért a fiúkért – mondta. – Ezzel a tempóval az életben nem jutnak el az érettségiig, és nem sikerül betemetni a kulturális szakadékot a törökök és kurdok között – mondta. – Na, nem mintha az apám bármi ilyesmit is akarna, de különben is, mindenki tudja, hogy elcsalta a polgármesteri választást. Én szégyellem magam helyette! – csóválta a fejét.

Jamira még mindig nem szólt, ezért Aysan folytatta. – Szegény fiúk, gondolom, néhányuk szülei még írni sem tudnak... Ha akár egy suhancnak is segítek, hogy letegye az érettségit, akkor már megérte ez az egész hercehurca... Neked meg mi bajod van?

A barátnője látta Jamirán, hogy bántja valami. Közelebb hajolva azt is észrevette, hogy a lánynak könnyes a szeme. Aysan gyengéden átkarolta a vállát, és odahajolt.

– Akármi van, nekem elmondhatod, tudod – suttogta.

– Semmi, csak... a háború meg a menekülttábor emlékei, de nem akarok erről beszélni... – Jamira a szemét törölgette, mire barátnője előhúzott a nadrágzsebéből egy papírzsebkendőt, és odanyújtotta. – Szörnyű dolgok történtek, amik néha eszembe jutnak. És van egy titok, amit nem oszthatok meg senkivel, mert akkor meghalok... nagy lelki teher van rajtam – felelte, majd ismét könnyekben tört ki, és belefújta az orrát a papírzsebkendőbe. Aysan vigasztalóan simogatta a hátát.

– Tudod, mit? Én is megosztom veled a titkaimat, rendben? – kérdezte. – De előbb kössünk alkut. Egyfajta véd- és dacszövetséget, ha úgy tetszik.

– És az miből áll? – szipogta Jamira.

– Egyszerű – felelte Aysan. – Megosztjuk egymással a titkainkat, és megesküszünk, hogy soha senkinek nem mondjuk el. Valamint megígérjük, hogy ha egyikünket bántják, akkor a másik szolidaritást mutat, és megvédi. Úgy csináljuk, mint a kurdok! – Rákacsintott a barátnőjére.

– Ez inkább úgy hangzik nekem, mint valami NATO-egyezmény. – Jamira még mindig szánalmas állapotban volt, ezért Aysan odaadta neki az egész csomag papírzsebkendőt, ami nála volt.

– Én kezdem a titokmesélést, de kezet rá, hogy nem mondod el senkinek – mondta Aysan, és begörbített kisujját nyújtotta a barátnője felé, mire ő beleakasztotta a sajátját.

– Szóval, az van, hogy amatőr kódfejtő vagyok – kezdte Aysan. – Apám számítógépén csinálom a leckémet, de közben nézegetem a titkosított e-mailjeit. Ami azt illeti, elég mocskosak… mármint nem úgy értem, hogy pornó vagy ilyesmi, hanem alantas módon beszél a kurdokról és a menekültekről. Ráadásul azt hiszem, készül valamire, de nem tudom, hogy pontosan mire, mert ahhoz fel kéne törnöm a titkos mappáit, és ahhoz még nem találtam meg a hozzáférést. – Aysan megint felsóhajtott, ezúttal hosszabban. – Ha apám megtudná, hogy hacker vagyok, nagyon megverne – folytatta. – Ami még rosszabb… – Rövid szünetet tartott. –, hogy néha vad gondolataim támadnak… romantikus képzelgéseim vannak lányokról, ezért apám meg is ölne. Ha pedig azt is megtudja, hogy kurd suhancokat és menekülteket korrepetálok, akkor valószínűleg brutális becsületgyilkosság áldozata lennék. Mert persze az is kamu, hogy ilyen primitív dolgokat csak a kurdok csinálnak. Csak persze ez Törökországban elvileg illegális. Elvileg.

Szomorúan nézett a barátnőjére.

– Nos, megígérted, hogy te is elmondod nekem a halálos titkodat. Az egyezség értelmében, ugye. Természetesen ez köztünk marad. – Aysan az osztályterem mennyezetét nézte, és az a futó

gondolata támadt, hogy nincs-e bekamerázva. Török-Kurdisz-
tánban sosem lehet tudni.

– Jól van – felelte Jamira megadóan, és ismét eleredtek a köny-
nyei, ahogy rázúdult a háború emlékeinek súlya. – Elmondom…

***

Falludzsa, Irak
Két évvel korábban

Jamira már harmadik napja az iskolában volt, és nem mert ki-
mozdulni, csak nézett kifelé az ablakon, és látta, hogyan hullik
darabjaira a világ körülötte. Hazamenni nem mert, mert a szü-
lei, rokonai bántották, és különben sem tudta, hogy megvan-e
még a házuk, mert már egy hete tartott a harc az iszlamisták
és az amerikai csapatok között. Csak az iskolák és a kórház ma-
radtak épen, ezért húzta meg magát itt a tizennégy éves lány,
aki akkoriban a vallási előírások szerint fejkendőt viselt. Nem
mintha itt nem zaklatták volna, mert tanítás ugyan nem volt,
de káosz uralkodott a faluban.

Jamirát visszahúzódóvá tette az eluralkodó erőszak, főleg,
mióta ő lett a falu szégyene. Ezt az elnevezést akkor akasztot-
ták rá, mikor egyik nap elfelejtette viselni a fejkendőjét, ráadá-
sul illetlenül viselkedett, mert arcon csókolta az egyik barátnő-
jét, akinek megfogta a kezét. Ezt a tanárok túl szenvedélyesnek
ítélték, körmöst kapott érte vonalzóval, ami fájt, és szamárpa-
dot, meg beírást a füzetébe, amit nem mert megmutatni a szü-
leinek, de mégis megtudták, de most már legalább nem kellett a
szamárpadban ülnie, mert nem volt tanítás. Viszont az apja na-
gyon megverte, mikor tudomást szerzett az esetről, és mondta
is neki, hogy örülnie kéne, hogy most csak ennyit kap, mert ha
még egyszer ilyet csinál, akkor lesz ez még így se.

Jamira nem szerette az apját, és nem gondolta, hogy a férfi
bármivel is különb lenne az iszlamistáknál, akik olyan apró-
ságok miatt is öltek már meg nőket, mint a nadrágviselés. A
lánynak emiatt nem kellett aggódnia, mert konzervatív szülei

soha nem vettek neki nadrágot, pedig nagyon szerette volna, de az a bizonyos rosszul sikerült puszi gondot jelentett. Jamira maga sem tudta, miért volt akkor annyira szenvedélyes, de a halálos fenyegetések hatására gyorsan meggondolta magát, és megfogadta, hogy soha többet nem tesz ilyet. Nem kellett neki sokat beszélni, hallott ő már megkövezésekről, sőt, egyszer-kétszer látott is ilyet az utcán, meg olyat is, hogy a rendőrök halálra korbácsoltak egy nála alig idősebb lányt, mert felemelte a szeme elől a fátylat. De úgy gondolta, hogy vele ez nem történhet meg, mert ő mégiscsak gyerek, egészen addig, amíg az apja fel nem világosította, hogy ő már olyan korban van, amikor férjhez lehet adni. Sőt, nem hogy lehet, de kell, sőt illendő is, hogy ő férjhez menjen, hiszen mindjárt tizenöt éves, és még hajadon.

Jamira hallani sem akart a házasságról, igazából a férfiaktól is óvakodott, de ezt nem mondta senkinek. Az járt a fejében, hogy hátha szerencséje lesz, és az amerikaiak nem csak az iszlamistákat tüntetik el az utcákról, hanem a szüleit is elnyeli a föld, sőt, ha már így állunk, a jenkik eltüntethetnék az egész átkozott falut. Hiszen ő akkor már nem lenne a falu szégyene... ha már nem lenne falu!

Rögtön meg is rótta magát előbbi bűnös gondolataiért, mert ilyet azért mégse kívánhat az ember lánya. Arra gondolt, hogy mégiscsak haza kéne menni, mert már három napja nem evett, és különben is, nem maradhat örökre az iskolában, vissza kell mennie az otthonnak nem nevezhető családi házba a holmijáért, mert ő innen el fog menni.

Gyalog indult vissza, a házuk az iskolától két kilométerre volt. Próbált észrevétlenül osonni a mellékutcákon, kikerülve az amerikai tankokat, és remélte, hogy egyetlen mudzsaheddel sem találkozik útközben.

Otthon az anyja és az apja várta, ő pedig azon gondolkozott, mennyire lesz súlyos a büntetés, amit kapni fog. Az apja fogott egy nadrágszíjat, és közölte, hogy őt addig fogja verni, amíg van benne szusz, de nem öli meg, mert ő kegyes ember, ő nem híve a becsületgyilkosságoknak, az ilyen bűntetteket különben is a saría bíróságoknak kell elintézni. Kap egy figyelmeztetést, aztán körülmetélik[5], hogy ne fajuljon tovább ez az erkölcstelenség, aztán férjhez megy, az anyjával már meg is beszélték, hogy kihez adják hozzá.

Az apja az előszobában lefogta, majd a falhoz szorította, és ütésre emelte a bőrszíjat. Lecsapott egyszer, kétszer, háromszor, majd a negyediknél akkora robbanással vágódott be a bejárati ajtó, hogy a lánynak nemcsak a háta, hanem a füle is megfájdult. Az apja félreugrott, elejtette a szíjat és szitkozódott, ahogy a fegyverek rájuk szegeződtek. Szorosan a falhoz lapult, és hangosan tiltakozott, miközben egy amerikai tengerészgyalogos a másik szobába terelte a feleségét. Jamira feltartotta a kezét, és a szeme sarkából az anyját nézte, majd lassan hátrálni kezdett a szobája felé. Benyitott, levette a válláról a táskáját, és a néhány könyvet, ami benne volt, az ágyára dobálta. Kész szerencse, hogy tanulhatott egyáltalán, sportolni is szeretett, de az uszodát nem kedvelte, mert kötelező volt a burkini, és azt utálta, ezért lógott az órákról. Az üres táskába néhány ruhát és egyéb szükségesnek tartott holmit dobált sietve, magához vette az iratait, majd arra gondolt, hogy benéz a kamrába, hátha tud magával vinni tartós élelmiszert, konzervet vagy ilyesmit, de félt a katonáktól.

Kisurrant a szobából, de abban a pillanatban rászegeződött egy M16-os csöve, valamint egy kék-zöld színű szempár, és mikor a lány egy villanásnyi időre a katona szemébe fúrta a tekintetét, először arra gondolt, hogy sose látott még olyat, hogy valakinek felemás színű szeme legyen, majd arra, hogy mit gondol az ő koráról a fegyveres. Vajon gyereknek vagy felnőttnek nézi-e? A kamra felé araszolt, és a tekintet végigkísérte, ahogy a táskájába rakott pár konzervdobozt és befőttet, ami a keze

---

5 A női körülmetélés vagy csonkítás (más néven FGM – female genital mutilation) a csikló és részben a kisajkak eltávolítását jelenti, melyet bármely életkorban végeznek nőkön. Iszlám országokban elterjedt barbár gyakorlat.

ügyébe akadt. Remegett, izzadt a tenyere, attól félt, hogy elejti a dunsztosüveget, amit markolt. Ha az amerikai lőni akar, akkor lőjön, gondolta. Neki már úgyis teljesen mindegy. A másik végül nem lőtt, csak némán nézte, ahogy a lány távozik a hátsó udvaron keresztül. Távozóban Jamira még hallott egy lövést, amit az anyja sikoltása követett, majd futásnak eredt.

Számára nem létezik szabadulás, legfeljebb egérút, amit ki fog használni, ha vége az ostromnak. Elmenekül bárhova, és soha többé nem néz vissza a múltjára, a lányokról szőtt ábrándokat is elfelejti.

Nem tudta, hogy ilyen nehéz lesz.

***

Dyjarbakir, Törökország
Történetünk idején

Aysan megint későn ért haza az iskolából, az apja nagyon dühös volt.

– Hol a fészkes fenében kószálsz te este hétkor? – Omar tajtékzott. – A tanításnak négykor vége!

– A könyvtárban voltam – felelte Aysan, és igyekezett nyugodtak tűnni, a kellemetlen helyzet ellenére.

– Persze, a könyvtárban, mi? És mit olvasol? Marxot? Engelst? Vagy esetleg Lenin művei érdekelnek? – gúnyolódott. – Vagy baloldali szennylapokat lapozgatsz, amelyek tele vannak feminista firkászok zagyvaságaival? Elégetném ezeket a kandallómban, jók lesznek gyújtósnak! – Röhögött, majd tovább kiabált a lányával. – Csak meg ne tudjam, hogy összeszedtél valami kurd fiút, vagy mi!

Aysan elvörösödött. Vajon az apja szemében mi számítana nagyobb bűnnek, kurd fiúkkal flörtölni, vagy menekült lányokkal romantikázni? Mit szólna Omar, ha megtudná, hogy ő mindkettőt próbálta? Az apja szavai fájtak neki, mert igazak voltak, az is, amit az olvasmányairól mondott.

– Nem, semmi ilyesmi – mondta végül, és zavartan elindult a szobája felé. – Csak a tanulással kapcsolatos dolgok...

– Tudd meg – folytatta Omar – hogy ez az egész integráció
egy nagy hülyeség! A hegyi törökök csak csicskának jók, ha taníttatjuk őket, akkor előbb-utóbb nem lesz utcaseprő, takarító meg vágóhídi munkás, mert mindenki egyetemre akar majd
járni! Az aljamunkát is el kell végeznie valakinek!

A lány már éppen becsukta volna szobaajtót, amikor az apja
még odaszólt neki.

– És tudod, hogy a nők hova valók? A konyhába! És arra jók,
hogy gyerekeket szüljenek. Sok fajtiszta török gyereket! Nem
ám kurd korcsokat!

Az utolsó mondatot Aysan már nem hallotta, mert magára
csukta az ajtót. Ledobta a táskáját a földre, és az ágyára heveredett. A másnapi házi feladatot már az iskolában megcsinálta,
most máshol jártak a gondolatai. Ki kellett találnia egy új álnevet a baloldali internetes fórumon, ahova nemrég beregisztrált.
Legutóbb, mikor az apja számítógépén csinálta a leckét, megnézte a csoportot, és volt olyan ostoba, hogy nyitva hagyta a felhasználóablakot, és nem jelentkezett ki, így az apja elolvashatta az összes hozzászólását. Ekkora szarvashibát többször nem
fog elkövetni, gondolta.

Hosszan gondolkodott, mi legyen az új neve. Felállt, a könyvespolcához lépett, és levett egy kötetet. Kutyafajtákról szóló
enciklopédia volt gyerekeknek. Aysan még az anyjától kapta,
mert szerette a kutyákat. Belelapozott, a keze megállt a kangál
fajtáról szóló oldalon.

A kangál erős, nagy testű, robusztus testalkatú, török pásztorkutya, mely megvédi a nyájat a farkasoktól és a medvéktől.
Bátor, megvesztegethetetlen őrkutya, a kurd pásztorok nagy
becsben tartják. Anatólia vidékein népszerű és elterjedt, külföldön nem tenyésztik, mert csak külön engedéllyel lehet kangálkölyköket kivinni Törökországból.

Oké, gondolta Aysan, ha már a kurdoknál tartunk, ez jó lesz.
Bátor és erős… ráadásul a török fasisztáknak farkasos nevük
van. Szürke Farkasok. Milyen gyalázat ez a név a farkasokra,
amelyek félénk, emberkerülő állatok, és nem gonoszságból ölnek, hanem éhségből. A fasiszták hívhatnák magukat hiénák-

nak, mert azok gusztustalan dögevők, és ha néha vadásznak,
mellesleg általában igen sikeresen, akkor élve kibelezik a prédá-
jukat. A nacionalisták hívhatnák magukat Fekete Hiénáknak.
Ez a név jobban illene hozzájuk.

Aysan pár percen belül kitalálta, hogy fogják őt hívni. Kangal
Anatolia, ez lesz az új felhasználóneve. Regisztrált, és elégedet-
ten tapasztalta, hogy a név még nem foglalt.

***

Babiloni romok, Bagdad, Irak

A tűző sivatagi napon egy terepjáró állt indulásra készen, pla-
tója megrakva orvul szerzett műkincsekkel. Valamivel távolabb
két sittes konténer volt, tele szeméttel, kőtörmelékkel és min-
denféle limlommal. Az ásatáson teljes volt a felfordulás, nagy
területen méteres gödrök tarkították a háborús tájat.

Az egyik fekete ruhás férfi a gödör alján turkált, és kihajigált
a perem fölött mindent, amit eladhatatlannak ítélt. Cserépda-
rabok, törött páncélok és vértek, sokezer éves antik szobrocs-
kák diribdarabjai hevertek szerteszét a homokban. A turbánt
viselő fickó letörölte a homokot a talált ékszerdarabról, azt la-
tolgatva, hogy érdemes-e vele foglalkozni.

– Nem panaszkodni akarok, Ali – szólt oda a másiknak, aki
a gödör mellett állt, és az ásójával böködött valamit – de nem
okés nekem ez a meló. Azért jöttem Irakba, hogy gyaurokat öl-
jek, nem azért, hogy dög melegben túrjam a homokot azért, hogy
pár kacatot eladhassunk a feketepiacon! Mi értelme van ennek?

A másik férfi, aki valamivel idősebb volt, lesajnálóan nézett
a külföldről ideszármazott, leharcolt mudzsahedre.

– Először is, ha levennéd a turbánodat, nem izzadnál annyi-
ra. Másodszor, ennek nagyon is sok értelme van, mert muszáj
kincseket találnunk, hogy legyen mit eladni. Különben nem lesz
miből fegyvert venni, hogy gyaurokat kaszaboljunk, te észlény!
Még mindig a nyavalyás kurdok őrzik a kirkuki olajat, így nincs
más választásunk, de ha sokat ásunk, akkor lesz lóvé.

– De itt mindent kiraboltunk már – sóhajtott Ali, és szemügyre vett egy féltéglát, ami a néhai diktátor autogramjával volt ellátva. – Nincs itt már semmi látnivaló!

– Csak még egy napot bírj ki, és lelépünk. Mondjuk, Palmürába, Szíriába, ott még nem jártunk. Biztos találunk ott valami értékeset. De nézd meg ezt! – Megkopogtatott az ásójával valami keményet a homokban.

A mudzsahed kikászálódott a gödörből, és szemügyre vette a homokból kissé kiálló fémtárgyat, amin megcsillant a napfény. Úgy nézett ki, mint egy kard pengéje.

HATODIK FEJEZET

Gyanú

Dyjarbakir, Törökország, 2007.

A záróvizsgák kezdetéig már csak egy hét volt hátra, és a dyjarbakiri középiskola összes végzős diákja lázasan készült az érettségire. Jamira a jegyzeteit nézte, de aznap nem tudott koncentrálni. Aysan a helyzetet összegezte. Késő délután lévén csak ketten voltak a teremben.

– Szerinted kurd barátainknak sikerülni fog? – Aysan a barátnőjére sandított.

– Remélem, igen. Te mindenesetre mindent megtettél a felzárkóztatás ügyéért. Még az atyai pofont is kockáztattad érte... Nagyon bátor vagy!

Aysan felnevetett, aztán hirtelen elkomorodott.

– Lehet, hogy bátor vagyok, de te meg egyenesen vakmerő... vagy bolond! – Kérdően nézett a barátnőjére. – Igaz, hogy vissza akarsz menni Irakba?

– Nem csak akarok, hanem vissza is fogok menni – felelte Jamira konokul. – A legutóbbi iskolai szünetben jártam Bagdadban, megkérdeztem az amerikaiakat, nincs-e szükségük tolmácsra, meg hogy esetleg felvennének-e a női egyenjogúság meg a női kvóták jegyében. Tudod, hogy nincs más adu ászom, csak a nyelvek. Közepes tanuló vagyok, de az előző iskolámban azt mondták rólam a tanárok, hogy jó érzékem van a nyelvekhez.

– Enyhe kifejezés – mosolygott Aysan. – Szerintem te egy nyelvzseni vagy!

– Lehet – hagyta rá Jamira. – De az amerikaiak középiskolai végzettség nélkül nem állnak szóba velem, és nyelvvizsgám sincs. De egy hónap múlva lesz – mosolygott, mert ebben biztos volt.

– Nem értem, miért nem itt keresel munkát Törökországban, ha már egyszer elbírálták a menekültkérelmedet, és megkaptad a tartózkodási engedélyt… itt mégiscsak biztonságosabb melózni, mint Irakban!

– A török kormány fütyül a menekültekre, te is tudod. Betennének egy határ menti menekülttáborba, és ott dekkolhatnék öregkoromig, segélyeken tengődve. Ennél többre hivatottnak érzem magam! – Jamira a fejét csóválta, mert még a gondolatát sem bírta elviselni annak, hogy ilyen nyomorultul éljen.

– De mégis… – Aysan tovább folytatta az aggódást. – Irak háború sújtotta ország, zéró nőjogokkal, ráadásul leszbikus vagy. Nem félsz, hogy megölnek?

– Ja, persze, hogy félek, de félelemből nem lehet megélni. Az élethez bátorság kell! Aztán meg nincs a homlokomra írva fekete festékkel az irányultságom, ugye? – Az iraki lány felvonta a szemöldökét.

– Nincs – motyogta Aysan zavartan.

– Na, látod. Nem vagyok bolond, nem stírölök lányokat, amúgy is csak téged szeretlek. Az amerikaiak viszonylag biztonságos munkalehetőséget biztosítanak a nőknek. Ja, és megígérem, hogy visszajövök, élve. Végül is életem első tizenöt évét túléltem egy diktatúrában. Most megnyugodtál?

– Nem egészen. Más miatt is aggódom – felelte Aysan bizonytalanul.

– Mi az?

– Tudod, már jó ideje kémkedek az apám után, és olvasom a titkos e-mailjeit. Nagyon nyugtalanító dolgokra derítettem fényt… nem akarnálak ilyesmibe belekeverni, de meg akarom beszélni veled. Természetesen a kurdokról van szó, és elég kényes az ügy. Az apám ma nincs otthon, holnap este jön csak haza. Az iskolában erről nem beszélek, mert a falnak is füle van, gyere el hozzám este.

– Igen, a múltkor említetted, hogy apád nem lesz otthon, de akkor még ottalvós buliról beszéltél – felelte Jamira kissé elégedetlenül, amiért változik a program.

– Attól tartok, túlságosan elmerültem a kurdok gondjaiban, és ezeket az aggasztó dolgokat nem söpörhetem a szőnyeg alá – rázta a fejét a barátnője.

– Én pedig attól tartok, hogy a köztünk érvényben lévő véd- és dacszövetség értelmében ez a téma mostantól rám is tartozik. Úgyhogy megyek. Este találkozunk.

Jamira elköszönt a barátnőjétől, és sietősen távozott az iskolából.

***

Aysan a szobájába vezette a barátnőjét, és a ruhásszekrényhez lépett. Kinyitotta, és kivette belőle az alján lévő nagy halomba rendezett ruhát.

– Gyere, megmutatom neked a titkos rekeszt – mondta Jamirának.

Elmozdította a szekrény alján a fapadló léceit, és egy rejtett üreg tárult fel, ami tele volt mindenféle holmival, amik első látásra limlomnak tűntek.

– Mi ez a sok szemét? – kérdezte Jamira.

– Ez a sok kacat csak álca – felelte a barátnője. – Valójában itt tartok minden olyan holmit, aminek birtoklásáért az apám megverne...

Jamira belenézett az üregbe, és félretúrta a limlomot. Volt ott minden a marxista könyvektől a baloldali újságokig, feministák publikációi, valamint a PKK alapító tagjának, Abdullah Öcalannak a könyve és egyéb írásai. Ezen kívül volt a rejtekhelyen néhány dosszié, az üreg alján pedig a két lányról készült pár kacér fotó, amit heccből csináltak magukról, és utóbb nem tűnt annyira jó ötletnek, valamint egy eldobható SIM-kártyás telefon. Miután Jamira mindent megszemlélt, Aysan visszatette a holmikat az üregbe, a ruhákat is visszapakolta, csak a dossziékat rakta az íróasztalára.

– Erről akartam veled beszélni – mondta. – Ezek a dossziék a kémkedésem eredményei...

– Húha – ámult el a barátnője. – Nem semmi!

Aysan kinyitotta az egyik vörös színű dossziét, amely titkos levelezéseket tartalmazott.

– Ez micsoda? – kérdezte az iraki.

– Apám levelezései. Feltörtem a titkosított emailt, de a telefonjához nem jutottam hozzá. Úgy értem, a telefonon lévő titkos üzenetekhez. Ahhoz már professzionális kémelhárítási eszközök kellenek, amelyek nekem nincsenek. De informatikát akarok tanulni, ebben biztos vagyok.

– Már így is nagyon ügyes vagy – Jamira elismerően bólintott, magában dicsérte barátnőjét az eszéért, és tűnődve lapozgatta a vaskos dossziét.

– Kinyomtattam a titkos levelezéseket, amikor apám nem volt itthon – folytatta Aysan. – Ki gondolta volna, hogy ennyire közeli kapcsolatban van a kormánnyal, ahhoz képest, hogy csak polgármester!

– Ha elmondanád, mi van a dossziéban, akkor talán nem kellene átnyálaznom magam sokoldalnyi dokumentumon! – türelmetlenkedett Jamira.

– Rendben, elmondom röviden... szóval az van, hogy van egy fickó, akit fogva tartottak a dyjarbakiri börtönben, ami, mondanom sem kell, városunk szégyene. Nemrég kiengedték, pedig bizonyítékok vannak ellene, hogy terrorista cselekményt akart elkövetni. – Aysan elővett néhány lapot a dossziéból. – Nevezetesen, európai célpontok ellen. Európában vannak török érdekeltségű vállalatok, főleg Németországban. A megszerzett dokumentumok tanúsága szerint a férfi bombamerényleteket akart elkövetni ilyen török érdekeltségű cégek ellen Berlinben és máshol.

Jamira elhűlt.

– És *kiengedték*?

– Igen – sóhajtott Aysan. – A pasast azzal gyanúsítják, hogy a PKK-nak dolgozik, illetve tagja a szervezetnek, és PKK nevében akarta elkövetni a merényletet.

– Te jó ég...

– És ez még nem minden – folytatta Aysan. – Mikor megszereztem a bizonyítékokat, titokban felkerestem Kemal Imrant. Tudod, a kurd városi tanácsnok, a demokrata, akitől apám elcsalta a polgármesteri választást. Úgy tudni, hogy kapcsolatban van a PKK-val. Elmondtam neki mindent, és ő azt mondta, utánajár az ügynek.

– És mit mondott? – Jamira egyre izgatottabbnak tűnt, de ugyanakkor szorongott is kissé, mert elég kínosnak tűnt az ügy, amibe belekeverték magukat.

– Tegnap felhívott az eldobható mobilomon... nyilván érted, hogy nem lenne bölcs ötlet kurd politikusok számát tárolni a rendes telefonom híváslistájában. Azt mondta, hogy a tag nem PKK káder. Nyilvánvalóan nem tartanak nyilván minden szimpatizánst, de a párttagokat és a gerillákat igen, mert rájuk különleges szabályok vonatkoznak. Ez a fickó nincs benne a káderlistában!

– Ezek szerint – tűnődött Jamira – még ha elkövetné is a merényleteket, akkor sem vállalhatná magára a PKK... hiszen az illető nem gerilla, legfeljebb valami szabadnapos őrült!

– Igen, de ezt nehéz bizonygatni, bár Kemal, aki még mindig a városi tanácsban dolgozik, utalt rá, hogy a PKK befejezettnek tekinti a civilek elleni gerilla-akciókat. De ha a kormány kijelenti, hogy a merénylő a PKK tagja, akkor az emberek el fogják hinni, hiszen a média ezt szajkózza. Ráadásul a levelezésekből arra gyanakszom, hogy az apám intézte el a szabadon bocsátását, mivel szabad kezet kapott a kormánytól, és börtönügyekben is ő a főmufti.

– De mi lehet ennek a célja? – Jamira elgondolkodott. – Ha a fickó kiszabadult, semmi nem akadályozza meg, hogy *tényleg* elkövesse a merényleteket! Kinek az érdeke lehet ez?

Aysan bánatosan nézett rá.

– Hármat találhatsz – mondta.

– A török kormányé?

– Ki másé? – Aysan előállt egy logikus magyarázattal. – Ha fickó elköveti a merényleteket, abban európaiak is meghalhatnak, legfőképpen németek. Ha a terrorakciókat Európában követik el, akkor a török kormány kérheti a nemzetközi közösség beavatkozását a PKK elleni harcba. Mert a jelek szerint Európát nem hatja meg a folyamatos lamentálás a PKK-ról, bár tettek Törökországnak egy szívességet, és a terrorszervezetek feketelistájára tették a Kurd Munkáspártot. Ezek szerint ez a török nacionalistáknak nem elég.

– Gondolod, hogy rá akarják uszítani az európaiakat a gerillákra?

– Ez az egyetlen logikus magyarázat. – Aysan ismét sóhajtott, most hosszabban, mint az előbb. Viszont most, hogy Kemal tudja az igazat, szólt a kádereknek, akik tesznek róla, hogy a fickó ne kövessen el semmit a nevükben… mindezt megelőzendő, az illetékesek ki fogják iktatni a fószert, mivel biztosan benne, hogy a török titkosszolgálat ezt nem fogja megtenni helyettük. Onnantól pedig csak idő kérdése, mikor jön rá apám, hogy szivárogtattam. És akkor nekem annyi, mehetek én is a sittre. Vár rám az előmelegített cella Dyjarbakir kínzókamrájában…

Aysan az ágyra feküdt, és a plafont nézte. Könnyes lett a szeme. Jamira még mindig az íróasztalnál ült, és a dossziét olvasgatta.

– Most mit tegyünk? – kérdezte Aysan kétségbeesetten. – Ez… ez volt az egyetlen helyes döntés… ki kellett szivárogtatnom… a lelkiismeretem nem engedte volna, hogy… – elakadt a szava a zokogástól. Jamira otthagyta a dossziékat, a síró barátnője mellé feküdt, szorosan átölelte, próbálta megvigasztalni.

– Jól benne vagyunk a slamasztikában – mondta – de ne aggódj, biztosan találunk megoldást.

***

Bagdad, Irak, 2007.
Néhány hónappal később

– Mégis kinek a halva született ötlete volt, hogy az iraki hadsereget is vonjuk be a buliba?

A kérdés Brian Finlay közlegény szájából hangzott el, aki bajtársai, Keith Donovan és Rusty, valamint Jamira, a tolmács társaságában üldögélt a barakkban a bagdadi bázison. A lánynak meggyűlt a baja a vallásos muszlimokkal, akik minden adandó alkalommal a fejéhez vágták munka közben, hogy miért nem visel fejkendőt, noha Jamira fiúsan rövidre vágatta a haját, és katonai sapkát viselt, de láthatóan így sem volt eléggé androgün ahhoz, hogy elkerülje a kritikát. *Álszakállt kéne viselnem*, gondolta.

– Gondolom, a fejeseké a Fehér Házban – felelte Keith. – De
ha engem kérdezel, nem csak az irakiakkal való koalíció volt
halva született ötlet, hanem az egész invázió is. Négy éve pró-
bálok rájönni, hogy miért is vagyunk itt, de még mindig nem
fejtettem meg a rejtélyt!

– Tudjátok – szólalt meg Jamira – én is szeretném tudni,
mit csinálok itt, pedig csak néhány hónapja dolgozom az ame-
rikai hadseregnek. Úgy érzem, ezalatt nem tudtam érdemben
hozzájárulni a munkához, mert az irakiak mindig ugyanazokat
mondják... a két leggyakrabban ismételt mondat, *hogy van-e cigi*,
meg hogy *légyszi rakd össze a fegyveremet, mert nem megy?* – A fi-
atal lány lemondóan megrázta a fejét. – Igazán örülök, hogy van
munkám, de mintha csak dísznek lennék itt...

– Ja – mondta Rusty – Hiszen olyan szép vagy!

Jamira gyilkos pillantást vetett rá, mire Rusty elhallgatott.

Micsoda világ, már bókolni sem szabad! – gondolta. *Pedig ha
tudná, hogy mennyire komolyan gondolom, sőt, még annál is komo-
lyabban, sőt, mondhatni, hogy teljesen beléestem, amióta velünk dol-
gozik, megmondanám neki, ha nem lenne olyan átkozottul hűvös...*

– Ennek tetejébe pedig az iraki katonák már több olimpiai re-
kordot is megdöntöttek – folytatta a lány az eszmecserét. – Példá-
ul a rövidtávfutást, amiben eddig az etiópok vezettek, de a világ
változóban van. Tegnap megdőlt a rekord gátfutásban, mikor az
iszlamisták rumlit csináltak a városban. Ma pedig új világcsúcs
született négyszáz méter gyorsúszásban, mikor a mudzsahedek
belekergették őket a Tigris folyóba!

Ezen mindannyian hangosan nevettek.

Nem semmi humora van ennek a lánynak, gondolta Rusty, aki-
nek nehezére esett levenni a szemét róla.

– Sőt, én azt mondanám, hogy ezek kezébe nem való igazi
fegyver, mert legfeljebb az agyaggalamb-lövészetben jelesked-
nek! – toldotta meg Brian.

Jamira hirtelen felállt.

– Azon gondolkodtam, hogy felmondok – mondta. – Ennek
így hosszú távon nincs értelme...

Kiment a szobából, Rusty követte a deszkaépület folyosójára.

– Ne már… – mondta őszinte szomorúsággal a hangjában. – Ezt nem mondhatod komolyan! Kérlek, ne tedd ezt!

A lány után sietett. Sebesen gondolkodott, mit mondhatna neki.

Esetleg találhatnék neki más munkát, magammal vihetném a kurdokhoz, Mara biztos tudna vele kezdeni valamit… De hogy elmenni nem hagyom, az tuti. Az fix, hogy Jamira nem csak a nyelvekhez ért, de a fegyvert is ezerszer jobban forgatná, mint bármely iraki katona…

– Most meg hová mész? – kérdezte végül.

– A mosdóba – felelte Jamira, megállt félúton és az őrmester ismerős, kék-zöld színű szemébe nézett. – Mit koslatsz utánam? – morogta.

– Semmi, csak… nem akarom, hogy elmenj! Találok neked másik munkát! – Az őrmester nem tágított. – Vagy esetleg…

– Talán nincs elég arab tolmács Irakban, vagy mi? – vágott közbe a lány, meg sem várva, hogy Rusty befejezze a mondandóját.

– Nem arról van szó! – A férfi habozott. – Ha maradsz, találok neked munkát, hidd el, megígérem! Visszamegyek Kirkukba, nem fogunk bajlódni az iraki hadsereggel! Töketlen banda! Igazad van, ennek semmi értelme. Nem is értem, miért akarja az amerikai kormány, hogy felfegyverezzük az iraki katonákat, mikor annyira idétlenek, hogy kiesik a kezükből a puska, ráadásul még gyávák is. Te viszont harcolhatnál! Már ha akarsz, ugye…

– Nőket nem vesznek fel az iraki hadseregbe – felelte Jamira kurtán. – Hogy én mit akarok, az nem számít.

– De a kurdok talán bevesznek! Ők hajlandóak lennének kiképezni! – erősködött az őrmester, aki nem adta fel, hogy maradásra bírja Jamirát.

– Igen ám, de nem beszélem a kurdot, bár több nyelven tudok! – A lány tovább ellenkezett, és remélte, hogy az érvei meggyőzik a konok amerikait.

– Ez legyen a legkisebb probléma. Majd megtanulod – felelte Rusty, és esdeklően nézett rá.

– Éppenséggel meg tudnám tanulni – mondta Jamira –, de a kérdésem az, hogy *te* miért akarod, hogy veled menjek Kurdisztánba? Ahelyett, hogy lepattannál rólam?

Rusty nem felelt, csak sóhajtott, és még mindig őt nézte.

– Mit akarsz tőlem? – Jamira áthatóan nézett a felemás színű szempárba. – Randit szeretnél? Hagyjál már!

– Miért ne? Miért vagy ilyen hűvös? – Az őrmester széttárta a kezét. *Mit nem lehet ezen érteni?*

Jamira az ég felé emelte a tekintetét, mintha a magasságostól várna segítséget. *Miért kell nekem mindig ilyen átkozottul kínos helyzetekbe kerülnöm*, gondolta, miközben úgy érezte, hogy a szíve a torkába kúszik, és ott hevesen dobog. De amióta csak megérkezett, az őrmester az agyára ment az udvarlásával, kikezdte az idegeit és ettől úgy érezte, hogy szétrobban belülről. Ezt már nem bírta elviselni. A hazudozást, a színlelést. Itt az ideje a képébe vágni, hogy ő már foglalt. Mit számít, ki a másik fél! Valahogy azonban tudta, érezte, hogy ezt az átkozott jenkit ennyivel nem lehet lerázni. Ez nem valami felszínes vonzalom volt iránta, és ezt Jamira is érezte. Nem volt más választása, mint hogy megmondja neki az igazat.

– Az ég szerelmére, Rusty, ezt ne – kérlelte, és suttogóra fogta a hangját. – Meg fognak ölni...

– Kicsodák? – érdeklődött a másik.

– Az iszlamisták – felelte Jamira. – Azért, mert leszbikus vagyok! A saría alapján meg akarnak büntetni – körülnézett, hogy nem hallotta-e őket senki. – Ezt nem kellett volna elmondanom. Itt még a falnak is füle van! – A szája elé kapta a kezét, mintha vissza akarná vonni azt, amit az imént mondott, és szemmel láthatóan szégyellte magát. – Tessék, oda a titkom, most már nyugodtan leszállhatsz rólam!

Rusty láthatóan meg se rezzent, sőt, elnézően mosolygott Jamirára.

– Természetesen nem mondom el senkinek. Nem értettem, miért viselkedsz velem hűvösen, és bele sem gondoltam, hogy esetleg meleg vagy... Különleges védelmet akarsz? Meg tudom oldani – mondta végül.

Mekkora pechem van, gondolta. Rám talált a plátói szerelem, de ezt a lányt aligha fogom elbűvölni a kidolgozott kommandós testemmel, de valószínűleg Jamira nincs tisztában vele, mekkora bajban van. Emberek, ez itt Irak, nem Amerika!

– Nem kell a díszkíséret, köszi. Nagylány vagyok, tudok vigyázni magamra, eddig is ezt tettem – morogta a lány, és egyre kínosabban érezte magát. – Na, jó, most már mindent tudsz rólam, leléphetsz!

Rusty meg se mozdult.

– Ugye te sem gondolod komolyan, hogy itt hagylak Bagdadban? Nem hagyom, hogy szétlőjék azt a szép fejedet az iszlamisták! – A férfi komolyan nézett a tolmácsra. Jamira elhűlt.

– Hihetetlen, milyen rámenős vagy! Téged sehogy sem lehet lekoptatni?

– Csak meg akarlak védeni – felelte az őrmester tettetett egykedvűséggel.

– Mondtam, hogy nem kell…

– Márpedig el fogsz jönni velem Kirkukba. Ez parancs!

Azzal Rusty otthagyta a döbbent lányt.

Jamira később rövid üzenetet írt a telefonján Aysannak:

Baj van, azt hiszem, véletlenül felszedtem egy pasit…

Alibinek még jó lesz – jött a viszontválasz.

***

Kirkuk, Irak, 2008.

Rusty megígérte Jamirának, hogy megőrzi a titkát, de azt is mondta, hogy a továbbiakban rajta tartja a szemét. A kellő tapintat érdekében egyenesen Marához vitte, mert a kurd feminista szintén nem arról volt híres, hogy kifecsegi mások titkait, különösen akkor nem, ha ezzel nőket sodor veszélybe. A lány igencsak meglepődött, amikor viszontlátta. Bevezette a ház könyvtárszobájába, ahol Ati, Rory és Remus ültek.

– Rusty! Örülök, hogy látlak! Mi szél hozott ismét Kirkukban? – köszönt rá Mara.

– Az iraki hadsereg nudli – felelte Rusty bánatosan. – Annyira szánalmasak, hogy inkább nem is akarok erről beszélni. Semmire nem használhatók… – sóhajtott. – Viszont elhoztam neked valakit. – Jamirára mutatott. – Ő Jamira, az arab tolmácsom, és az egyetlen használható ember Bagdadban. Szívesen beállna a kurdokhoz harcolni, már amennyiben ez lehetséges. Ha fegyvert kap, garantálom, hogy bárkit lepipál!

Mara tetőtől talpig végigmérte a tolmácsot.

– Meglátjuk – felelte. – Hivatalosan nem vehetem fel a hadseregbe, mert ezt csak Iraki Kurdisztán elnöke tehetné meg, mivel ő parancsol a pesmergáknak. De ami engem illet, bárkit kiképezek, aki harcolni akar az iszlamisták ellen, főleg nőket. Illetve, pontosabban, csak nőket, ahogy a dolgok állnak most – tette hozzá, majd kezet nyújtott Jamirának.

– Hadd mutatkozzam be. Mara vagyok. Ők a családom – mutatott a jelenlevőkre – Ati a férjem, Rory pedig a fogadott fiam. Ő pedig Hasszán, Rory apja – mutatta be Remust is. Úgy döntött, hogy nem megy bele a családját övező rejtélyes részletekbe, és az alakváltók históriáját majd máskor fogja megosztani a vendégével. Vagy talán soha. Mert vannak olyan titkok, amik jobb, ha titkok maradnak, különben is, hülyének néznék miatta.

A barna hajú, nyolc év körüli gesztenyebarna hajú kisfiú biccentett Jamira felé. Remus bemutatkozott, noha Mara már bemutatta.

– Hasszán Türk vagyok – mondta, mert úgy döntött, a továbbiakban ragaszkodik embercsempész-identitásához. – Én és Ati is menekültként jöttünk ide, a fiam vér szerinti anyja Törökországban él – folytatta.

– Értem. Örülök, hogy találkoztunk! – felelte Jamira szívélyesen.

Mara ismertette a tantervet.

– Mielőtt fegyvert fogsz, ideológiai képzésben kell részesülnöd – közölte. – Ez az alap. Az olvasmányaid itt vannak – mutatott a könyvespolcra. Jamira szemügyre vette a könyveket, és megakadt a szeme egy kiadványon, amit már látott valahol.

– Én nem beszélem a kurdot – vallotta be. – Falludzsából menekültem el, mikor a város ostrom alatt volt. Törökországba kerültem, ahol menekültként iskolába járhattam és nyelvtanfolyamot biztosítottak, de persze csak törökül tanulhattam.

– Ez nyilvánvaló – felelte Mara – hiszen Törökországban tilos a kurd nyelv használata. Itt viszont nem, sőt, egyenesen kötelező, úgyhogy megtaníthatlak erre is.

– Jamira egy nyelvzseni – vigyorgott Rusty. – Nagyon gyorsan tanul, nem lesz vele baj!

– Ez nagyon jó hír! Ami engem illet, full extrás kiképzést tudok nyújtani, akkor is, ha a kurd elnök nem veszi be a csapatba. Bár az is lehet, hogy beveszi, nincs sok feltétel. Beszélned kell kurdul, és nem lehetnek... bizonyos politikai kapcsolataid.

– Milyen kapcsolatok? – kérdezte Jamira, és kezdett aggódni. Már tudta, hol látta a török nyelvű könyvet, amit a kezében forgatott. A kiadvány Aysan feminista könyvtárának is a részét képezte, de Jamira nem szándékozott a barátnőjéről beszélni, ezért úgy tett, mint akinek új a dolog. Azonban nyilvánvalóvá vált számára, hogy Aysan és Mara egy kottából játszanak, valamint, hogy Aysan valóban annyira tájékozott kurd ügyekben, mint azt állította magáról.

– Nem lényeges – felelte Mara kissé zavartan. – Ez magánjellegű kiképzés, ha érted, mire gondolok. Nem fontos, hogy hová tartozol. Az első és legfontosabb szabály – kezdte, – hogy mindenki egyenlő. Vallási és kisebbségi kérdésekről nem nyitunk vitát. Én és Ati muzulmánok vagyunk, de Hasszán keresztény családból származik, és kifejezett kívánsága volt, hogy Rory Kirkuk egyetlen keresztény iskolájába járjon. A legközelebbi ilyen Moszulban van, vagyis elég messze. Egyszóval, tilos elítélően nyilatkozni bármilyen vallási, etnikai vagy egyéb kisebbségről.

Jamira bólogatott, és remélte, hogy az *egyéb* kisebbségbe a szexuális kisebbség is beletartozik, bár őszintén kételkedett, hogy van Iraknak vagy a világnak olyan szeglete, ahol elfogadják.

– Szeretném, ha kicsit tájékozódnál ezekből a könyvekből, mielőtt fegyvert fogsz – folytatta Mara. – Sok ezek közül törökül van. Remélem, nem okoz gondot.

– Nem, egyáltalán nem – felelte Jamira, és elmélyülten kezdte tanulmányozni azt a kötetet, amit Aysannál már olvasott. Mara meg fog lepődni, mennyire gyorsan ragad rá a tudás!

– Vezetni tudsz? – tette fel Mara a végső kérdést.

– Nem, de már tizenkilenc éves vagyok. Szerezhetek jogosítványt.

– Majd ezt is megoldjuk. – Mara megvonta a vállát. – Bár nyilván nem a Humvee-val fogod kezdeni... úgy gondolom, még sokra viheted katonaként! Sajnos több szobám nincs, be kell érned a kanapéval a könyvtárban.

– Nem gond, végül is egészen kényelmes azok után, hogy mennyit feküdtem a priccsen egy bagdadi barakkban! – nevetett Jamira.

Mara otthagyta a lányt az olvasmányokkal, és a többiekkel együtt elhagyta a szobát.

***

Kirkuk, Irak
Néhány hónappal később

Esteledett, és a házhoz vezető kis utca még éjszaka sem volt kivilágítva, lámpák sem voltak abban a sikátorban. A fekete símaszkot viselő két alak észrevétlenül osont, az egyikük egy hosszú kést markolt. A fiatal lánynak egy hang sem jött ki a torkán, mert valósággal beléfojtották a szót, ahogy az egyik férfi hátulról megragadta, a másik pedig hasba szúrta a késsel. A fojtogató elengedte áldozatát, ahogy az összerogyni készült, és mikor a nő a földre került, a késes fickó újra felemelte a fegyvert, hogy lesújtson.

A lány a gyomrát fogta, szúró, éles fájdalmat érzett, azt hitte, mindjárt elájul. Érezte, hogy valami meleg és nedves tapad a kezéhez, és tudta, hogy vérzik. A földre tenyerelt, és a félhomályban is látta, hogy vértócsa gyűlik alatta. Felnézett, és látta, hogy a támadója újból lecsapni készül, ekkor azonban egy sötét árnyat látott előugrani a semmiből, egy hatalmas farkaskutyát, amint morogva, vicsorogva a szúrófegyvert markoló férfira veti magát. A símaszkos alak felordított, ahogy a farkaskutya fogai csontot roppantó erővel megragadták fegyvert tartó kezét, és a férfi elengedte a tőrjét. A kés csörömpölve a betonra hullott, mire a lányt az imént fojtogató másik fickó futásnak eredt a keskeny utcán. A sérült lány még végignézte, ahogy a kutya a karjánál fogva elvonszolja a kiabáló, ordítozó lefegyverzett támadóját, majd elvesztette az eszméletét.

***

Néhány nappal később tért magához a kórházban. Hallotta, hogy valaki a nevén szólítja.

– Jamira! Jamira, ébredj fel! – Felnézett, és Rustyt látta, ahogy fölé hajol.

– Hála istennek, magadhoz tértél! – sóhajtott az őrmester. – Sok vért vesztettél, meg kellett műteni, még pihenned kell – mondta, és gondosan megigazította rajta a takarót.

– Alig emlékszem, hogy mi történt – felelte a lány. – Csak arra, hogy valaki lefogott, egy másik pedig hasba szúrt. – Fel akart kelni, de Rusty finoman visszanyomta. – Most inkább ne mozogj – kérte határozottan.

– Láttam egy... egy farkaskutyát is – folytatta Jamira. – A kutya kergette el az alakokat! És lehet, hogy furcsa lesz, amit mondok, de tegnap este láttam a szobában, mikor egy kis időre magamhoz tértem.

– Sok fájdalomcsillapítót kaptál, biztosan a gyógyszerek hatása alatt állsz – felelte Rusty. – A gyomrodat érte a szúrás, súlyos állapotban voltál! Biztosan csak képzelődtél. Ki kell derítenünk, hogy ki akar megölni, és miért.

– De hiszen sejted, hogy miért – nyögte Jamira. – Azt hittem, nem mondod el senkinek!

– Nem is mondtam el senkinek – tiltakozott Rusty, de ekkor Jamira a szeme sarkából meglátta Marát, aki a szoba sarkában állt.

– Te hogy kerülsz ide? – kérdezte.

– Aggódom érted – felelte Mara, és őszintének tűnt. – Mielőtt bevonnánk a rendőrséget, tudnál nekem mesélni arról, hogy mi lehet az ügy hátterében? Talán úgy többre jutunk. Nem akarnám bevonni a rendőröket, mert Kurdisztánban sok a politikai gyilkosság, és ki tudja, hogy a hatóságok benne vannak-e. Van valami, amit el szeretnél mondani?

– Nincs – felelte Jamira.

– Úgy értem, vannak titkaid?

– Több is – mondta Jamira, aki továbbra is makacsul ellenállt. – Mi köze a bűnügynek a titkaimhoz?

– Nagyon is sok – felelte Mara. – Mindenkinek vannak titkai, de vannak olyan helyzetek, amikor el kell mondani. Ha nem teszed, akkor nem tudunk segíteni. Megígérem, hogy tartom a számat. Amit elmondasz, köztünk marad, nem a rendőrségen vagy, nem fogjuk felhasználni ellened azt, amit mondasz. De hallgatni ebben a helyzetben nem a legbölcsebb dolog.

Jamira gyanakodva körbenézett a szobában.

– Van poloska, ilyesmi a szobában? – kérdezte. – Úgy értem, lehallgatnak minket?

– Tudomásom szerint nincs bepoloskázva a kórház –felelte Rusty. – Bár manapság soha nem lehet tudni...

– Két dolog is van – kezdte Jamira kelletlenül, mert utálta, hogy vallatják, de megértette, hogy jelen helyzetében azzal árt a legtöbbet magának, ha nem mond semmit. A plafont kezdte nézegetni zavarában. – Azért menekültem el Falludzsából, mert leszbikus vagyok, és az iszlamisták meg akartak ölni, és az apám is, aki amúgy kitagadott. De az amerikai katonák kinyírták a terroristákat, az apámat és nagyjából minden tanút a környéken. Ezek szerint nem végeztek elég alapos munkát. – A szeme sarkából az őrmesterre sandított.

– Ez már öt éve volt – mondta Rusty. – Úgy tudom, az invázió után Törökországba menekültél, ahol menedékjogot kaptál! Még ha vannak is élő tanúk, vagy bosszúszomjas rokonaid, akkor sem tudom elhinni, hogy ennyi ideig kövessenek és nyomozzanak utánad, csak azért, mert megcsókoltál egy lányt! Ennyi erőfeszítést nem ér meg egy becsületgyilkosság, még Irakban sem!

– Jaj, mindig ezek a törökök... – sóhajtotta Mara.

– Mi van velük? – érdeklődött Rusty.

– Semmi. Folytasd! – legyintett a másik.

– Nem, te folytasd – felelte Rusty. – Mire akarsz kilyukadni?

– Arra, hogy Irakban és Iraki Kurdisztánban nem ez a módja, hogy homoszexuálisokat kivégezzenek. Nem este vagy éjjel, sötétben támadnak rájuk, hanem általában fényes nappal. Néha a hatóságok követik el a támadásokat, és sokszor még dicsekszenek is vele, vagy nyilvános kivégzéseket hajtanak végre. A melegek többet kapnak egy hátba- vagy hasbaszúrásnál, mert általában látványos akciók keretében bánnak el velük. A megkövezés és a kínzás is gyakori, de hallottam már olyat, hogy ledobták őket a háztetőről. Az elkövetés módja nem passzol a homofób indítékhoz. Ezen kívül Kurdisztánban látszatintézkedéseket hoztak a kisebbségek védelmére.

— De ezek csak látszatintézkedések — mondta Rusty. — Nem feltétlenül tartják be őket.

— Igen ám — fűzte tovább Mara — de amikor a támadás után beszéltem a pesmergákkal erről, valaki sajnálatát fejezte ki a *homofób* támadás miatt! Vajon honnan tudnak róla?

— Ezek szerint mégiscsak maradt tanú — sóhajtott fel Jamira.

— Ne viccelj már — mondta Mara. — Kirkuk messze van Falludzsától, ez egy másik régió. Olyan, mintha nem is ugyanabban az országban lenne. Honnan tudtak volna rólad az iraki kurd pesmergák, honnan tudtak volna az identitásodról, amikor még én sem tudtam? Nem jártunk kézenfogva — nevetett, de Jamira ekkor felült, és dühös pillantást vetett rá. Rusty finoman visszanyomta.

— Jól van, na. Rossz vicc volt, bocsánat. — Mara vállat vont.

— Annyi biztos, hogy én nem mondtam el senkinek — védekezett Rusty, noha Jamira nem vádolta meg.

— Számomra egyértelmű, hogy az elkövetők nem azért próbálták megölni Jamirát, mert leszbikus — szögezte le Mara. — Ebben majdnem biztos vagyok. Valaki félre akarja vinni a nyomozást, és ebben a pesmergák is benne vannak. — A lány felé fordult.

— Ha bármilyen kapcsolatban voltál, vagy kapcsolatban vagy a törökökkel, akkor arról tudnunk kell, érted?

— Én… én szó szerint kapcsolatban vagyok egy török lánynyal — motyogta Jamira. — De Aysan a feminista ideológiák híve, és a kurdokat támogatja. A középiskolából ismerem, megbízható, soha nem akarna nekem rosszat!

Mara a fejét csóválta.

– A törökök nem megbízhatóak. Én Dyjarbakirba jártam középiskolába, és már akkor eldöntöttem, hogy törökökkel nem randizok, elvből. Se fiúval, se lánnyal, feministákkal se, senkivel.

Jamira felhördült, és megint fel akart ülni, de Rusty ismét visszanyomta az ágyba, és ügyelt rá, hogy úgy is maradjon.

– Semmi közöd hozzá, hogy kivel randizok, és kivel nem! Ne mondj ilyeneket olyanokról, akiket nem ismersz! – kiabálta. – Én is a dyjarbakiri középiskolába jártam, Aysan pedig a polgármester lánya! Sok verést kellett elviselnie, mert segíti a kurdokat, te pedig így beszélsz róla!

– A polgármester lánya? Vagy úgy. – Mara felvonta a szemöldökét.

– Jamirának igaza van – mondta Rusty. – Erősen kétlem, hogy valaki, aki homoszexuális kapcsolatban van, a konzervatív török kormánynak kémkedne. Saját magának ártana vele a legtöbbet.

– Ebben van valami – tűnődött Mara. – Törökországban az LMBTQ-közösség jogait csak a kurd pártok hajlandók felkarolni, mint ahogy a nők és az egyéb kisebbségek jogaival is ők foglalkoznak. Jamira barátnője tehát valószínűleg nem kém.

– Biztosan nem az – morgott Jamira. – Aysan apjának, aki, mint mondtam, Dyjarbakir polgármestere, szoros kapcsolatai vannak a török kormánytagokkal és az elnökkel. Ezt onnan tudom, mert a barátnőm feltörte az apja titkosított e-mailjeit.

– A barátnőd egy hacker? – csodálkozott Mara.

– Fogalmazzunk úgy, hogy nagyon ért az informatikához. Az apja elcsalta a polgármester-választást, mert valójában a kurd demokrata ellenfele nyerte volna meg, ő kapta a legtöbb szavazatot. A riválisa, Kemal Imran egyébként a PKK-nak dolgozik, persze a legnagyobb titokban. Aysan rájött, hogy az apja le akarja járatni a PKK-t és kiengedett a dyjarbakiri börtönből egy rabot, aki a szervezet nevében akart merényleteket elkövetni Európában. Ezt az információt továbbadta Kemalnak, aki a városi tanácsban dolgozik, aki azt mondta erre, hogy a PKK gerillái ki fogják nyírni a fickót. Ez viszont elindít egy nyomozást, ami elvezeti a hatóságokat Aysanhoz, akit le fognak tartóztatni. Az apja nem fogja megkímélni, ebben biztos vagyok!

– Tehát ez az egész egy bosszúhadjárat, ami valójában a barátnődre irányul – tűnődött Mara. – Te, gondolom, mindössze csendestárs vagy az ügyben. Már csak azt szeretném tudni, hogy a polgármester mennyit tud rólad?

– Tudja, hogy egy osztályba jártunk Aysannal – felelte Jamira. – Melyik szülő ne ismerné a gyereke osztálytársait és barátait legalább hírből?

– És azt tudja, hogy barátnők vagytok? – kérdezte Mara, majd pontosított. – Tudja a polgármester, hogy *úgy* vagytok barátnők?

– Nem tudom – felelte Jamira. – Ahogy Omart ismerem, nem gondolom, hogy Aysan ezt elmondta neki, mert csak baja lett volna belőle mindkettőnknek. De nincs kétségem afelől, hogy a polgármester kémkedik, minthogy sok török kémkedik a kurdok és köreik után, még akkor is, ha nem töltenek be fontos funkciót. Hát, még ha a kormánynak dolgoznak... ott nyilván elvárás a kémkedés és a feljelentgetés!

– Akkor Aysan apja tudja – jelentette ki Mara. – Biztos vagyok benne.

– De hogy kémkedhet egy török kormánytag Iraki Kurdisztánban? – tűnődött Jamira. – Ez egy autonóm terület!

– Óóó, a török kormány keze lazán elér ide – felelte Mara – sőt, ami azt illeti, még messzebb is. Iraki Kurdisztán nem független a török befolyástól, mert igazából mi itt Törökország gazdasági gyarmata vagyunk. A kurd elnöknek fontos a pénz, ami a törököktől ide áramlik, és sokszor a kapcsolatoktól függ, hogy valaki kaphat-e munkát vagy megtarthatja-e azt. A gazdasági kapcsolatok és a függőség pedig a titkosszolgálati tevékenység melegágya. Úgy is mondhatnám, hogy a török mélyállam ide is befészkelte magát.

– Arra akarsz kilyukadni, hogy engem politikai okokból üldöz a török kormány?

– Nem vagyok benne teljesen biztos, de úgy sejtem, hogy igen. Ebben az esetben nagy veszélyben vagy, ráadásul két tűz között, ha a fundamentalisták is el akarnak intézni...

– De akkor hova menjek? – kérdezte Jamira. – Meneküljek Európába?

– Nem gondolnám, hogy ez biztonságos – felelte Mara. – Hallottam már olyanról, hogy a török titkosszolgálat Párizsban csapott le kurd aktivistákra, és a franciák nem léptek semmit a kurdok védelmében. Egyébként is, Európa úgy táncol, ahogy a török elnök fütyül, mert különben a kormány rájuk szabadítja a menekülteket.

– Mondjuk engem?

– Te politikai menekült vagy, de én a gazdasági bevándorlókra gondoltam, meg a háborús menekültekre. Bár az igaz, hogy te a háború elől is menekülsz, de az európaiaknak mindegy. Nem fogadnának tárt karokkal – fanyalgott.

Mara Rustyhoz fordult.

– Szerintem az lenne a legjobb, ha sürgősen kérnél egy amerikai vízumot a tolmácsodnak – mondta. – Jamira a hadseregnek dolgozott. Csak el tudják intézni!

– Biztosan – felelte Rusty. – De ez időbe telik. Addig hova dugod?

– Megoldom – közölte Mara.

– Várjunk csak, és a barátnőmmel mi lesz? – tiltakozott Jamira. – Nem hagyhatjuk Törökországban! Börtönbe kerül, ki tudja, mennyi időre! Nélküle nem megyek Amerikába!

– Ez megbonyolítja a dolgokat. – Rusty a fejét csóválta. – Plusz idő, plusz munka, és igénybe kell vennem a magánhadseregem szolgáltatásait. Addig hogy maradsz életben?

– Úgy, ahogy eddig is. – Jamira vállat vont. – Ezt bízd rám!

– Nos, én megteszem, ami tőlem telik – felelte Rusty. – Jamira rejtegetése innentől kezdve a te gondod – mondta Marának, majd távozott.

***

Néhány héttel később

Jamira egy délután a könyvtárszobában üldögélt egy párnán a kisasztal körül Roryval, akinek segített a házi feladat elkészítésében. Nagy gyakorlata volt a korrepetálásban, visszaemlékezett azokra az időkre, amikor Aysan és ő a középiskolában a kurdokat tanították. *Lehet, hogy tanárképzőbe kellene mennem,* gondolta Jamira. *Nyelvtanárnak...*

Ekkor lépett a szobába Mara. Rory hirtelen felállt, és aggódó arcot vágott.

– Anya, mondanom kell valamit – mondta. – Van egy új angoltanár az iskolában, Moszulból érkezett, mert Kirkukban nincs elég oktató a nem muzulmán iskolákban.

– És mi van vele? – kérdezte Mara.

– Fura dolgokat kérdezett tőlem... az akarta tudni, igaz-e, hogy nekem két anyám van, meg ilyenek.

Mara arca elkomorodott.

– És mit feleltél neki?

– Azt, hogy engem örökbe fogadtatok, de ezt az egész iskola tudja. Mármint azt, hogy az igazi anyukám Törökországban él, Dyjarbakirban, és a szünetekben apával elmegyünk meglátogatni. Mivel az új tanár messziről jött, neki is el kellett magyaráznom, hogy nekem te vagy a nevelőanyukám, és a mamám máshol él.

Mara megdörzsölte a homlokát, és gondolkozott. *Dyjarbakir... miért kell ennek az istenverte városnak minden bűnügynél felmerülnie? És hogy kerül bele a gyerek?*

– Mondtad, hogy én még sose láttam személyesen az igazi anyukádat? – kérdezte.

– Igen, de ennek ellenére holnap el akar jönni ide, megnézni, hogy minden rendben van-e. Mondta, hogy szólnia kell a gyámügynek meg a gyermekvédelmi szolgálatnak, mert Irakban illegális, ha valakinek két anyja van. Anya, én ebből nem értek semmit! Mit jelent ez? Valami rosszat tettem? – aggodalmaskodott Rory. – Mi az, hogy gyámügy, meg gyermekvédelem?

– Nem, aranyom, nem tettél semmi rosszat – felelte Mara, és átkarolta a fiút. – Majd később elmagyarázom. Most kérlek, menj a szobádba. Beszélnem kell Jamirával.

– Oké – felelte Rory, és Jamirához fordult. – Szerintem te vagy a legjobb angoltanár a világon. Taníthatnál a suliban!

A lány szélesen elmosolyodott, és megölelte a gyereket.

– Kedves vagy – mondta neki. – Majd gondolkozom az ötleten.

Miután Rory kiment a szobából, összenéztek Marával.

– Mi akar ez lenni? – kérdezte Jamira. – Miért hívják ki a gyámügyet? Senki sem bántotta a gyereket!

– Nem akarom kelteni a riadalmat – mondta Mara – de feltehetően téged keresnek. Lehet, hogy most azt hiszed, hogy üldözési mániám van, de meg mernék rá esküdni, hogy a törököknek beépített embereik vannak az iskolában. A keresztények feltehetőleg el akarják kerülni, hogy riasszák az erkölcsrendőröket egy melegellenes razziához, mert félnek, hogy az iszlamisták őket vinnék el előbb. Nem véletlenül őrzik pesmergák az iskolát. Még én sem sétálhatok be csak úgy, hivatalból igazoltatnak.

– Ez az ügy nekem egyre zavarosabb – jegyezte meg Jamira, és Mara látta rajta, hogy komolyan aggódik.

– Ha holnap bekopogtatnak, majd elbújsz a vendégszobában, a szekrényben. Remélem, Rustynak sikerült elintéznie a vízumot, mert lehet, hogy néhány napon belül el kell húznunk innen, jó messzire.

***

Amikor másnap kopogtattak az ajtón, Jamira úgy tett, ahogy Mara mondta, és elbújt a hátsó szoba szekrényébe. Rettegett, mi fog ezután történni. Akármit megadott volna érte, hogy ne kelljen állandóan menekülnie, és a válla fölött hátrapillantgatnia, hogy követi-e valaki. Úgy érezte magát, mint egy gazella az afrikai szavannán, mely folyton a közelben ólálkodó oroszlánokat kémleli.

Mara ajtót nyitott, és mogorván nézett a hívatlan látogatóra.

– Mit akar? – kérdezte nyersen, és végigmérte a középkorú, őszes hajú férfit, aki rövid szakállat viselt.

– A gyerek miatt jöttem – felelte a férfi –, a tanára vagyok. Szeretném tudni, hogy minden rendben van-e? Maga az anyja?

– A nevelőanyja vagyok – felelte Mara –, nem tudom, mi ezzel a gond?

Mara próbált keresztbe állni az ajtóban, de a férfi befurakodott, és végigtrappolt az előszobán. Benézett a szobákba, még a fürdőszobába is, mintha keresne valakit.

– Most azonnal hagyja el a házamat – szólt Mara, aki látha-
tóan egyre idegesebb volt, de igyekezett leplezni. – Mégis mit
képzel, ki maga?

– Miért mondta Rory, hogy neki két anyja van? – érdeklő-
dött a tanár. – Ez ellenkezik az alkotmánnyal! Hol vannak a
gyerek papírjai?

– Szerintem az ellenkezik az alkotmánnyal, hogy maga be-
jön a házamba az engedélyem nélkül! – tiltakozott Mara, majd
a tanárral a nyomában besietett a könyvtárszobába, felkapta
az asztalról az odakészített dossziét Rory papírjaival, és a ta-
nár kezébe nyomta.

– Itt vannak a dokumentumok, láthatja, hogy nincs itt sem-
mi érdekes!

A tanár tüzetesen áttanulmányozta az iratokat.

– Szóval azt állítja, hogy Rory szülőanyja nem él itt? – kérdezte.

– Törökországban lakik, sosem láttam – felelte Mara, akinek
idegességében összeszorult a keze. *Mit akar ez az ember?*

– Még mindig nem értek mindent. A két anya mellett két apa
is van? Az iratokból ugyanis ez derül ki!

– Hányszor mondjam magának, hogy én Rory nevelőanyja
vagyok! A férjem a féltestvére, és szintén a gyámja!

– És ki ez a Hasszán Türk?

– Ő az apósom – vágta rá Mara. *Csak ki ne derüljön, hogy ben-
ne volt valami újabb embercsempész ügyletben…*

A tanár tovább nézegette a dossziét, majd letette az asztal-
ra, és kiment a szobából. Mara követte.

– Láthatnám Rory-t? – kérdezte a férfi. – Szeretnék tőle kér-
dezni néhány dolgot.

– A szobájában van, amúgy meg már kérdezett eleget – felel-
te Mara, és felkapta a Kalasnyikovot, amikor látta, hogy a tanár
elindul a hátsó szoba felé.

– Álljon meg! – kiáltott rá. A férfi megfordult, és szembené-
zett a puskával. Lassan feltartotta a kezét a megadás jeleként.

– Egy jogállamban, ami Irakban nem létezik, házkutatást csak
hatósági engedéllyel lehet végezni, ami magának nincs! Hát jól
figyeljen arra, amit mondok, ha a kurdok megkapják Kurdisz-

tánt, ami jár nekik, itt olyan jogállam lesz, hogy maga repül! De ha a szép szó nem használ, akkor marad az erőszak!

A tanár feltartott kézzel az ajtóig hátrált, miközben Mara rajta tartotta a gépfegyver célkeresztjét, majd kilépett az ajtón.

– Rendben, most elmegyek – mondta engedékenyen. – De ne feledje, hogy a jelenlegi törvények szerint családonként csak egy apa és egy anya engedélyezett!

A Kalasnyikov csöve még akkor is rá szegeződött, amikor beszállt régi fekete autójába, beindította a motort, és elhajtott.

Mara visszament a házba, benyitott a vendégszobába, és intett Rorynak, hogy minden rendben.

A fiú kinyitotta a szekrényajtót.

– Most már előjöhetsz – mondta Jamirának. – Folytathatjuk az angol házi feladatot, még nem fejeztem be holnapra.

– Oké, tanítok neked egy új kifejezést – felelte Jamira, és kimászott a szekrényből. – A *coming out of the placard* azt jelenti, hogy előbújni a szekrényből. Másodlagos jelentése… nos, azt hiszem, azt még nem kellene tudnod.

– Miért, mi az? – kérdezte kíváncsian Rory.

– Most el kell mennem egy időre, majd elmondom, ha viszszajöttem. De nem az előbújás a lényeg, hanem az, hogy vannak olyan emberek, akik elől el kell bújni. Egy ideig azt hiszem, nem látjuk egymást.

– Sok időre mész el? – kérdezte Rory szomorúan.

– Igyekszem visszajönni, amint tudok – felelte a lány, bár nem tudta, hogy egyáltalán visszatér-e valaha.

HETEDIK FEJEZET

Hajsza

Dyjarbakir, Törökország

Aysan egyedül volt a családi ház emeleti hálószobájában, ahol az apja az anyjával lakott, mikor a lány anyja még élt. Most ez a hálószoba volt a börtöne, mióta házi őrizetbe került. Omar mindent megtudott róla, immár nem voltak előtte titkai, és az apja haragja leírhatatlan erővel sújtott le rá minden egyes nap. A bántalmazásoknál csak a magány volt rosszabb. Omar nem zárta a lányát a dyjarbakiri börtönbe, de a fogság körülményei majdnem ugyanolyan borzalmasak voltak, mintha ott lett volna. A szoba szinte teljesen üres volt, a legtöbb bútort eltávolították, az ágyon csak egy matrac volt és egy ősrégi, elnyűtt takaró, ágynemű nélkül.

A szobából nyílt egy kicsi mosdó, ahol volt vécé, de zuhanyzó nem, így Aysan kénytelen volt mosdótálat használni a tisztálkodáshoz, akárcsak a foglyok a börtönben. A lépcsőfordulót Omar ráccsal és lakattal lezárta, de a lány hallhatta a földszintről beszűrődő hangokat. A telefonját viszont az apja elvette, de szerencsére előtte sikerült értesítenie Jamirát és Kemalt, és segítséget kérnie. A segítség viszont váratott magára, mert immár hetek óta élt ebben a rettenetes magányban és sivárságban, lelkileg megtörve. Azon gondolkodott, vajon megérte-e, vajon segített-e bármit is a kurdoknak? Vagy az egész nem ért semmit? Ezen töprengett éjjel és nappal, miközben könnyeivel a piszkos matracot áztatta.

A hálószoba mellett padlás volt, tele régi holmikkal. Néha kutatott a sok emlék és limlom között, nézegette a régi családi fotókat, amiket ott talált, és visszaemlékezett a gyerekkorára, amely nem volt annyira rossz, mint a felnőtt élete. Nem tagadta meg az elveit, a kurdok melletti kiállást és a feminizmust, de kezdte elveszteni a reményt, hogy valaha is kijut erről a helyről, ami a saját házuk, de már nem volt az otthona.

Amikor kinézett az utcára néző emeleti ablakon, rendőrautókat látott, csak akkor nem voltak ott, amikor az apja ezt kifejezetten kérte, mert, ahogy ő mondta, néha azért otthon akarja érezni magát a saját házában. Bár a hálószoba csak egy emelet magasan volt, így is túl magasan ahhoz, hogy kiugorjon sérülés nélkül, és a rendőrök elfognák. Bármilyen szökési kísérlet eleve reménytelen volt, és biztosan a rettegett börtönbe juttatta volna, amiről mindenki tudta, hogy kínzókamraként működik. Ezért hát nem is próbálkozott a meneküléssel.

Egyik nap Aysan hallotta, ahogy az apja a földszinten telefonon kiabál valakivel. A lépcsőfordulóhoz ment, letérdelt a rácsos ajtó mögött, és hallgatózott.

– Te mocskos szemétláda! – hallotta az apja hangját, aki az utóbbi időben még a megszokottnál is többet szitkozódott. – Teee, hogy merészelsz átverni engem, sőt mindenkit? Te büdös kurd kutya, lehazudod a csillagokat az égről, ország-világgal elhitetted, hogy a lányod eltűnt, elvitte a rendőrség, elnyelte a föld, de ebből egy szó se igaz! Hazudsz éjjel-nappal!

Aysan próbálta kitalálni, kivel beszél az apja. Tudta, hogy Délkelet-Törökországban sok a politikai indítékú letartóztatás és megmagyarázhatatlan eltűnés, így az apja beszélgetése eléggé ködös és általános volt.

– ... de hogy emellé még azt is állítod, hogy te nyerted az előző választást, és a te kutyanyelveden, mert a kurdok csak ugatni tudnak, szóval az ocsmány nyelveden, tiltott röplapokon azt terjeszted, hogy én vagyok a csaló, és van pofád újra indulni a választáson, az már mindennek a teteje!

A lány azon gondolkodott, milyen választásról beszél Omar. Mindenki úgy tudta, hogy Kemal, a demokrata jelölt lánya néhány évvel ezelőtt eltűnt. Csak nem Kemallal beszél az apja? Aysan tovább fülelt.

– De megbánod te még ezt, nagyon megbánod, hogy beleálltál az ügyeimbe, mert én mindent tudok rólad! Tudom, hol van a lányod, és ha a helyedben lennék, nem tennék semmi elhamarkodott vagy tiltott dolgot, nehogy esetleg történjen vele valami, érted ugye! Mert te is tudod, hogy szeretett városunk börtönében hogyan szoktak az őrök játszadozni a nőkkel, a börtönfelügyelők nem úriemberek ugye! – Rövid hatásszünet után folytatta. – Szóval azt csicseregték nekem a madarak, hogy a lányod Irakban van, és az *én* lányom szajháját rejtegeti, mert igen, az a szajha is egy ilyen mocskos hogyishívják, mint a lányom, de nem sokáig, mert esküszöm, kitagadom, vagy addig verem, míg van benne szusz! Hogy merészel szégyent hozni rám!

Aysannak lassan leesett a tantusz. Megértette, hogy Jamira van a dologban, neki küldte a segélykérést, mielőtt az apja elvette volna tőle a telefonját. Feltehetően a barátnőjét Kemal lánya rejtegeti, és így ő is bajba került. A lány lelkiismeret-furdalást érzett amiatt, hogy bajba keverte a kurdokat, akiknek mindenáron segíteni akart. Mindent megadott volna, hogy beszélhessen Kemallal, de nem tudott, így csak reménykedett benne, hogy megérkezik a segítség. Az apja azonban nem hagyta abba az ordibálást.

– Jól jegyezd meg, te mocsok, hogy az én kezem messzire elér! Börtönbe fogsz kerülni te is és a lányod is! Az őrök a szemed láttára fogják ronggyá erőszakolni, amíg szét nem szakad! Persze ez a szajhára is vonatkozik, őt sem hagyjuk ki a buliból! Vigyázz, Kemal, lépj vissza, amíg még nem késő! – Ezzel letette a telefont.

Aysan ledermedve ült a lépcsőfordulóban és a szája elé kapta a kezét. Érezte, ahogy egy világ omlik össze benne. *Ez nem lehet igaz*, gondolta. Tudhatta volna jól, hogy ez fog történni, ha belemászik a kurdok ügyeibe. Most tönkremennek bele, ő is, Jamira is, Kemal és a lánya is. És még ki tudja, mennyi embert kevert még bele ebbe a bonyodalomba.

Visszarohant a szobájába, és zokogott az ágyon, amíg a sírástól ki nem vörösödtek a szemei.

***

Jamira nem fogta fel igazán, pontosan miről beszél neki Rusty, amikor átadta a vízumokat. Minden olyan hirtelen történt. Csak annyit értett, hogy menekülniük kell, most azonnal, minél előbb. Rusty mindenáron Németországba akarta vinni őt, hogy az ottani légibázisról egyenesen Amerikába mehessenek. Csakhogy Aysan még mindig Dyjarbakirban volt, és Jamira nem akarta magára hagyni a bajban. Aysan kezdte az egész ügyet, ő vállalta a legnagyobb kockázatot, szó sem lehetett róla, hogy nélküle menjenek.

– Később visszatérek, és elhozom Aysant – győzködte Jamirát Rusty, de hiába.

– Még mindig nem érted? Nem megyek veled a német bázisra a barátnőm nélkül!

– Akkor marad a B-terv – felelte az őrmester. – Kész szerencse, hogy van velünk egy embercsempész, különben ötletem sem lenne, mit tegyünk!

Jamira számára a B-terv is bonyolult és zavaros volt, amivel egyébként Hasszán állt elő, és részleteiben ismertette a csempészútvonalat, amit igénybe kell venniük. Jamira tudott róla, hogy Dyjarbakir nyolcórányi autóútra fekszik Kirkuktól, ha Szírián keresztül mennek, de azt nem tudta, hol van a célország, ahonnan Amerikába repülhetnek. Rusty azt mondta, hogy a magánhadserege gépeit a taszári támaszponton parkoltatja. A lány nem tudta, milyen messze van Magyarország és hol van Taszár, nem tudta, hogy az út napokba vagy hetekbe telik majd, de bízott Rustyban, hogy majd segít, bízott Marában és Atiban, akik reggel beültették a kocsiba, hogy együtt elinduljanak.

– Most mi lesz? – kérdezte bizonytalanul.

– Ha minden jól megy, estére Dyjarbakirba érünk – felelte Mara. – Felváltva fogunk vezetni, neked is muszáj lesz, mert nagyon hosszú az út. A mentőakciót már kiterveltük, ne aggódj. Egyelőre nem avatunk be, mert veszélyes. – Figyelmeztetőleg felemelte a mutatóujját. – Fontos, hogy mindig azt tedd, amit mondok!

– Értem – felelte Jamira –, de csak egy hete van jogosítványom, elég bizonytalan vagyok...

– Addig vezetsz, amíg mi pihenünk – felelte Mara ellentmondást nem tűrően. – Ha este megállunk aludni, reggelre a nyakunkon lesz a hatóság. Nincs más hátra, menni kell...

Jamira szorongva tekintett a jövőbe, ahogy a kocsi ablaküvegén keresztül a végtelen sivatagot nézte. Elindultak.

***

A szél kelet felől fújta a fekete füstöt a D950-es számú autóútra. Nyár lévén még nem sötétedett, ahhoz még korán volt, de az ég sötétségbe borult, a levegőben szálló korom és a felhők eltakarták a napot. Az erdőtüzek gyakoriak voltak ezen a szárazság sújtotta vidéken, de mégis készületlenül érték a menekülőket. Mara köhögött, és felhúzta az autó ablakát, hogy ne jöjjön be a füst, de ezzel csak még pokolibb lett bent a hőség.

– Ez nagyon nem hiányzott – jegyezte meg. – A pokolba ezzel! Atira nézett, aki a volánnál ült.

– Hogy bírod? – kérdezte.

– A vezetést vagy a meleget? – kérdezett vissza.

– Mindkettőt...

– Ami azt illeti, kezdek fáradni, és nagyon izzadok, de csak ötven kilométerre vagyunk Dyjarbakirtól. Vezethetsz addig, de nem ajánlom –sóhajtotta, és aggódva nézte az egyre közelebb gomolygó füstöt, és a tűzvészt, ami mindjárt utoléri őket.

– A szemem... – pislogott Mara. – Miért hagy cserben mindig, amikor nem kéne? – Megtörölte a szemét, mert könnyezett. – Csípi a füst, de nem ez a fő gond – fordult hátra Jamirához. – Mikor a diktátor ledobta a kurdokra a mustárgáz-bombát, az anyám meghalt, én és az apám pedig majdnem megvakultunk. – Elővett egy újabb csomag papírzsebkendőt a kesztyűtartóból. – Azóta gond van a szememmel, mert nagyon érzékeny. Nem tudok ilyen körülmények között vezetni, mert ez már fájdalmas – rázta meg a fejét.

Ati fékezett, hogy kikerülhessen egy, az útra rádőlt égő fát.

– Nincs másik út Dyjarbakir felé? – kérdezte Jamira. – Amerre kerülni tudnánk?

– Viccelsz? – Mara felhorkant. – Ez itt Délkelet-Törökország. Az adófizetők pénzét nem arra költi a kormány, hogy a kurdoknak utakat építsen. Aki nem Dyjarbakirba született, az örül, ha egyáltalán tud olvasni. Az ingázókat pedig folyton igazoltatják a rendőrök, vagy szétverik az autójukat. A mienk legalább nem kurd rendszámú, így talán nem fognak túl gyakran csekkolni, de aggódom, hogy nem jutunk el a városig. – Mindezt igyekezett a lehető legnyugodtabb hangon közölni, de érezhető volt a hangjából, hogy nyugtalan. – Most egy kicsit versenyeznünk kell a tűzzel, ezen az utolsó szakaszon... ha nem mi nyerünk, akkor megvádolhatnak gyújtogatással a tűzoltók, siessünk!

Mire a városba értek, sikerült maguk mögött hagyniuk az erdőtüzet, de jelen voltak a tűzoltók és nagy volt a rendőri készültség. A razziák ilyenkor gyakoribbak voltak, és a kurdokat célozták, ezért Mara szorongott kissé. A főúton bedugult a forgalom, letértek a mellékútra, hogy megkeressék a címet, ahol Aysant bezárva tartotta az apja. Mara jól ismerte a környéket, hiszen sok évig élt errefelé gyerekkorában. Rövid autózást követően megálltak egy kis utcában, félreeső helyen, de közel a házhoz. A házat őrző rendőrök nem láthatták őket, amíg felkészülnek az akcióra.

Mara kirángatta Jamirát a hátsó ülésről, a volánhoz ültette, és a kezébe nyomta az autó kulcsát.

– Te itt maradsz – mondta szigorúan. – Én és Ati elmegyünk kiszabadítani a barátnődet. Negyedóránál nem tarthat tovább. Ha nem jövünk vissza, menekülj, érted?

– Nélkületek és Aysan nélkül nem megyek sehova – makacskodott Jamira.

– De igen! – Mara ezt szinte kiabálva mondta. – Azt csinálod, amit mondok, különben még nagyobb bajban leszünk! Igyekszünk vissza!

Atival a ház felé indultak, majd amikor Jamira már nem láthatta őket a kocsiból, Mara megszólalt.

– Tudod, mi a feladatod – mondta. – Kösd le a rendőröket, de ha lehet, akkor ne haljon meg senki. Nem szeretnék további feszültségeket a kurdok és a törökök között, mert így is van elég. Ha véletlenül megölsz valakit, az erőszakhullámot fog elindítani, ebben biztos vagyok!

– Nem akarok bajt – akadékoskodott Ati –, de meg fogom akadályozni, hogy a dyjarbakiri börtönbe vigyenek, mert akkor megerőszakolnak benneteket!

– Ne feledd, ha bármelyikünk bajba kerül, és nem tér vissza, akkor magára kell hagynunk – felelte Mara ellentmondást nem tűrő hangon. – Ezt beszéltük meg, a lényeg, hogy kihozzuk a foglyot!

– Nem hagyom, hogy bajod essen – közölte Ati, miközben elindultak a ház felé.

Aysan az emeleti szobában hallotta a lentről jövő dulakodás zajait, a rendőrök kiabálását, morgást és nyüszítést. Próbálta kitalálni, mi folyik odalent, de nem mert kimozdulni a szobából. Talán betörtek, és a rendőröknek kutyái vannak, gondolta. Abban reménykedett, hogy a várva várt segítség végre megérkezett, de nem mert kinézni a folyosóra. Kinyitotta az ablakot, kinézett, és látta, hogy kint nem áll senki, tehát az összes rendőr bevonult a házba. Ha nem lenne olyan magasan, most kiugorhatna, hiszen nem venné észre senki, de félt a sérüléstől.

Hosszú percekig hallgatózott, végül vette a bátorságot, hogy kilépjen, és a lépcsőfordulóhoz menjen. Mara rohant felfelé a lépcsőn előreszegezett kézifegyverrel.

– Állj félre! – kiáltott a lányra. Aysan félreugrott, Mara a pisztollyal a lakatra célzott, és egy lövéssel szétlőtte a zárat.

Aysan ekkor egy pillanatra meglátta a rendőrökkel küzdő szürke farkaskutyát, aki egyre erőtlenebbül próbálta visszatartani a hatóságokat. A rendőrök és Mara közé állt, próbálta feltartóztatni az ellenséget, hogy utat nyisson a menekülőknek, de látszott rajta, hogy súlyosan megsérült és vérzett a bal válla. A lány hallotta az apját, ahogy felszól neki az emeletre.

– Nahát, kislányom, hogy te milyen ügyes vagy! Idecsaltad nekem a szultán farkasát és a kurd szukáját, ezért még amnesztiát kaphatsz az elnöktől!

Aysannak fogalma sem volt róla, hogy mi történik, miért mondja neki ezt az apja. Érezte, hogy Mara vállon ragadja, és a szobába vonszolja. Az ablak előtt megállt, és Aysanra nézett.

– Később megbeszéljük, mit mondott rólam édesapád – mondta, erősen megnyomva az *édesapád* szót, és végigmérte a bántalmazott lányt, akin látszott, hogy szörnyű élete volt az utóbbi időben. – De most ugrani fogunk. Előbb én, aztán te, nincs vita.

– Nem tudok kiugrani, túl magasan vagyunk – vitatkozott Aysan.

– Először én megyek, aztán elkaplak – felelte Mara hidegen. – Választhatsz, hogy itt maradsz, és tovább élvezed apád szeretetét, vagy belemész egy bizalmi játékba egy kurd gerillával! Fél perced van eldönteni, mert itthagylak!

Mara habozás nélkül ugrott. A katonai kiképzésen megtanulta, hogyan érkezzen úgy a földre, hogy eloszlassa a becsapódás energiáját, a földre érkezéskor azonnal oldalra vetődött, és a fejét védve gurult néhány métert. Az előkert füvére érkezett, ahol még mindig nem volt senki. Felállt, és visszament az ablakhoz, ahol Aysan még mindig tétovázott. Mara tudta, hogy kiképzés nélkül nem sikerülhet az ugrás, ezért oldalvást állt az ablak alá, és intett a lánynak, hogy ugorjon.

– Fordulj háttal az ablaknak, csukd be a szemed és ugorj! – utasította Mara.

Aysan hallotta, hogy a rendőrök már az ajtóban vannak. Valószínűleg leszerelték a farkaskutyát, és bármelyik pillanatban betörhetik az emeleti szobaajtót. A lány megfordult és kidőlt az ablakon, szinte kiesett, és várta a csattanást, de érezte, hogy Mara felfogta az esést. Egy pillanatra megingott, de nem esett el, és letette Aysant a földre, aki megdöbbenve bámult rá. Ezek a kurd nők tényleg nagyon erősek!

Mara karon ragadta a menekültet, futni kezdtek, átugrották az előkert alacsony kerítését, végigrohantak az utcán, be a mellékútra az autóig. Jamira kiugrott a kocsiból, és átölelte a barátnőjét.

– Ezt majd később – mondta Mara. – Aysan, te mellém ülsz – jelentette ki. – Bizalmi játék ide vagy oda, nem akarok törököt a hátam mögött!

– De Mara... – tiltakozott Jamira, de a másik beléfojtotta a szót. – Menjünk – mondta a kurd, és beindította a kocsit.

– Hol van Ati? – kérdezte Jamira.

– A férjemet elfogták a rendőrök – közölte Mara a lehető leg-visszafogottabban, de Jamira tudta, hogy a nyugalom csak látszólagos, és a kiképzésnek köszönhető, ami lehetővé tette, hogy a kurd nők a nehéz helyzetekből is kimásszanak, és felvegyék a harcot az iszlamista fegyveresekkel. – Megmondta, hogy börtönbe megy, hogy nekünk ne kelljen, de még mindig nem értem, hogy megérte-e ez az egész balhé – folytatta, és miközben kitolatott az utcából, Aysant nézte és próbálta kitalálni, hogy mi jár a fejében.

– Sajnálom, ami a férjeddel történt – mondta Aysan, aztán megkérdezte, amit nem értett.

– Hogy került oda a szürke farkaskutya?

Mara a gázra taposott, és kikanyarodott az utcából.

– Látod, milyen a török barátnőd – jegyezte meg gúnyosan. – A török média azt harsogja, hogy a kurdok állatok, hát annyira bejött ez a propagandaszöveg, hogy sokan még el is hiszik!

– Nem képzelődtem! – Aysan egyre idegesebb lett. Csak arra tudott gondolni, hogy mennyi embert veszélybe sodort, és lehet, hogy hiába.

– Persze, hogy nem képzelődtél – gúnyolódott Mara.

– Apám a szultán farkasának nevezte – folytatta Aysan. Mit jelent ez?

– Azt, hogy túl sok mesét olvastál. – Mara az útra szegezte a tekintetét, és jelezte, hogy nem kíván tovább vitatkozni.

– Nemsokára meg kell állnunk tankolni – mondta. – Majd később folytathatjuk egymás sértegetését!

Jamira kétségbeesetten a kezébe temette az arcát. A kurd-török viszony továbbra is fagyos, és úgy tűnt, egyhamar nem fog olvadni a jég.

Mara sokáig nem volt hajlandó szóba állni Aysannal, aztán éjjel megálltak egy benzinkút kamionos parkolójában, ahol úgy döntött, ismét előássa a csatabárdot. Félrehúzódtak egy erdős részre, mert nem akarták felkelteni a fáradt kamionosok figyelmét, akik álmosan pislogtak ki járművük ajtaján, nem értve, hogy mi ez a nagy összezörrenés.

– Szóval, ki vele, szeretném tudni, miért mondta az apád, hogy odacsaltál engem? – Mara kihívóan Aysannak szegezte a kérdést.

– Fogalmam sincs – tiltakozott. – Azt sem tudom, mire mondta, hogy a szultán farkasa, hiszen az csak egy mese, mi köze lenne ehhez a kurdoknak? Teljesen össze vagyok zavarodva! Én nem csaltalak csapdába, segítséget kértem, hiszen azért kerültem bajba, mert a kurdokat támogattam! Én csak jót akartam, érted?

– Nem, nem értem – dühöngött Mara. – A kurdoknak nem segít senki csak úgy, hátsó szándék nélkül! Ne nézzél ennyire ostobának! Szerinted annyira naiv vagyok, hogy elhiszem, nincs trükk a dologban?

– Képzeld, nincs benne semmi trükk! Egyébként is, miért mentettél meg, ha ennyire utálsz?

– Azért, mert az apád a lelket is kiverte volna belőled, ha otthagyunk! Jamirának fontos vagy, én pedig nem tudom tétlenül nézni, ha nőket bántalmaznak! Ettől még nem fogok benned megbízni, elhúztok Amerikába, éltek boldogan, és sose láttuk egymást!

– Kérlek, hallgass meg... – kezdte Aysan, de Mara beléfojtotta a szót.

– Figyelj, a férjemet elvitték a börtönbe, és szeretném tudni, volt-e ennek értelme! Én a lelkemet is odaadnám Kurdisztánért, de kétlem, hogy te ezt érted-e egyáltalán!

– Megmagyarázom ezt az ügyet, csak kérlek, hadd beszélhessek az apáddal! Ő tud mindenről! Ő a biztosíték, hogy a barátod vagyok!

– A kurdoknak nincsenek barátai – sziszegte Mara. – Csak a hegyek! Na meg a könyvek! Már annak, aki volt olyan szerencsés, hogy kijárhatta az iskolát!

Aysan kezdte feladni, és bátortalanul Jamirára nézett.

– Mara, én nem tudom, mit mondott neked Omar – szólt közbe Jamira. – De az biztos, hogy azért mondta, hogy viszályt szítson köztetek! Bomlasztani akar! Ha veszekedtek, az ő kottájából játszotok! Hagyjátok abba, kérlek!

Mara látszólag nem figyelt rá. Aysan most feltette neki a kérdést, ami igazán érdekelte.

– Mondd, igaz, hogy te vagy a dyjarbakiri polgármester lánya?

Mara döbbenten nézett rá.

– Esküszöm, neked identitászavarod van! *Te* vagy a polgármester lánya!

– Nem, úgy értem, hogy az igazi polgármesteré. Az apám elcsalta a választást, ezt mindenki tudja! A kurd lakosok Kemal Imrant támogatják, és ők vannak többségben! Azt mondják, a lánya eltűnt, de az apám telefonon beszélt Kemallal, amiből kiderült, hogy ez nem igaz!

Úgy tűnt, Mara megtört. *Itt az ideje mindent bevallani…*

– Igen – felelte szomorúan. – Én vagyok Kemal lánya. – Sóhajtott, majd folytatta. – Vissza akartam menni Irakba harcolni, miután elvégeztem az iskolát, de apám ellenezte. Végül beleegyezett, hogy beálljak a pesmergákhoz, én pedig egy razzia során leléptem. Egy ideig kapcsolatban voltunk, de az apám a PKK-nak dolgozik, Iraki Kurdisztán elnöke viszont nem engedi, hogy a katonái kapcsolatban legyenek a Munkáspárttal! Így kénytelen voltam megszakítani vele a kapcsolatot. Néhány éve láttam utoljára, titokban eljött meglátogatni, mikor összeházasodtunk Atival. Azóta csak a tévéből hallok felőle, de az iraki kurd média csak azt közvetíti, amit a törökök jóváhagynak. Ezért nem tudom pontosan, milyen ügybe keveredtél bele, te és az apám, és persze Jamira, akit szintén üldöznek. A barátnőd elmondott nekem néhány dolgot, de nem sokat.

– Ha beszélhetnék az apáddal, akkor tisztáznánk ezt az egész ügyet! – erősködött a török lány.

– Nem beszélhetsz az apámmal, és nemcsak azért nem, mert hajnali egy óra van, hanem mert nincs telefonunk! Azért nincs, hogy ne tudjanak lekövetni bennünket a hatóságok! Még vészhelyzet esetén sem tudnánk segítséget hívni, hacsak nem az autópálya segélyhívóját használjuk! – Mara a fejét csóválta. – Még az is lehet, hogy mire hazamegyek, az apám is börtönben lesz, és ha a kurd elnök megtudja, hogy egy PKK-s polgármester-jelölt lánya vagyok, kizárnak a pesmergáktól! Mindent elveszítek, érted? Mindent!

A tenyerébe temette az arcát, és összeroskadt. Aysan meg akarta vigasztalni, de nem tudta, mit tehetne.

– Menjünk vissza az autóhoz – indítványozta Jamira. – Mara, neked aludnod kellene, mert fáradt vagy. Majd én vezetek!

– Aludni? Egy törökkel egy kocsiban, ne nevettess már! – Mara ezt a kelleténél hangosabban mondta, és ezzel megint sikerült felébreszteni a kamionsofőröket.

– A következő állomás Isztambul, és addig még hosszú az út, felváltva kell vezetnünk. Rám kell bíznod magad...

– Téged ismerlek, de ő...? – nézett Mara Aysanra. – Te jó ég, ha csak barátilag lesmárol álmomban, olcsón megúszom, de mi van, ha torokra megy? És ha kés van nála?

– Nincs nálam fegyver – felelte Aysan csendesen. – Az egyetlen fegyver nálad van, az, amivel szétlőtted a zárat az ajtómon, és a szavaid, azok tőrnél is élesebbek. Csak tudd, hogy én mindent megtettem érted, de te most nagyon megbántottál!

– Hogy oda ne rohanjak – gúnyolódott Mara. – Ha akarod tudni, semmi bajom a homoszexuálisokkal, mert együtt tudnak létezni a többséggel. Ami a muzulmánokat és a keresztényeket illeti, ott már vannak súrlódások. A kurd-török együttélés viszont egyenesen kizárt! Ne is álmodj az együttműködésről!

Kinyitotta Aysannak az utasülés melletti ajtót.

– Te ide ülsz – jelentette ki. – A legutolsó dolog, amit szeretnék, az egy török a hátam mögött, a fegyverem pedig csak akkor van biztos kezekben, ha magamra kötözöm!

Jamira beindította a motort, és kihajtottak a parkolóból. Miközben a fényszórók által megvilágított kihalt utat nézte maga előtt, megállapította, hogy a kurdok és a törökök közötti szakadék mélyebb, mint a Mariana-árok, és mindent megadott volna azért, hogy betemesse.

***

Hatalmas dugó volt aznap, mikor Isztambulba értek. Mara az elakadt forgalomban bekapcsolta a rádiót, hogy a közlekedési híreket hallgassa, és elővett a kesztyűtartóból egy várostérképet, amit turistáknak szántak. Aysan meglepve nézett rá.

– Üdv a huszonegyedik században – szólalt meg. Mara szúrósan nézett rá.

– Üdv a katonaságnál – felelte. – Rajtad kívül mindenki tudja, hogy miért előnyös a papírtérkép. A GPS-szel ellentétben a tintában nincs nyomkövető. Valahogy át kell jutnunk a Boszporuszon, de elég nehéz lesz, mert városszerte lezárások vannak. Ma van Az Isztambul Pride, a kurdok meg a város másik felén tüntetnek, hogy megosszák a rendőri erőket. Valószínűleg már keresnek minket a hatóságok, de nincs ránk elég emberük...

– Akkor talán szerencsénk lesz – tűnődött Jamira.

– Át kell törnünk a kordonokon – felelte Mara, aki szerette volna elkerülni a szabálytalankodást, nehogy a rendőrök figyelmének középpontjába kerüljön. – Viszont akkor felfigyelnek ránk, és mi leszünk a csali. Nagyon nem szeretném, de azt hiszem, magunkra fogjuk húzni a rendőröket. Egy kurd meg két leszbikus, na, ez olyan üdítő lesz nekik, mint a három az egyben instant kávé...

Aysan szerette volna, ha Mara abbahagyja a szarkasztikus élcelődést, de inkább nem szólt semmit, mert nem akarta még jobban magára haragítani.

– Még egyszer mondom – folytatta Mara – ha nem sikerül átjutnunk, akkor megyünk a sittre, és mindhármunkat megcincálnak!

Komoran nézte a papírtérképet, és gondolkozott. Egyre jobban szorongott amiatt, ami történhet. Egy katona, mint ő, sok mindent kibír fizikailag, talán a megerőszakolást is, de akkor nemcsak őt, hanem az egész népét alázzák meg, abba pedig megszakad a szíve.

Felnézett a térképből az útra, amit nem látott be a dugótól. Az egész város közlekedése megbénult a tüntetések miatt. A hírek szerint a Pride résztvevői az Altunizade metrómegállónál akarnak rákanyarodni a déli hídra vezető főútra, amit blokáddal zártak le. A rendőrök néhány órán belülre ígérték, hogy helyreállítják a forgalmat, de Mara tudta, hogy nincs ennyi idejük. Ha a metró kereszteződésénél másik utat keres, átverekedhetik magukat a városon az északi hídig, amit a kurd tüntetők foglaltak el, de a két útvonal között rendőrautók tömege zárja el az utat. Ha megfordulnak, egészen biztosan beléjük futnak. Körbe voltak véve. Alig egy kilométerre voltak a metrótól, és Mara úgy számolta, hogy a menettel egy időben érkeznek oda. Tovább araszoltak a főúton a végzetük felé. Mara végül megszólalt.

– Tudjátok, én muszlim vagyok, és nem ismerem a Bibliát, de Hasszán mondott nekem egy jó sztorit – kezdte. – Mikor Mózest és a népét üldözték az egyiptomiak, Mózes a botjával szétválasztotta a Vörös-tengert és a zsidók száraz lábbal keltek át. Aztán mikor átértek, a tenger elsodorta az egyiptomi sereget! Érdekes, nem?

– Szuper – felelte Jamira –, de mit akarsz ezzel mondani?

– Jó lenne, ha nekem is lenne egy botom, és a Boszporusz szétválna a lábunk alatt! De sajnos nagy csodák nincsenek. – Szünetet tartott. Már csak fél kilométer volt hátra a metróig. Mara a mellette ülő Aysanra nézett, akinek még mindig nem engedte meg, hogy a háta mögé kerüljön.

– Mindjárt megérkezünk – folytatta Mara. – Aysan, te kiszállsz, és megmondod a kollégáidnak, a népek szivárványos tengerének, hogy itt és most nekünk sürgősen át kéne menni a hídon. Rád bízom, hogy csinálod, de egy percet kapsz, mert a rendőrök már a sarkunkban vannak!

Aysan nyelt egyet. Utálta, hogy ezt kell csinálnia, de amit Mara mondott, az parancs volt, nem akart és nem is tudott volna ellenkezni.

Mikor már ott voltak a metrónál, látták, hogy az úton keresztbe áll egy kamion, valószínűleg a tüntetők járműve volt. Mara nagy nehezen kikerülte, de a többi hevenyészett kordontól és útakadálytól nem tudott tovább haladni. Aysan kiszállt az autóból, kinyitotta a hátsó ajtót, és kirángatta Jamirát.

– Segíts, légyszi – súgta neki.

Aysan karon ragadta a barátnőjét, és odalépett egy sárga mellényt viselő férfihoz, aki egy „Szervező" feliratú címkét akasztott a nyakába, és hangosbeszélő volt nála. Aysan széles mozdulatokkal integetett a tömegnek.

– Most azonnal át kell jutnunk a hídon! – kiabálta.

– Mi olyan sürgős? – kérdezte nyugodtan a szervező, miközben Aysan a háta mögé tekintgetett, hogy lássa, mikor érik utol őket a rendőrök.

– Üldöznek minket, mert segítettünk a kurdoknak – felelte.

– Előfordul – felelte a férfi még mindig közömbösen. – Mi azonban itt nem engedünk át senkit, mert a híd le van zárva a melegjogi tüntetés résztvevőinek!

– A kurd pártok támogatják az LMBTQ-embereket! – vágott vissza Aysan. – Fordítva ez nem lehetséges? – Visszanézett az autóra, Mara integetett neki, hogy siessen.

– Nem – felelte a szervező hűvösen. – A híd le van zárva a forgalom elől!

Jamira az égre nézett, mint mindig, ha nagy bajban volt, vagy kínos helyzetbe manőverezte magát, vagy mások által ilyen szituációba került.

– Meg fognak ölni, ha nem engednek át – szólt közbe.

– Miért akarnak megölni? – kérdezte a férfi.

Jamira vett egy nagy levegőt, mondani akart volna valamit, de aztán meggondolta magát. A rendőrautók szirénái már egészen közelről hallatszottak. Abban a pillanatban azt kívánta, bárcsak megnyílna a föld vagy elnyelné a Boszporusz. Végül átkarolta Aysant és megcsókolta.

– Irakból jöttem – közölte. – Tudjátok, hogy ott ezért milyen büntetés jár?

A szervező egy pillanatra meghökkent, majd néma csend támad. Végül megszólalt a hangosbeszélőn.

– Emberek, álljatok félre, engedjük át a kocsit!

Aysan és Jamira visszaültek az autóba, Aysan a parancsnak megfelelően Mara mellé, Jamira pedig hátra ült. Lassan elindultak, lépésben araszolva a híd felé a nekik utat nyitó tömegben.

– Na, ezért kitüntetést érdemeltek – mondta elismerően Mara, és majdnem megveregette Aysan vállát, aztán eszébe jutott, hogy nincsenek bizalmas viszonyban.

– Nem egészen így terveztem – felelte Jamira, és nézte, ahogy a hátuk mögött a rendőrök könnygázzal próbálják oszlatni a tömeget. Ahogy az emberek eloszlottak előttük, Mara gyorsított. Jamira látta, hogy a tüntetők nem engedik utánuk a rendőrautókat, eléjük állnak, és a szélvédőn dörömbölnek.

– Lehet, hogy Mózes sztorija mégis igaz – nézett hátra a szélvédőn. – A szivárványos Vörös-tenger pont most borul rá a rendőrökre…

– Ó, remek! Egyébként hogy érted, hogy nem így tervezted? – kérdezte Mara. – Szerintem remek ötlet volt. Ha most beletaposunk, perceken belül a túloldalon leszünk! Nem szakadt rád az ég vagy ilyesmi, vagy mit vártál, tűzesőt?

– Valami olyasmit – morogta Jamira.

– Ha vallásos vagy, ne forogj hátra – tette hozzá Mara. – Még a végén sóbálvánnyá válsz!

– Te is megkövülnél a rémülettől, ha a visszapillantóba néznél! – replikázott a másik. – Ugyanis egy motoros rendőr átjutott a tömegen, és épp minket üldöz!

Most már Mara is látta a visszapillantóban a rendőrt, aki fegyverrel több lövést is leadott az autóra.

– Mi a kénköves istennyila…?! – Jamira lebukott, Aysan behúzta a nyakát. A motoros egyre jobban közelített, ők pedig próbálták elérni a híd másik végét. Az út immár szabad volt. Mara begyorsított, nem törődve a sebességkorlátozással, és hallotta, ahogy még két lövés csapódik a szélvédőbe.

Már majdnem elérték a túloldalt, amikor egyszer csak hatalmas durr. A jobb hátsó kereket eltalálta egy lövedék, az autó sodródott egy darabon az úton, majd megállt.

– Kifelé! – ordította Mara, és mindhárman kiugrottak az autóból. Lenézett a tengerre, a túlsó part talán csak száz méterre volt. – A vízbe, ugrás! – utasított mindenkit, miközben egy újabb lövedék hasított el mellettük.

– Nem tudok úszni! – akadékoskodott Jamira.

– Foglak, kapaszkodj! – A kurd megragadta a karját, majd mindhárman átugrottak a korláton.

Hatalmas csobbanással merültek el a tengerben. Mara nem engedte el Jamirát, és a hullámzó vízben a felszín felé húzta. A part nem volt messze, de át kellett jutniuk a híd alatt anélkül, hogy a sűrűn közlekedő hajók elgázolnák őket.

– Siess már! – szólt Aysannak, aki a háta mögött lemaradva csapkodta a vizet. – Itt nem biztonságos!

Nagy nehezen elérték a partot, miközben küzdöttek a hajók farvize keltette áramlással. Mara egy kézzel evezett, a másikkal Jamirát tartotta, aki láthatóan vizet nyelt. Egy örökkévalóságnak tűnt, amíg megtették a rövid távot a szárazföldig. A kikötőbe értek, és a lány megkapaszkodott a dokk szegélyében. Sok ember volt ott, helyiek és turisták, akik a kibontakozó jelenetet bámulták. Aysan megpróbálta felhúzni magát, de nem volt elég ereje, így a járókelők segítettek neki partra vergődni. Két arra járó férfi fogta és kihúzta Jamirát a karjánál fogva. Mara erőből felhúzta magát a kikövezett sétaútra, a tömeg legnagyobb ámulatára. Ez a nő vasból van!

Mara megköszönte a segítséget, majd Jamirához fordult.

– Üdv Európában! – mondta, de a lány nem felelt. A talpraesett katonanő rögtön tudta, mi a teendő, azonnal megkezdte az újraélesztést, szívmasszázst alkalmazott és lélegeztetéssel próbált lelket verni az eszméletlen Jamirába. Az elsősegélyt a katonaságnál tanulta, de nem tudta, hogy sikerült-e időben kihúzniuk a fuldoklót a partra. Aysan a lélegzetét is visszafojtotta, némán figyelte, amint Mara kitartóan próbálja kinyomni barátnője tüdejéből a vizet. Hosszú percek teltek el így. *Ne add fel most!* – gondolta Mara, miközben folytatta az újraélesztést.

Azon a ponton volt, hogy feladja, már minden remény veszni látszott, de ekkor az iraki lány magához tért, és kiköhögte magából a sós tengervizet. Kábán nézett fel a megmentőjére.

– Hála Istennek, hogy feléledtél! – A kurd megkönnyebbülten felsóhajtott. – Már azt hittem, hogy átkeltél a szivárványhídon!

– Az a kisállatoknak van fenntartva – köhögte Jamira.

– Csak volt – Mara gonosz vigyorra húzta a száját. – Amíg a melegek el nem foglalták!

Aysan vett egy nagy levegőt, és ellenált a késztetésnek, hogy beszóljon a másiknak, ami nem lett volna illendő azután, hogy megmentette őket.

– Mara, kérlek – szólt békítőleg, de a kurd nem adta meg magát.

– Csak szólok, hogy nem vagyunk puszipajtások – súgta Mara. – Kapsz két percet, mondjuk arra, hogy felnyomj az összekötő emberednél homofóbiáért, vagy bemenj a mecsetbe ott szemben, és mondj egy imát, amiért megmentettelek titeket! Vagy elhúzhatunk innen máris, mert szeretnék mihamarabb eltűnni a figyelem középpontjából!

– Nem vagyok beépített ügynök – tiltakozott Aysan, de a kurd nem törődött vele. Felrángatta az éledező Jamirát a földről, és halkan hozzátette:

– A pénz és az iratok nálam vannak egy vízhatlan tasakban. Tudom, merre van a legközelebbi autókölcsönző, lépjünk le innen!

Aysan követte Marát, ahogy utat vágtak a tömegen keresztül, és eltűntek a forgatagban.

Csuromvizesen szaladtak végig az utcákon, majd egy mellékútra érve behúzódtak egy kapualjba, és Mara egy „Vészhelyzeti terv" feliratú lapot húzott elő a vízhatlan tasakból, melyen többek között az Isztambulban elérhető autókölcsönzők is szerepeltek. Körülbelül negyedórát futottak még, vissza-visszapillantva a hátuk mögött, hogy üldözike még őket, de úgy tűnt, a tüntetések lekötik a hatóságokat, és a tömeg miatt a rendőrautók nem tudnak átjutni a hídon. Ennek ellenére folyamatosan figyelniük kellett, és állandó készültségben voltak. Végül az egyik utcasarkon megtalálták, amit kerestek.

Mara a két másik lánnyal a nyomában betrappolt, és határozottan közölte, hogy mit szeretnének. Az autókölcsönző munkatársai először döbbenten néztek rájuk, majd hívni akarták a rendőrséget, mert a három menekülőről lerítt, hogy egész Törökország őket keresi. Mara igyekezett a helyzethez képest nyu-

godt maradni, letette a pénzt az asztalra, majd elővette a kézi-
fegyverét, és a szemben ülő férfira szegezte.

– Nem ajánlom, hogy hívja a hatóságokat – próbált kemény-
nek látszani. – Ha vacakol, esküszöm, lelövöm!

A másikat nem kellett győzködni, előkeresett egy slussz-
kulcsot, és megmutatta a hozzá tartozó autót Marának, amit
véletlenszerűen választott ki, egy fekete Hondát. Óvatosan
mozgott, mert Mara még mindig rászegezte a pisztolyt, így at-
tól is eltekintett, hogy a bérleti szerződést aláírják, és örült,
hogy legalább nem rabolták el az autót, hiszen a pénzt meg-
kapta érte és életben maradt, ami nagy dolog ebben a veszé-
lyes világban.

Mara és Jamira felváltva vezettek, csak kevés pihenőt hagy-
va az alvásra, evésre és pihenésre, és a kurd gondoskodott arról,
hogy a kérdezősködő balkáni hatóságokat kellő mennyiségű csú-
szópénzzel lássa el. Az összeg növekedésével egyenes arányban
csökkent a feltett kérdések száma is, és a rendőrök mondvacsi-
nált magyarázatokkal is beérték. Sikerült elkerülniük, hogy a
szerb bevándorlásért felelős hatóságok bevarrják őket egy me-
nekülttáborba, de a magyar határra érve kénytelenek voltak
szembesülni vele, hogy a hallgatás árát keményen meg kell fi-
zetni. Majdnem az összes náluk lévő pénzt odaadták, hogy to-
vábbengedjék őket, és még így is sokat kérdeztek.

– Hova-hova? – kérdezte a határőrség egyik tisztje.

– Török turisták vagyunk – hazudta Mara, bár mindhármuk-
nak volt török útlevelük, de nem turistáskodni jöttek.

– Törökország kicsit messze van, miért nem repülővel jöt-
tek? – kérdezte a magyar tiszt tört angolsággal.

– Ökoturisták vagyunk – felelte Mara szemrebbenés nél-
kül. – A repülés nagyon szennyezi a környezetet, és hozzájárul
a klímaváltozáshoz! Az lenne az igazi, ha tudnánk teleportál-
ni, mert annak zéró kibocsátása lenne, de valamivel mégiscsak
közlekedni kell!

A határőr megvonta a vállát, és intett nekik, hogy menjenek.

– Messze vagyunk még a céltól? – kérdezte Jamira, aki na-
gyon fáradtnak tűnt.

– Talán két-három óra – felelte Mara, és próbálta felbecsülni a távolságokat. – De megint tankolnunk kell…

Nemsokára megálltak Pécs közelében egy benzinkútnál.

– Van egy repülőtér a közelben – tűnődött Mara –, de Rusty katonáinak magángépe itt nem kapott leszállási engedélyt. Tovább kell mennünk…

Bementek az üzletbe, hogy kifizessék a tankolást. Mara dollárban fizette ki az összeget, szándékosan többet, mint amennyit forintban fizetett volna, hogy megelőzze a kérdezősködést, de sajnos így is felhívták magukra a figyelmet.

Remélem, többször már nem állítanak meg, gondolta. *Mindjárt elfogy a pénzünk…*

Bár nem viseltek fejkendőt, többen kiszúrták a menekülteket, miközben kiléptek a benzinkútról. Mara a szeme sarkából látta, hogy gyanúsan méregeti őket két alak. A két kopasz férfi fekete pólót viselt, „Stop migránsok” felirattal. Értette, mit jelent az első szó, a másodikat csak sejtette, de leszűrte a nézésükből, hogy semmi jó nem sülhet ki a dologból.

Visszasiettek az autóhoz, igyekeztek volna észrevétlenül eltűnni a helyszínről, de ez nem volt ilyen egyszerű. A férfiak sebes léptekkel elindultak feléjük, kiabáltak, majd ököllel rátámadtak Jamirára és Aysanra, mielőtt beszállhattak volna a kocsiba. Az üzlet előtt rájuk vetődtek, Jamira villámgyorsan felpattant és lerázta magáról a támadót, ellökte, majd próbálta leszedni a másikat Aysanról, akit szintén a földre tepertek.

Mara azonnal közbelépett, és megpróbálta leszerelni a két alakot.

– Mocskos migránsok! – ordította neki az egyik magyarul, amit a kurd ugyan nem értett, azt viszont igen, hogy nem kedveskedett vele a másik. Lerángatta Jamiráról a támadóját, és ököllel erősen arcul ütötte. – *You don't hit women* – morogta vissza angolul, és kirúgta a férfi alól a lábait, hogy az eldőlt a földön. Egy ügyes csellel a másik támadót is leterítette, ami nem okozott neki gondot, tekintve, hogy terroristák elleni harcra képezték ki. Két fegyvertelen ellenféllel elbánni, még ha férfiak is, neki meg se kottyant. A támadók felkászálódtak a földről, és most már mind a ketten Marára koncentráltak, újra támadtak, de a lány nagy gyakorlattal és villámgyors reflexekkel ismét kivédte az ütéseket, az egyik férfit hasba rúgta, a másikat pedig egy gáncsmozdulattal a földre rántotta. Megragadta Jamirát és Aysant, és a kocsihoz rángatta őket.

– Befelé! – kiáltotta, majd bepattant az autóba, és gázt adott. Nem törődött vele, hogy túl gyorsan hajt, meg sem álltak Taszárig.

***

A repülőtéren Rusty várt rájuk egy csapat amerikai katona társaságában, akik közül néhányat Jamira felismert. Keith és Brian is köztük volt.

– Aysan, bemutatom a kollégákat, akikkel együtt dolgoztam Irakban – mosolygott Jamira. Bár nem volt túlzottan tartalmas és hasznos időtöltés az iraki hadsereg kiképzése…

– Én úgy mondanám, hogy te vagy az egyetlen életképes harci erő az irakiak között – vigyorgott Brian. – Ebben azt hiszem, Rusty is egyetért!

– Hova megyünk? – kérdezte Aysan. – Úgy értem, Amerikába, de azon belül hova?

– Velem New Yorkba – közölte Rusty szűkszavúan. – Néhány katona elkísér minket. A magánhadseregünk többi tagja visszamegy Marával Irakba.

Az őrmester a mögöttük állomásozó két magángépre mutatott. – Kissé költséges itt tartani a magángépeinket, de nem találtunk jobb megoldást, mint a privát finanszírozást, és a magyar állam sokat kér érte. Sajnos szakítanunk kellett az amerikai hadsereggel. A veteránjaink már nem az Egyesült Államok szolgálatában vannak, de van néhány pilótánk, aki Taszárról tud légitámogatást nyújtani. Sajnos lényegében csak szállító gépeink vannak… Erőinket teljes egészében a kurdok támogatásának szenteltük, aminek otthon sajnos meglettek a… következményei.

– Milyen következmények? – érdeklődött Aysan.

– Száműzöttek lettünk – felelte szomorúan Keith. – Kizártak minket a Navy SEAL-ből, de megalapítottuk a saját kommandókat. Nem olyan, mint az eredeti, de megjárja! – nevetett. – De New Yorkban nem fogtok unatkozni!

Felszálltak az Amerikába tartó magángépre, Rusty visszapillantott Marára.

– Még visszajövök – mondta visszafordulva. – Megígérem!

***

Kirkuk, Irak

Mara feldúltan és nagyon kimerülten érkezett haza. Pillanatokig meg sem tudott szólalni, amikor meglátta az apját a könyvtárszobában, amint komoran beszélgetett Hasszánnal valamiről, olyan halkan, hogy Mara nem hallotta, miről van szó.

– Apa... te hogy kerülsz ide?! – kérdezte őszinte döbbenettel. Kemal felé fordult és kitárta a karját. Mara odarohant hozzá, és szorosan átölelte.

– Annyira hiányoztál! – zokogta elfúló hangon. – Azt hittem, téged is elvittek a törökök, mint Atit! – A lány könnyei Kemal ingét áztatták.

– Nyugodj meg, kislányom, itt vagyok újból, minden rendben lesz! Hidd el – mondta, és vigasztalóan megszorította a vállát. – Nem lesz semmi baj! Szerencsére el tudtam szökni a török hatóságok elől és visszatértem. Az egész választási hercehurcának nincs már értelme... Megpróbáljuk kiszabadítani Atit, vannak értesüléseink arról, hogy hol van.

– Hogy... hogy érted azt, hogy hol van? – kérdezte Mara, aki még mindig a könnyeivel és a feltörő érzelmeivel küszködött. – Nem a dyjarbakiri börtönbe vitték?

– Nem – felelte az apja borúsan. – De Remusszal próbálunk kitalálni valamit, hogy kihozzuk a fogságból.

– Várj... – Mara csodálkozva nézett az apjára. – Honnan tudod Hasszán valódi nevét?

Kemal szomorúan mosolygott.

– Ugyan már, miért ne tudnám? Remus nem csak szakavatott embercsempész, hanem elvégre a családunk tagja. Tudomásom van róla, hogy pontosan *micsoda* ő, és persze Ati. Úgy gondolom, a sors hozta úgy, hogy találkozzunk az alakváltókkal. Ők segíthetnek nekünk, hogy szebb jövőnk legyen, de ehhez nekünk is segítenünk kell nekik!

Kemal a kanapéhoz kísérte a még mindig feldúlt lányát.

– Nem akarlak még jobban felzaklatni, de van egy rossz hírem, amit el kell, hogy mondjak neked…

– Mi az? – Mara szíve nagyot dobbant, és felkészült a legrosszabbra. *Mi lehet még ennél is rosszabb?* – gondolta.

– Tegnap iszlamisták hatoltak be Rory iskolájába – kezdte Kemal. – Roryt és néhány keresztény osztálytársát elrabolták! Borzasztóan sajnálom! – Szorosan átölelte a lányát, aki nem talált szavakat. – Mindent megpróbálunk, hogy kiszabadítsuk Atit és Rory-t is!

– Te jó ég… – Mara a kanapéra roskadt, és nem jutott szóhoz, az arcán peregtek a könnyei. – Ezt nem hiszem el! Egyszerűen nem hiszem el! Rory a fiam, a nevelt fiam, hároméves kora óta… hogy történhetett ez? – A tenyerébe temette az arcát. Néhány pillanatig így maradt, és próbálta feldolgozni a hallottakat. – Majd felnézett az apjára és Remusra, és a bánata haragba csapott át.

– Az iskolát a pesmergák őrzik fegyverrel! Azért vannak ott, hogy ne engedjék be az iszlamistákat az iskolába! Még nekem is igazolnom kell magam, ha be akarok menni Rory-ért! Ha ennek ellenére elrabolták őket, akkor a pesmergák vagy nem végezték jól a dolgukat, vagy… vagy…

– Vagy egyszerűen elárultak téged – fejezte be helyette a mondatot az apja. – A pesmergák úgy tűnik, elárultak minket a törököknek. Nem akarok vádaskodni, de lehetséges, hogy benne vannak a Jamira elleni merényletben is.

Mara a fejét csóválta, és még mindig nem akarta elhinni, amit hall.

Ez nem lehet igaz…

– Mit tegyünk? – Könnyes szemmel nézett fel az apjára. – Mondd, most mihez fogunk kezdeni…?

– A legjobb lesz, ha elmegyünk Rozsavába a szíriai kurdokhoz – felelte Kemal. – Én ugyan nem szeretném, ha bajod esne, de ahogy ismerlek, úgysem fogod feladni a katonáskodást, és az YPJ női alakulata hozzád hasonló harcosokat keres.

Mara kétségbeesetten csóválta a fejét.

– Nem megyek sehova Ati és Rory nélkül – mondta. – Feltétlenül ki kell szabadítanunk őket!

Kemal felsóhajtott, Hasszán, valódi nevén Remus, szomorúan nézett rájuk.

– Van egy ötletem, hogyan lehetne kihozni Atit a fogságból – kezdte Kemal. – De ehhez el kell érnem a PKK gerilláit, akik a határ menti bázison vannak. Ők tudnának segíteni.

– Elviszel magaddal? – szipogta Mara.

– Elvihetlek Kandilba – mondta Kemal. – Van ott valaki, aki azt hiszem, látni szeretne.

***

Kandil-hegység, PKK-bázis, török-iraki határ

Mara és Kemal végtelennek tűnő autózás után érkeztek meg az északi hegyekbe, ahol a PKK gerilláinak bázisa volt. Ahol az út járhatatlanná vált, kiszálltak a kocsiból, és Mara letörten gyalogolt az apja mögött. Nem hozta magával a fegyverét, ami miatt sebezhetőnek érezte magát, de nem haladtak át ellenséges területen. Az út köves-sziklás ösvényen kanyargott.

–Nem tudom elképzelni, ki az, aki találkozni akar velem – sóhajtotta Mara.

– Majd meglátod – felelte Kemal, és a rádió-adóvevővel babrált, alighanem azért, hogy az érkezését bejelentse. Gerillákat meglepni nem lett volna túlságosan bölcs ötlet ebben a feszült helyzetben. Rövid gyaloglás után meglátták a hegyi tábort, amit fegyveresek őriztek. Mara megnyugodva tapasztalta, hogy a fegyverek nem rájuk irányulnak. *Ezek szerint számítottak az érkezésünkre*, gondolta.

Amint felértek a hegyre, a gerillák között meglátott egy nőt, és ahogy a másik megfordult, felismerte. Tágra nyílt a szeme a csodálkozástól.

– Ronja! – kiáltott fel, mikor meglátta a katonában volt iskolatársát.

– Mara – mosolyodott el a másik. A lány terepszínű ruhát viselt, akárcsak Mara, hosszú vörösesbarna haját befonva hordta. A fegyverével babrált valamit, de most letette, hogy megölelhesse régi barátnőjét. – Ezer éve nem láttalak! Na, jó, talán csak tíz, de egy örökkévalóságnak tűnt... De régen voltunk már középiskolások! Azok a régi szép idők... Emlékszel, mennyit vitatkoztunk ideológiai kérdéseken? – nevetett. – Látod, nem mentünk vele semmire! – Ronja elvezette Marát a táborba, és leültek egy sziklára. – Nem kérdezem, mi szél hozott erre, mert apád már elmondta. Bár nem akartam hinni a szememnek, amikor megláttam a farkast az újságban... – Előhúzott a táskájából két sajtóterméket, az egyik török újság volt, a másikat viszont – Mara legnagyobb meglepetésére – kurd nyelven írták.

Kemal jelent meg a hátuk mögött, zihált a hegymenet okozta megerőltetéstől.

– Kissé öregnek érzem már magam a hegyi túrákhoz, de legalább jó a levegő – mondta lihegve. – Akartam mondani, hogy Ati elfogása címlapsztori lett...

Mara megdöbbenve olvasta a török nyelvű újságot.

Vérfarkast fogtak el Dyjarbakirban

Sejtések szerint vérfarkas lehet az a lény, amit néhány napja fogtak el egy razzia során Dyjarbakirban. Az összeesküvés-hívőket megmozgatta az eset, ők úgy hiszik, a rendőrkézre került állat ugyanaz, amelyik ötszáz éve a török szultántól szökött meg az akkori Konstantinápolyból, ami a mai Isztambul. Eszerint a vérfarkas pofáján található sérülések égésnyomok, melyeket a monda szerint menekülése során szerzett. A szkeptikusokat nem győzte meg az eset, szerintük a szultán farkasa csak mese, az állat pedig egy közönséges szürke farkas lehet, amelyik rühösségtől szenved. A DNS-vizsgálatok még nem fejeződtek be, így még nem tudták teljes bizonyossággal azonosítani a lényt. Más feltételezések szerint akár chupacabráról is szó lehet, amely azonban nem őshonos Törökországban.

Mara a cikket olvasva a fejét rázta, mint aki nem hiszi el, hogy mindez megtörténik. Nem tudta, hogy sírjon-e, vagy nevessen, de aztán a kezébe vette a kurd nyelvű lapot.

– Azt a cikket én írtam – közölte Kemal. – Le akartak csukni érte, de azt hiszem, azért dühösek, mert megírtam az igazat.

– Az igazat? – csodálkozott Mara.

– Igen, azt, amit megtudtam. Atit a török elnök tartja a fogságban az egyik isztambuli villájában. Ami nyilvánvaló bizonyíték, hogy pontosan tudja, hogy Ati kicsoda, hiszen másképp vagy a dyjarbakiri börtönben, vagy egy állatkertben raboskodna… de úgy tűnik, a szultán farkasa igen értékesnek számít ahhoz, hogy az elnök megtartsa magának, mint egzotikus állatot!

Most Ronján volt a sor, hogy őszintén elcsodálkozzon.

– Ezek szerint tényleg igaz? Tényleg létezik a szultán farkasa? Ez elég hihetetlenül hangzik!

Mara nem tudta, hogy mit mondjon.

– Ati nem valódi farkas – mondta végül. – Nem is állat, hanem alakváltó, aki segíteni jött nekünk, ennek majdnem tíz éve. Én képeztem ki harcosnak és megtanítottam a kurd nyelvre, most pedig ő a férjem.

Ronja leült egy kőre, és megvakarta az állát, amit nyitva felejtett.

– Szóval a férjed – tűnődött. – Akkor most válaszolj nekem őszintén, te is és apád is, szóval akkor… egyedül jött ez az ufó, vagy többen vannak?

– Először is, Ati nem ufó – felelte Mara sértődötten. – Másodszor, igen, többen vannak. Ati apja, Hasszán, embercsempész, de nem ez a valódi neve. A valódi neve Remus, és úgy sejtjük, hogy a múltból jött, ahogy a társai is.

– Na jó – vágott közbe Ronja –, ha azt szeretnéd, hogy segítsünk, akkor bökd ki, hogy hányan vannak ezek a hogyishívjákok!

– Az amerikai barátaink között is van egy – felelte Mara. – Ami a fogadott fiamat illeti, Rory… nos, róla feltételezem, hogy különleges képességekkel rendelkezik. Talán ezért is rabolták el az iszlamisták, bár több fiút is elvittek abból a célból, hogy harcra képezzék ki őket. Rory azonban nem hétköznapi gyerek, ezért meggyűlhet vele a bajuk, akár meg is ölhetik, ha nem bírnak vele, ezért különösen aggódom érte! – Szomorúan és egyben segélykérő tekintettel nézett régi barátnőjére.

– Gondolod, hogy áttérítik az iszlámra? – Ronja a barátnőjére sandított. Mara keserűen felnevetett.

– Viccelsz? Ez a gyerek kívülről tudja Dániel könyvét és a Jelenések könyvét is. Erősen kétlem, hogy hajlandó lenne megtanulni a Koránt, és Dániel próféta iránti rajongását Mohamed próféta tanításaira cserélni… a fundamentalista hiénák meg fogják ölni ezért, érted? – Mara megint felidegesítette magát, de Ronja próbálta lecsillapítani.

– Nyugodj meg, mindent megteszünk az ügy érdekében – mondta, és a lány vállára tette a kezét.

– Ami engem illet – szólt közbe Kemal –, sürgősen el kell mennem Rozsavába. A török hatóságok már a nyomomban vannak, és persze sok minden van már a rovásomon, ami miatt halálra ítélhetnek, ha maradok. Nem vagyok egy félős fajta, talán hasznossá tehetném magam, ha a nyugati kantonokban vállalnék hivatalt. Csak nem fogok még nyugdíjba menni! – nevetett kissé szomorkásan.

Mara átölelte az apját.

– Ne aggódj, apa – nyugtatta meg. – Elmegyek veled, és beállok a YPJ-be, ők majd megvédenek. Azok a nők kiváló harcosok, és vigyáznak a civilekre.

– Te is kiváló katona vagy, kislányom – felelte Kemal, és megszorította Mara vállát. – Azt kívánnám, bárcsak ne lennél harcos… nem akarlak elveszíteni… – Kemal nehezen tudta megállni, hogy ne sírjon.

– Igyekszem életben maradni – szögezte le Mara szárazon, majd Ronjához fordult.

– És veled mi lesz? – kérdezte. – Eljössz velem az önkéntes női alakulatba?

– Hát persze, ez nem kérdés – mosolygott a barátnője. – Hiszen ezért adtam fel mindent, a szerelmemet is… volt egy férfi, akit nagyon szerettem, férjhez akartam menni hozzá, de választanom kellett, vagy a PKK, vagy ő. Én a PKK-t választottam. Szeretném azt hinni, hogy mindez nem volt hiábavaló. Az életemet odaadnám a szabadságért! – sóhajtotta.

***

Ati emberalakban tért magához. Érezte, hogy égeti a bőrét a forró nyári nap, a keze alatt földet tapintott. Résnyire kinyitotta a szemét, és hunyorgott a verőfényben. Óvatosan megmozdult, megpróbált feltápászkodni, de éles fájdalom hasított sérült vállába. Nagy nehezen talpra vergődött, hogy árnyékot keressen, végignézett magán, és azt látta, hogy a ruhája szakadt és piszkos. Nem tudta, hogy hol van, és nehezen idézte fel, mi történt, de homályosan derengett neki, hogy a rendőrök bántak el vele. Szédült, így megtámaszkodott a mellette lévő sziklában, és körülnézett.

A helyet, ahol fogva tartották, rácsok vették körül. Talán börtönudvar lehet, gondolta. Vajon így néz ki a dyjarbakiri börtön? Ati próbálta összeszedni a kusza gondolatait, és elindult a rácsok mentén. Azokon túl egy villaépület körvonalai látszódtak, amiből arra tippelt, mégsem a hírhedt börtönbe került. De akkor hova?

Középen egy hatalmas sziklatömb magasodott, és ahogy Ati az égre nézett, látta, hogy a tetőt is rácsok fedik. Az elkerített területen csak foltokban nőtt a fű. Megkerülte a sziklát, és mögötte a kerítésen túl meglátta a tengert. A börtöne ezek szerint egy magaslaton volt.

Alaposabban szemügyre vette a központi sziklát, és meglátta, hogy fémajtó van beleépítve, ami olyan remekül volt álcázva, hogy a felületes szemlélő alig vette észre. Lenyomta a kilincset, az ajtó kinyílt, és egy piszkos börtöncella látványa tárult a szeme elé. Az egész tákolmány úgy nézett ki, mintha egy állatkerti kifutót alakítottak volna át olyan módon, hogy emberi lények fogva tartására alkalmas legyen. *Kinek a piszkos fantáziájából született vajon ez az elmebeteg ötlet?* – gondolta Ati, bár sejtette a választ. Akárhogyan is nézte, nem állami intézmény volt, hiszen akkor nem lett volna közvetlenül mellette egy luxusvilla. Valakinek a magánrezidenciája lehet, és alighanem előkelő pozícióban van az illető, ha megengedheti magának az ilyesmit. Ati számára kezdett világos lenni, kinek a műve lehet ez, és hirtelen elemi erővel öntötte el a harag. Teljes erővel az acélkerítésnek vetette magát, de azon nyomban vissza is pattant a rácsokról, amint az erős áramütés hátrarepítette. A sziklának csapódott, amitől rövid időre ismét elvesztette az eszméletét.

Mikor magához tért az elektrosokkból, felnézett, és meglátta a drótkerítés túloldalán a török elnököt, aki odasétált hozzá a villája teraszáról, és tetőtől talpig végigmérte.

– Ne is álmodj róla, farkaskám, hogy innen valaha kijutsz – jegyezte meg gúnyosan.

Ati nem felelt, csak leült a kerítés tövébe, átkarolta a lábát, és mereven nézte az előtte álló férfit átható szürke szemeivel.

– Engem csak az érdekelne – folytatta rezzenéstelen arccal az elnök – hogy mi a fészkes fenének kóricáltál te Kurdisztánban, mikor a csillagokat is leígértem neked az égből, ha mellém állsz? Luxusvillát, magas állást, olyan fizetést, amiről nem is álmodtál, háremet... na jó, azt nem, mert abba beleugatnak az európaiak, de tőlem feldughatják maguknak a nőjogi egyezményeiket! – Ati képébe nevetett. – Te meg olyan bolond vagy, hogy megszöksz! Tíz éve kerestetlek, de most megvagy!

– Azt hittem, maga meg akar ölni – jegyezte meg Ati hidegen.

– Ahhoz te túl értékes vagy, farkas – felelte az elnök. – Nem is bántam volna, ha Erdélyben maradsz, de segítettél a kurdoknak, amiért büntetést érdemelsz. De életben hagylak, hátha esetleg meggondolod magad – gonosz mosolyra húzta a száját, és Ati megpróbálta kitalálni, mire gondol. Rossz előérzete támadt. Ha az elnök ilyen vidám, az semmi jót nem jelent.

– Már megbocsásson, de miért gondolnám meg magam? Feleségül vettem egy kurd nőt, nem fogok ellene fordulni!

Az elnök hangosan nevetett, és Ati számára egyre idegesítőbbé vált.

– Igen, kedves öreg janicsárom, *te* nem fogsz ellene fordulni! De ő? Tudja-e a szukád, hogy a múltad legalább olyan sötét, mint az iszlamisták zászlója?

Ati meghökkent és elkomorodott. Már tudta, hogy mire megy ki a játék, és az elnök a fejébe látott, aki folytatta a monológját.

– Mi lenne, ha megtudná a csaj, hogy legalább annyira jó vagy lefejezésben, mint a fundamentalista hiénák? Javaslom, hogy beszélgessetek erről a következő házassági évfordulón egy gyertyafényes vacsora mellett! – Az elnök egyre inkább nyeregben érezte magát. – Értesüléseim szerint életed párja elhúzott Szíriába az YPJ-hez, akik legfeljebb akkor vennének fel, ha kiherélnélek, mert nem vagy nő! Na de ilyen múlttal a YPG sem vesz fel, még arra sem, hogy felszolgáld nekik a teát, úgyhogy azt kell mondjam, két szék között a padra estél, haver! Senkinek nincsenek tévképzetei a magadfajtákkal kapcsolatban!

Ati dühösen felpattant.

– Nagyon régen nem fejeztem le senkit! Ötszáz éve nem vagyok már janicsár, és nem vagyok iszlamista hiéna! Harcolok ellenük, mint ahogy maga ellen is, és ezt Mara is tudja! Maga egy szemétláda! Ha nem lenne kettőnk között elektromos kerítés, itt és most széttépném!

Gyilkos tekintetet vetett a férfira, aki megállapította, hogy Atinak nem kell farkassá változnia ahhoz, hogy hatásosan vicsorogjon. Lehet, hogy már eleget gyakorolta.

– Ó, tudom, te egy megtért jó muszlim vagy – röhögött a másik, és színpadiasan a szívéhez emelte a kezét. – Te sohasem bántanál senkit, egy ujjal sem, ugye… de nem gond, tudod, farkaskám, van utánpótlás! Van egy rakás kölyök, akik hamarosan a nyomodba lépnek! És találd ki, ki van közöttük!

Atinak tágra nyílt a szeme, teljesen elképedt, mert most jött rá, mekkora csapdába csalta őt az elnök.

– A legkisebb farkas, ő lesz az én új kis janicsárom! Bizony-bizony, a kisöcséd! – A tenyerét dörzsölte, mert elégedettebb már nem is lehetett volna magával.

Ati egy pillanatig szóhoz sem jutott, a torka teljesen kiszáradt. Végül erőtlenül felkiáltott.

– Maga… Maga aljas gazember! Mit tett Roryval?!

– Ó, igazán nem lesz semmi baja, már amennyiben engedelmeskedik, ugye – somolygott az elnök. – Picit áttérítjük, tudod, még éppen abban a korban van, hogy ez nem okoz túl nagy gondot. Te is alig voltál fiatalabb, mikor elkezdted a janicsáriskolát. Persze, a követelmények ma már szigorúbbak, ha érted...

– Nem, nem, nem! – Ati magából kikelve vicsorgott. – Nem csinálhat gyilkost az öcsémből!

– Na, és mégis hogyan szándékozod ezt megakadályozni? – Az elnök széttárta a kezét, ezzel egyértelművé téve, hogy ezt a játszmát ő nyerte. Ati nem válaszolt a költői kérdésre, csak magába roskadt, és a kezét az arcába temette. Vesztett.

Reménytelen merengéséből halk búgás ébresztette fel, ami a feje felől hallatszott. Az égre nézett, és egy drónt látott körözni maga felett. A szerkezet körberepülte a helyet, alaposan feltérképezett mindent a kifutónak álcázott börtönben, majd elzúgott.

Néhány nap múlva a török elnök heti sajtószemlét tartott a villája nappalijában, a bőrkanapén üldögélt, a dohányzóasztalán állt egy halom újság, bel- és külföldi lapok, egy felbontatlan üveg drága pezsgő és egy hozzávaló kristálypohár. A férfi kezébe vette az első sajtóterméket, ami a kupac tetején volt, és egészen a homlokáig szaladt a szemöldöke megdöbbenésében a szalagcímtől.

A török kormány állhat a meghiúsult PKK-merénylet mögött

A hír az egyik baloldali amerikai újság címlapján díszelgett.

Átkozott liberális firkászok! – morogta az elnök. *Ebből még baj lehet...*

Az elnök bekapcsolta a plazmatévét, és rápillantott a Rókacsatorna szatellitadására, ami láthatóan még nem adta le a hírt.

Na, ezek legalább kussolnak, okos, pórázon tartott konzervatív sajtósok, akikre kebelbéli jó barátom, az amerikai elnök adta rá a szájkosarat, ezektől nem kell félni. Na, de a többi... Megnézte a következő lapot.

PKK-gate – Amerikában kért menedékjogot a szivárogtató

Akárki vagy, kipiszkállak onnan, nem úszod meg, te kis takony! Addig örülj, míg ki nem ad nekem az elnök, aki az én drága barátom, esélyed sincs ezt megúszni! Terrorizmus miatt fogsz ülni életfogytig, bizony!

Elolvasta a következő címlapot.

PKK-merénylet – Diáklány szivárogtatott a török kormányról

Ez tuti valami idióta feminista lehet, hülye bakfis, csak nem fog nekem keresztbe tenni!

Most egy konzervatív belföldi újságot vett a kezébe.

Hazaárulással vádolhatják a szivárogtató török diáklányt

Na, ez már jobb cím! Ezért ülni fogsz, kislány!

Amikor a következő lapot a kezébe vette, majdnem kiesett a kezéből.

Dyjarbakir polgármesterének lánya robbantotta ki a PKK-botrányt

majd az alcím:

Németország behívatta a török nagykövetét, a kancellár magyarázatot követel

Nem, nem, nem! Ez biztosan csak vicc. Egy nagyon rossz vicc! Nem lehet igaz! Ennyit arról, hogy Omar megbízható politikus! Még a saját lányát se képes kordában tartani? Akiről tudni vélik, hogy nem egy szende tünemény, de arra való az apai szigor, hogy megoldja ezt a gondot! Ezek szerint nem ütött elég nagyot! A polgármester kész csődtömeg, tenni fogok azért, hogy semmiképpen ne indulhasson a következő választáson. Ide bizony megbízhatóbb ember kell...

Tovább olvasta a cikket, és egyre jobban elborult az arca, a színe vörösből lilás árnyalatba ment át, majd újra kipirosodott a haragtól. Mekkora szégyen! Még néhány ilyen írás, és nagyon komoly diplomáciai nehézségekkel kell megküzdenie. Bár lehet, hogy már így is benne van a gödörben nyakig.

Átkapcsolt egy másik csatornára, ahol a belföldi eseményeket közvetítették. Amit látott, attól majdnem leesett a kanapéról.

Törökország elnöke állatkerti kifutót épített kurd foglyoknak – emberjogi szervezetek a lemondását követelik

Jaj, ne! Ezt nagyon elszámítottam! Egy drón, biztosan egy drón lehetett a hibás, hogy miért nem gondoltam arra, hogy a dróntörvény csak jövő hónaptól lép életbe! Számítani lehetett volna rá, hogy néhány sajtós nézelődni akar, és tessék, meg is lett az eredménye! Miért is nem egyenesen úgy építettem a kifutót, hogy drónvédelmi rendszer is legyen hozzá? Hogy követhettem el ekkora hibát?

Tüntetést szerveznek a kurdok és az emberjogi szervezetek a török elnök háza elé – szólt a következő *breaking news.*

Igen, és ostoba, azt is elfelejtettem beleírni az alkotmányba, hogy a házam előtt tilos tüntetni, na, ezt még pótolni kell, de ez így elég necces, ezt a farkast most bebuktam.

Megnézte a következő csatornát.

Az Európai Unió szankciókkal fenyegeti Törökországot, ha nem engedi el a kurd foglyot az állatkertből

Hajjaj.

Az egész káoszért csakis Omar Murat és az a neveletlen lánya felelős! Mindkettőjüket bezáratom a dyjarbakiri börtönbe, és kibelezem. Élve!

Az elnök dühében leverte a pezsgősüveget és a poharat a dohányzóasztalról, majd megragadta a halom újságot, és a kandallóba vetette. Életében először fűtött be nyáron.

HARMADIK RÉSZ

Nyugat felé

„Elhagylak akkor szép sivatagom,
nem várhatom be üldözőimet!
Kezdődhetik előlről bujdosásom,
keserűségem kapkodva siet."
(Pilinszky János – Senkiföldjén)

NYOLCADIK FEJEZET

Válaszúton

New York, 2009.

Jamira a hátán feküdt a franciaágyon Rusty emeleti lakásának hálószobájában, és egy újságot lapozgatott. Hosszú hónapok teltek el, mióta Amerikába érkeztek. Tél volt, a januári hideg jégvirágokat rajzolt az ablaküvegre.

A török nyelvű lapot Aysan szerezte, barátnője nem tudta, honnan, de feltehetően PKK-s körökben forgott közkézen a sajtótermék és New York-ban szamizdat kiadványnak számított. Egyszóval, a lány vélhetően nem teljesen legálisan birtokolta, de ezzel egyikük sem törődött különösebben, mert a terrorizmus vádja és a börtön fenyegetése Damoklész kardjaként lebegett a fejük felett. Jamira nézte a farkast a lapban megjelent fotón és próbálta összerakni a képet a fejében, ami még mindig zavaros volt.

– Szóval azt mondod, hogy ismerős neked ez az izé? – kérdezte Aysant, aki mellette hevert, és egy könyvet olvasgatott.

– Az nem *izé* – felelte, felpillantva a könyvből. – Ezt a farkast láttam akkor, amikor Mara kiszabadított engem apám házából. A rendőrök rálőttek, és megsérült. Megismerem, a bal pofáján részben hiányzik a szőr!

Jamira a homlokát ráncolta.

– Farkas? – tűnődött. – Nekem meg úgy rémlik, ez a kutya a kirkuki bázisról! De nem értem... hogyan került Kirkukból Törökországba?

Aysan a világoskék mennyezetet bámulta, és arcán átsuhant a felismerés.

– Ha engem kérdezel, veled utazott – válaszolta, bár elég bizonytalan volt a felelet. Letette a könyvét, és az éjjeliszekrény fiókjából kihúzott még egy kétes hírű baloldali újságot.

– Nézd meg ezt a cikket a kurd fogolyról – a másik kezébe nyomta a lapot. – Nem ismerős?

– De hiszen… hiszen ez Ati! – motyogta Jamira döbbenten. – De hogyan lehetséges ez?

– Passz – vonta meg a vállát Aysan. – De a napnál is világosabb az összefüggés…

Jamira agya tovább zakatolt, miközben átfutotta az újságcikket. Volt még valami, ami nem hagyta nyugodni. A farkaskutya, amelyik ott volt, amikor megtámadták azok a sötét alakok. Amelyik megmentette! Esküdni mert volna rá, hogy őt látta akkor éjszaka a kórházi folyosón és a kórteremben, és amit Rusty az altató hatásának tulajdonított. Lehetséges, hogy Ati volt ott? Valami azonban nem stimmelt.

A farkaskutya ugyanis azóta többször megjelent, méghozzá a lakásban. Többnyire éjszaka hallotta a fantom körmeinek kopogását a padlón, de volt már, hogy a nyílt utcán pillantotta meg, habár csak egy pillanatra. Amint a lány megfordult, hogy jobban szemügyre vegye, már el is tűnt, mint egy árnyék.

Kik ezek a lények, és hogy kerülnek ide?

Többször próbálta Rusty-t faggatni a dologról, de nem volt eredménye, mert az őrmester olyankor közölte, hogy a lány bolond, vérfarkasok nem léteznek, és különben is, kezeltesse magát, és Jamira tényleg kezdte megkérdőjelezni a saját épelméjűségét. Talán azért van ez, gondolta, mert a kelleténél több időt töltöttek Irakban, ami köztudottan rombolja a lelki egészséget. Amióta megérkeztek, az exkommandós olyan volt, mint a jégcsap, mikor vele beszélgettek, akkor mintha nemcsak kint, hanem bent a lakásban is megfagyott volna a levegő. Aysan azt mondta, hogy ez biztosan csak téli depresszió, de ez nem igaz, hogyan is lehetett volna, hiszen nyáron kezdődött, azóta állandósult. A nyomasztó hangulat lassan mindannyiuk idegeit kikezdte.

Jamira egészen idáig nem merte megmutatni Rustynak a szamizdat lapokat, mert az ilyenekre az őrmester azt mondta, hogy ezek csak az összeesküvéselmélet-hívők agymenései, de a lány most úgy érezte, hogy valamiféle kézzelfogható bizonyítékot tart a kezében az alakváltók kilétével kapcsolatban. Odasomfordált a férfi szobájának ajtajához, és bekopogott. Miután nem jött válasz, óvatosan benyitott.

A szobában félhomály uralkodott. Rusty az ágyán ült, hátát a falnak vetette, és zenét hallgatott a telefonján. Mivel nem használt fülhallgatót, Jamira is hallhatta Sting *I'm an Englishman in New York* című számát.

– Hallgathatnál valami vidámabbat – szólalt meg, miközben felé nyújtotta az újságot. – Újra megkérdezem, tudsz valamit erről a farkasról?

Rusty látszólagos közönnyel nézett fel rá, de nem válaszolt.

Most mit feleljek neki? – gondolta. *Csak nem mondhatom azt, hogy igen, minden úgy igaz, ahogy van, hogy kóbor vérfarkasok mászkálnak Kurdisztántól Amerikáig? Ez még a Nagylábúnál is nagyobb sztori lenne. Csak nem derülhet ki, hogy a konteó-hívőknek mégis igazuk van, hogy van egy háttérhatalom, ami mozgatja a szálakat, csak éppen nem pikkelyes hüllők, hanem nagy, szőrös és félelmetes jószágok uralkodnak a kormányok felett?*

Azok a szőrös jószágok mi vagyunk, az alakváltó látók. Kivéve, hogy nem uralkodunk, nincs hatalmunk senki felett, pedig Nebukadnezár király leszármazottai vagyunk. Még ha uralkodnánk! De ahogy a dolgok állnak, sem én, sem Ati, sem pedig Remus nem állunk jól ebben a játszmában. A Kard még mindig nincs a birtokomban, viszont bizonyos értesülések szerint az iszlamisták megtalálták egy Bagdad melletti ásatáson. A helyszínt átkutatták, és elvittek minden értékeset. Talán az csak egy közönséges kard volt, amiből sok van az iraki romok alatt, de mi van, ha mégsem? Ha valóban azt a Kardot találták meg, akkor nagy baj van. A Kard birtokosa Babilon törvényes ura, gyakorlatilag legyőzhetetlen, és ha rossz kezekbe kerül, akkor bizony nekünk kapáltak. Nagyon sürgősen meg kell találnunk a legendás fegyvert. És persze a mihez tartás végett nem az amerikai elnök kezébe, hanem a kurdoknak adom. És ezt az elnök is tudja, azért vágott ki engem és a bandámat a hadseregből, és azért vagyok kénytelen ezt az egészet maszekban elintézni. Vissza kell mennem Irakba, ha ott pusztulok is, és be kell fejeznem, amit elkezdtem. De mit csináljak ezzel a két megszállott lánnyal, akik majdnem mindent tudnak rólam, amit nem kéne? Őket nem vihetem

vissza magammal, Jamirát főleg nem, mert már nem csak Bagdad-
ban meg Falludzsában van saría bíróság, hanem minden városban
ezektől délre, nagyjából minden olyan helyen, amit nem a kurdok
ellenőriznek. Amerikai állampolgárságra lenne szüksége, meg egy
nagy adag védelemre. Ha nem lenne leszbikus a csaj, elvenném fe-
leségül, de ez az opció kilőve, nem sanszos, hogy ezzel a beállító-
dással igent mondana, pedig bármit megtennék, hogy megvédjem.
Így viszont mást kell kitalálnom...

Fáradtan nézett vissza Jamirára, miközben a kezébe nyo-
mott újságot olvasta.

– Mit kellene erről tudnom? – kérdezte.

– Nem tudom – vont vállat a lány.

– Már elmondtam a véleményemet. Ha meg a zenét kifogá-
solod, van más is – váltott a telefonján a Green Day *American
Idiot* című számára. – Van egyéb kérdésed?

– Nincs! – felelte Jamira. – Amúgy ez határozottan jobb zene,
mint az előbbi!

– Nos – Rusty mélyen a lány szemébe nézett – elmondom,
mi a képlet. Most éppen egy kis kényszerpihenőt tartok, de ha-
marosan visszamegyek Irakba, és soha többé nem jövök vissza,
érted? Soha többé!

Ha akarnék, sem tudnék visszajönni, mert száműzött lettem a sa-
ját hazámban, de egyébként sem kérek Amerikából, és Amerika sem
kér már belőlem, szóval a dolog tárgytalan... egyébként is inkább hal-
nék meg odaát, minthogy itt éljek nélküled – gondolta.

– Akkor most találjátok ki, mit kezdetek magatokkal – mondta
Rusty a lánynak. – Lennének ötleteim, például segítek munkát
keresni, hogy tovább bérelhessétek a lakást, miután elpucoltam
innen! – Kis szünetet tartott, és keresztbe fonta a karját. – És
ha már itt vagytok, össze is házasodhattok.

Jamirának felszaladt a szemöldöke a homlokáig, majd el-
nevette magát.

– Tudod, Rusty, ha épp nem vagy depis, akkor nagyon jó hu-
morod van – kuncogott. – Ha feleségül venném Aysant, akkor
én lennék a férj, ami fura lenne, mert nem vagyok fiú!

Abbahagyta a nevetgélést, és komolyan nézett az őrmesterre.

– Nézd, nálunk véd- és dacszövetség van, mert olyat bárki köthet.

Rusty sóhajtott, és megdörzsölte a homlokát.

– Az egyneműek házassága benne van az amerikai alkotmányban – mondta leverten.

Jamira gonosz vigyorra húzta a száját.

– Ja, abba az alkotmányba, amit exportálni akartatok Irakba, csak tudod, akkor ki kellene belőle venni a megkövezést, hogy ne legyen összeférhetetlenség, amúgy, ha ki akarjátok cserélni az iraki alkotmányt, akkor cseréljétek ki az irakiakat is, de akkor meg Irak nem is önálló ország lenne, hanem Amerika része!

– Légy szíves ne folytasd ez a filozofálást, idegesítesz vele – morogta Rusty.

– Rendben – felelte a lány. – Ha nincs semmi mondanivalód, elmegyünk sétálni. Gondolom, nem akarsz velünk jönni…

– Nem – felelte Rusty kurtán.

Jamira és Aysan felöltöztek, és mikor kiléptek a ház kapuján, nem vették észre, hogy egy fekete árny követi őket.

***

Néhány metrómegállónyira laktak a Central Parktól. Senkinek nem tűnt fel, ahogy a fekete állat felszállt a szerelvényre, és észrevétlenül felszívódott az embertömegben. Mikor a két lány leszállt, tisztes távolságot tartva követte őket.

A parkba érve ropogott a hó a lábuk alatt. Aysan egész úton egyetlen szót sem szólt, csak komor arccal lépdelt, a csend már-már ijesztő volt. Találtak egy padot, a lány lekotorta róla a havat, és leültek. Hosszú percekig csak néztek maguk elé, majd Aysan végre megtörte a csendet.

– Nem bízom az amerikai kormányban – szólalt meg. – Nagyon félek, hogy ki fognak adni a törököknek!

Jamira nem szólt, csak nézte a barátnőjét, és várta, hogy mit akar mondani. Lélegzet-visszafojtva várta a folytatást, amiről sejtette, hogy nem fog örülni neki.

– Szóval, arra gondoltam, hogy… hogy…

199

– Na, mi az? – türelmetlenkedett Jamira. – Bökd már ki!

– Arra gondoltam, hogy be kellene állnom a PKK-hoz. Hősként ünnepelnek, és…

– Te meg vagy huzatva? – hüledezett Jamira. – Nem állhatsz be a PKK-hoz, mert megvádolhatnak terrorizmussal!

– Már így is azzal vádolnak – legyintett a másik. – Mit számít ez? Különben is, én vagyok az, aki kirobbantotta ezt az egész ügyet. Ezzel az erővel már harcolhatnék is… a tagok meg tudnának védeni!

Jamira eltátotta a száját, de rögtön be is csukta. Hirtelen nem tudta, mit mondjon, csak nézte, ahogy hópelyhek szállingóznak a kesztyűjére és elolvadnak a fekete textilen.

– Te bolond vagy – közölte végül, bár nem akarta megsérteni a barátnőjét. – Először is, még csak hazaárulással vádolnak, nem terrorizmussal. Bár mindegy, mert így is, úgy is sittre akar vágni a török kormány. De ha azt hiszed, hogy a PKK meg tud védeni, akkor tévedsz. Tudod, mi történt Öcalannal?

– Hát… elkapták… – Aysan lehajtotta a fejét.

– Elkapták? Mi az, hogy *elkapták*? Törökország *kis híján* lerohanta Szíriát, mert nem akarták kiadni! Ha a vezér így járt, akkor te mire *számítasz*?

– Végül is én nem vagyok *annyira* fontos személy – felelte Aysan. – Miattam nem fogják tűvé tenni Szíriát!

– De elég rendesen belenyúltál a darázsfészekbe – csóválta a fejét Jamira. – Ezért óvatosnak kellene lenned. Ne keveredj nagyobb bajba, mint amiben vagy! Maradj veszteg, kérlek!

– És mégis hogyan? – Aysan kissé indulatosabban kérdezett vissza, mint szerette volna. – Innen, Amerikából nem tudunk segíteni a kurdoknak, ha itt maradunk, semmit sem tehetünk! – Próbált megnyugodni. – Azt szeretném, ha te itt maradnál, és…

– Nincs semmi *és* – intette csendre a másik. – Már segítettünk eleget.

– Nem – felelte Aysan. – Nem segítettünk eleget, amíg nem harcoltunk! Fegyverrel!

Jamira a barátnője vállára tette a kezét.

– Figyelj, ha valóban az életedet akarod kockáztatni, akkor állj be az YPJ-hez. A szíriai kurdok önkénteseket keresnek. Én is veled megyek.

Aysan a fejét rázta.

– Nem jöhetsz velem, mert ha az iszlamisták elkapnak téged, akkor kivégeznek. Én pedig nem állhatok be az YPJ-hez. Török vagyok, Marának pedig igaza van. Soha nem tudnám elnyerni az YPJ harcosainak bizalmát, erre szemernyi esélyt sem látok. – Szomorúan elfordította a fejét, és letörölt egy megdermedt könnycseppet az arcáról.

– És ezért akarsz beállni a PKK-hoz? – nézett rá Jamira bánatosan.

– Nos, ami azt illeti... legalább van ajánlólevelem. Kemal, a polgármester. Ha ő azt mondja, mehetek...

– Kemal a YPJ-hez is beajánlhat – vetette közbe a barátnője. – Hiszen Mara a lánya! És úgy hírlik, hogy ők már Szíriában vannak.

– Nem tudok Marával együttműködni, ha ő nem akar! – Aysan a kesztyűs kezébe temette az arcát, hogy elrejtse a könnyeit.

– Nem baj, te harcolsz Rozsava egyik végében, ő a másikon! Kérlek, ne csináld ezt velem! Kérlek, ne hagyj itt! – Jamira könyörgő tekintettel nézett rá. – Tudod, hogy nem lehet... hogy a PKK-ban nem lehet...

– Szerelmi kapcsolat – fejezte be komoran Aysan. – Tudom.

Jamira egy hosszú pillanatig nem szólt semmit, csak némán bámult maga elé.

– Itt akarsz hagyni engem egyedül? – kérdezte végül megtörten.

– Nem – rázta a fejét Aysan. – Én csak azt szeretném, ha te biztonságban lennél. Márpedig sem Irak, sem Szíria nem biztonságos ország a számodra. Amerikában senki nem fog bántani, sem a melegséged miatt, sem másért, én pedig minden nap gondolok majd rád, bár nem lehetünk együtt – mosolygott szomorúan.

– Ezek szerint magányosan fogok meghalni – csóválta a fejét Jamira, és kesztyűs kezével letörölt egy könnycseppet az arcáról.

– Ha csak nem állsz be a PKK-ba, amit ne tegyél, akkor nem – felelte Aysan. Jamira megvonta a vállát.

– Azt hiszem, én inkább visszabújok a *closet*-be, minthogy mással éljek…

– Ez kedves tőled. – A barátnője magához húzta és arcon csókolta. – Gyere, menjünk, mert Rusty biztos unatkozik egyedül.

Ahogy elindultak visszafelé, a fekete-cser színű farkas felállt a hóból, és kilépett a fa mögül, ahol eddig rejtőzött. Hosszú ideig csak nézte a két lányt, ahogy távolodnak, majd hazaindult.

***

Rusty az ágyán feküdt a szobájában, és az agya vadul zakatolt, ahogy próbálta összeszedni a gondolatait.

Fantasztikus helyzetbe manővereztük magunkat, gondolta keserűen. Itt állunk meglőve egy elcseszett háborúban, amit sem megnyerni, sem befejezni nem tudunk, naponta meghal vagy egy tucat katona, vagyis lehet, hogy inkább több, de nem ám csak a harctéren vannak áldozatok, hanem a saját otthonukban nyírják ki magukat a veteránok emiatt az életre szóló kaland miatt, mert ez egy feldolgozhatatlan trauma. Mint hogy az is, hogy aki nem áll be az amerikai kormány mögé, és nyíltan támogatja a kurdokat, azt kirakják a seregből. Megette a fene az egészet, igaza volt a briteknek és a franciáknak, már az elején ki kellett volna szállni, vagyis inkább be sem kellett volna szállni, az lett volna a legjobb. Ami még frankó az egészben, hogy teljesen belezúgtam a tolmácsomba, de hát kellett a hadseregnek nőket is közvetíteni tisztes munkára, nem is ők a hibásak, Jamira nem tehet róla, hogy a nőket szereti, én pedig szintén, legfőképpen persze őt, ezzel kell beérni, de ebből így nem lesz semmi… Háborút elveszteni egy dolog, de elveszteni valakit, akit szeretünk, az egy másik…

Tovább folytatta a gondolatmenetet, és arra jutott, hogy ha senki mást nem tud megmenti, Jamirát akkor sem hagyja elveszni. Őt nem!

Muszáj kinyomoznia, hogy mire készül a két lány. Elhatározta, hogy a továbbiakban is hallgatózni fog, ehhez azonban megint alakot kellett váltania, amivel a lebukást kockáztatta. Egyik este megvárta, míg Aysan és Jamira elhagyta a hálószobát, majd mikor látta, hogy nincsenek a közelben, farkas alakot öltve beosont, és bekúszott az ágy alá, ahol nem volt sok hely, igencsak szűkösen fért el. Remélte, hogy nem kell sokáig ebben a kényelmetlen helyzetben maradnia, és képes lesz észrevétlenül távozni.

A két lány nemsokára visszatért. Aysan egy összehajtott papírt tartott a kezében, leült az ágyra Jamira mellé, és kiterítette. Ideje volt felvázolni a nagy tervet.

– Íme, ez itt Irak és Szíria térképe – mutatott a kiterített lapra, amely nagyobb volt, mint egy turistatérkép, és Jamira elgondolkodott, hogy a barátnője honnan szerezte. Az ember nem sétál csak úgy be egy fénymásoló-üzletbe, hogy kérjen egy Közel-Kelet térképet XXL-es nagyításban, esélyes, hogy a titkosszolgálat öt percen belül a nyakán lesz, de nem kérdezett rá a nagy rejtélyre. – A legkönnyebb út Törökországon át vezetne, de ezzel nem kevés probléma van. Van a számlámon pénz egy repülőjegyre odafelé, mert nyilván ha egyszer elmegyek, akkor nincs visszaút. Többé nem jöhetek vissza… szóval, nem a pénz a gond, hanem az, hogy ugye engem otthon kerestetnek, és nem kétlem, hogy a kiadatásom is folyamatban van. Bár sejtem, hogy az apám is alapos fejmosást fog kapni ezért, mert a bűntény elkövetésekor még fiatalkorú voltam. De még ha nem is körözne a török kormány, akkor sem lenne egyszerű a helyzet.

A térképre bökött, ahol Nyugat-Kurdisztán pirossal be volt karikázva.

– Ez itt Rozsava – mondta, majd egy pontra mutatott a török-szír határ közelében, ami be volt ikszelve. – Ez pedig itt Kobane. Látszólag könnyű lenne átjutni a határon, csak az a gond, hogy le van zárva. Bááár – tette hozzá tűnődve – úgy hallottam, hogy az iszlamisták simán átszivárognak…

– Nem mondod! *A hiénákat átengedik?* – Jamirának leesett az álla. *Ezt nem mondhatja komolyan!*

– Jah, úgy hírlik – bólintott Aysan. – Bezzeg a kurdok nem mehetnek se té, se tova. Vicc az egész!

– Van egy másik út Törökországból, ahonnan át lehetne kúszni a határon – folytatta Aysan, és egy másik ikszre mutatott,

Rozsava határától nyugatra. – Reyhanli mellett van egy mene-külttábor, ott nem őrzik a határt, de így is van esély, hogy el-kapnak. Tehát csak egy mód van rá, hogy Szíriába jussak... még-hozzá Irakon keresztül.

– És azt hogy...

– Rusty csapatainak magángépével – fejezte be a mondatot Aysan. – Csak nem tudom, hogy vegyem rá, hogy magával vi-gyen. Már ha komolyan gondolja szegény, hogy a jelenlegi mentá-lis állapotában visszamegy. Nem vagyok pszichológus vagy ilyes-mi, de nekem nem tűnik úgy, hogy jól bírja a pszichés terhelést. Mondjuk ezzel nincs egyedül – sóhajtott. – De figyelj, most jön a legnagyobb gond... hogy mit kezdjünk a hiénákkal. – A térképen megmutatott egy feketével körberajzolt területet, melynek Rak-ka volt a központja. – Ezek itt garázdálkodnak, és különösen ke-resettek a köreikben a korombeli fiatal lányok. Főleg feleségnek vagy szexrabszolgának, mondanom se kell, hogy egyik se akarnék lenni. De van rá mód, hogy békén hagyjanak. – Itt hatásszünetet tartott. – A terhes nők valahogy nem annyira kelendők. Mikor ilyent találnak, akkor megkérdezik a főmuftit, aki kiad egy val-lási rendeletet, hogy mit kell ilyenkor csinálni, sokat tanácskoz-nak, és mire kitalálják, hogy lehet-e velük közösülni vagy sem, addigra a nők vagy megszöknek, vagy megszületik a gyerek...

Jamirának elkerekedett a szeme.

– Figyelj, azt hiszem, erre most nincs idő. A családtervezést későbbre akartam halasztani, mert a kurdok bajban vannak, és szerintem picit hosszú lesz a várólista, ha most mi itt sperma-donorért folyamodunk, szóval nem hiszem, hogy ez kivitelez-hető... – Megvakarta a fejét, és közben arra gondolt, hogy a ba-rátnőjének elment a maradék józan esze.

– Nem kell spermadonorért folyamodni, te észlény – neve-tett Aysan. – Hiszen itt van a szomszéd szobában!

Jamira teljesen ledermedt. *Tényleg elment az esze*, gondolta.

– Neked elmentek otthonról – mondta ki hangosan, amit gondolt.

– Nem, nem, hallgass ide – mondta, majd lehalkította a hangját. – Az a helyzet, hogy szerintem téged hajlandó lenne megdönteni, de engem nem, szóval szükségem lesz egy kis segítségre. – Jamira fülébe súgott valamit, amitől a lány a szája elé kapta a kezét, és elsápadt.

Rusty az ágy alatt nem hallotta az utolsó mondatot, de az agya sebesen zakatolt, és a szíve majd kiugrott a helyéből. A helyzet elfajult, az ő felelőssége, hogy leállítsa a lányokat, a saját jól felfogott érdekében és az övékében egyaránt. Teljesen egyetértett Jamirával, ami Aysan elmeállapotát illeti, de ami azt illeti, az emberek ebben a korban még képtelenek józanul mérlegelni. Újra hegyezni kezdte a fülét, hátha elkap egy félmondatot, amiből kiderítheti, mekkora a baj.

– Ami téged illet, te itt maradsz – folytatta Aysan. – A gyereket rád fogom bízni, és bízom Rusty józan eszében, hogy előbb-utóbb hazaeszi a fene. Ő sem gondolja komolyan, hogy Irakban akar élni, ez csak egy átmeneti bolondéria. Bár, már teljesen beleélte magát... egyszer csak hazatér, és akkor felnevelitek együtt a gyereket. Ha már vissza akarsz bújni a *closet*-be. Múltkor legalábbis azt mondtad...

Jamira a fejét csóválta, és nem jutott szóhoz.

– Igen, tudom, mit mondtam, de... – tiltakozott.

– Nincs de – intette le a barátnője. – Mi a fontosabb, a kurdok vagy a személyes boldogság?

– A kurdok – Jamira nagyot nyelt. – Gondoltam, hogy összejön a kettő egyszerre...

Hanyatt feküdt az ágyon, és a plafont nézte. Nagyon ideges és zavarodott volt.

Most aztán tényleg benne vagyunk a pácban, gondolta.

Aysan egy darabig még nézegette a térképet, majd összehajtotta a papírt, és visszatette az éjjeliszekrény fiókjába. Aztán leoltotta a villanyt, és lefeküdt. Jamira nem tudott aludni, próbálta összeszedni a gondolatait. Órákig forgolódott az ágyban, de nem jött álom a szemére. Arra riadt a gondolataiból, hogy nyílik és csukódik az ajtó, és egy fekete árnyat látott elsuhanni.

Már megint ez... – A hasára fordult, és a párnába fúrta a fejét. – *Már én is kezdek becsavarodni...*

***

Rusty azon agyalt, hogy mi ilyenkor a teendő.

Szólhatnék Marának, gondolta, ő biztosan tud a lányokhoz valami használati utasítást. De ő most épp Szíriában harcol, és pont nem ér rá ilyen apróságokkal foglalkozni. Esetleg felhívhatnám a veteránsegítő szolgálatot, bár az ilyen ügyek nem az ő hatáskörükbe tartoznak. Fel kell vennem a kapcsolatot egy LMBTQ-szervezettel, de mit mondjak nekik? Hogy egy kétségbeesett heteró férfi vagyok, akit meg akar erőszakolni két leszbikus? Süket duma a köbön, ezt tutira nem veszi be senki. Mást kell kitalálnom... Lehetnék én a homofób nagybácsi, aki a nemtetszős rokonait akarja elvitetni melegebb éghajlatra, illetve inkább melegbarát éghajlatra... igen, ez lesz a legjobb megoldás!

Másnap bement a két lányhoz a szobába.

– Nemsokára visszamegyek Irakba – közölte. – Találtam nektek szállást, majd kereshettek munkát is. Úgyhogy pakoljatok, mert holnapután indultok!

– Ki akarsz minket rakni? – kérdezte Jamira. – És mégis hova, valami *youth hostelbe*?

–Nem egészen... – felelte az őrmester zavartan, és a falat nézte. – Segítenek... ööö... beilleszkedni.

Aysan lemondóan intett a kezével.

– Nem akarunk beilleszkedni, Rusty. Vissza akarok menni...

– Elég ebből a bolondságból – felelte mogorván az amerikai. – Azt mondtam, pakoljatok!

A két lány kénytelen-kelletlen elkezdte hátizsákba rakni a szekrényből a kevés ruhát és egyéb holmit, amit magukkal hoztak, és összekészítették az irataikat. Aysan nézte, ahogy Rusty után becsukódik az ajtó.

Ilyen könnyen nem úszod meg, nagyfiú, gondolta.

***

Két nap múlva, egy fagyos januári reggelen begördült az utcába egy fehér autó, aminek a hátsó részére a hidegben keményre dermedt szivárványos zászló volt tűzve. Rusty lekísérte a két lányt az emeleti lakásból, Jamira és Aysan a hátizsákjaikat szorongatták. Ahogy kiléptek az ajtón, megcsapta őket a jeges levegő, és felváltva néztek az őrmesterre, majd a kocsira. A járműből kiszállt egy fiatal nő, rózsaszín télikabátot, vastag fekete harisnyát és bakancsot, valamint piros szoknyát viselt. Szemmel láthatóan nem volt fázós típus. Odament Rustyhoz, és szemrehányóan nézett a szemébe.

– Szóval maga a nagybácsi, vagy mi? Látom, jégből van a szíve, hogy lehet kirakni két szerencsétlen LMBTQ-gyereket a legnagyobb télben? Ha nem tudná, kilakoltatási moratórium van!

Rusty igyekezett állni a pillantását.

– Tudja, hamarosan lejár a szabadságom, visszaküldenek Irakba, és nem tudom kire bízni ezeket a szegény fiatalokat, érti, a szüleik nem állhatják a melegeket, ostorral vernének végig rajtuk...

– Ó, szóval Irak – a nő beléfojtotta a szót. – Mindig ez az átkozott háború! – Jobban megnézte magának az őrmestert. – Maga nem tűnik ilyen gyerekgyilkos típusnak, mondja, igaz, hogy Ramádiban a katonáink felgyújtottak egy óvodát?

Rusty keze ökölbe szorult. *A kurva anyádat...*

Jamira figyelt, és ezen a ponton levette a hátáról a hátizsákot, és lehúzta a kesztyűjét.

– Ja, meg azt is címlapon hozták az újságok, mikor Abu Graibban egy szegény rabot borba fojtottak amerikai őrök, másokat keresztre feszítettek, micsoda gyalázat! Undorító! Hová süllyedt ez az ország!

Hát ja, szegény Keith is megmondhatja, milyen gusztustalan volt, ő látta, tényleg nem volt szép látvány...

– Mondja, jól alszik mostanában? – A nő tovább kérdezgetett szemtelenül.

Rohadtul nem, Zolofton élek[6], pedig utálom és fáj tőle a fejem, de ha nem szedem, folyton lövéseket hallok a fejemben, Keith meg állan-

---

6 A Zoloft antidepresszáns, nyugtató gyógyszer, melyet gyakran írnak fel poszttraumás stressz-szindrómában (PTSD) szenvedő betegeknek.

*dó vendég a pszichiátrián, mert nem használ neki semmilyen gyógy-
szer...* – Rustynak megremegett a keze.

– Hagyjon engem békén – mondta hidegen – Nem ezért hív-
tam ide!

*Sose ütöttem meg nőt életemben, se ciszneműt, se transzneműt,
semmilyet se, de rajtad kipróbálnám, hülye liba...*

– Igaz, hogy Falludzsában civileket öltek? Nőket is, maga
hányat gyilkolt?

Csatt.

Jamira keze eltalálta a nő arcát, majd visszakézből is pofon
ütötte, megragadta a nyakánál fogva, és az autó oldalához nyomta.

– Magának nincs jobb dolga, mint veteránokat sértegetni? – szegezte neki a kérdést, de nem eresztette el a nőt. – Mit
képzel, ki maga?

– Én azt kérdezném, hogy *maga* kicsoda – tiltakozott a má-
sik – és miért avatkozik közbe?

– Olyasvalaki, aki Irakból jött, és ne kekeckedjen, mert tu-
dok nagyobbat is ütni! – kiabálta Jamira. Rusty odament, és
megpróbálta lerángatni a lányt az áldozatáról, akit úgy szorí-
tott, mint egy prédáját fogó párduc. A sofőr, egy másik, idősebb
szőke nő, most letekerte az ablakot.

– Elég legyen ebből! – szólalt meg hirtelen, de ekkor már Ay-
san is ott termett, hogy közbe tudjon avatkozni, ami a véd- és
dacszövetség értelmében kötelessége volt.

– Mi az LMBTQ-gyerekekért jöttünk – mondta békítőleg a
sofőr. – Hol vannak? Csak elvisszük őket, és sehol sem vagyunk...

– Húzzon a fenébe – mordult rá Aysan – itt valami félreértés
van, mi az, hogy LMBTQ-gyerekek, én egyszerű biszexuális va-
gyok és nagykorú, fogalmam sincs, miről beszél!

– Szóval nem maguk kértek segítséget? – köhögte a nő, akit
eddigre már Jamira elengedett, és megpróbált lélegzethez jutni.

– Nem – felelte kurtán az iraki, mire a nő beszállt a kocsiba,
miután megállapította, hogy őt itt igen nagy veszély fenyegeti
holmiféle gerillák és veteránok részéről.

Miután a kocsi elhajtott, Jamira odafordult Aysanhoz.

– Szerinted hova vitt volna minket ez a csodaautó? – kérdezte a barátnőjét.

– Inkább nem képzelem el – nevetgélt Aysan – de nem tűnnek valami műveltnek. Nem nézem ki belőlük, hogy Engelst olvastak, igaz, hogy talán a nyugati baloldaliaknál már nem divat!

– Hagyjad már – vihogott Jamira – lehet, hogy ezek nem is tudnak olvasni!

Rusty csalódottan és rosszallóan nézett a két lányra.

– Jamira – szólalt meg –, ugye tudod, hogy ez homofób indítéknak minősül?

– Ja, bocs, ne haragudj, de elfogott a szekunder szégyenérzet – A lány látványosan a szája elé kapta a kezét. – Utálom magam érte, de ez aljas dolog volt tőlük. – Áthatóan nézett az őrmesterre. – Ami téged illet, ezért még elbeszélgetünk.

Rusty nagyot nyelt, mert eszébe jutott, mit jelent ez esetben az *elbeszélgetünk*, és miért akart megszabadulni a két lánytól...

***

Aznap este Jamira kopogás nélkül benyitott Rusty szobájába, aki az ágyán ült pólóban és rövidnadrágban, és szokása szerint zenét hallgatott, hogy elnyomja ijesztő gondolatait, közben kibámult a jégvirágos ablakon át a sötétbe. A szeme sarkából észrevette a lányt, aki világoskék hálóköpenyt viselt. Levette a fejhallgatót, és fáradtan nézett Jamirára.

– Mit szeretnél? – kérdezte, és bár igyekezett, hogy ne tűnjön mogorvának, a hangja a kelleténél zordabb volt.

– Szeretnék megbeszélni veled néhány dolgot.

– Mi lenne az? – kérdezte. *Csak nem akarnak tényleg megerőszakolni, legalábbis talán most nincs kedvük...*

– Aysan a PKK-hoz akar csatlakozni, de a Szíriába vezető utak le vannak zárva. Lehetetlen lenne Törökországon keresztül mennie anélkül, hogy ne kapják el. Arra gondoltam, hogy veled mehetne Irakba.

– A magánhadseregünk senkit nem visz Irakból Szíriába – vágott közbe Rusty. – Együttműködünk az iraki pesmergákkal,

209

hogy legyőzzük az iszlamistákat, ők viszont hallani sem akarnak arról, hogy a PKK-nak toborozzanak. Iraki Kurdisztán elnöke megtiltotta nekik. Sajnálom, nem segíthetek!

– Nem kell elvinned a barátnőmet Szíriába – folytatta Jamira –, mivel odatalál magától is!

– Bolond vagy te is és a barátnőd is – korholta Rusty, – te azért, mert ilyesmiben segédkezel!

– Neked csak Bagdadig kell vinned, onnan eljuthat Rakkán keresztül Rozsavába. Bolond pedig az, aki az iszlamistáknak segít, és az bizony nem mi vagyunk! Nem tehetek róla, hogy az amerikai elnök nem hajlandó segíteni a kurdoknak! – A lány kissé ingerültnek tűnt. – Ha támogatná őket, nem lenne ez az egész cécó! Kár, hogy mást se csinál, csak az iraki olajat rabolja! – Tehetetlenül csóválta a fejét. – Nos, megteszed vagy nem?

Az őrmester felsóhajtott.

– Rendben, elviszem Aysant Irakba felelte. – Most boldog vagy?

– Én igen, de *te* nem, ezt látom rajtad. Akarsz beszélni nekem a gondjaidról? Szívesen meghallgatlak...

Ha mindet elmondanám, itt ülhetnénk hajnalig, és akkor sem érnék a végére – gondolta Rusty.

– Ahhoz képest, hogy a nőket szereted, látom, elég jól érted, mi jár a fejemben – mondta végül.

– Rusty, te a legjobb barátom vagy, és jól ismerlek. Azon kívül én nem a férfiak ágyékát nézem, hanem az arcukat, és a szemed mindent elmond. Látom rajtad, hogy mennyire csalódott vagy amiatt, ami Irakban történik, pedig nem tehetsz róla. Amióta hazajöttél, olyan hűvös vagy, mint egy jégszekrény. Mondd, tehetek érted valamit?

Az őrmesternek kiszaladt a mondat a száján, amit magában akart tartani.

– Szeretnélek megcsókolni – mondta, de rögtön meg is bánta. *Hogy én milyen hülye vagyok!*

– Persze nem úgy értettem, hogy... hogy...

Jamira leintette, és megvonta a vállát.

– Akkor tedd azt – felelte rezzenéstelen arccal. Rusty megdöbbent.

– Nem félsz tőlem? – kérdezte a férfi.

Az iraki felnevetett.

– Félni? Ugyan már! Az ég szerelmére, Rusty, ott voltam Falludzsában, amikor a katonáid ránk törték az ajtót, és te rám szegezted a fegyvert! – Az őrmester teljesen ledermedt. *Honnan tudja...?* – Tudod mit? Akkor féltem, igen, tudd, meg, hogy akkor nagyon féltem... felismertelek, mikor másodszorra találkoztunk, mert ilyen szép szeme csak egyvalakinek van egész Irakban! – Hirtelen elhallgatott. – Kérlek, ne mondd meg a katonáidnak, hogy ott voltam... megölték az apámat, amit nemhogy nem sajnálok, hanem örülök neki, mert egy zsarnok volt. De tudod milyenek ezek a jenkik, tűzokádó sárkánnyá változnak, ha a haza védelméről van szó, és likvidálnának, ha úgy gondolják, veszélyt jelentek. Pedig megesküszöm neked, hogy nem akarok bosszút állni! – Az arcán megjelent egy könnycsepp, de Rusty letörölte az ujjával.

– Persze, hogy nem mondom meg – felelte szelíden. – És persze, hogy nem vagy veszélyes! – Bal kezével átkarolta a lányt, míg jobb kezével végigsimított a haján, és megcsókolta először az arcát, majd az ajkát.

Minden viszonyítás kérdése, gondolta Jamira, járhattam volna sokkal rosszabbul is, ha a jenkik nem lépnek közbe Falludzsánál, akkor apám hozzáadott volna egy vén trógerhez, akinek a rabszolgája lennék, és folyton verne... és persze körülmetéltek volna, ahogy az iraki nőket szokás. Büntetésből, ugye. Mara azt mondta, hogy Iraki Kurdisztánban a nők majd' háromnegyedét megcsonkolják, ő csak azért úszta meg, mert az ő apja baloldali, és Törökországban élt, ahol ez tilos, mert ha nem lenne az, akkor Aysant is elintézte volna az apja. Szóval szerencsénk van. Határozottan jobb helyzetben vagyunk, mint a legtöbb nő Irakban, és ott tartunk, hogy gyerekvállalási kérdésekben is dönthetünk. Amit most csinálni készülünk, nem egy konszenzusos módszer, és hát tényleg jobb lett volna, ha megkérdezzük Rustyt a dologról, éppen csak ne lenne ennyire kínos...

Kioldotta a hálóköntösét, alatta piros melltartót és alsóneműt viselt. Hagyta, hogy a férfi végigsimítson a testén, a bordáin. Azt az utasítást kapta Aysantól, hogy izgassa fel az őrmestert, így is tett.

– Amúgy megkérdezhetem, miért nincs kapcsolatod? Már-mint, heteró nőkkel, úgy értem…

– Azért, mert csak kétféle heteró nő van, akinek csak azért kellek, mert SEAL-kommandós vagyok, meg az, akinek csak azért *nem* kellek, mert az vagyok. Nekik csak egy hímsoviniszta, *übermensch* bőrnyakú macsó vagyok, akinek nagy az egója. De már mindegy – sóhajtotta Rusty – mert már kirúgtak a SEAL-től…

– Az nem számít, én itt leszek melletted. Tégy velem, amit akarsz – mondta Jamira Rustynak –, de nem fogok lefeküdni veled.

– Persze, hogy nem – Rusty a fülébe nevetett. – Sosem feküdnék le egy leszbikussal! Inkább a magányos szex – suttogta.

Na, attól kicsit eltérünk – gondolta Jamira, de nem szólt semmit, csak hagyta, hogy a férfi tovább simogassa, és végigcsókolja a nyakát. Egy idő múlva felállt, és a férfi követte. Mikor hozzásimult, érezte a merevedését, amitől kissé feszengeni kezdett, nem gondolta volna, hogy ennyire gyorsan fog menni a dolog, és egyik kezével a hálóköntöse zsebébe nyúlt a mobiljáért, míg a másik kezével átkarolta Rusty nyakát. Aysant hívta.

A barátnője észrevétlenül surrant be melléjük a szobába, illetve meglehetősen feltűnő lett volna a kioldott fehér hálóköntösével, ami alatt nem viselt semmit, de az őrmester gondolatait teljesen elfoglalta Jamira, így fel sem tűnt neki a másik lány jelenléte. Jamira elkapta a férfi jobb kezét, mikor észrevette, hogy magához akar nyúlni.

Aysan halkan megszólalt.

– Most nézd meg – mondta a barátnőjének –, úgy tesz, mintha itt se lennék, komolyan, önbizalomhiányos leszek ettől! Itt állok meztelenül egy szál köntösben, de nem tudom rólad levakarni! Ennyire nem vagyok szép?

– Szerintem csodálatosan szép vagy – felelte Jamira, és nézte, ahogy Aysan lefejti a szerelemittas Rustyról a nadrágot. Majd Aysan szó szerint magára rántotta az őrmestert, míg Jamira finoman az ágyra lökte.

A férfi szemtől szembe találta magát az alatta fekvő Aysannal, és mikor fölé hajolt, megérezte rajta Jamira illatát, ami teljesen elbódította. Teljesen megrészegült, és már csak az iraki lányt látta maga előtt, többé nem tudta megtartóztatni magát. Percek alatt eljutott az orgazmusig, aztán, mint aki álomból ébred, meglepődve nézett Aysanra, és oldalra nézve azt látta, hogy Jamira áll mellette. Hirtelen nem tudta, hogyan került abba a helyzetbe, amiben volt. Lekászálódott az ágyáról, amit Aysan teljes egészében elfoglalt, és próbálta rendezni magát és a gondolatait.

– Egészségedre – vigyorgott a török lány. – Remélem, jólesett, üdv a valóságban! Az előbb pont úgy néztél ki, mint aki transzba esett.

– Ne mondd azt, hogy transzba esett – morogta, miközben megpróbálta lehessegetni Aysant az ágyáról.

– Miért?

– Mert az transzfób. Azt úgy kell helyesen mondani, hogy *önkívületi állapotban volt.*

– Akkor legyen úgy – kuncogott Aysan, aki nem vette túlzottan komolyan az iménti felvetést.

– De mégis miért...? – nézett most az őrmester Jamirára, pedig pontosan tudta, hogy miért történt.

– Bocsi, akartam volna mondani, hogy gyereket szeretnék, de *à la guerre comme à la guerre*, ezt így kellett megoldani... – Szégyenkezve lesütötte a fejét.

– Te franciául is tudsz? – csodálkozott Rusty. – És pontosan mit jelent, amit mondtál?

– Azt, hogy a háborúban szükséghelyzetek vannak, és a hadiállapotnak megfelelően cselekedtünk. Aysan el akar menni Szíriába a PKK-hoz, de ehhez át kell mennie Rakkán, ott pedig a hiénák eladják szexrabszolgának, kivéve, ha terhes. Mert a főmufti megmondta a harcosainak, hogy tilos terhes nőkkel közösülni. Így nem is fog kelleni senkinek, míg meg nem születik a gyerek. Akit nyilván iszlamista harcosnak nevelnének. Ezért majd te elmész Irakba, majd Szíriába, és megkeresed Aysant – folytatta. – Visszahozod a gyereket Amerikába, majd elfelejted, hogy te valaha is jártál a Közel-Keleten, én pedig elfelejtem, hogy valaha is viszonyom volt Aysannal, mert a PKK nem vesz fel szerelmeseket. Kénytelen leszel utánamenni, mert te sem akarod, hogy terroristát neveljenek a saját gyerekedből!

– Persze, hogy nem akarom! – fakadt ki az őrmester dühösen. – De szólhattál volna!

– Jól van, ha vége a háborúnak, akkor végigmegyünk a formaságokon, és majd aláírsz egy papírt, hogy te voltál a spermadonor. De most vészhelyzet van. Én nem mehetek harcolni a saría miatt, mert köröznek. Viszont ha itt maradok, legalább valaki felneveli a gyereket.

Rusty sebesen gondolkodott.

Ha jobban belegondolok, mindig is erről álmodoztam, attól az apróságtól eltekintve, hogy mindezt heteroszexuális nővel képzeltem el, nem akarom Jamirát visszakényszeríteni a closetbe, de mit tehetnék, ha saját magával csinálja? Menjek bele ebbe a kényszer szülte játékba? Egyáltalán, tehetek mást? Miért gondolom azt, hogy ez a két akaratos teremtés teljesen átvette az irányítást felettem? De a saját sorsukat mégsem képesek irányítani...

Szomorúan nézte, ahogy Jamira és Aysan távoznak a szobából. *Vajon miért siklottak félre ennyire a dolgok?*

KILENCEDIK FEJEZET

A kis janicsár

Három hónappal később, valahol Irakban

Rory már nem számolta a napokat, amiket börtönében töltött. Az iszlamisták egy omladozó, dohos szagú helyiségben tartották, aminek a faláról foltokban hullott a vakolat. Büntetésből kapta az elzárást, amiért nem volt hajlandó teljesíteni a janicsáriskola követelményeit. A fundamentalisták láthatóan felhagytak a Korán bemagoltatásával, mivel a fiú túl konoknak bizonyult ehhez, és a lefejezés című leckét akarták vele gyakoroltatni, de Rory nem volt hajlandó élő áldozaton gyakorolni. A legutóbb napokig éheztették, mire rávették, hogy gyalázzon meg egy hullát, egy nyugati tudósítót, aki a figyelmeztetések ellenére Irakba tévedt. Most pedig veréssel és kínzással fenyegetőztek, ha nem hajlandó teljesíteni az utasításokat. Rory azonban tüntetően nem állt velük szóba.

– A Könyv népei közül még nem találkoztam ilyen megátalkodott gyerekkel – morogta az Ali nevű mudzsahed –, ki kellene végezni, mint a jazidiakat. Hiszen látod, hogy semmire sem jó! – A romos helyiség kapujában álltak, és a foglyot őrizték.

– A keresztényeket meg lehet téríteni – ellenkezett Mehdi, a másik, akinek még Alinál is hosszabb és ápolatlanabb szakálla volt, és fekete turbánt viselt. – Nincs kivétel! Csak meg kell találni a módját. A gyaurok könyve teljesen megfertőzte az elméjét, de azt hiszem, tudom a megoldást. De megpróbálom puhítani még egy kicsit. Ha nagyon nem megy, akkor elengedjük.

– Elengedjük? Megőrültél? Senkit nem engedhetünk csak úgy el, főleg nem a gyaurokat! A fiúnak csak két választása van, vagy öl, vagy őt öljük meg!

– Nem azt mondtam, hogy csak úgy elengedjük – mondta Mehdi – hanem valakiért cserébe. Van egy amerikai, akire már régóta fáj a fogam, és vérdíj is van a fején, mivel sejti, hogy megszereztük a Kardot, és idejön majd, hogy visszavegye. De nem eszik olyan forrón a kását! Őt majd később elintézzük, ne aggódj! Viszont – tartott egy kis szünetet, mintha tűnődne valamin – vannak értesüléseim arról, hogy az unokahúgom Amerikába menekült. Őt a saría bíróság leszbikusság miatt körözi. Ha átadnánk nekik a lányt, akkor meggyőzném őket, hogy engedjék el a gyereket. Az amerikait nem adnák ki egy egész kölyökhadseregért se, mert még mindig védi a hátországa. De tudják meg a gyaurok, hogy mi dzsihadisták hajlandóak vagyunk alkut kötni.

– Nem is tudom, ér-e ez nekünk ennyit – válaszolta Ali.

– Nekem igen, mert a családom becsületéről van szó... a családomnak én vagyok az egyetlen férfiági örököse, az átkozott amerikaiak megölték az összes rokonomat – dühöngött Ali. – Megyek, beszélek a gyerekkel.

Kinyitotta a hangszigetelt ajtót, ami mögött Rory nem hallotta az iménti beszélgetésüket.

– Mondd csak, kölyök – kezdte Mehdi, aki szórakozásból elővette a tőrjét, és babrált vele –, imádkoztál?

– Igen, uram – felelte Rory, aki igyekezett leplezni idegességét.

– De nem Allah-hoz.

– Nem, uram. Ahhoz az istenhez imádkoztam, aki megmentette Dániel prófétát az oroszlánoktól. Dániel próféta nem imádkozott más istenekhez, és én sem fogok.

– Na, látod, ez a probléma. Így viszont meg fogunk ölni! Kivéve, ha valaki vállalja, hogy meghal érted – Mehdi gonoszul vigyorgott, és a szakállát simogatta. – Tudod, mi a közös a Koránban és a Szentírásban?

–Nem, uram. – Rory riadtan rázta a fejét.

– Szodoma és Gomora nem rémlik?

Rory továbbra is csak ijedten pislogott, mert nem értette, mit akar tőle az iszlamista.

– A te istened elpusztította ezt az erkölcsi fertőt, de csapnivaló munkát végzett, mert ezek a buzik azóta is csak szaporodnak. De Allah, a hatalmas, majd megoldja ezt is, ha mi uralkodunk általa, hamarosan nem lesz egy se, úgy bizony! Titeket, keresztényeket meg áttérítünk az iszlámra! Rendes muzulmánok lesztek, vagy fizethetitek a dzsizjét![7]*

– Már megmondtam, uram – felelte Rory, és fogvatartója szemébe nézett – hogy nem szegem meg a Tízparancsolatot, és nem ölök embert. És nem értem, mi közöm lenne ahhoz, ami Szodoma és Gomora városában történt.

– Anyád muszlim, nem mesélt róla semmit?

– Nem, uram.

– És arról a Jamira nevű lányról sem, akit rejtegetett?

Rory egyre jobban megijedt. *Mit akarnak ezek? És honnan ismerik Jamirát? Honnan tudják, hogy nálunk volt?*

– Anya tanította Jamirát... nem mondta, hogy mire. Jamira pedig engem tanított angolra.

– Nem próbált megrontani? – faggatta tovább Mehdi. Rorynak elkerekedett a szeme.

– Nem, értem, mire céloz, uram, Jamira semmi rosszat nem tett...

– Mindegy – hagyta rá Mehdi, és tovább simogatta a szakállát. A lényeg, hogy téged elengedünk, de cserébe a lányt meg fogjuk ölni!

Rory szíve olyan hangosan zakatolt, hogy azt hitte, mindjárt kiugrik a helyéből, és meg volt róla győződve, hogy a körülötte lévők is hallják. *Nem lehet igaz! Ez biztosan valami félreértés, gondolta. Hiszen én nem ezért imádkoztam! Csak annyit akartam, hogy kiszabaduljak innen élve, és újra láthassam anyát, apát és Atit! Nem akarom, hogy bárki meghaljon miattam!*

Mehdi becsapta maga után a vasajtót, Rory pedig a térdébe temette az arcát és zokogott.

***

---

7 Keresztényekre a hódító muszlimok által kirótt különadó.

Hajnali fél kettő volt, és Rusty nem tudott aludni, csak forgolódott az ágyában, hiába vette be a szokásos, egyébként is megemelt nyugtató-adagjának a kétszeresét, nem jött álom a szemére. Nemcsak a háború volt az egyetlen gondja, hanem a magánélete miatt is volt miért aggódnia. Mondhatni, hogy a háború, a munka és a magánélet számára egyszer s mindenkorra, visszavonhatatlanul összefonódott. A fejében egymást követték a gondolatok, miközben izzadt kezével a takarót gyűrögette.

Teljesen tehetetlennek érzem magam – gondolta –, *mint aki már egyáltalán nem képes irányítani a sorsát, akinek az élete kicsúszott a kezéből… én itt vergődöm, az iszlamisták pedig megszerezték a Kardot, és a világ másik felén építgetik a terrorállamukat… Sokan mondják, hogy a Kard csak egy legenda, de magabiztosságot ad annak, aki forgatja, és visszaélhet a hatalommal. Ha nem teszek semmit, a világunk hamarosan széthullik! És itt van Jamira és Aysan, ebben a két lányban több a kurázsi, mint bárkiben, akit valaha is ismertem, vagy valaha is harcoltam. Aysan terhes a gyerekemmel, de kitart amellett, hogy vigyem el Rozsavába, keressem meg Mara apját, Kemalt, mert rábízza majd a gyereket, amíg el nem megyek érte. Állítólag vele már minden tervét megbeszélte telefonon, amire rátelepített egy amatőr szoftvert, ami véd a kémkedéstől, és Kemal nagyon segítőkésznek bizonyult, hiszen a kiszivárogtatást is együtt hajtották végre. Én pedig nem akarom megmondani Aysannak, hogy Szíriából már nem térhetek haza Amerikába, mert senki nem térhet vissza onnan. Mi lesz Jamirával, aki nagyon szeretné felnevelni a babát, de itt rekedt, és én nem tehetek érte többet… úgy érzem, megbuktam, kudarc az életem… Jamira az, akire mindig számíthatok, és én szeretem, akkor is, ha testileg semmit nem tud adni, lelkileg viszont többet ad, mint bárki más… én vagyok az, aki semmit nem tud neki nyújtani, nem adhatom meg neki, amire szüksége lenne, bármennyire szeretném. Szükségszerű lenne a boldogtalanság mindannyiunknak? Miért érzem azt, hogy átokkal vagyok megverve? Bárcsak ne alakultak volna ennyire rosszul a dolgok…*

Rusty bevett még egy nyugtatótablettát, a sokadikat, és nyugtalan álomba merült, de a háború rémképei ilyenkor jöttek elő igazán.

Mikor reggel csörgött a telefon, verejtékben úszva riadt fel, hirtelen azt sem tudta, hol van, és felvette a hívást.

Az ismeretlen hang nem amerikaihoz tartozott, ezt azonnal megállapította az akcentusból. A szíve vadul kezdett kalapálni, ahogy az a valaki a vonal túlsó végén előadja a mondandóját, és izzadt arca halálsápadt lett attól, amit hallott. Nem értette, honnan jön ez a fenyegetés, honnan ismeri az illető a telefonszámát, és honnan tudja, hogy Jamira itt lakik nála. Talán a törökök kémkednek utána? Vagy az amerikai kormány keze van a dologban? Izzadságtól sikamlós kezéből majdnem kicsúszott a telefon, miközben átrohant a másik szobába. Fel sem volt öltözve, csak egy rövidnadrágot viselt, de most ezzel sem foglalkozott.

– Jamira! – kiabálta. – Valaki beszélni akar veled!

A lány elkapta a telefont, mielőtt Rusty elejtette volna. Az őrmestert kiverte a víz és pánikban volt. Ahogy az iraki meghallotta, mit mond a másik, elsötétült az arca, majd elfehéredett. Néhány percig arabul beszélt a fickóval, amit Rusty nem értett meg, de tudta, hogy nem jó hírt kaptak. Miután letette a telefont, percekig csak némán bámult maga elé, mert nem fogta fel, hogy ez vele tényleg megtörténik. Egyszerűen nem akarta elhinni.

– Ki volt az? – kérdezte Rusty rekedten.

– A nagybátyám, Mehdi – felelte Jamira elhaló hangon, majd erőtlenül ráomlott Rusty átizzadt ágyára, és könnyekben tört ki.

– Vissza kell vinned Falludzsába – mondta elfúló hangon.

Rusty nem tudta, hogy mit tegyen, és ugyanolyan kétségbeesett volt, mint Jamira. Átkarolta a lányt, hogy vigasztalja, de közben sebesen gondolkodott.

Nem, semmiképpen sem vihetem vissza oda, ahonnan jött, gondolta, nem hagyhatom, hogy megöljék, de ki kell szabadítanunk Roryt, és ehhez kommandó kell, mégpedig a teljes csapat... de hogyan kivitelezzük a tervet? Egy ilyet alaposan át kell gondolni, és a kommandós bajtársaim nem biztos, hogy hajlandóak vásárra vinni a bőrüket, hacsak…

Ekkor eszébe jutott egy ötlet, amit nem habozott megosztani Jamirával.

– Figyelj rám – mondta neki, mire a lány felült az ágyon, és átkarolta a térdét. – Ahhoz, hogy kiszabadítsuk Roryt és téged is, szükségem van a többi kommandósra és tengerészgyalogos barátaimra. Viszont ők semmi hajlandóságot nem mutatnak arra, hogy kockáztassák az életüket, mert iraki vagy…

– Naná – szipogta Jamira –, egy iraki állampolgár élete szart se ér a jenkiknek…

– Sajnos ebben nem kevés igazság van – felelte Rusty lemondóan –, éppen ezért amerikai állampolgárrá kell válnod, méghozzá gyorsított eljárásban! Mit mondtál Mehdinek?

– Azt, hogy időt kérek átgondolni a dolgot… erre azt felelte, hogy kapok időt, de csak addig, amíg a kurd csapatok és az iszlamisták össze nem csapnak, mert akkor Roryt harcba küldik vagy megölik – csóválta a fejét, és a könnyeit törölgette. – Ami lehet néhány hét, de akár hónapok is, ki tudja, meddig tart a fegyverszünet…

– Úgy lehetsz a leghamarabb amerikai állampolgár, ha… ha feleségül veszlek.

Jamira meglepetten nézett rá, de nem szólt semmit.

– A kommandósok hozzáállása rögtön megváltozik, ha azt mondom, hogy nem egy irakit, hanem a feleségemet akarom megmenteni – folytatta az őrmester. – Készségesebbek lesznek tőle…

– Vajon miért ér többet egy amerikai, mint egy iraki? – tűnődött Jamira.

– Könnyebbet kérdezz – sóhajtotta Rusty. – De ne aggódj, mert ha vége a háborúnak, akkor szabadon engedlek.

A lány felnevetett.

– Ez úgy hangzik, mintha valami fogságban tartott vadállat lennék…

– Nem úgy értettem, hanem úgy, hogy elválunk.

– Akkor meg szabad préda leszek valakinek kényszerházasságra. – Jamira felhorkant.

– Kitalálunk valamit! Beszélnem kell Rory apjával is. Lehet, hogy neki vannak ötletei. Megmentjük Roryt, és neked sem kell meghalnod. Csak adj időt!

– Amennyit akarsz – sóhajtott a lány.

– Még valami. – Az őrmester szünetet tartott, mert nem tudta, hogyan mondja el az irakinak, amit szeretne. – A kommandósok meg fogják kérdezni, hogy miért üldöznek az iszlamisták, és akkor nekem meg kell mondanom nekik, hogy... hogy leszbikus vagy... gyanítani fogják, hogy érdekházasságot kötöttünk, de ami jobban zavar, az, hogy Amerikában nagyon udvariatlan dolog az *outoltatás*...

– A *micsoda*?

– Az, amikor mások szexuális irányultságát közlik idegenekkel.

Jamira eltátotta a száját, aztán becsukta.

– Rusty, te most *komolyan* ezen problémázol? Hogy egy rakás kommandós megtudja? Biztos nem életükben először látnak homoszexuálist, én az életemért küzdök, és Rory is, odaát tudják, ki vagyok, fél Irak köröz, és örülhetek, hogy még nem adtak ki fatvát a fejemre, de még megkaphatom! Akkor senki nem fog tudni megmenti, még te sem! – Jamira fáradtan visszahanyatlott az ágyra. – Fél karomat odaadnám, ha csak annyi bajom lenne, mint a New Yorki-i melegeknek! –– Felnevetett, de a hangjából keserűség érződött. – Mehetnék a Pride-ra, és járhatnék kánkánt szivárványos szoknyában, csak tudod, sajnos az élet nem habostorta...

Rusty betakarta a lányt, leült az ágya mellé, és nézte, ahogy Jamira álomba sírja magát.

***

Az őrmester óvatos volt, amikor elmesélte a mindent megváltoztató telefonbeszélgetés tartalmát Aysannak, és a hozzá kapcsolódó tervet, mert félt, hogy nagyon felzaklatja, a török lány azonban jól viselte a megpróbáltatást, tanúbizonyságot adva arról, milyen kemény fából faragták. Példát vett azokról az emberekről, akik népe által elnyomástól szenvedtek, megtanulta tőlük, hogyan kezelje az embert próbáló helyzeteket. Csak annyit kérdezett Rustytól, hogy vigyáz-e majd a barátnőjére, amire a férfi igennel felelt. Aysan nem állt el a szándékától, hogy beálljon harcolni a PKK-hoz, és most már személyes bosszú is fűtötte. Dühítette, mit művelnek a fundamentalista hiénák Jamirával és más nőkkel, és ez csak tovább szította benne a harci vágyat, amiért képes volt bármit feláldozni.

Nem szólt semmit akkor sem, amikor az őrmester elvitte Jamirát a bevándorlási hivatalba, és mindannyian remélték, hogy nem fognak fennakadni a rostán, az ügyintézők ugyanis mindenáron igyekeznek megakadályozni az érdekházasságokat. Az iraki veterán azonban mindenre felkészült. Majdnem mindenre.

A bevándorlási hivatalban az ügyintéző, egy elegáns, fekete hajú, ötvenes nő, mindenre rákérdezett, amire csak lehetett, piros szemüvegének lencséje felnagyította szúrós tekintetét. Az asztalán hegyekben álltak az iratok, amiket most rakosgatott. Hosszan időzött Rusty élettörténetén.

– Ezzel az önéletrajzzal a hadtörténeti múzeumba is felvennék magát – jegyezte meg epésen, de Rustynak a szeme se rezzent a provokációra.

– Tudja – folytatta a nő –, ebben az irodában mindenféle emberek megfordulnak. Sok férfi kedveli az ázsiai nőket, és legtöbbször kínai, koreai, japán, thaiföldi vagy filippínó menyecskét választanak. – Na de irakit! Iraki import menyasszony, na, az a csúcs, gondolom, ilyen, amikor a katonák hazahozzák a háborút!

Jamira felszisszent, mire Rusty egyetlen mozdulattal lesöpörte a nő asztaláról a tengernyi paksamétát, úgy, hogy a papírlapok csak úgy repkedtek a levegőben, és beterítették az ügyintéző fejét. Az őrmester erősen megfogta két kézzel az asztal szélét, és kicsit megemelte, mire a nő ijedten a számítógépét kezdte markolni.

– Ha az amerikai kormány nem akarná *exportálni* a demokráciát, akkor nem *importálnám* a menyasszonyomat – mondta halkan –, mivel nem is ismerném! De most már késő! Vagy odaadja a papírokat aláírásra, vagy esküszöm, hogy magára borítom az asztalt!

Az ügyintézőnek nem kellett még egyszer mondani, remegő kézzel nyújtotta oda a kitöltendő nyomtatványt és az aláírandó dokumentumokat, így a kicsit sem sima ügy elintéződött.

***

A taktikai megbeszélést Keith New Jersey-i házában tartották, ahova eljött az összes kirúgott kommandós. Mindannyiukat a kurdok támogatásáért kaszálták el. Keith felesége és gyerekei nem voltak otthon, mert az ország másik felébe utaztak rokonlátogatásra, így Rusty és társai kihasználhatták az alkalmat. A találkozó titkos volt, a résztvevők utasítást kaptak, hogy a családjuknak se beszéljenek róla, így azt hazudták, hogy veterántalálkozóra mennek.

Rusty magával hozta Jamirát és Aysant is, hogy képben legyenek azzal kapcsolatban, ami történni fog. Keith és Brian persze sejtették, hogy valami nincs teljesen rendben Rusty és az iraki lány házasságával. Mikor a többiek már az asztal körül ültek a hatalmas nappaliban, Keith félrevonta az őrmestert.

– Mondd, biztos, hogy jó ötlet volt ez? – kérdezte halkan, hogy az egyébként hallótávolságon kívül tartózkodó katonák ne hallják.

– Nem fog sokáig tartani – sóhajtotta Rusty. – Mármint a házasság. Megmondom őszintén, hogy én szeretném, de nincs sok esélyem – csóválta a fejét. – Viszont máshogy a többiek nem hajlandók segíteni, ha nem családtagról van szó, nem foglalkoznak irakiakkal. Gyere, elmondom, mik a terveim.

Leültek az asztalhoz, és kiterítettek rajta egy Irak-térképet, és egy másikat, amin Falludzsa városának egy része volt kinagyítva. Rusty az utóbbi térképre bökött.

– Ez ismerős, ugye?

– Valami rémlik – felelte Brian bánatosan. – Azok az édes emlékek...

– Elő ne jöjjön álmaimban – morogta Josh, az egyik tengerészgyalogos. – Bár, sajnos előjön...

– Rusty, ez nem nosztalgiabuli, térj a lényegre – szólt rá Keith emelt hangon a barátjára.

223

– Rendben… Ami azt illeti, elég nehéz helyzetben vagyunk, mert nem tudjuk, meddig tart a tűzszünet. Az iszlamisták benyomultak Iraki Kurdisztánba, de nem támadták meg Kirkukot, legalábbis egyelőre. Ha ez megtörténik, a kurdok visszalőnek, mert védik az olajukat. Akkor pedig kitör a balhé. Roryt tehát minél előbb ki kell szabadítanunk. A fogolycsere feltételeit sajnos a hiénák szabják meg. A gyereket Falludzsában akarják átadni, és azt akarják, hogy Jamirát vigyem vissza cserébe a régi házukba. Azt akarják, hogy csak én legyek ott és Jamira, fegyver nélkül, de azt nem tudom, hogy náluk lesz-e fegyver, és azt sem tudom, hogyan akarják megölni a lányt. Annyi bizonyos, hogy van két zsarolónk, Mehdi, az unokatestvére és ez az Ali nevű ismeretlen fickó. Ezen kívül hoznak magukkal egy kádit.

– Egy micsodát? – kérdezte Brian.

– Egy muszlim bírót. Mivel ők még mindig a középkorban élnek, így náluk ez normális. Az a lényeg – folytatta az őrmester – hogy a kommandónak rejtekhelyet kell keresnie a rommá lőtt városban. Valakinek le kell szednie a főszert, aki Jamirát akarja megölni, de előbb biztonságba kell helyezni a gyereket. A legjobb mesterlövészünk egy kilométerre tud lőni.

– Majdnem – szólt közbe Brad, a nagydarab mesterlövész –, egészen pontosan kilencszázötven méter a rekordom…

– Majd megdől – legyintett Rusty. – A másik gond, hogyan menekítsük ki Jamirát? – Az őrmester rögvest válaszolt is a saját maga által feltett kérdésre. – Beszéltem Rory apjával, Hasszánnal, akinek sikerült kiderítenie, hol tartják fogva a többi elrabolt gyereket. Őket később kiszabadítjuk. Hasszánnak van egy lova, Villám, és kérte, hogy segítsünk az állatot Rozsavába juttatni.

– Jó, de mi köze ennek az akcióhoz? – vágott közbe Keith.

– Rory igen jól tud lovagolni ifjú kora ellenére, és Villám nem közönséges ló, hanem egy arab telivér, akinek az ősei az Arábiai-sivatagot szelték, és távolsági versenyeket nyertek. Kitartásuk és állóképességük legendás. Vagyis képes eljutni Falludzsából a rozsavai Dzsazírába…

– …ha le nem lövik útközben – szakította félbe Brian.

– Mozgó célpontra nehéz lőni, de mozgásban kell maradni!

– De én nem tudok lovagolni – akadékoskodott Jamira. – Életemben nem ültem még lovon, főleg nem egy vad arab paripán, és most keljek át vele fél Szírián?

– Rory majd irányítja, ne aggódj – nyugtatta Rusty. – Csak kapaszkodnod kell! Ha egyszer eleresztik, Villám Damaszkuszig megy, ha csak meg nem állítja valami, mert ez van a génjeibe írva. Neked csak rajta kell maradnod… találok valakit, aki megtanít rodeózni!

– Ez egyre jobb – morogta az iraki, noha látta, hogy nincs más megoldás.

– Hasszán nem tud elvinni, mert a kocsival el kell hoznia az elrabolt keresztény gyerekeket – tette hozzá az őrmester. – Egyszerűbb lenne, ha csak Rory-ról lenne szó, de többen vannak. El kell juttatni őket a kurdokhoz, náluk már biztonságban lesznek.

– Sok bajom lesz belőle, ha a dzsihadisták lovon látnak…

Rusty felnevetett. – Nem látnak, mert burkában minden nő egyforma! Sőt, fegyvert is el lehet rejteni alatta! Ha ezek a dinka iszlamisták tudnák, mi mindenre jó a nikáb!

– Mármint azon kívül, hogy hőgutát kapok benne? – vonogatta a vállát Jamira. Rusty a vállára tette a kezét.

– Csak bízz a lóban – súgta neki. – Már csak az a kérdés, hogy mi legyen Aysannal. – Ezt már fennhangon mondta. – Nagyon aggódom érte! Rakka egy hatalmas fekete lyuk a térképen, ahol eltűnnek a nők, aztán vagy előkerülnek, vagy nem…

– Az a legnagyobb veszély, ha egy dzsihadista kinézi feleségnek – mondta Keith. – De ezt elkerülhetjük, például úgy, ha te veszed feleségül…

Rusty elhűlt.

– Te megőrültél! Már feleségül vettem Jamirát!

Keith a fejét csóválta, mert nem értette, hogy a barátja miért vág ilyen értetlen képet.

– Ha elmész Irakba vagy Szíriába, minden sarkon áll egy mufti, aki öt perc alatt tíz feleséggel is összead, ha kéred!

– Ez igaz, de egy szót se tudok arabul! Kéne egy tolmács…

– Rusty – mordult fel Jamira –, hiszen *én* vagyok a tolmácsod, már elfelejtetted?

– Ja, igen… persze… de ostoba vagyok…

Kezdett összeállni mindenki fejében az az abszurd mentőakció, amilyen még nem volt a Közel-Kelet történetében.

***

Nem volt egyszerű New Yorkban lovaglási lehetőséget találni. New York ugyanis nem Texas, ahol tolonganak a cowboyok, itt csak a kőgazdagok lovagolnak millió dolláros paripákon, Rusty sokat törte a fejét, honnan szedhetne elő legalább egy arab félvért Jamirának, amelyen gyakorolhat. Körbetelefonálta a magánhadserege milliomos támogatóit, az ismerősei ismerőseinek az ismerőseit, míg talált valakit, akinek van lova, de oktatót nem adott mellé, így az őrmesternek magának kellett megoldania a dolgot. Valahonnan nagyon régről, még az emlékezetkiesése előtti időkről rémlett neki, hogy valaha igen jó lovas volt, amiről a régi naplója is tanúskodott. Elméjében viszszautazott azokba az időkbe, amikor még Britanniában élt, és naponta kilovagolt a skót fennsíkra. Annak a régi életnek az emlékképei most napról napra erősödtek benne, és úgy érezte, hogy egyre inkább magára talál.

Nem is értem, hogy juthat valakinek az eszébe, hogy New Yorkban lovat tartson, gondolta. *Ez a gazdagok hobbija, úri muri. Kertvárosi ranch! Micsoda képtelen ötlet! Mintha bernáthegyit tartanának panellakásban. Ezen a vidéken télen túl hideg van a lovaknak, megfáznak, takaró kell nekik. Akadnak olyan állatok, amelyek kedvelik a havat, hempergenek benne, míg mások kifejezetten ódzkodnak sáros időben kimenni a boxaikból. De akármilyen röhejesek az újgazdagok a szerencsétlen lovaikkal, most kifejezetten jól jött ez a lehetőség. Bár az edzés, amit Jamirának tartok, csak gyorstalpaló, nem egy öttusa-világbajnokság előkészítője, remélem, hogy a meneküléshez elég lesz egy alapszintű rodeó-tudás a részéről. A többit majd Rory megoldja, és persze Jamirát sem ejtették a fejére…*

Egy hűvös áprilisi napon, mikor Rusty segédletével befejezték a lovaglóedzést, az őrmester így szólt.

226

– Úgy látom, gyorsan tanulsz, olyan tehetséged van a lovakhoz is, mint a nyelvekhez. De ez még mind nem elég, hogy életben maradj, szabadulóművésznek is kell lenned. Mutatok néhány fogást, amivel kiszabadulhatsz a pácból, például hogyan rejts pengét a ruhád ujjába, és hogyan vágd el vele a kötelet a kezeden!

– Ha sikerül eljutnom Rozsavába, Mara sok hasznomat veszi majd a harcban – felelte Jamira.

Az utóbbi időben sokat foglalkoztatta a gondolat, hogy beáll a rozsavai nőkhöz harcolni, mert fűtötte a bosszúvágy amiatt, hogy mit tesznek az iszlamisták a nőkkel, ugyanakkor aggódott is, hogy mi lesz a születendő gyerekükkel, ha mindannyian meghalnak a háborúban. Igyekezett nem gondolni erre, és csak az előtte álló feladatra koncentrált. Ahogy teltek a hetek, úgy tűnt a tűzszünet egyre törékenyebbnek, és Jamira aggodalma is egyre nőtt...

***

Eljött az a nap, amitől Jamira rettegett. Hogy hiába futott nagy kört, a menekülőút zsákutcába vezetett, és végül lehet, hogy ott kell meghalnia, ahol született. Ő és Aysan felvették a burkát, ami alatt az előírások szerint fekete kendőt kellett viselnük – erre kötelezték az iszlamisták a férjezett nőket, míg a hajadon nők – a „szabad prédák” – fehér fátylat viseltek. Súlyos büntetésre számíthatott az a nő, aki Irakon és Szírián utazott keresztül, és rajtakapták, hogy megszegi a szabályokat. Jamirának ezen kívül a nadrágviselési szabályok miatt is főhetett a feje, mert biciklisnadrágot hordott a burka alatt, ami tiltott viseletnek, sőt halálos bűnnek számított errefelé.

Aysan előző nap felszállt egy Rakkába tartó buszra, miután előző nap összeházasodott Rustyval egy mufti előtt, aki úgy tett, mintha csak az őrmester az arab piacon lenne, hogy vásároljon két kiló krumplit. Rá akart sózni még három fiatal lányt, akik vele voltak, azt mondta, hogy ha nem veszi meg őket, akkor Rakkába megy, hátha ott el tudja őket adni. Rusty nem tehetett értük semmit.

Aysan bízott benne, hogy a hiénák nem fogják megállítani, de legbelül tudta, hogy nem lesz ilyen szerencsés. Előrehaladott állapotban volt a terhessége, és attól félt, hogy a dzsihadisták elveszik tőle a fiát – azt is tudta, hogy fia lesz, és hálát adott az égnek, amiért annyi ideig maradhatott Amerikában. Abban a reményben indult el Szíriába, hogy a háború hamar véget ér…

***

Falludzsa nem heverte ki az évekkel ezelőtti ostromot, a lakosok nem tértek vissza otthonaikba, és Jamira ugyanolyan állapotban találta a házukat, amiben volt, mikor elhagyta. Az egész környék lepusztult, sok ház romba dőlt vagy porrá lőtték, falairól lehullott a vakolat, míg más épületeknek csak a vasbeton szerkezete maradt meg, az utcákat pedig mindenütt törmelék borította. Valahol a távolban robbanás hallatszott, és füst szállt fel.

Az iraki lány hangulatán nem sokat javított, hogy Hasszán elhozta Villámot Kirkukból, a lovat a közelben rejtették el. Ekkora állatot eldugni nem egyszerű feladat, de a törmelékhalmok és a sittes konténerek átláthatatlanná tették az utcákat, ami éppen ideális volt a gerillahadviseléshez. A kommandósok a közelben rejtőztek el, Rusty elküldte Brad-et, a mesterlövészt néhány másik amerikai katonával, hogy egy kilométernyi távolságban lévő ház tetejéről figyeljék az eseményeket, és a megbeszéltek szerint avatkozzanak közbe. Az őrmester és Jamira autóval – egy piszkos, fehér Honda gépjárművel – elindultak a ház felé.

A családi ház udvarán tervezték végrehajtani a fogolycserét. Az Ali nevű férfi fegyvert viselt, és nem eresztette el Roryt; a fiú rémült volt, de bízott a megmentőiben, Jamira miatt azonban nagyon aggódott, nem akarta, hogy a lánynak miatta essen baja. Az iraki lány éppen ugyanannyira aggódott a gyerekért, mint az őérte, de nem mutatta. Igyekezett a helyzethez képest bátornak lenni, és vádlói szemébe nézni. Négyen voltak; Mehdi,

Ali, a kádi és egy ismeretlen férfi, akinél szintén fegyver volt, egy AK-47-es gébkarabély. Végül Mehdi szólalt meg.

– Nohát, nohát… te vagy nagyon vakmerő vagy, vagy csak bolond. Nem gondoltam volna, hogy idejössz a kölyökért! – kezdte.

– Itt vagyok – felelte a lány – most engedd el Roryt!

– Óóó, nem eszik olyan forrón a kását – mosolygott Mehdi –, a dolgoknak meghatározott rendje van. – Először is, gyere ide – mutatott az udvar közepén a faoszlopra. – A kölyköt majd a végén viheti az amerikai, ha megvolt a tárgyalásod. Egyébként pedig, takard el az arcod. Ez itt egy saría bíróság, ha nem vetted volna észre!

Jamira úgy tett, ahogy a férfi utasította, közben hátrapillantott Rustyra, aki bólintott, hogy minden rendben lesz. Mehdi hátrakötötte a lány kezeit egy erős kötéllel, félő volt, hogy a férfi észreveszi Jamira ruhaujjában az odarejtett éles borotvapengét, de látszólag nem tűnt fel neki semmi. Meg sem motozta, pedig ha ezt teszi, akkor biztosan feltűnt volna neki a derekán viselt megtöltött marokfegyver is.

– Tehát lássuk a vádat – szólalt meg a kádi. Jamira farkasszemet nézett a bíróval, aki egy lapot tartott a kezében. – Ezek itt arra vonatkoznak, hogy téged tizenöt éves korodban, azaz fiatalkorúként, felelősségre vontak leszbikusság miatt, és száz korbácsütésre ítéltek, amit azonban nem hajtottak végre, mert apád meghalt a város ostroma során. Most pedig visszaesőként kezelünk, ami azt jelenti, hogy szigorúbb büntetésre számíthatsz.

Jamira nem szólt semmit, hanem óvatos mozdulatokkal a markába csúsztatta a ruhaujjba rejtett pengét, és elkezdte reszelni vele a kezét tartó kötelet, épp úgy, ahogy Rusty oly sokat gyakoroltatta vele. Eljött az ideje, hogy élesben is kipróbálja képességeit.

– Itt vannak a papírok – folytatta Mehdi –, bizonyítandó, hogy a tanáraidtól megrovást kaptál, ami hatástalan volt, a viselkedéseden nem változtattál, ráadásul elszöktél a büntetés elől, és ismerőseimtől azt hallottam, hogy Törökországban folytattál bűnös viszonyt.

Vajon honnan ismerhetik ezek a törököket? – tűnődött Jamira, és felötlött benne a gondolat, hogy talán Dyjarbakirban éppen megalakulóban van egy terrorista sejt. Tovább vagdosta a kötelet, de lassan haladt vele, mert vastag volt.

Mehdi tovább olvasgatta a papírokat.

– Tehát nem tagadod a vádakat? – kérdezte.

– Nem – felelte a lány. *Átkozottul vastag ez a kötél és életlen a penge...*

Az unokatestvére most egy polaroid fényképet vett elő, amin Jamira és Aysan voltak láthatóak alulöltözve.

– Ez ismerős? – kérdezte.

Hát ja, ezt tuti Omar kaparta elő a gödörből, az öreg biztos átkutatta a dyjarbakiri házat, miután Aysant kimentettük... másképp hogy az ördögbe kerülhetett volna hozzá ez a fotó? – Kétségbeesetten nyiszatolta tovább a gúzst, miközben az agyában cikáztak a gondolatok. *De vajon honnan került Omartól az iszlamistákhoz?*

– Valahol láttam – felelte végül.

– Akkor ez még egy bűnjel – mosolygott Mehdi gonoszul.

– Akarsz a tettestársad ellen vallani?

Jamira makacsul hallgatott. A kötél kezdett elvékonyodni.

Még mit nem, ne is álmodj róla, te rohadék, hogy beköpöm a barátnőmet, hogy fulladnál bele a saját mocskodba!

– Nos – vette át a szót a kádi –, láthatóan semmi enyhítő körülmény nincs, súlyosbító tényezők viszont annál inkább. Viszszaeső bűnös, aki ráadásul még meg is szökött! Megállapítottuk, hogy az erkölcsi romlásodat sehogy nem tudjuk megállítani, ezért a legsúlyosabb büntetést szabtuk ki...

Nem mintha eddig nem akartatok volna megölni, de pofára fogtok esni, mindjárt enged ez a kurva kötél, már csak fél centi...

– A büntetésed halálra kövezés! – jelentette ki végül a kádi.

Hogy az a jóédes...

– Szeretnél mondani valamit az utolsó szó jogán? – kérdezte Mehdi.

– Igen – felelte Jamira, miközben azért küzdött, hogy a kötelék végre engedjen. – Először is, most, hogy elmondtad a mondókádat, engedd el Roryt!

A férfi elengedte a gyereket, a fiú remegő térdekkel átszaladt az udvaron, egyenesen Rustyhoz.

– Rory – szólt Jamira –, a legutóbb azt mondtam neked, hogy ha legközelebb találkozunk, elmondom neked, mit jelent az, hogy *coming out of the closet*. Nos, most már tudod, mert most nézted végig...

A gyerek elborzadva nézte, ahogy a kádi felemel a földről egy nagy követ.

***

Brad, a mesterlövész egy háztetőn feküdt, a könyökét kitámasztotta, és a puskája célzóberendezésébe nézett. Éppen most készült megdönteni a távolsági rekordját, a célkeresztjében a kádi turbános feje volt, tőle egy kilométerre. Brad lábait homokzsákokkal támasztotta ki, hunyorított, és célra tartott. Nem hibázhatott. Közelgett a homokvihar, ami most az egyszer jól jöhet, persze nem neki, hanem az iraki lánynak meg a gyereknek, akiket meg akartak menteni. A levegőben kavargó homok jelezte, hogy a vihar hamarosan odaér. A férfit senki nem látta a rejtekében, a város egyik legmagasabb pontján feküdt, ahonnan messzire ellátott. Ezen a lövésen múlt minden, ujját a ravaszon tartotta, és mikor látta, hogy a muszlim bíró felemeli a követ, meghúzta a ravaszt.

A lövés keresztülhasított a levegőn, és a homlokán találta el a bírót, mielőtt az eldobhatta volna a követ. Az éles hang után egy pillanatra csend támadt, Mehdi és a másik két férfi nem értette, mi történik, de aztán lövésre emelték a Kalasnyikovjaikat. Jamira kihasználta a tizedmásodpercnyi időt, a kötél végre megadta magát, és a lány kiszabadult. Pár métert rohant a hátsó ajtóhoz – ugyanaz az ajtó volt, amelyen keresztül néhány évvel azelőtt angolosan távozott –, feltépte, és átrohant a házon. Közben Rusty megragadta Roryt, és egy ugrással az ajtónál termett, míg az iszlamisták leadtak egy lövéssorozatot, de egyik lövedék sem talált, és becsapta maga után az ajtót.

– Fuss, Rory! – kiáltotta – Menj Jamira után!

– Veled mi lesz? – aggodalmaskodott a fiú, de Rusty leintette.

– Fedeznek a kommandósok, siess, nem tudják sokáig feltartani a mudzsahedeket! – Hallotta kintről a zajt, amiből arra következtetett, hogy a kommandósok megérkeztek a helyszínre, és a dzsihadistákból is több lett. A távolban felbőgött egy motor hangja. *Egyikük megszökött...*

Rory szaladt, ahogy csak tudott, át a házon, majd kifelé a bejárati ajtón, ahol Jamira elkapta a karját, és egy utcahossznyit loholtak, kerülgették a törmeléket, míg az egyik kis utcában belebotlottak Villámba. A ló ki volt kötve, ahogy Jamira hagyta, a lány most eloldozta.

– Ülj fel! – utasította a gyereket. Rory felült, az iraki pedig mögé pattant. Kissé nehezen mozgott a burkában. A fiú vágtára fogta a lovat, és elindultak Nyugat felé.

– Most hogyan tovább? – kérdezte Jamira. – Az apád azt mondta, hogy Villám tudja, merre kell mennie...

– Persze, hogy tudja, válaszolta Rory – de kérdés, hogy te tudod-e? Hova megyünk?

– Rozsavába – felelte a lány. – Követjük az Eufráteszt észak felé, eljutunk Rakkába... az hány kilométer?

– Több mint hatszáz – felelte Rory.

– Ilyen jó vagy földrajzból?

– Atitól kaptam ajándékba egy atlaszt, nagyon érdekes – válaszolta a fiú. – Nem tudom, mennyi idő alatt érünk Villámmal célba. Ő nem fog szomjan halni, az biztos, de a folyó túl koszos nekünk.

– Rusty azt mondta, van víztisztító szűrő a nyeregtáskában, és sok minden más is. Az iszlamisták miatt jobban aggódom. Van egy pisztoly az övemen, de más fegyverem nincs! Bár, ha jobban belegondolok, a háborúkban mindig is használtak lovakat, de a lovaglás mára kissé elavult...

– Az arab telivérek sosem mennek ki a divatból – vágott közbe Rory. – Ők évszázadok óta ugyanolyanok.

A közelgő homokvihar hamarosan utolérte őket, Jamirának az arcára kellett húznia a fátylat, hogy ne menjen a szemébe a homok, és Rory is szorosan becsukta a szemét. Az iraki azon tűnődött, hogy vajon Villám lát-e vajon? A sivatag hajója a teve, nem a ló, végül is!

Az első kilométereket sötétségben kellett megtenniük, de mire elült a vihar, már alkonyodott. A közelben nem láttak katonákat, kerestek egy helyet, ahol pihenhetnek rövid időre, mert Jamira és Rory láthatóan megviseltebbek voltak, mint a telivér kanca, aki elég jó formában volt, sőt, elemében érezte magát. Végre azt tehette, amire született: vágtathatott a sivatagban.

Mikor megálltak a folyóparton, Rory megkérdezte a lánytól:

– Igaz, hogy rosszat tettél, azért akartak megölni?

– Nem tettem rosszat.

– Akkor miért vallottad magad bűnösnek? – kérdezte a fiú.

Jó kérdés… Jamira eltűnődött.

– Nem változtatott volna semmit a dolgokon, ha tagadok, mert ők már eldöntötték, hogy meg akarnak büntetni. De nem számít. A barátnőmnek és Rustynak hamarosan gyereke lesz, és nagyon félek, hogy a dzsihadisták bántani fogják Aysant vagy a babát! Minél előbb el kell érnünk a kurdokhoz, hogy tudjanak segíteni. Ha kell, harcolni fogok velük!

Rory nem győzte csodálni a lány kitartását és bátorságát.

– Legyőzzük az iszlamistákat – jelentette ki határozottan. – Sikerülni fog!

***

Rakka, Szíria

A rabszolgapiac rettenetes volt. Aysan még soha nem látott ennyire fiatal lányokat, sőt gyerekeket, akiket a hiénák egymás között adtak-vettek, mint valami olcsó használati tárgyat. A legtöbb nő és gyerek jazidi volt, mert az iszlamisták őket gyűlölték az összes népcsoport közül a legjobban, és az állatoknál is alantasabbnak tartották őket. Persze a rabszolgáknak burkát kellett viselniük, és igen gyakran váltottak férjet, nem éppen önszántukból. A fiatal, szűz lányok értek a legtöbbet, az idősebbek, elváltak vagy özvegyek kevesebbért keltek el, jó ha egy kecskét adtak értük, néha még annyit sem.

Aysan remélte, hogy a jelenlegi állapotában nem kelt feltűnést, de tévedett. Várandósan is szemet szúrt a dzsihadistáknak, akik rövidesen kérdezősködni kezdtek felőle. Néhány fegyveres-turbános alak megkörnyékezte, de a lány számított a kellemetlen kérdésekre.

– Szia, szivi, látom a kendődön, hogy férjnél vagy, honnan jöttél?

– Törökországból – felelte Aysan szűkszavúan. A férfiak nevettek.

– Mindenki onnan jött! – vihogott az egyikük. – Ki a férjed?

– Külföldi harcos – hazudta a lány a legkézenfekvőbb dolgot, amit ki tudott találni, miközben a szíve a torkában dobogott az idegességtől. *Csak nehogy lebukjak, ha ezt a mesét nem veszik be, akkor semmit...*

– Aha, tök jó – mondta egy másik. – Gyereket szülsz a dzsihádnak, ez nagyszerű! Gyere, hazakísérünk, majd vigyázunk rád, amíg vissza nem tér a férjed!

Hú, ez kemény! Nem vagyok keresztény, de az biztos, hogy akire meg amire ezek vigyáznak, arra keresztet vethetünk – gondolta keserűen Aysan. *Jobb lesz gyorsan kitalálni valamit...*

Gyors észjárásának köszönhetően hamar megszületett a fejében a megoldás.

Ha ezek a hiénák valamit nem bírnak, azok a női dolgok, fogadok, hogy még egy véres tamponnal is el lehet őket kergetni, sőt, azt hiszik, ha kinyírja őket egy nő, akkor nem lesz nekik hetvenkét szűz a paradicsomban... kell valami, amitől nem lihegnek állandóan a sarkamban!

Bár még néhány hét volt hátra a szülésig, ezt a dzsihadisták nem tudhatták.

Be kellene vitetnem magam a kórházba, ez az, a szülészetre nem mennek utánam, csak elő kell adnom nekik, hogy éppen vajúdok... a kórházban pedig talán kérhetek segítséget.

Az egyik iszlamista hazavitte, aki egyébként már három feleségről gondoskodott – vélhetően mindegyiküket a rakkai piacon vette, és jazidiak voltak. A legidősebb egy negyven év körüli nő, valamint két tizenéves lány, a legfiatalabb talán tizennégy éves, ha lehetett. Mind a hárman nagyon megviseltnek tűntek, ami még úgy is feltűnt Aysannak, hogy fátylat viseltek. Beszélni szeretett volna velük, legalább némileg megvigasztalni őket, de tudta, hogy neki most saját magával kell törődnie, meg kell szöknie innen.

Ha kijutok innen és beállok a PKK-hoz – gondolta –, *a kurdokkal együtt kiszabadítjuk az összes nőt, aki itt raboskodik! De ebben a helyzetben nem tehetek semmit értük...*

Aysan elég élethűen adta elő magát ahhoz, hogy a dzsihadisták rövid úton elvitessék a legközelebbi kórházba. A fundamentalistáknak nem volt kedvük szülő nőkkel bajlódni, mert a gyerek onnantól kezdve volt érdekes a számukra, amikortól már fegyvert tudott fogni, márpedig nem átallottak négyéveseket is kiképezni – legalábbis a török lány efféle rémhíreket is hallott róluk.

***

A kórházban alig voltak orvosok, akik ott dolgoztak, azok a dzsihadistákat ápolták, így Aysan egy fiatal szülésznőhöz került, aki meg akarta vizsgálni, a kórteremben csak ők ketten voltak. A lány megragadta a bába ruháját, és könyörgően nézett rá.

– Kérem, segítsen kijutni Rakkából – nyögte.

– De hát maga szülni fog!

– Nem most – súgta Aysan. – Muszáj volt valamit kitalálnom, hogy elengedjenek... ön nem a dzsihadistáknak dolgozik, úgy vélem? – nézett rá bizonytalanul.

– Nem szívesen ápolom őket, de kénytelen vagyok itt dolgozni – sóhajtotta a nő. A férjem muzulmán, és idejött harcolni, de nem gondoltam, hogy ekkora baj lesz belőle! Hazamennék, ha tudnék, de már késő...

– Haza? Hova?

– Franciaországba – felelte a szülésznő. – Ott végeztem az orvosin, de itt csak asszisztens lehetek... És ne tudja meg, hogy amióta itt vagyok, hány tízéves kislányt varrtam össze...

– Hogyan...? – Aysan elborzadt.

– Meg... megerőszakolják őket, úgy, hogy össze kell őket varrni... és olyanok is vannak, akik... akiket visszahoznak pár nap múlva, mert szétszakadt a seb... – Leroskadt Aysan ágyára, és zokogott. – Megpróbálom... elintézni, hogy átvigyék egy kurdisztáni kórházba...

– Nem kell magázódni – szólt közbe Aysan, mintha ez lenne a legnagyobb gondjuk.

– Majd azt mondom, hogy veszélyeztetett terhes, felrakják egy buszra, ami Rozsavába megy, de színleljen, másképp nem hiszik el!

– Rendben – Aysan elszánt volt – hozzon nekem egy kést vagy éles tárgyat!

– Ne bántsa magát! – A szülésznő kétségbeesett, de még mindig magázódott.

– Csak hozzon nekem egy szikét! – szólt a lány parancsolóan, mire a nő elment, és visszajött egy késsel. Aysan finoman végighúzott a combján a pengével, és a vérrel bekente a kezét és az alsó felét. – Na, most már úgy nézek ki, mint aki egy horrorfilmből jött. Mikor indul a busz Rozsavába?

– Holnap hajnalban. Most este nyolc óra van.

– Addig színlelek. Meghálálom, ha segít nekem! A kurdok felszabadítják Rakkát, meglátja!

A szülésznő elment, Aysan pedig úgy találta, hogy az idő csigalassúsággal telik hajnalig...

***

Két nappal később
Dzsazíra kanton, Rozsava, Szíria

Az utasok rémült mozdulatlanságba merevedtek, amikor a fegyveresek megrohanták a lefüggönyözött buszt. Aysan még a szemét is becsukta, nem akarta tudni, mi történik, de kívülről kiabálás hallatszott, és úgy rémlett neki, mintha kurd nyelven ordítanának parancsokat. Egy fegyveres nő felszállt és végigtrappolt a buszon, majd miután megállapította, hogy a járművön nem utaznak dzsihadisták, mindenkit leparancsolt. Aysan remegve lekászálódott, összevérezett világos ruhája ijesztő látványt nyújtott.

– Vedd le a kendőt – hangzott a háta mögül a parancs, a kurdot Aysan csak félig-meddig értette, de a hang valahogy ismerős volt számára. Nem volt ideje válaszolni, amikor egy kéz letépte a fejéről a nikábot. Mikor a lány megfordult, és szembenézett a fegyveressel, mind a ketten elnyomtak egy döbbent kiáltást.

– Te jó ég, mi történt veled? Úgy nézel ki, mint aki kirabolt egy spermabankot! – Az iménti mondat már törökül hangzott el, Aysan érezte, ahogy Mara megragadja a karját, és elvonszolja. – Baj van?

– Nem akkora, mint gondolod – felelte a török lány. Mara intett a kurdoknak, hogy kísérjék el a civileket, míg Aysant beültette egy autóba néhány másik fegyveres mellé.

– Hova kéred a taxit? – kérdezte Mara, és a török nem tudta, mennyire lesz vele undok a másik. *Vajon még mindig haragszik rám?* – tűnődött.

– El tudsz vinni az apádhoz? – kérdezte. – Úgy tudom, hogy Rozsavában van.

– Ja. – Mara csak ennyit mondott, majd beült a volán mögé, és elhajtottak.

TIZEDIK FEJEZET

Égi jel

Rozsava, Szíria

A lenyugvó nap vörösre festette az égboltot. A táborban nem volt semmi, ami javította volna a hangulatot, a harcoló alakulatok tagjai egymásba próbáltak lelket verni. Ati hosszan bámult maga elé, némaságba burkolózott. Hasszán, vagyis Remus nem érkezett meg Szíriába, a kurdok csak a gyerekeket hozták vissza. A római időutazó hősi halottja lett a terror elleni harcnak. Rory teljesen összetört, amikor Mara elmondta neki, hogy az apja elesett a dzsihadisták ellen vívott háborúban, a véres részleteket, amiket harcostársnőitől hallott, nem közölte vele, nehogy még jobban felzaklassa; a fiút az sem vigasztalta, hogy nem Remus volt az egyetlen áldozat. Mara, Ati és a többiek mély gyászban voltak a veszteségek miatt, de nem állhattak meg egy percre sem, éjszakánként rövid megemlékezéseket tartottak, hogy elbúcsúzzanak a halottaiktól.

Az igazi háború éppen hogy csak elkezdődött, és nem tűnt úgy, hogy a kurdok nyerésre állnak. Az iszlamisták minden oldalról körbevették őket, és a helyzeten nem javított a törökök blokádja az északi határ mentén. Északról a kurdok el voltak vágva az utánpótlástól, senki nem közlekedhetett át a határon, noha sokan jöttek volna segíteni.

Jamira nem sokkal azelőtt érkezett meg, az út Villámmal a kelleténél tovább tartott az iraki-szír határon zajló harcok miatt. Mara végtelenül hálás volt a lánynak, hogy Roryt biztonságban visszajuttatta hozzá, nem tudta, hogy mivel fejezhetné ki a köszönetét. Az iraki feltétlenül harcolni akart, miután tanúja volt, hogy az iszlamisták mit tesznek a fegyvertelen civilekkel, és Mara nem akadályozta meg abban, hogy az YPJ-hez csatlakozzon. Sem ő, sem Ati nem beszéltek a kurdoknak a lány múltjáról, amit mélyen be akart temetni. Jamira hallgatott, mindössze annyit közölt a többiekkel, hogy férjnél van, de csak Marának mondta el, hogy Rusty vette feleségül. A nők pedig nem érdeklődtek a részletek iránt, nem kérdeztek, legalábbis egyelőre, mert mással voltak elfoglalva, így az irakinak nem volt más bizalmasa, csak Mara és Ati.

A csapatban másnak is viharvert múltja volt, ott volt Kendra, egy fekete haját lófarokba kötve viselő negyvenes nő, akit csapatvezetőnek neveztek ki, mivel ő volt köztük a legidősebb, neki néhány hónapja dzsihadisták rabolták el a tízéves lányát, mikor Rozsavába menekültek. Akkor döntött úgy, hogy fegyvert ragad. Mindenkinek megvolt a személyes vagy kevésbé személyes indoka a harcra, és senki nem kérdezte a másét.

Ati most felállt, hogy megnézze, készen van-e a vacsora, amit odakint egy romos épület előtt bográcsban főztek. Hús nélküli leves volt, mert a körülmények miatt csak elvétve lehetett húshoz jutni, és azt is konzervben kapták. Az egykori janicsár kezdte megszokni a többnyire vegetariánus étrendet. Másnap készült elmenni az YPG csapatával egy másik városba, de előtte beszélni akart Marával arról, ami nyomasztotta. Nagyon örült, amiért Kemal ötletének köszönhetően sikerült kiszabadulnia a török elnök állatkerti fogdájából, soha nem hitte volna, hogy a médiának ekkora hatalma lehet. Mara és Ronja, úgy tűnik, rendezték régi ideológiai ellentéteiket, és késznek mutatkoztak az összefogásra.

Ati megkeverte a levest, visszaült a helyére, és komoran nézett Marára.

– Nem tudom eléggé megköszönni, amit apád és a PKK értem tett – kezdte – de úgy érzem, nem érdemlem meg… hogy nem vagyok közétek való…

– Persze – nevetett Mara – hiszen ez egy női osztag. Azért vezényeltek át téged az YPG-hez…

– Nem erről van szó – rázta a fejét Ati. Nagyon büszke vagyok rád, hogy eddig jutottál. Tíz éve, mikor először találkoztunk Kirkukban, te voltál a bázison az egyetlen nő. Most pedig én vagyok itt az egyetlen férfi. – Hosszan sóhajtott. – Nem vagyok több, mint egy janicsár, egy közönséges gyilkos…

– Ez nem igaz! – Mara felpattant. – Figyelj, Ati, az már nagyon régen volt, érted? Az előző életedben, de ez a mostani, ez más! Senki nem ismeri úgy az iszlamistákat, mint te! Hiszen te éltél a múltban... vagy tévedek? Tudod, az előző életed...

– Amit nagyon szégyellek – Ati lehangolt volt. – Úgy beszélsz, mintha te nem ismernéd a janicsárokat!

– Tankönyvből bemagolni száz oldalt, hogy átmenjek az érettségin, nos, az nem ér fel a személyes tapasztalattal. Te vagy a mi *adu ászunk*, Ati! – Mara átölelte. – Hidd el, hogy az apád nagyon büszke lenne rád, és én is az vagyok!

Kendra egy fénylő pontot nézett a távolban. A fényesség sárgásfehéren világította meg a felhőket, de a pont nem mozdult. A tiszteletbeli hadnagy percekig bámulta, majd felállt, és odaintette Marát.

– Ez furcsa – mondta. A Nap nyugaton nyugszik, de akkor mi az ördög lehet az a fény kelet felé? Mintha a naplementét látnám, de az ellenkező irányban! Minden kétséget kizáróan este van, nem pirkadat, nem vesztettem el sem az időérzékemet, sem a józan eszemet, és az órám is pontosan jár!

Mara hunyorított a szürkületben, úgy nézte a szokatlan égi jelenséget.

– Fogalmam sincs – felelte. – Ha amerikai lennék, akkor azt mondanám, hogy éppen most készülnek leszállni az ufók... bár nem tudom, mit keresnének a földönkívüliek Szíriában a nagy büdös semmiben. Hacsak nem akarnak beszállni a háborúba. De nem vagyok jenki, és nem hiszek az ufókban.

– Akkor mi lehet? – morfondírozott Ati.

– Nézzük egy meteorológus szemével – folytatta Mara. – Lehet egy gömbvillám vagy egy ritka meteorológiai jelenség. Bármi olyasmi, amihez nem értek. Ha csillagász lennék, akkor izgatottan találgatnám, hogy esetleg felfedezünk-e egy új csillagot vagy más említésre méltó égitestet. Ha megkérdeznénk egy keresztényt, akkor valószínűleg azt felelné, hogy a betlehemi csillag, ami elvezeti a napkeleti bölcseket a megváltóhoz.

– Csakhogy nem vagyunk keresztények vagy napkeleti bölcsek – nevetett Ati. – Az, amit látunk, attól függ, hogy kik vagyunk, és honnan szemléljük a világot. Amúgy a Szentföld délre van, nem keletre. Ezt még a muszlimok is tudják, sokan zarándokolnak Jeruzsálembe. Ráadásul nincs is karácsony...

Kendra sokatmondóan nézett Atira.

– Szóval attól függ, hogyan nézzük, mi? Megmondjam, mi ez? Feminista szemmel ez egy női megérzés, és azt mondatja velem, hogy utána kell járnunk a dolognak.

– De lehet, hogy holnapra eltűnik a jelenség. Telefonon azért megörökíthetjük, és feltehetjük az internetre, az összeesküvés-elméletek rajongói biztos örülnének neki, hogy van min csámcsogni... – Mara megvonta a vállát.

– És ha még mindig itt lesz? – erősködött Kendra. – Akkor elindulunk kelet felé.

– Holnap itt lesznek az YPG csapatai – ellenkezett Mara. – És nem megyek vissza Irak felé! Vissza sem akarok nézni!

– Ne akadékoskodj – szólt rá Kendra. – Ami engem illet, iszom még egy teát, és lefekszem aludni. – Felvette a földről a durva szövésű pokrócot, amin ült, és bevonult a házba. – Holnap megbeszéljük!

***

A nap lebukott a nyugati látóhatáron, de a fényesség még mindig ott lebegett a keleti horizonton. Atit nem érdekelte különösebben a dolog, de Mara nem tudott aludni, arra gondolt, mi van, ha Kendrának tényleg igaza van, és ez egy jel, amit komolyan kell venniük. Hajnali ötkor felkelt, és mikor a reggeli teát főzte, kinézett a romos ház ablakán, és látta, hogy a fényes gömb még mindig világít. Igyekezett figyelmen kívül hagyni, és nem tulajdonított neki jelentőséget. Hamarosan megérkeztek a megerősítő csapatok. Egy egész konvojjal jöttek, a sort vezető terepjáró autóból kiugrott egy borostás arcú, középkorú fegyveres férfi, aki terepszínű ruhát és a nyakán színes sálat viselt.

– Helló – köszönt Marának, aki kilépett a házból. – Nálatok van az ufó? – kérdezte széles mosollyal.

– Nem, de ha keletre nézel, láthatsz egyet – felelte Mara.

– Nem arra gondoltam, hanem az alakváltóra. Itt van? – érdeklődött a férfi. – Az egész csapat őt akarja látni!

– Ati! – Mara flegmán bekiabált az épületbe. – Megjött a felmentősereg, és látni óhajt!

Még nem is harcolt, és máris milyen népszerű – gondolta.

– Ő Ati, a férjem – mutatta be nekik. Már előre eldöntötték, hogy nem csinálnak sztárt magukból, így azt sem mondták el, hogyan ismerkedtek meg, bár Mara sejtettte, hogy többen tudják, hiszen Irakból Szíriába gyorsan terjednek a hírek a kurdok között. Természetesen senki nem adott hitelt a kósza értesüléseknek, miszerint Ati tényleg farkas lenne, így megint eljátszotta a titokzatos ismeretlent. Majd lesz nagy meglepetés, mikor harc közben átváltozik… sunyin mosolyogva ugrott fel a terepjáró platójára.

– Hova megyünk? – kérdezte.

– Kamisliba[8] – felelte a pesmerga férfi, az az YPG-harcos, aki az imént kérdezősködött felőle. Már szállt be a kocsiba, hogy induljon, de Kendra felhorkant. Megragadta a férfi karját.

– Dehogy megyünk Kamisliba – ellenkezett. – Nekem határozott érzésem van, hogy meg kell néznünk, mi az a fényes izé az égen…

– Kendra, nem érünk rá fényes izékkel foglalkozni! Amúgy is, minek mennénk keletre, az iraki határhoz? Oda vezényeltek tizenhétezer iraki pesmergát, de engem kitiltottak onnan a PKK-s kapcsolataim miatt. Barzáni elnök elevenen megnyúz, ha visszamegyek, mert utálják a PKK-sokat, és megsértődött, mert nem szóltam neki az apámról. Semmi keresnivalónk Irakban. Ha van is ott valami ufó, vagy akármi, azt ők is látják, de maradjunk abban, hogy csak gömbvillám, és menjünk harcolni Kamislibe, mert a civileknek szükségük van ránk!

Mara nem tudta folytatni, mert Kendra se szó, se beszéd kilökte a pesmerga sofőrt az autóból, és ő ült a helyére. Türelmetlenül dobolt a kormányon, az ősöreg Nissan gépjármű látszatra is legalább húsz éves volt, és Mara úgy saccolta, hogy minimum

---

8 Város Nyugat-Kurdisztánban, mely szintén harcok színhelye volt.

tíz éve nem látott autómosót. Fehér alapszíne nem is látszott, annyira befedte a sivatag homokja, az oldalán számos karcolás és lövések nyomai éktelenkedtek. Nyilván nem golyóálló, mint a páncélos Humvee-k.

– Na, beülsz? – érdeklődött a tiszteletbeli hadnagy. – Különben nélküled megyünk!

– Mi vagyok én, napkeleti bölcs, hogy csillagokat kövessek? – dohogott Mara. – Ha maga az úrjézus vár minket odaát, akkor se megyek az iraki határra! – Körülnézett, majd hozzátette. – Na jó, bocs a keresztényektől, nem akartam senkit sértegetni – Maga se értette, miért mondja ezt, hiszen körülöttük mindenki muszlim volt. Kelletlenül beült Kendra mellé az autóba, és mire kettőt pisloghatott volna, a nő beletaposott a gázba, és a konvoj elhajtott kelet felé.

***

Szindzsár-hegy, iraki-szíriai határ

Mara utoljára iskolás korában látott havat. Ez jutott eszébe, mikor hegynek felfelé tartottak a konvojjal. Mikor ő legutóbb hóembert készített, az még akkor történt, mikor Törökországban laktak, és el se tudta képzelni, hogy Irakban vagy Szíriában essen a hó, mert ugyan éjszaka erősen lehűlt a levegő és néha mínuszok voltak, az idő errefelé túlságosan száraz volt bármiféle csapadékhoz. Most mégis hóesés volt, és ő nem öltözött ennek megfelelően. Olvasott róla, hogy Afganisztán és Pakisztán hegységeiben gleccserek vannak, sőt arról is, hogy olvadnak az éghajlatváltozás miatt. Rozsavában az emberek törődtek az éghajlattal, és azzal, hogyan lehet jól és hatékonyan gazdálkodni a véges erőforrásokkal, amik rendelkezésre állnak. Nem úgy, mint a nyugati országokban, ahol az ökogazdálkodás mindössze divatos eszmének számított, amit senki nem vett komolyan.

Erre gondolt, miközben haladtak felfelé, miközben a platón ülő fegyveresek azt nézegették, merről várható az iszlamista hiénák támadása. Ellenséges terepre tévedtek.

***

A fényesség egyre erősebb lett, teljesen elvakította a jazidi férfit. Talán álmodom, gondolta az öreg, ahogy látta közeledni a fényből kibontakozó alakot. Nem, ez nem álom, ilyen a halál, mikor az embert elviszik az angyalok, vagy találkozik Istennel.

Hunyorított, a földön feküdt, úgy nézte a káprázatot, az ezüstfénybe burkolózó embert, és az ember visszanézett rá. Így voltak egy darabig, a haldokló férfi és a fénylény.

A jazidi idejét se tudta, mikor evett utoljára, de úgy emlékezett, hogy bőven volt már egy hete is. Tépett ruháján átfújt a fagyos szél, cipője lefoszlott a lábáról a hosszú gyaloglástól. Talán ez az egész csak az éhség okozta káprázat vagy kósza délibáb, a lét és nemlét határán vergődők látomása. Erőtlenül felemelte a kezét, remegő, átfagyott ujjaival a fegyvere után nyúlt, elfelejtve, hogy abból az utolsó szálig kifogyott a töltény.

– Ne lőj, nem bántalak – szólalt meg az angyalszerűség. – Egyébként sem tudnál megölni egy halottat, főleg nem fegyver nélkül.

A jazidi férfi visszahőkölt, és elejtette a puskáját.

– Ha halott vagy… akkor én is… köhögte. – Ez a mennyország?

– Nem egészen – válaszolta a másik. – Nem te mentél fel a mennybe, hanem én jöttem le hozzád, mert jelen esetben ez egyszerűbb.

– Te-tessék? – meresztette a szemét a haldokló.

– Segíteni szeretnék. Hidd el, engem is felháborít, hogy mi történik Babilonban, mikor utoljára itt jártam, mindenkit felszabadítottam! Bár az jó régen volt, idestova kétezer-ötszáz éve! Látom, azóta volt néhány kormányváltás, de nem jöttetek ki jól belőle…

– Ki vagy te?

– Nagy Kürosz, szolgálatodra. A babiloniak hűen szolgáltak engem, most itt az ideje, hogy én szolgáljak.

– Szentséges ég! Felséged, a nagy király visszajött segíteni nekünk?

– Segítek neked és a társaidnak eljutni Rozsavába.

– Uram… Rozsava nagyon messze van, és mi szó szerint holt-
fáradtak vagyunk!

A káprázat pislákolva világított, és mosoly futott át ezüst-
fényű arcán.

– Messze van, persze, tudom, hiszem úgy ismerem Babilont,
mint a tenyeremet. Olcsó kifogás a távolság, az izraeliták is ez-
zel jöttek, mikor hazaküldtem őket Júdeába. Meg tudjátok ten-
ni a távot. Ismered te Nebukadnezárt?

– Nebukadnezár királyt mindenki ismeri, felség!

– Mint a rossz pénzt, ugye? – Kürosz nevetett. – Őt, akit az
egek állattá változtattak, mert kevély volt, de utódai, az alak-
váltók eljöttek Babilonba, hogy megvívják csatájukat a sötétség
ellen. Keresd őket, ők majd megvédenek. A segítség már úton
van, többet nem tehetek. Illetve igen… ki kell aludnotok maga-
tokat, mert az út hosszú lesz.

Kürosz felemelte a kezét, és mély álmot bocsátott a jazidiak-
ra. Az idős férfi szempillái elnehezültek, és hamarosan elfelej-
tette az éhséget és a fájdalmat, a hideget sem érezte már, ahogy
öntudatlanságba merült. Végre hazatért.

Legalább álmában…

***

Mara kicsit zihált, mikor felérkezett a hegytetőre. Edzésben volt,
ennek ellenére a több kilométernyi gyaloglás a hóban kifárasz-
totta, ráadásul nem is volt megfelelően felöltözve. Őt követte
Kendra, Jamira, Ati, Ronja és egyesített csapatok maradék ré-
sze. Mara most Kendra felé fordult.

– Még mindig nem látom azt a fényes izét, ami miatt állító-
lag ide kellett jönnünk – morogta. – Barzáni ki fog nyírni ezért!
Azt mondta, ha megtudja, hogy a PKK-val bandázok Irakban,
akkor minimum harminc évre sittre vág! Mindezt akkor, ha jó-
kedvében van, különben… És én pont ezt csinálom… nem lehet-
ne, hogy visszafordulunk Szíriába?

– Mi az, hogy *bandázol* velünk? – Ronja kérdőre vonta. – Az
iskolában legjobb barátnők voltunk, már elfelejtetted? Leszámít-

va, hogy nem szeretted a PKK-t. De a PKK megváltozott azóta, ahogy mi is. Egyébként mi az egyesített csapatokat vezetjük, ha nem tudnád, nem a PKK-t. Itt nem számítanak a különbségek.

– Leszámítva azt, hogy a PKK-sok még mindig nem randiznak, igaz? – Mara felvonta a szemöldökét. Ronja lesütötte a szemét.

– Barzániról szólva, hát, róla mondják, hogy egy gilisztában több a gerinc – mondta bosszúsan. – Nincs erkölcsi tartása, és a török elnök megvásárolta a barátságát. Ronja, sajnálom, hogy a politikai hovatartozásunk a barátságunk kárára ment. Ígérem, ez mostantól nem fordul elő. Na, forduljunk vissza, ne tébláboljjunk itt, ha már idejöttünk a semmiért. Lépjünk olajra, mielőtt az iraki pesmergák meglátnak, és feljelentenek minket Barzáninál!

– Olajra léphetünk – kuncogott Jamira – az itt van bőven!

Kendra azonban nem mozdult, és komoran nézett maga elé.

– A pesmergák nincsenek itt – mondta.

– H-Hogyhogy? – pislogott Mara. – Itt húzódik a frontvonal, pontosan ezen a helyen kéne lenniük, és ha mi láttuk azt a fénygömböt, akkor ők is… majd kezdenek valamit a problémával!

– A pesmergák elszivárogtak, mint a gáz – ráncolta a fejét Kendra. – És ránk hagyták a problémát! Itt van egy egész városnyi haldokló jazidi, utánunk a vízözön, ahogy mondják, meg az iszlamisták! Be vagyunk kerítve!

– Megmondtam, hogy nem kellene idejönnünk, ez stratégiai hiba volt! Most hogyan fogunk kitörni a hiénák gyűrűjéből? – mérgelődött Mara.

– Majd megoldjuk. A civileknek segítségre van szükségük, ahogy elnézem! És csak mi vagyunk a közelben. Te mit csinálsz, ha baleset szemtanúja vagy, és közel s távol te vagy az egyetlen, aki segíthet?

Mara elgondolkodott.

– Megállok, és segítséget nyújtok – felelte végül. Kendra bólintott, Mara pedig odalépett az idős jazidi férfihoz, aki néhány méterre volt tőle, és felsegítette.

– Hála istennek, hogy jött valaki! Nagy Kürosz küldött titeket, ugye? Az égből jött, hogy segítsen…

Jamira végignézett az öregen.

– Rossz állapotban van – állapította meg. – Biztosan ezért beszél félre. Ki tudja, mikor evett utoljára...

A jazidi férfi Marába kapaszkodott, aki talpra segítette.

– Ön ugye hisz nekem? – kérdezte reménykedve. Mara sóhajtott.

– Nagy Kürosz perzsa király kétezer-ötszáz éve meghalt, de nálunk vallásszabadság van. – felelte. – Ha Ön szeretné azt hinni, hogy angyal vagy ilyesféle lény küldött minket, akkor nem bánom. Segítünk mindenkinek, aki rászorul, de nem lesz egyszerű menet lejutni erről a hegyről.

– A pesmergáktól jöttek? – kérdezte a férfi. – A nevem Rashid, bocsánat, nem mutatkoztam be!

– Nem egészen tőlük jöttünk – Mara habozott kicsit. – Pár hónapja még Barzáninak dolgoztam, de kiléptem, és most Szíriában harcolok.

– De akkor hol vannak a pesmerga harcosok? – A Rashid nevű férfi értetlenkedve nézett rá.

– Nem a helyükön, az biztos. – Mara szétnézett. – Kéne egy B-terv, hogyan megyünk le innen. Nem mehetünk arra, amerről jöttünk, mert az az út hosszú, és múmiává aszalódik mindenki a tűző napon, mire Rozsavába érünk. Viszont a hegy tövében várnak ránk az éhes hiénák...

Rashid szükségét érezte, hogy tovább kérdezősködjön.

– Akkor maguk nem látták azt a fényességet, ami az imént volt?

Ronja eltátotta a száját.

– Azért jöttünk, mert láttunk valamit, egy fénygömböt a Szindzsár-hegy felett, és úgy gondoltuk, megnézzük, mi az!

– Magukat tényleg az ég küldte ide! – Rashid hálálkodott. – Nagy Kürosz egy alakváltóról beszélt, aki önökkel jött...

– Talán tegeződjünk, elvtárs – mosolygott Ronja a férfira. – Igen, ismerünk egy alakváltót!

Ati a beszélgetést hallva előrejött a hátvédtől, és most Rashid és Mara közé vetette magát, felvéve farkas alakját. Egy pillanatig dermedt csend volt, így néztek egymással szembe. Mindenkinek a torkára forrott a szó a meglepetéstől.

– Szent ég! – Rashid felkiáltott. – Nebu… Nebukadnezár utódja! A királyé, akit állattá változtattak az egek! Biztosan hallucinálok, nem csoda, két hete alig ettem…

Mara megtámogatta a férfit, aki alig állt a lábán. – Ne aggódjon – mondta. – Levisszük innen!

***

Rozsavába juttatni több ezer civilt nem egy fáklyásmenet. Erre Mara is rájött, mikor azt latolgatták, kiket tudnak feltenni az ósdi terepjárókra. Csak az öregeknek, betegeknek, járóképtelennek és kisgyerekeknek jutott hely, közülük sem mindenkinek. Aki képes volt megállni a lábán, annak gyalog kellett eljutnia a több mint száz kilométerre lévő kurd városba. A kevés járművet nem lehetett összeegyeztetni a sok rászorulóval, végül úgy döntöttek, hogy a csapat kettéválik. A kocsikaraván a keskeny hegyi úton haladt lefelé, kísérve az embereket, míg Mara, Kendra, Ronja és Ati, valamint egy egységnyi katona az útra jó rálátást biztosító, fentebbi ösvényen haladt tovább.

Hirtelen több lövés dördült, Mara és társai hasra vetették magukat. Kendra elővette a távcsövét, és lefelé kémlelt.

– Baj van, a dzsihadisták észrevettek minket – mondta, és elkomorult. – Támadás alatt vagyunk!

– Vettem észre. – Mara kikémlelt a sziklaperem mögül. Annyit ő is tudott, hogy a magaslaton lévőnek mindig stratégiai előnye van ahhoz képest, aki lent van, hiszen ez háborús alapvetés. Ráadásul hegyek között voltak, és a hegyek még sosem árulták el a kurdokat. Remélte, hogy most is megbízható mentsvárnak bizonyul a Szindzsár-hegység, melynek ormait poros bakancsaik koptatták.

Mara és a többiek előreszegezték Kalasnyikovjaikat és figyeltek. Elborzadva nézték, ahogy alattuk becsapódik egy gránátvető, a robbanás lesodort egy terepjárót az útról. Kendra kiadta a tűzparancsot, sorozatban elsültek a gépfegyverek.

– Figyeljetek, ez nem gyerekjáték – szólalt meg Kendra, amint egy percnyi lélegzethez jutottak. – Mara, te leszel a vezető, ha velem valami történik. Eddig is a helyettesem voltál!

– Jajistenem – nyögte Mara, és kétségbeesetten nézte, ahogy
az iszlamisták lent utat törnek maguknak, a fekete zászló mesz-
sziről látszódott az autójukon. – Én csak kiképző vagyok, nem
vagyok alkalmas vezetőnek!

Be sem fejezhette a mondatot, mert újabb lövéssorozat hal-
latszott. Mara éles fájdalmat érzett a jobb karjában, egy golyó
eltalálta. A sebéhez kapott, és kiáltani akart, hogy figyelmez-
tesse a többieket, de a torkára forrott a szó, amikor meglátta
maga mellett Kendra élettelen testét. Minden olyan gyorsan
történt, hogy fel sem fogta. Újabb tűzharc következett, a holt-
test fölé hajolt, ösztönösen próbálta védeni a társát, de nem le-
hetett rajta segíteni.

Mara a saját sérüléséről teljesen megfeledkezve szólongatta
a másikat, de hiába, mire Ati nagy nehezen lerángatta róla. A
csata közben nincs idő gondolkodni, és főleg nincs idő gyászol-
ni. Csak akkor tehették ezt meg, ha már biztonságban megér-
keztek Rozsavába, és tudták, hogy az út veszteséges lesz. Még-
sem hagyhatta ott a bajtársát.

– Ati, kérlek, segíts... – mondta rekedten – magunkkal kell
vinnünk őt, méltó temetést érdemel...

Ati a hátára vette a halottat, miközben talpra rángatta Ma-
rát, aki sokkos állapotban volt, de most nem engedhette meg
magának, hogy sírjon. Haladniuk kellett tovább.

Rozsava Oroszlánjai

Kobane, Rozsava, Szíria

Aysan a táskájába pakolta a holmiját, azt a keveset, amit magával vihetett az önvédelmi erők bázisára. Mozdulatait Mara éberen figyelte, a lány az ajtófélfát támasztotta a menedékházban, ahol az apja, Kemal tartózkodott Roryval, és Aysan hathónapos kisfiával, akit Danielnek kereszteltek.

Aysan az utóbbi fél évet a házban töltötte, de kitartott elhatározása mellett, hogy csatlakozik a harcokhoz, és remélte, hogy a többiek nem fognak olyan mogorván viselkedni vele, mint Mara. Utóbbi olyan volt, mint a jégcsap, és nem tudott napirendre térni afölött, hogy a török lány hozzájuk csapódott, noha Aysannak immár papírja volt róla, hogy hazaáruló. Látszólag semmi együttérzést nem tanúsított a fiatal anya iránt, akinek hátra kellett hagynia a gyerekét – Kemal megígérte, hogy vigyáz rá –, mondván, hogy máshol csecsemővel a hátukon harcolnak a nők, örüljön, hogy az apja ingyen biztosít neki bölcsődei szolgáltatást, elvégre ez itt Rozsava, a nőjogok mezopotámiai bölcsője.

– El tudunk végre indulni? – kérdezte Mara, és türelmetlenül dobolt az ajtón. Csak három nap eltávot adott magának, hogy Jamira kérésére elkísérje Aysant a táborba, a múltjáról persze nem beszél majd senkinek, Rustyt, a spermadonort legfeljebb akkor említi, ha nagyon muszáj.

– Csak egy percet adj még – felelte Aysan, és megsimogatta Daniel fejét, akit visszafektetett a kiságyba. – Apa eljön majd érted – súgta neki –, csak várj!

Ebben a pillanatban Rory viharzott be a másik szobából, telefonnal a kezében. Kétségbeesett arcot vágott.

– Mama a határon van – kezdte –, azt üzeni, nem tud átjutni, a török katonaság elállja az utat!

Aysan zavartan nézett Marára, aki legyintett, és ellépett az ajtótól. Roryhoz ment, átölelte, majd visszanézett a török lányra.

– Chahinezre gondol – magyarázta. – Ő a vér szerinti anyja, én a nevelője vagyok, és anyának szólít. – Odafordult a gyerekhez. – Figyelj, megértem, hogy szomorú vagy apád halála miatt, és látni szeretnéd a mamát, de jelenleg az a legbiztonságosabb, ha Kobanéban maradsz. A várost a kurdok védik. – Sajnálta a fiút, akinek azzal kellett szembesülnie, hogy bár a török határ csak egy kőhajításnyira fekszik Kobanétól, mégis árkok, barikádok, szögesdrót, harckocsik és éleslőszerrel ellátott fegyveres katonák választják el az édesanyjától, aki azért akart volna átjönni, hogy megvigasztalja gyászoló kisfiát.

Mara aggódva az apjára nézett.

– Fogadni mernék, hogy Omar a határon várakozik a katonákkal, és csak arra vár, hogy mikor rohansz a karjaiba, te vagy esetleg Aysan... ez a szemétláda a saját lányát is képes lenne a dyjarbakiri kínzókamrába küldeni, csak azért, hogy a főnökei ne őt küldjék sittre! Jól megásta magának a vermet, mondhatom! – morogta. – Ha amnesztiáért cserébe átengednek a lezárt határon, ne dőlj be nekik, apa! Ez csapda! – intette óva Kemalt.

– Ne aggódj – válaszolta az apja – megvan a magamhoz való eszem, engem nem fognak tőrbe csalni a törökök!

Mara adott egy búcsúpuszit az apjának és Rorynak, és elindult a kijárat felé. Aysan felkapta a hátizsákját, és követte.

– Mit gondolsz – tűnődött Aysan, miközben beültek a rozzant fehér Mitsubishi terepjáróba – lehet egy gyereknek két anyja?

Mara megvonta a vállát.

– Akár három is – mondta. – Régen, az ősi Mezopotámiában a nők az összes szerepüket képesek voltak egyidejűleg betölteni. Ők voltak a spirituális anyák, nekik köszönhetően a férfiakban megfogant a vágy. Márpedig vágy nélkül nincs gyerek – mosolygott, ami meglepte Aysant, de zavarban volt, mert eszébe jutott, hogyan erőszakolták meg Jamirával együtt szegény Rustyt. Jamira a spirituális anyja a gyermeküknek, abban az értelemben, ahogy Mara gondolta.

Mara folytatta az eszmefuttatást.

– A nők nyilvánvalóan szülőanyák is voltak, valamint a gyermekek nevelése is az ő feladatkörükbe tartozott. Amikor a nőket leigázták és rabszolgasorba vetették, minden megváltozott. A férfiak lefátyolozták őket, hogy ne keltsenek bennük vágyat, ezáltal megszűntek spirituális anyák lenni. Kikerült a kezünkből a gyermekvállalás kérdése, mivel a fogamzásgátlás és az abortusz dolgaiban a férfiak döntenek helyettünk. A Közel-Keleten egy nő nem döntheti el, hogy akar-e gyereket, és ha igen, hányat és mikor. A szülőanyaság így csorbát szenvedett, a férfiak irányítása alá került, így lett a nőből a vágyak kielégítésének eszköze és két lábon járó inkubátor. Végül elvették a nőktől a gyerekeik felügyeleti jogát a patriarchális családjogi törvénnyel, így megszűnt a harmadik szerep is, a nők nevelőanyaság feletti hatalma. Viszont, ha egy nő bármelyik szerepet betölti a háromból, akkor anyának számít. – Komoran nézett Aysanra. – Látod, így hullott darabokra a világunk… de mindez megváltozik majd, Rozsavában a nők visszaveszik, ami az övék. Ezért van a forradalom, és ebből nem lehet senkit sem kizárni, származástól vagy nemzetiségtől függetlenül mindenkire szükségünk van…

Aysan bólogatott, legalább van közös nevezőjük a kurddal, nem sok, de ahhoz talán elég, hogy megteremtsék a kettőjük közti párbeszéd alapjait. Ettől némileg megnyugodott, majd hallotta, hogy Mara beletapos a gázba, és elhúzták a kondenzcsíkot.

Az YPJ táborában Aysan félénken viselkedett, és tartott tőle, hogy ezt majd furcsának találják a többiek, hiszen mégiscsak harcolni készült. A legrosszabb mégis a titkolózás volt, persze Mara jeges viselkedése nem derítette jobb kedvre, de megígérte, hogy nem fog eljárni a szája. Ati nem tartózkodott a táborban, mert ez a női szakasz bázisa volt, az YPG erői a város másik felétől néhány kilométerre őrködtek.

Abban, ahogy Aysan Jamirára nézett, a másik pedig vissza rá, minden benne volt, az összes szomorúság, amit érzett. Nem volt több érintés, csók, könnyed kézfogás. Jamira szíve összetört, de megértette, mit érez a barátnője. Hogy neki jóvá kell tennie az ősi bűnöket, azokat, amiket Omar és mások a kurdok ellen elkövettek, és amiben egészen mostanáig akaratlanul is bűnrészes volt. Nem tudott tovább ezzel a bűntudattal élni, és attól várta a feloldozást, hogy a PKK-hoz csatlakozik.

Ronja észrevette Aysan és Jamira szomorúságát, és nagyon együttérzőnek bizonyult, bár nem is sejtette, mi van kettejük között. A török egyből rokonszenvesebbnek találta Ronját, mint Marát. *Milyen furcsa,* gondolta, *egész életemben azt tanították nekem, hogy a PKK tagjai álnok terroristák, én most mégis itt vagyok, velük együtt fogok harcolni, és lám, Ronja milyen kedves hozzám!*

Ezen tűnődött, miközben Ronja a múltjáról kérdezte, de nem akart neki sokat elárulni, mindössze azt, hogy kényszerházasságot kötött valakivel és van egy kisfia. Utóbbi igaz is volt, és a kényszerházasság sem akkora hazugság, de nyilván a PKK harcosai máshogy értették ezt, mint ahogy valójában történt. El akarta mondani, hogy Rusty valójában megmentette az életét a házassággal, de nem fedhette fel magát. Jamira is csak annyit mondott magáról, hogy férjnél van, de egy szót sem ejtett a keleti fronton, Irakban harcoló amerikai őrmesterről. *Vajon él még Rusty?* – tette fel magának a kérdést Aysan és Jamira is, de legbelül tudták, hogy Rusty még nem adta fel.

Mara hirtelen felállt, és összecsapta a tenyerét.

– Ideje munkához látni – mondta –, látom, van egy újoncunk!

Aysannak gombóc lett a torkában, és összeszorult a gyomra. Magának sem vallotta be, de jobban félt ettől a kurdtól, mint egy egész seregnyi iszlamistától.

– Megyek már – felelte kelletlenül.

– Ó, és egy kis lelkesedést, ha lehet kérnem! – csettintett Mara. – És úgy látom, túl sokat pofázol törökül – tette hozzá, bár Aysan valójában igyekezett csendesen viselkedni.

– N-Nem... tudok sokat kurd nyelven – dadogta. A-az angolomat pedig nem értik a többiek...

Mara felnevetett, de nem örömében.

– Ha nem tudnád, sok kurd még törökül sem beszél, nemhogy angolul. Úgyhogy van egy rossz hírem, kénytelen leszel kurdul beszélni, ha tetszik, ha nem! – Gonoszul elmosolyodott. – A török nyelv használatát ezennel betiltom, végtére is Rozsavában vagyunk! Odaát kuss van a kurdoknak, a határ innenső oldalán meg kuss lesz a törököknek! Na, mit szólsz? – élcelődött hozzá hajolva. – Látod, kedveském, ilyen, amikor a hóhért akasztják! Vagy, ahogy máshol mondják... a fagyi visszanyal!

Odahajolt és Aysan fülébe súgta:

– Nem úgy!

Aysan lehangoltan megállapította, hogy Mara olyan szúrós, mint a sündisznó, és a szavai úgy szurkálták a szívét, mint megannyi apró kés pengéje. A kurd lány hátbavágta, és kezébe nyomott egy szebb napokat látott Kalasnyikovot.

– Tudom, ez a fegyver régi, mint az országút, de ezek a puskák a legnagyobb homokviharban sem ragadnak be! Sokkal jobbak, mint az M16-osok, amiket a jenkik használnak. Na, indulás a lőtérre gyakorolni! A kurdot megtanulod menet közben!

Aysan nem nagy kedvvel, de engedelmeskedett. Fogta a puskáját, és követte Marát.

***

Egyik nap váratlan esemény dobta fel a katonai tábor lakóinak hangulatát. A rozsavai oroszlánok prédát ejtettek. Mara és Ronja visszajöttek a járőrözésből, és diadalittasan hurcoltak magukkal egy bekötözött szemű, alsónadrágra vetkőztetett iszlamista harcost.

– Kapás van, lányok – vigyorgott Mara, azzal a gúnyos mosollyal, amit általában leginkább Aysannak tartogatott. – Ez a hiéna erre kóricált, gondoltam, kifaggatjuk, hátha tud valami hasznosat mondani a haverjairól. – A hátsó raktárépület felé vonszolták a szakállas férfit, oda, ahova a hadifoglyokat szokták bezárni. – Hol az arab tolmács? – kiáltotta Ronja.

– Te is beszélsz arabul – vetette közbe Mara.

– Ez most hivatalos ügy – csóválta a fejét a PKK-harcos. – Nem szeretnék félreértést.

Jamira odasietett hozzájuk, bekukkantott a raktárba, és végigmérte a szutykos rabot.

– Ki vele, hol vannak a társaid? – vetette oda gorombán a kérdést. A férfi összerándult, ahogy meghallotta a hangját.

– Jamira… te vagy az? – kérdezte.

A megszólított kissé megzavarodott a kérdés hallatán.

– Vegyétek le róla a kendőt! – szólt oda Marának és Ronjá-nak, akik engedelmeskedtek. Ahogy a koszos rongy lekerült a fogoly szeméről, Jamira felismerte Mehdit, és szeme tágra nyílt a meglepetéstől. Az unokabátyja életben van!

– Hogy kerülsz te ide? – sziszegte Jamira a fogai között, majd Marához fordult. – Vallatom egy kicsikét, majd később elmon-dom, mit vakerolt!

– Beálltam a dzsihadistákhoz – nyögte Mehdi.

– Azt nagyon rosszul tetted – morogta Jamira. – Tudod, mi itt az YPJ-nél nem vagyunk a kínzás hívei, de nem tutuj-gatjuk a foglyainkat! Beszélj! – mondta, majd erősen gyomor-szájon vágta.

– A csa-csapataink me-meg akarják t-támadni… – Újabb rú-gás érkezett, ezúttal Ronja részéről. – Kobanét – nyögte ki vé-gül Mehdi.

– Kösz a felvilágosítást! – Jamira gúnyos hangnemben folytatta. – Nem csak aljas vagy, hanem gyáva is. Min-den dzsihadista hitvány, de te vagy a legalávalóbb, akit is-mertem! – Hogy nyomatékosítsa a mondandóját, leköpte az unokatestvérét.

– Hogy menekültél meg? – kérdezte Mehdi.

–Nem rád tartozik – közölte szűkszavúan az unokahú-ga. – Amúgy, ugye tudod, hogy tudom, milyen büntetés jár a leszbikusoknak a saría szerint?

– A leszbikus nőt be kell zárni a házába, és otthagyni, míg meg nem hal – válaszolta Mehdi.

– Hibátlan. – Jamira gúnyos mosolyra húzta a száját. – Akkor most már tudod, hogy mire számíts! Aki másnak vermet ás…

Mehdi arcára kiült a rémület.

– Zárjátok be – adta Jamira Marának és Ronjának kurd nyel-ven az utasítást. – Elmondom, mi a helyzet.

– Nagyjából tudom, értek kicsit arabul – felelte Ronja, mire Jamira elsápadt. – Úgy tűnik, ismered a fickót. Kobane veszély-ben van, de mi köze ennek a leszbikusokhoz?

Jamira csak megrázta a fejét, és sírva fakadt. Ronja vigasztalóan átölelte. Mehdi szemét újra bekötötték a ronggyal, rázárták a raktár ajtaját, és elmentek. Soha nem tértek vissza.

***

Az eset után Jamira három napig bujdosott a többi harcos elől, rettenetesen szégyellte magát, és nem lehetett szóra bírni. Ronja szerette volna kikérdezni a múltjáról, de nehezen nyílt meg neki. A romos házban ült a sarokban egy tarka pokrócon, amit éjszaka terítettek magukra, mert a sivatagban nyáron is hidegek az éjszakák. A lábát felhúzta a mellkasához és átkarolta, úgy kuporgott. Most felnézett Ronjára, aki egy órája ült mellette, és várta, hogy Jamira megszólaljon, majd, mivel ez nem történt meg, ő kezdett beszélni.

– Tudom, hogy félsz a következményektől – mondta –, de tudnod kell, hogy Rozsavában nincs saría törvénykezés. Úgy bujkálsz, mintha valami köztörvényes bűnöző lennél, ezzel megtévesztesz minket. Elmondhattad volna előbb is. Mi nem teszünk olyat, amivel ártunk a nőknek, és főleg nem öljük meg őket. Végtelenül felháborít minket, hogy az iszlamisták mit művelnek, és szeretnénk, ha Kurdisztánban az üldözött nők menedékre lelnének. Nekik és nekünk is szükségünk van rád, hogy velünk harcolj!

Az iraki lány a könnyeit törölgette, és szipogva bólogatott. Ronja zsebkendőt adott neki, és Jamirának eszébe jutott, hogy Aysan is ezt tette, mikor először beszélt vele erről.

– Most pedig áruld el, ki volt a tettestársad a bűntényben – cinkosan kacsintott, mikor kimondta a „bűntény” szót, jelezve, hogy nem gondolja komolyan. – Lehet, hogy veszélyben van ő is, és segítségre lehet szüksége.

– Én vagyok.

Aysan lépett be a kis szobába. Egészen idáig hallgatózott a résnyire nyitott ajtón keresztül. Ronja meglepődött, amikor meglátta.

– Azt mondtátok mindketten, hogy férjnél vagytok... és azt hittem, a gyereked, akit otthon hagytál, erőszak eredménye...

Ez igaz, gondolta Aysan, *csakhogy én voltam kissé erőszakos Rustyval...*

– Nem mondtam igazat – sütötte le a szemét. Mármint az igaz, hogy férjnél vagyok, de... Be akartam állni a PKK-ba, és ezért nekem nem lehetnek szerelmi kapcsolataim.

– És ezért szakítottál a barátnőddel? – kérdezte Ronja olyan természetességgel, ami meglepte Aysant, de csak bólogatott. Ronja felsóhajtott.

– Én nem vagyok híve ennek... mármint a szakításnak, meg hogy ne legyen kapcsolat. Ez csak egy ósdi szabály, amit a PKK gerilláinak előírnak, de már nem főbenjáró bűn vagy ilyesmi, és vannak, akik megszegik ezt az előírást. Talán, ha én is megszegem annak idején, most boldogabb lennék – csóválta a fejét. – Egyébként még nem vagy a PKK tagja, mert erről nem én döntök. A kádereknek el kell dönteniük, hogy te, mint török nemzetiségű személy, lehetsz-e egyáltalán gerilla, hiszen ez kizárólag a kurdok ügye. De igazán akkor segítenél, ha Kemalnak dolgoznál a szervezetben. – Aysan vállára tette a kezét és barátságosan mosolygott. – Azt szeretném, ha nem áldoznád fel magad és a gyermeked jövőjét értünk. És amit főleg nagyon szeretnék, az a tűzszünet a törökökkel, de ez személyes szinten kezdődik. Lehetnél mediátor. Közvetíthetnél a béketárgyalásokon, vagy foglalkozhatnál nőügyekkel a tanácsban.

– De én harcolni akarok – motyogta Aysan.

– Most harcolni kell, mert háborúban állunk az iszlamistákkal, és forradalom van. Én a jövőre gondolok.

– El... elgondolkodom rajta – felelte Aysan zavartan.

– Van még valami nagy titok, amit szeretnétek velem megosztani? Persze nem mondom el a többieknek – faggatózott Ronja.

– Hááát, ami azt illeti, Mara már tudja... hogy jelenleg mind a ketten Rusty feleségei vagyunk – bökte ki Jamira, és elvörösödött, bár igazából már előtte is a fejébe szökött a pír, amiért megint kiderült a mássága. Ronja szemöldöke a homlokáig szaladt, majd elkomorodott.

– Rozsavában nem engedjük meg a többnejűséget – felelte. – Hivatalosan csak az egyikőtök lehet a felesége. De ne aggódjatok – mosolygott –, csak kényszerházasságokat bontunk fel, nem családokat. – Szünetet tartott. – Mivel Rozsava nem állam, így alkotmánya sincs, de alapszabály, hogy nem szeretnénk súrlódásokat másokkal, legyenek azok más vallásúak vagy nemzetiségűek. A feministák nem fognak bántani titeket, de legyetek óvatosak a köztereken, az arabokkal meggyűlhet a bajotok, ha nyilvánosan megfogjátok egymás kezét.

Jamira és Aysan biztosították a PKK-harcost, hogy eszük ágában sincs ilyesmit tenni, de abban a pillanatban Mara rontott be az ajtón, Atival a nyomában, aki farkas alakjában futott idáig és szemmel láthatóan zaklatott volt.

– Be vagyunk kerítve – mondta zihálva, és kimerülten öszszerogyott. Ronja feltételezte, hogy a hiénák kergették meg. Értetlenül nézett rá.

– Mi van?

– Az iszlamisták bekerítették Kobanét, és nehézfegyvereik vannak! Kelet, nyugat és dél felől is nyomulnak, a török határon pedig nem jutnak át a menekülők!

Mindannyian elsápadtak. Mara lehunyta a szemét, az apjára gondolt, Roryra, a kis Danielre és a sok ezer civilre, aki az ostromlott városban rekedt.

Most mi lesz...?

***

Kobane, Szíria
Néhány hónappal később

Mara nézte, ahogy az amerikai bombázók elhúznak a feje fölött. Nem hitte, hogy megéri azt a napot, amikor Kobane légitámogatást kap. De csodával határos módon még mindig életben volt, átizzadt, koszos ruhában próbált utat törni csapatával a törmelékkel borított szűk kis utcákon a rommá lőtt városban. Örült annak, hogy sikerült a harcosait egyben és életben tartania, bár más alakulatoknak jelentős veszteségeik voltak. Az iszlamisták tankjai elakadtak, nekik volt stratégiai előnyük, de híján voltak a fegyvereknek. Amijük volt, azt az ellenségtől szerezték vagy a feketepiacon vették.

– Mennyi lőszerünk van még? – szólalt meg Jamira a háta mögött.

– Már nem sok…

– És mit csinálunk, ha elfogy?

– Hááát… – Mara elgondolkodott. Ő volt a csapatkapitány, neki kellett megválaszolnia ezeket a nehéz kérdéseket. – Van még nálunk, lássuk csak… péklapát, vasvilla, sodrófa, húsklopfoló, szenes vasaló… Csak megérte azt a sok házimunkát csinálni, van mindenünk, amivel ütni lehet a dzsihadistákat, bár inkább csak közelharcra jók ezek a cuccok. Sajnos senki nem hajlandó nekünk fegyvert eladni, mert minden ilyesmi Törökországon keresztül érkezik, és a határok még mindig zárva vannak.

– És van még… a jó öreg Molotov-koktélból! – Aysan diadalmasan felemelte a kezében tartott üveget, és a gyúlékony alkalmatosságot a szemközti házra dobta. Az épület lángra kapott, és úgy rajzottak ki a benne tartózkodó iszlamisták, mint kaptárból a méhek, ha kifüstölik őket. Ronja elismerően bólogatott.

– Egyébként nem értem, miért gondolták meg magukat az amerikaiak – tűnődött Aysan. – Rusty beszélhetett velük annak érdekében, hogy kapjunk légitámogatást?

– Szerintem ennek semmi köze Rustyhoz – felelte Mara komoran –, mivel ő már nem tagja az amerikai haderőnek, ráadásul sosem dolgozott a légierőnél. A Navy SEAL tudtommal a haditengerészethez tartozik. Amúgy a jenkik mindig bombáznak, amikor nem kéne, amikor meg szükségünk van a segítségükre, felszívódnak!

Behúzódtak egy romos épület mögé, hogy felkészülhessenek az akcióra, amelynek során házról házra kergetik ki az iszlamistákat a városból. Ronja a megmaradt tölténeyeket számolta, többször is megismételte a műveletet, de mindig ugyanarra a következtetésre jutott: nem lesz elég a befejezéshez. A Molotov-koktélokban talán még bízhatnak, de használatuk nem volt biztonságos, és féltek, hogy járulékos károkat okozhatnak vele a civil lakosságnak.

– Szerintem azért kapunk támogatást – kezdte Ronja elgondolkodva – mert az amerikaiak a győztes lóra tesznek. Túl sokat költöttek az iraki háborúra, és már nem akarják a továbbiakban költségekbe verni magukat. Azt akarják, hogy a befektetés megtérüljön.

– Vagyis eddig nem teljesítettünk elég jól? – kérdezte Jamira.

– Szerintük nem. A hiénák álltak nyerésre, ez idáig. De úgy tűnik, megfordult a kocka, és meggondolták magukat az amerikaiak is. Most már úgy gondolják, hogy nyerhetünk. Még van erőnk egyetlen végső támadásra, mielőtt elfogy a lőszer. Adjunk bele mindent!

Mara bólintott, és jelet adott a tucatnyi YPJ-harcosnak, akik még velük voltak. Előrenyomultak.

***

– Én megyek elöl – jelentette ki Ronja ellentmondást nem tűrő hangnemben, miközben megközelítették a következő házat, amiben iszlamisták bújtak el.

– Ne tedd! – kérlelte Mara. – Én vagyok a főnök, nekem kell elől mennem!

Ronja visszanézett a barátnőjére, és szomorkásan mosolygott.

– Nekem már mindegy... Itt kell bevégeznem!

Berontottak a házba, és sortüzet zúdítottak a dzsihadistákra, akik viszonozták azt. Nem is nézték, hányszoros túlerőben van az ellenség. A lövések iszonyú robaja betöltötte a teret, Mara és csapata azt hitték, mindjárt megsüketülnek. Mikor elállt a robaj és a lőszer is kifogyott a tárból, látták a károkat és az áldozatokat; öt halott iszlamista harcos, a többiek kimenekültek az épületből az ablakon át. Mara már éppen megnyugodott, hogy minden rendben van, tartanak egy kis szünetet, újratöltik a készleteiket és az egésznek hamarosan vége, mikor ránézett a mellette álló halálsápadt Ronjára, aki karját a hasára szorította. Találatot kapott.

– Ronja! – Mara elkapta a PKK-harcost, ahogy az a földre esett. *Jaj, nem, ez nem lehet...*

– Elviszünk a kórházba – mondta neki –, mindjárt jön érted a mentő! Túléled!

Ronja erőtlenül rázta a fejét, és halkan megszólalt.

– Felesleges. – Csak ennyit mondott, és a többiek tudták, hogy igaza van. Az utcákat elborította a törmelék, nemcsak a tankok, hanem a mentőautók sem tudtak rendesen közlekedni, de ha tudtak volna, és a sérültek el is jutottak a kórházba, nem volt se gyógyszer, se felszerelés, amivel meg lehetett volna őket menteni.

Mara a karjába vette a haldokló Ronját, és úgy várta a mentőt, mintha egyből a halottaskocsi jönne.

– Ne sírj – mondta halkan Ronja, mikor látta Mara könnyeit.

– Nem akarom... – Mara megtörölte az arcát a koszos ruhaujjával.

– Mi győztünk. Tudom. – Ronja az utolsó perceiben is mosolygott. – Valamit ígérj meg... – suttogta, és lehunyta a szemét.

– Bármit!

– Kibékülsz Aysannal?

– Hát persze! Elássuk a csatabárdot, csak ne hagyj itt minket, kérlek!

Mikor megérkezett a mentőautó, Mara és a többiek lehajtott fejjel nézték, ahogy bajtársukat beteszik a kocsiba, és tudták legbelül, hogy többé nem látják élve.

***

Bagdad, Irak

A robbanás zaja kilométerekre elhallatszott. Rusty, Keith és Brian befogták a fülüket, és nézték a felszálló füstöt, ami jelezte, hogy nem sok maradt a Tigrisen átívelő hídból. Sikerült elintézni az utolsó átkelőt is, így az iszlamisták már csak hajóval tudtak átmenni a másik oldalra. Az Eufrátesz vidéke felett a kurdok kezdték átvenni az ellenőrzést. Hiányzott azonban még valami.

A Kard még mindig nem volt náluk.

Rusty elszánta magát élete legnehezebb döntésére. Ismét el kell mennie az elnöki palotához az ostromlott városban, és ezúttal nem hibázhat. Azt is tudta, hogy hiábavaló a titkolózás, Keith tud róla mindent.

Az őrnagy Rustyra nézett, és felvonta a szemöldökét.

– Foglaljuk össze a helyzetet – szólalt meg. – A dzsihadisták kirabolták Bagdadot. Minden mozdítható műkincset elvittek, csak a Kardot nem. Ennek megvan az oka, és te pontosan tudod, hogy mi az!

– Ennek az átkozott háborús játéknak a lényege, nos, a Kard megszerzése – bólintott Rusty. – A harcnak akkor van vége, ha megszerezzük. Akkor végre győzelmet kiálthatunk. Viszont… a Kard Bagdad közepén van. A helyszínt, ami övezi, úgy is nevezik, hogy Halálzóna.

– Egészen biztos vagy benne, hogy ott van a fegyver, ahol keressük? – aggodalmaskodott Brian.

– Igen – felelte az őrmester határozottan. – Teljesen biztos vagyok benne.

– Ahhoz, hogy odajussunk, valakinek fel kell áldoznia magát – felelte Brian komoran. – El van aknásítva az összes odavezető út!

– Majd én! – ajánlkozott Brad.

– Nem. Rozsavának szüksége van mesterlövészekre. Brad pedig a legjobb. – Brian odafordult Rustyhoz és Keith-hez, és keményen az őrmester szemébe nézett.

– Én leszek az áldozat – jelentette ki.

– Ne… – kezdte Rusty, de a közlegény leintette.

– Én csak egy közlegény vagyok!

– Kommandós vagy! – Keith szúrósan nézett rá. – Csak azért nem léptettek elő, mert az amerikai elnök szerint elárultad a hazádat. Szerintünk viszont nagyon bátor vagy, és kitüntetést érdemelsz!

Brian megvonta a vállát.

– A poszthumusz Bíbor Szív[9] megteszi…

---

9 A Purple Heart (Bíbor Szív) a legmagasabb katonai kitüntetés Amerikában.

– Ne hülyéskedj, Brian, ezt nem teheted! – ellenkezett Rusty. – Én akarok meghalni!

– De nem fogsz! Elmész az elnöki palotába, megszerzed a Kardot, és odaadod a kurdoknak!

– Igen – helyeselt Keith –, és ezúttal én is veled megyek! Nem rázol le, mint a legutóbb!

Az őrmester arca falfehér lett, ahogy Brian tovább ecsetelte a tervet.

– Előremegyek a páncélozott Humvee-val, és felrobbantom az aknákat. Ha a Humvee nem bírja tovább... nos... remélem, addig elérünk a palotába!

– Nem tudni, hány IED[10] van a környéken – vetette közbe Keith. – Talán megússzuk...

Brian elindult, hogy szerezzen egy Humvee-t, szemmel láthatóan eldöntötte, hogy ő most öngyilkos nem-merénylő lesz.

Rusty és Keith tanakodtak egy kicsit, majd mentek a közlegény után, mert belátták, hogy nincs más választásuk. Nincs más választásuk, csak menni előre. Be a Halálzónába...

***

A konvoj lépésben haladt, a katonák idegei pattanásig feszültek. Menni, megállni, megint menni, megállni, és lehetőleg nem agyalni azon, hogy a következő pillanatban felrobbanhatnak. Elöl haladt Brian egyedül egy páncélozott Humvee-ban, majd utána a többiek egy másikban. Három életük maradt a játékban, összesen: azt beszélték meg, hogy aki odaér élve – már ha odaér egyáltalán –, betör a hajdani diktátor palotájába, és megszerzi az ókori fegyvert.

Rusty idegesen dobolt a kezével a kormányon, szíve úgy zakatolt, hogy azt hitte, majd kiugrik a helyéből – úgy érezte, a pulzusa veri a kétszázat –, Keith pedig a szemét meresztette mellette, és nézte az utat. Alig egy kilométerre voltak a céltól.

---

10 Improvised Explosive Device – kb. „rögtönzött robbanószerkezet"

Útközben ellenőrzőpontok voltak, de ellenséges katonákat nem láttak – az iszlamisták viszont akárhol megbújhattak, a támadás bárhonnan jöhetett. Jobb- és baloldalon egyaránt betonkerítés takarta el a kilátást, és könnyítette az ellenség dolgát, aki rakétákat is lőhetett a fejük felett. Nem számolták, hány sorompón voltak már túl.

Már csak alig fél kilométer volt hátra, mikor fülsiketítő csattanás hallatszott. Rusty egy pillanatra behunyta a szemét, érezte, ahogy a remegés végigfut a Humvee-n, és a lökéshullám enyhén a magasba emeli őket. Zihált, a lábát a féken tartotta, és próbálta felfogni, mi történik, miközben szakadt róla a veríték.

Mikor feleszmélt, csak lángokat látott maga előtt és füstöt.

– Ne... – nyögte nagy nehezen. – Brian!

De tudta, hogy már késő. A közlegényért már semmit nem tehettek.

– A kurva életbe – csúszott ki a száján, mert abban a helyzetben nem tudott szebben fogalmazni. – Csesszék meg a rohadt dzsihadisták! – Rusty-t elöntötte a düh bajtársa – remélhetőleg nem teljesen értelmetlen – halála miatt, de nekik a tervek szerint haladniuk kellett tovább.

Keith is káromkodott egy sort, majd sírni kezdett, de elnyomta magában. A többiek számítanak rá, meg kell őriznie a hidegvérét.

– Maradj itt – dörrent rá Rusty elég udvariatlanul, noha hivatalosan Keith a felettese volt, ezzel már nem sokat törődött. Mindkettejük érdekében parancsolgatott neki.

– Mi? Dehogy... Veled megyek! Hallod? – kiáltott utána, és látta, ahogy az őrmester egy ugrással farkassá változik, és elrohan a palota irányába.

– Na megállj, te ufó, még egyszer nem rázol le! – Nézte, ahogy Rusty elhúz a távolban, ő pedig fogta a gépfegyverét, szükség esetére, és utánaszaladt. Nem fogja hagyni, hogy Rusty meghaljon. Nem, ő nem veszhet oda!

– Várj már meg, te szabadkőműves szőrgolyó!

***

Rusty inaszakadtából rohant az elnöki palotához, majd mikor megérkezett, hirtelen lefékezett. A futás nem fárasztotta ki, de azért egy kicsit zihált. Visszaváltozott, és bakancsos lábának egyetlen határozott rúgásával betörte az ajtót.

Furcsa látvány tárult a szeme elé. A rég elhagyott elnöki palotából elvittek minden bútort és tárgyat, csak a túldíszített falakon csúfoskodott a hajdani diktátor portréja – mind a négy falon volt belőle egy, mellette Nebukadnezár királyt ábrázoló újkori festmények díszelegtek. A szobát törmelék és pókháló fedte, a dohos szag bántotta az őrmester orrát. Az arca elé tartotta a kezét, elnyomott egy tüsszögést, és kipislogta a port a szeméből. Ekkor látta meg a szoba közepén a Kardot – a törött padlócsempe közé fúródott, be a földbe.

Rusty a szoba közepére somfordált, és miután meggyőződött róla, hogy senki sem nézi, megragadta Árész kardját, és egyetlen mozdulattal kirántotta a földből. Ebben a pillanatban dermesztő hideg lett a szobában, és az őrmester már azt is tudta, honnan ismeri ezt az érzést. Ördögi kacajt hallott a háta mögül.

– Nohát, nohát, mit látnak szemeim! Csak nem Arthur király jött az Excalibur felfedezésére?

Rusty megfordult, és abban a pillanatban meglátta a dermesztő hideg forrását, az éjsötét árnyat. Nimród volt, a démonkirály, aki rámeresztette vöröslő szemeit.

– Annyira butuska vagy – folytatta a hang csevegően–, te is meg az egész kormányod és a katonáid... hát nem jöttél rá, hogy mindez csapda? Hogy én legyőzhetetlen vagyok?

– Nem vagy az! – hörögte Rusty, és nekiszegezte a Kardot a démonnak. – Ezzel az izével foglak szíven szúrni, illetve szúrnálak, ha lenne még szíved!

A démon tovább nevetett, szemmel láthatólag nem zavartatta magát.

– Még mindig nem érted, hogy kétezerötszáz éve ugyanazokkal a trükkökkel próbálkoznak ellenem, és még senkinek sem sikerült kijátszania!

Rusty nem értette, hogy mit akar tőle Nimród, de eldöntötte, hogy ma itt, ebben a teremben elintézi ezt a démont, örökre el fogja hallgattatni. Csak a Kard kell hozzá, hogy lesújtson…

Amint Rusty megemelte a Kardot, Nimród támadott. Teljes erőből Rustynak csapódott, aki úgy érezte, mintha a gyomra, a tüdeje és a szíve megfagyna, megtelne jeges levegővel. Összeesett, megrándult. Kiáltozott, és úgy rángatózott, mint egy veszett kutya; óriási fájdalmat élt át. Ebben a pillanatban rontott be a szobába Keith.

– Megszerezted a Kardot! – kiáltotta. – Te egy hős vagy!

– Va-valóban – hörögte Rusty – de Nimródot is megszereztem vele együtt… – Az őrmester görcsösen markolta a hasát, és alig bírt beszélni.

– Milyen Nimród…?

– A… démon, aki megszállva tartotta a diktátort, most… engem szállt meg – köhögött. – És mivel megszereztem a Kardot, én vagyok Babilon jogos uralkodója. Kivéve, hogy, hogy…

Keith kétségbeesetten nézett a bajtársára.

– … hogy nem hozhatom el a szabadságot se Irakba, se Kurdisztánba! Én leszek a következő zsarnok, ez a sorsom! Nimród újjászületett bennem, az egyetlen mód, hogy megöljem…

Az őrnagy a fejét rázta, látszott, hogy nem ért semmit a beszédből.

– Rusty, kérlek, mondd, hogy ez nem a valóság, és hogy csak viccelsz, ez megint valami szabadkőműves duma, egy újabb öszszeesküvés-elmélet!

Rusty összekuporodott a földön, és erőt vett magán, hogy befejezze a mondatot.

– Nem, ez nem vicc. Csak úgy ölhetem meg a démont, ha én is meghalok. Vagy te szúrsz le azzal a Karddal, vagy saját magam fogok beledőlni!

– Nem, nem, nem! – tiltakozott Keith. Megtagadom, ez… ez hülyeség! Elvisszük a Kardot a kurdoknak, ahogy megbeszéltük!

Rusty dühösen nézett a másikra.

– Most akkor megölsz vagy nem? – kérdezte türelmetlenül. – A diktátort is megöltük!

– Az a diktátor volt, nem egy amerikai katona!

– Hát jó, legyen. – Rusty nagy nehezen, fájdalmai ellenére feltápászkodott, majd a Kard után nyúlt.

– Rusty, ne! – nyögte Keith. – Ne csináld! Hallod?!

Az őrmester megfogta a Kard markolatát.

-– Amióta elkezdődött ez az egész, nagyon sokan haltak meg értelmetlenül ebben a háborúban... sok veterán is, akik önkezükkel vetettek véget az életüknek! Ennek vége lesz!

Keith úgy érezte, hogy földbe gyökerezik a lába, az összes vér kifut a fejéből, teljesen tehetetlenül állt ott. Talán maga a hely volt rá ilyen hatással.

– Még valami – mondta Rusty. – Van egy levél a zsebemben, odaadom, add át Jamirának, kérlek! – Kihalászta a levelet a nadrágja zsebéből, és az őrnagy kezébe nyomta. Keith eltette a borítékot.

– Elviszünk Rozsavába a kommandó megmaradt tagjaival! – kérlelte, és próbálta Rusty kezét elvenni a markolatról, de a másik durván elhessegette. Az őrmester fogta a Kardot, melynek pengéje nem volt túlságosan hosszú, és saját hasának szegezte, hogy végrehajtsa a borzalmas harakirit, a háború befejezése végett, és az elesettek üdvéért.

Már azelőtt elvesztette az eszméletét, hogy teljesen beledőlt volna a kardjába. Keith elborzadva nézte a kiömlő vért, majd kirohant, hogy segítséget kérjen a többi kommandóstól, akik hátvédként utánuk jöttek.

***

A háborús körülmények megnehezítették a rozsavai lakosok életét. Ez alól Jamira és Aysan sem volt kivétel, csakúgy, mint Mara, Ati és azok a katonák, akik velük együtt túlélték a város ostromát. A támadókat visszaverték, próbálták élni a civilek mindennapi életét, amit a feloldhatatlan török ostromzár nem tett könnyebbé. Valódi kihívást jelentett nagyjából mindenhez hozzájutni, ezek közé tartozott az alapvető élelmiszer, csecsemőtápszer és az építőanyagok többsége is. Mégsem cserélték volna le ezt az életet semmire, és nem vágytak vissza Amerikába. Mindez a rozsavaiak szolidaritásának volt köszönhető, akik mindenben segítették egymást. Házakat is felhúztak, de nem tudták befejezni az építkezést, mert nem volt hozzá elegendő anyag.

Jamiráék háza is félkész állapotban leledzett, hiányzott róla a festés, és nem voltak benne bútorok, leszámítva az ágyat – Daniel kiságyát is beleértve –, a konyhaasztalt és három széket. Vezetékes víz volt ugyan a házban, de az energiaellátás akadozott. Az áramellátás szünetelt, palackozott gázt kaptak, állítólag az oroszoktól érkezett.

Jamira vacsora után benézett a szomszéd szobába, ahol Rusty feküdt. Néhány napja hazaküldték a kórházból, még mindig kómában volt. A kórházak rossz felszereltsége miatt nem tudták tovább ellátni, de az orvosok azt mondták, hogy van esélye a felépülésre. A lány becsukta a szobaajtót, bement a hálószobába, lehuppant az ágyra, és sokadszorra is elolvasta a levelet, amit az őrmester írt neki.

Kedves Jamira!

Remélem, jól vagy, már amennyire jelen körülmények között jól lehet lenni!
Mire ezt a levelet olvasod, valószínűleg már nem leszek életben. Nem tudom, hogy mit érzel irántam, vagy hogy egyáltalán érzel-e irántam bármit is, de tudnod kell, hogy szeretlek úgy, ahogy vagy, önmagadért.
Legyél boldog, és kérlek, neveld fel a babát!

Üdvözöl,
Rusty

Jamira vissza akarta tenni a levelet a fiókba, de ekkor benyitott Aysan.

– Hadd olvassam el! – kérlelte a barátnőjét.

– Ez magánügy – felelte a másik, de azért odanyújtotta neki a levelet.

Aysan végigfutott rajta, és nem állta meg mosolygás nélkül.

– De szép szerelmes levél! Tisztára, mint egy Valentin-napi üzenet. Magam se tudtam volna jobbat írni, olyan sótlan vagyok!

Jamira megvonta a vállát.

– Ugyan már...

Aysan komolyra fordította a szót.

– Szerinted felépül...? – kérdezte bizonytalanul.

– Reménykedjünk benne. Rusty elmesélte nekem, mi történt vele, miután az Öböl-háborúban halálos sebet kapott, de túlélte. Akkor is azt a bizonyos Kardot kereste. Miután felébredt a kómából, nem tudta, kicsoda ő... mekkora szerencse, hogy *mi* tudjuk, igaz? – vigyorgott.

Aysan nevetett.

– Furcsán nézne ránk, ha felébredne, és elmondanánk neki, hogy te, Rusty, képzeld, alakváltó farkas vagy, és ezerhétszázötvenötben születtél!

– Totál hülyének nézne minket – nyugtázta Jamira. – De az alakváltók már csak ilyenek. Túl sok háborút látnak életükben, és időnként újjászületnek, mint a főnixek. Ha nem felejtenének semmit az előző életükből, akkor a sok rossz emlék hatására megroppannának, és képtelenek lennének mindent újrakezdeni. Ezt mondta nekem Mara.

– Ő honnan tudja?

– Mikor Kobanét ostromolták, Ati agysérülést szenvedett egy robbanásban, de túlélte. Most nem emlékszik arra, hogy régen janicsár volt, de Mara szerint ez jó, mert azelőtt túl sokat aggódott miatta. Egyvalamit azonban sem Rusty, sem Ati nem fognak elfelejteni: a családjukat.

Mindketten elgondolkodtak. Rustynak hivatalosan Jamira volt a felesége, mert a második házasságát a rozsavai nő- és családjogi törvények értelmében felbontották. A többnejűség intézménye a múlté lett ezen a vidéken. Jamira elfeküdt a széles ágyon, és megdörzsölte a homlokát.

– Azt hiszem, nem tudok elválni Rustytól – mondta. – Fura ez az új törvény... úgy értem, jogom van elválni, ha találok másvalakit, de... khmm, szóval, csak egy másik férfiért hagyhatom ott, mivel az egyneműek házassága nem engedélyezett, ezért a leszbikus kapcsolat nem válóok. Bár, igaz, hogy nem is bűncselekmény többé, mióta felszámolták az utolsó saría bíróságot is Nyugat-Kurdisztánban. Nincs nagy kedvem megcsalni egy másik pasival, ööö... ha érted, mire gondolok, ugye.

Aysan kuncogott. Kicsit sajnálta a barátnőjét, amiért láthatóan ennyire zavarban van. Jamira folytatta.

– Jogom van elválni, ha bántalmazás áldozata vagyok, és jogom van nemet mondani a házaséletre...

– Rusty nem fog téged bántani soha, ebben biztos vagyok – jelentette ki határozottan Aysan.

– Végül pedig, jogomban van elválni, ha házasságtörésre kerül a sor, és... esetleg megcsal másik nővel. – Felvonta a szemöldökét, és Aysanra nézett.

– Úgy érted, *velem*? – kérdezte Aysan, és cinkos pillantást vetett Jamirára, aki sunyin mosolygott. – És te *ezért* elválnál tőle? És gondolod, hogy én majd benne leszek ebben a bűntényben?

– Te beszélsz nekem bűntényről? – Jamira nevetve az ágyra döntötte a barátnőjét.

– Tudod, én azért még szeretnék egy vagy két gyereket – felelte Aysan, és a szája fülig ért –, és nem akarnám, hogy utána megszabadulj a spermadonortól! Én azt gondolom, hogy a gyereknek apára is szüksége van!

– Ultrakonzervatív leszbikusként teljesen egyetértek veled – bólintott Jamira. Ekkor Daniel sírni kezdett a másik szobában.

– Eh, azt hiszem, ezt halasszuk későbbre – fejezte be a gondolatmenetet. – Rusty nincs most épp abban az állapotban, hogy... és ugye, kellene az ő beleegyezése is...

– Hát persze. – Aysan felkászálódott az ágyról, és átmentek a kisfiú szobájába.

Daniel pelenkacseréért reklamált. Aysan kivett egy tiszta vászonpelenkát az egyik kartondobozból, amiben szekrény híján a holmijaikat tárolták, és elfintorodott.

– Mosipelus – mondta, mire Jamirával elnevették magukat. Az eldobható pelenka hiánycikk volt a háború sújtotta Rozsavában.

– Teljesen környezetbarát – bólogatott Jamira, miközben nézte, ahogy barátnője tisztába teszi a gyereket. A szaghoz már volt idejük hozzászokni. Már csak egy-két év, és szobatiszta lesz a gyerek. Jamira elmosolyodott a gondolatra. Átvette Danielt Aysantól, amíg a másik átment a mosókonyhába mosni, ahol a lavórt tartották. A kisfiú, miután gondja megoldódott, álmosan Jamira vállára hajtotta a fejét.

– Tudod mit, nézzük meg apát – mondta neki a lány, és elindult vele Rusty szobájába.

Az őrmester mozdulatlanul feküdt, de nem látszott, hogy rossz állapotban lenne. Úgy tűnt, mélyen alszik, hiszen a kórházban erős fájdalomcsillapítókat és altatót kapott – alighanem az utolsókat a szűkös készletből –, ezeknek a hatása pedig már nem tart sokáig.

Jamira Rusty mellkasára tette az alvó Danielt, leült az ágyra, és nézte a sérült katonát.

– Rusty, tudod, őszintén sajnáljuk, ami történt – sóhajtotta a lány –, nem akartunk spermát lopni, remélem, megbocsátasz nekünk! Íme, ünnepélyesen visszaadjuk, tudom, nem így gondoltad, amúgy szerintem Aysanra hasonlít!

Talán csak képzelődött, de Jamira esküdni mert volna, hogy mosoly suhant át Rusty arcán…

Epilógus

Részlet a titkos naplóból

2015. július 4.
Szeretem ezt a naplót. Mindig újat tudok meg magamról, mikor a bejegyzéseket olvasom, az első bejegyzés éppen kétszázharminckilenc évvel ezelőtt íródott.
Napról napra visszanyerem az emlékeimet, szerencsére körülvesznek azok, akik mesélni tudnak a múltról. Az amerikai hadsereg rég kivonult Irakból, Szíriát magára hagyták, mi lázadók viszont még mindig itt vagyunk, és őrizzük a rendet Rozsavában. A forradalom javában zajlik, ki tudja, mit hoz a jövő! Vigyázok a kisfiamra, Daniel már ötéves – Aysan és Jamira mindketten odaadó anyukák –, és sokat játszik Leylával, Mara és Ati hároméves kislányával. Aysan ismét gyereket szeretne, amire áldásomat adtam. (Egyesek azt terjesztik, hogy Rozsavában kiherélik a férfiakat, de ez nem igaz. Na jó, talán a dzsihadistákat igen, de ők meg is érdemlik.) Jamira gondoskodik Villámról, aki öregszik, de még mindig jó formában van. Aysan kapott ajándékba egy kangálkölyköt Marától, akit Jinnek nevezett el, egyébként ez a szó kurd nyelven nőt jelent. Én csak Jinnynek hívom, remek kutya, katonai szolgálatra is alkalmas, de a feleségem nem engedi, hogy besorozzam. Néha a visszatérő emlékek súlya rám nehezedik, ilyenkor szomorú vagyok, de Jamira azt mondta, ne bánkódjak, amiért nem sikerült megváltoztatni a világot, mert a világ megváltozott számunkra, és hiszünk benne, hogy a jövő szép dolgokat tartogat.
Utóirat: egyre többen csatlakoznak Rozsava Oroszlánjaihoz, építjük a demokráciánkat. Nem adjuk fel!
Rusty

Jegyzetek

Az olvasóban bizonyára felvetődik, hogy mi a valóságalapja a könyvben leírt eseményeknek. Az alábbiakban olyan dolgokat említek, amikről bárki azt hinné, hogy a képzelet szüleménye, pedig igaz.

Szaddám Husszeim megalomániás diktátor volt, aki Nebukadnezár-kultuszt épített ki: úgy gondolta, ő Nebukadnezár király modern reinkarnációja, aki arra hivatott, hogy Irakot ismét olyan naggyá tegye, akárcsak a Babiloni Birodalom, ezért ókori téglákba véste a saját nevét.
https://www.atlasobscura.com/articles/babylon-iraq-saddam-hussein
https://www.theguardian.com/world/1999/jan/04/iraq1

Musztafa Barzáni molla, iraki Kurdisztán egykori vezetője 1976-ban kifejezte óhaját, hogy 51. államként csatlakozna az Egyesült Államokhoz, cserébe az amerikaiaktól érkező segélyért, valamint odaígérte az iraki olajkutak feletti ellenőrzést. A képeslap a képzeletem szüleménye.
https://universiteitutrecht.academia.edu/
MartinvanBruinessen/Books

Hasszán „börtönkalandjait" az Abu Ghraib-i börtönbotrány ihlette, mikor az amerikai katonák az iraki foglyokat válogatott kínzásoknak vetették alá, és szexuális erőszakot követtek el ellenük. A könyvben nem szerepelnek megtörtént és konkrét esetek, a „borba fojtott" fogoly az írói fantáziám szüleménye (bár hasonlóságok a valósággal előfordulhatnak), de a börtönkörülmények a valós viszonyokat tükrözik.

(Forrás: Hersh, Seymour: Torture at Abu Ghraib. *New Yorker*, 2004. május 10.)

Kobane ostroma és a Szindzsár-hegyi ütközet a valóságban 2015-ben történt. Ezt bizonyos okok miatt megváltoztattam, mégpedig azért, hogy ne legyen túlzottan elnyújtva a cselekmény, ezenkívül Rory elrablása nem lett volna hihető. A 14-15 éves kamasz fiúkat ugyanis az Iszlám Állam a felnőtt férfiakkal együtt kivégezte, a tízéves és annál fiatalabb fiúk – illetve azok, akik láthatóan még nem léptek pubertáskorba – viszont átnevelő képzésen (iszlámra való áttérítés, majd katonai kiképzés) vettek részt.

Az Iszlám Állam kiadott egy fatvát, miszerint terhes nőket nem erőszakolhatnak meg a dzsihádista katonák. Erre építettem fel Aysan szökését. A The Independent cikke, 2014. december 10.
http://www.independent.co.uk/news/world/middle-east/
isis-releases-abhorrent-sex-slaves-pamphlet-with-27-tips-
for-militans-on-taking-punishing-and-raping-female-
captives-9915913.html

Iraki Kurdisztánban a női körülmetélési ráta 70 százalékos egy kicsi német-iraki nőjogi szervezet, a WADE adatai szerint. Irak többi részéről nincsenek adatok, de ez a fajta csonkolás az ország más részein sem ismeretlen gyakorlat.
http://www.stopfgmkurdistan.org/study_fgm_iraqi_
kurdistan_en.pdf

Mi a helyzet „Rozsava Oroszlánjaival"? Miután az iraki háború véget ért, néhány amerikai katona, illetve nyugati állampolgár magánhadseregek tagjaként csatlakozott a kurd forradalomhoz, úgy, mint a kurd diaszpóra sok külföldön élő tagja, hogy harcoljon az iszlamisták ellen. Őket jogilag ugyanúgy kezelik, mint a Szíriában harcoló külföldi dzsihadistákat, vagyis hazatérve börtönnel büntetik, függetlenül attól, hogy a kurdokat vagy az iszlamistákat segítették.
(Forrás: Tax, Meredith: *Magányos háború – Kurd nők az Iszlám Állam ellen*. 289. oldal)

A szerző

Bakos Patrícia 1987-ben született Budapesten, ugyanitt
végezte a Corvinus Egyetemen a kommunikáció
és média szakot, de még nem adódott lehetősége
arra, hogy újságíróként dolgozzon. Dolgozott már
adminisztrációs munkakörben, jelenleg munkája miatt
Magyarország és Franciaország között ingázik.
Szabadidejében imád rajzolni, különösen állatokat,
szívesen olvas, de az írásban tudja leginkább kifejezni
önmagát.
Hobbiírónak tartja magát, középiskolás korától szereti
az irodalmat és a történelmet. Különösen a szatirikus
műfajokat kedveli. Gyermekkora óta írogat, de sajnos
ezek az ifjúkori művek elvesztek a fiók mélyén.
Első online, szűk közönségnek publikált műve egy
fanfiction volt. Fanyar humorú és cinikus, igazából a
fekete humoron tud nevetni. Saját trollkodásaiból érett
be első műve, a Babiloni mesék.

A kiadó

Aki feladja, hogy jobbá váljon, feladta, hogy jobb legyen!

E mottó alapján a novum publishing kiadó célja az új kéziratok felkutatása, megjelentetése, és szerzőik hosszútávú segítése. Az 1997-ben alapított, többszörösen kitüntetett kiadó az egyik legjelentősebb, újdonsült szerzőkre specializálódott kiadónak számít többek között Ausztriában, Németországban és Svájcban.

Valamennyi új kézirat rövid időn belül egy ingyenes, kötelezettségek nélküli kiadói véleményezésen esik át.

További információkat a kiadóról és a könyvekről az alábbi oldalon talál:

www.novumpublishing.hu